L'Écho du fleuve

COLETTE G. BERNARD

L'Écho du fleuve

tome 1

Le retour du geai bleu

Roman historique

Hurtubise

Catalogage avant publication de Bibliothèque et Archives nationales du Québec et Bibliothèque et Archives Canada

Bernard, Colette G., 1951-

L'écho du fleuve

L'ouvrage complet comprendra 2 volumes.

Sommaire : t. 1. Le retour du geai bleu.

ISBN 978-2-89723-781-3 (vol. 1)

I. Bernard, Colette G., 1951- . Retour du geai bleu. II. Titre.

PS8613.R458E23 2016 C843'.6 C2015-942599-9

PS9613.R458E23 2016

Les Éditions Hurtubise bénéficient du soutien financier du gouvernement du Québec par l'entremise du programme de crédit d'impôt pour l'édition de livres et de la Société de développement des entreprises culturelles du Québec (SODEC). L'éditeur remercie également le Conseil des arts du Canada de l'aide accordée à son programme de publication.

Financé par le gouvernement du Canada | Canada

Graphisme de la couverture : René St-Amand
Illustration de la couverture : archives personnelles de la famille Bernard ; iStock.
Maquette intérieure et mise en pages : Andréa Joseph [pagexpress@videotron.ca]

ISBN 978-2-89723-781-3 (version imprimée)
ISBN 978-2-89723-782-0 (version numérique PDF)
ISBN 978-2-89723-783-7 (version numérique ePub)

Dépôt légal : 3e trimestre 2016
Bibliothèque et Archives nationales du Québec

Bibliothèque et Archives Canada

Diffusion-distribution au Canada :
Distribution HMH
1815, avenue De Lorimier
Montréal (Québec) H2K 3W6
www.distributionhmh.com

Diffusion-distribution en Europe :
Librairie du Québec/DNM
30, rue Gay-Lussac
75005 Paris FRANCE
www.librairieduquebec.fr

Imprimé au Canada
www.editionshurtubise.com

Personnages principaux

Bernard, André : frère d'Arthur Bernard.

Bernard, Arthur : fils de Magloire et Malvina Bernard.

Bernard, Claire : premier enfant d'Arthur et Marie-Louise Bernard.

Bernard, Magloire : mari de Malvina, père d'Arthur Bernard.

Bernard, Malvina (née Gagnon) : épouse de Magloire Bernard.

Corine : cousine d'Arthur Bernard vivant à Manchester.

Germain : ami d'Arthur Bernard.

Papadopoulos, Lukas : employeur d'Arthur Bernard à l'hôtel Carpenter de Manchester.

Raphaël, père : curé de la paroisse Notre-Dame-Auxiliatrice-de-Buckland, employeur et bienfaiteur d'Arthur Bernard.

Tremblay, Alfred : mari d'Anne Tremblay, père de Marie-Louise.

Tremblay, Anne : épouse d'Alfred Tremblay, mère de Marie-Louise.

Tremblay, Hilaire : père d'Anne Tremblay, mari de Françoise Dufour.

Tremblay, Marie-Louise : fille d'Alfred et Anne Tremblay.

Personnages secondaires

Adamsky, Karol : ami et voisin des Tremblay, à Baie-Saint-Paul.

Bernard, Alice : neuvième enfant d'Arthur et Marie-Louise Bernard.

Bernard, Alphonse : troisième enfant d'Arthur et Marie-Louise Bernard.

Bernard, Antonin : frère d'Arthur Bernard.

Bernard, Arsène : frère d'Arthur Bernard.

Bernard, Corine : dixième enfant d'Arthur et Marie-Louise Bernard.

Bernard, Joseph : frère d'Arthur Bernard vivant à Manchester.

Bernard, Juliette : quatrième enfant d'Arthur et Marie-Louise Bernard.

Bernard, Laurent : deuxième enfant d'Arthur et Marie-Louise Bernard.

Bernard, Léo : huitième enfant d'Arthur et Marie-Louise Bernard.

Bernard, Marie-Anne (Annie) : sixième enfant d'Arthur et Marie-Louise Bernard.

Bernard, Onésime : frère d'Arthur Bernard.

Bernard, Robert : cinquième enfant d'Arthur et Marie-Louise Bernard.

Bernard, Rose-Alma : septième enfant d'Arthur et Marie-Louise Bernard.

Blanchette, les : famille de Sainte-Apolline-de-Patton, amis des Bernard.

Demers, mademoiselle : femme de chambre du curé, enseigne à Arthur.

Dufour, Françoise (née Lajoie) : mère d'Anne Tremblay, épouse d'Hilaire et grand-mère de Marie-Louise Tremblay.

Gagnon, Onésime : cousin d'Arthur, fils de l'oncle Onésime Gagnon, le frère de Malvina.

Jonas, père : habitant de Baie-Saint-Paul. Veuf de Lucie, ex-gendre du père Laprise.

Lajoie, Jean-Louis : propriétaire du magasin général de Baie-Saint-Paul, cousin d'Alfred.

Laprise, Anna : épouse du père Laprise, mère de Lucie.

Laprise, père : propriétaire marié à une riche héritière anglaise, père de Lucie.

Rochefort, Tom : ami et voisin des Tremblay à Baie-Saint-Paul.

Simard, Simon (S.S.) : ami d'enfance d'Arthur Bernard.

Tremblay, Léandre : père d'Alfred.

Tremblay, Philomène : sœur de Marie-Louise Tremblay.

À ma chère et tendre mère,
dont la mémoire précieuse m'a inspiré ce roman ;

à mon neveu chéri, Maxime Sauvé Grenier,
passionné de littérature ;

à ma filleule, Marie-Louise Guay.

Chapitre 1

Sous le vent de Baie-Saint-Paul

Un vent furieux fouette la côte, lançant la houle au-delà des battures et traînant avec lui des giboulées qui n'ont de cesse. À l'horizon, les nuages roulent et se noient dans la vague noire. Mer et ciel s'enténèbrent, faisant de ce 22 novembre un jour semblable aux autres, en cet automne ravageur.

Alfred a froid. Il est épuisé. Si sa charrette ne croulait pas sous les denrées, elle serait projetée par le vent dans le profond fossé qui borde la route. Une traînée de glaise molle crée un dangereux amas le long du chemin et s'infiltre dans sa base de pierres. Cette partie de la chaussée pourrait céder. Dans le mélange de bourbe et de crottin, les roues s'enlisent presque, mais le jeune Tremblay contrôle adroitement sa jument et finit par atteindre le village, éreinté.

Rue Saint-Jean-Baptiste, il lui semble que la lumière renaît enfin. Malgré le gris de cet automne, le cœur de Baie-Saint-Paul n'a rien perdu de ses couleurs, ni de sa frénésie habituelle. Le long de ses rues boueuses, la vie bat son plein comme s'il y avait soleil, et chacune de ses pierres brille sous la pluie.

Au magasin général, le propriétaire est soulagé de voir arriver Alfred et il vient à sa rencontre pour l'aider. Jean-Louis Lajoie et lui sont devenus cousins par alliance et ils s'entendent bien : ils s'entraident comme s'ils étaient des frères. À l'instant même où Jean-Louis monte dans la charrette, le boulanger arrive en criant :

— Alfred, ta femme accouche !

Tremblay abandonne le lourd chargement aux mains de son patron, qui le regarde déguerpir en riant. Après s'être pris les pieds bêtement dans la poubelle, il quitte l'avenue Saint-Jean-Baptiste et court comme un fou sur le chemin de terre trempé le menant vers chez lui, relevant son col d'une main grelottante. Heureusement, il est bien chaussé… Ses hautes bottes couinent dans la boue qui éclabousse généreusement ses mollets.

Faisant fi de l'asthme dont il souffre et du froid qui mord sa poitrine, il file à toute allure. C'est la tempête qui lui insuffle l'air dont il a besoin. Malgré un point qui le torture au côté, il poursuit sa course, loin du village. Sous son manteau, sa chemise de flanelle est imbibée de sueur autant que de pluie.

Enfin, la fromagerie des Gagnon ! Sitôt après, c'est chez lui. Il peut déjà apercevoir la vague en furie entre les maisons, jusqu'au hangar de Tom Rochefort, l'Irlandais. Encouragé, il fournit un effort de plus et atteint vite l'immense cour descendant vers l'eau. Il ouvre en tremblant la barrière rouillée et oublie de la refermer. Trois pas plus loin, il l'entend s'agiter en se plaignant. « Que l'yâble l'emporte ! » Il se dépêche de remonter l'allée de terre, grimpe l'escalier et franchit enfin le seuil ! Complètement exténué, il se laisse tomber lourdement sur le banc du quêteux. La tête renversée contre le mur, il respire aussi profondément qu'il le peut, puis se relève immédiatement. Il gagne la cuisine où sont réunis les membres de la famille et se laisse choir sur la première chaise disponible. Son beau-frère Thomas est là, ainsi qu'Hilaire, son beau-père. La pipe aux lèvres et le regard narquois, Thomas le reçoit un peu brusquement :

— Mais qu'est-ce que tu faisais, pour l'amour du ciel ? T'es trempé jusqu'aux os !

Et Hilaire de renchérir en riant :

— Ben oui… C'est plutôt un temps pour les canards !

Pour toute réponse, Alfred émet une expiration sifflante qui s'ajoute à l'angoisse du moment. Dans le silence lourd de la cuisine, on n'entend plus que ce souffle douloureux. Hilaire entrouvre la fenêtre, par laquelle s'infiltrent le bruit de la tempête et la plainte de la barrière qui se balance en grinçant.

Alfred enlève son manteau trempé et ses bottes avant de les lancer négligemment vers l'entrée, près des autres chaussures.

Et soudain, le dernier cri de la mère résonne, strident, se mêlant au grincement de la vieille clôture ! Alfred bondit de sa chaise. Thomas se lève nerveusement et va refermer la fenêtre.

— Le courant d'air est humide ! Et ce bruit-là de ferraille… Dieu du ciel !

Tout le monde est nerveux et irritable. Mais après cet émoi et cette agitation fébrile, s'installe un calme insupportable… Joie suspendue, mêlée d'anxiété. Alfred fait craquer ses jointures et Thomas fait les cent pas autour de la table. Chacun sait que les dernières semaines ont été dures pour Anne. On craignait un accouchement pénible, voire dangereux pour sa vie. Hilaire se cramponne à sa pipe comme un naufragé à une bouée.

Brusquement, les hurlements de l'enfant provoquent un nouvel émoi. Puis, plus rien ! Au bout d'une éternité, Françoise, la mère d'Anne, arrive enfin dans la cuisine, l'enfant dans les bras. Perçant les carreaux de la fenêtre et la fumée des pipes, un faisceau lumineux, le premier depuis longtemps, fait briller les perles de sueur sur ses joues et son cou, témoins des heures difficiles qu'elle vient de passer.

— On dirait que le bon Dieu accueille ta fille !

Étouffant des sanglots de joie et de soulagement, Alfred émet des sons étranges en prenant sa petite dans ses bras : les pleurs, certes, mais aussi les sifflements presque permanents auxquels l'enfant devra s'habituer, car ils feront partie de son univers.

— Ma petite pitoune… Les temps sont durs, mais ton père est là. Je n'te lâcherai jamais !

Alfred appuie doucement sa joue sur le front duveteux de l'enfant. Cette fois, ce sont des larmes abondantes qui coulent de ses yeux et se brisent sur le minuscule visage empourpré. Comme un assentiment, un murmure très doux s'échappe de la petite bouche. Puis la belle-mère intervient doucement :

— Tu peux prendre quelques instants pour voir Anne… Si ses yeux n'sont pas déjà fermés… Ç'a été ben dur pour elle !

— J'avoue que j'ai eu peur, belle-maman !

Oui, les yeux d'Anne sont fermés ; mais à l'approche de son mari, ils s'entrouvrent… lourdement.

— Tu viens de me faire un beau cadeau, ma belle Anne ! Tu peux te reposer. On s'occupe du reste. Évidemment, ça va dépendre de mademoiselle ici présente. Dors un peu… en attendant sa prochaine demande. Pour l'instant, ses yeux sont fermés.

Anne, vidée, remue les lèvres sans émettre un son. Elle sourit et s'endort.

De retour dans la cuisine, Alfred a devant lui des visages rouges et des yeux mouillés. L'émotion refoule les félicitations que chacun voudrait offrir.

— L'enfant a hurlé comme il se doit, annonce Alfred. Accueillons-la comme l'une des nôtres ! On va l'appeler Marie-Louise. C'est beau, hein ? Messieurs, voici ma fille !

Dans un instant magique, le soleil enveloppe la petite et étend loin ses rayons, dans la maison et dehors, jusqu'au fond de la forêt déjà nue et frileuse. Autour, tous êtres et toutes choses s'abreuvent de cette énergie… s'en enivrent même, parce qu'assoiffés de lumière et de joie. Car oui, le fleuve et le ciel sont particulièrement hostiles, cette année. Les temps sont durs, sur la côte et dans toute cette vallée et son arrière-pays.

— Ouais, ben… On va prendre un bon thé, déclare Hilaire. Ça va nous réconforter. Alfred en a apporté du port de Québec, la semaine dernière. Un très bon thé anglais.

— Oui, répond Françoise en soupirant. Ça va faire du bien. Y a une tarte à la farlouche sur la planche à pain, et de la crème sur la glace.

Après ce mélange d'anxiété et de joie intense, la boisson chaude est appréciée. Pendant qu'Alfred contemple sa fille, Thomas se joint à Hilaire et s'inquiète des conditions agricoles :

— On n'aura pas de lin, cette année, pour fabriquer la flanelle de nos chemises. Et mes culottes pour aller aux champs sont usées. Mais bon… Ça sera pour l'an prochain. Vous, le beau-père, vous connaissez bien la concession de la Misère… Comment ça se présente, dans ce coin-là ?

— Complètement ravagé, Thomas ! Sur la côte de la Misère, des Éboulements-en-Bas jusqu'au Rang-d'En-Haut, tout est dévasté par la pluie et le gel. Et tu devrais voir la petite rivière Saint-François. A l'air de se cacher dans la brume, comme si ça la gênait d'être là. As-tu déjà vu les oignons du rang Tourlognon pourrir ? Jamais ! Sont renommés pour être les plus beaux. Pourtant, cette année, y font dur ! C'est pas mieux pour les petits pois, ni pour les gourganes. Un vrai désastre !

— Y a jamais tant plu ! C'est froid comme jamais ! Le jour, c'est la pluie, et la nuit, c'est le gel.

— Tom Rochefort, mon voisin, a beaucoup perdu, cette année. Son fils et lui travaillent au bois. Mais y sont pas chez eux pendant des jours. Tom est un peu trop âgé pour mener un train de vie comme celui-là. Sa Thérèse trouve ça dur. Heureusement, les enfants sont grands, aujourd'hui.

Tom Rochefort et sa famille ont donc été relativement heureux, malgré des jours difficiles. Ils ont reçu une aide importante de la famille Tremblay, et de leur ami polonais Karol Adamsky aussi, lui qui ne pouvait pas trouver de travail à cause de la ségrégation raciale, partout présente dans la société. Alfred et son cousin Jean-Louis étant impliqués dans les décisions de la municipalité et dans le financement de plusieurs organismes, ils sont intervenus lors d'une réunion importante, menaçant de retirer leur contribution si trop d'intolérance – raciale ou autre – était présente chez les dirigeants de la ville. Karol dit devoir beaucoup à la famille d'Anne et à celle d'Alfred. D'ailleurs, dans le village, on parle toujours des Tremblay-Canote et des Tremblay-Renard comme de citoyens accommodants et généreux.

On appelle « Canote » la famille d'Anne à cause du métier de passeur que cette dernière exerce depuis des décennies, à l'embouchure de la rivière du Gouffre, là où elle se jette dans le fleuve, juste à l'endroit où il embrasse la mer. Les forts courants qui se rencontrent à cet endroit sont dangereux, mais les Tremblay sont d'habiles navigateurs. On leur a donc accolé ce surnom, adapté à ce qu'ils font et à ce qu'ils sont. Il faut bien savoir de qui on parle, parmi toutes ces familles Tremblay qui habitent Charlevoix, et dans lesquelles les mêmes prénoms sont monnaie courante. Alors on les affuble de sobriquets amusants ou mystérieux qui aident à les identifier. S'ils sont antipathiques, on leur en donne un, en secret, qui fait peur aux enfants (Tremblay-Sept-Heures, Tremblay-Carabosse, etc.).

Alfred est aussi un Tremblay, mais de souche différente. Les gens de sa lignée sont renommés pour avoir de grands yeux vifs. Ils sont vigilants et rusés. On les a donc étiquetés « Tremblay-Renard ». Ce sont des bâtisseurs très agiles dans les hauteurs, qui ignorent le vertige et ne perdent jamais l'équilibre ; mais ça, le surnom ne l'affiche pas. Alfred, bien sûr, ne peut pas travailler dans la construction tous les jours, comme ses frères et ses cousins ; il n'est pas assez fort, mais il le fait occasionnellement pour des amis et pour son cousin Jean-Louis, le patron du magasin général, quand il faut réparer les corniches ou nettoyer les gouttières. Il fait aussi des traverses avec son beau-père, Hilaire Tremblay, ce qui lui assure un revenu appréciable. Après lui avoir enseigné le métier, Hilaire affirme qu'Alfred est devenu aussi adroit que les autres membres de la famille.

Les deux époux sont originaires de Baie-Saint-Paul. Leur rencontre a eu lieu lorsque la jeune Anne a volé au secours d'Alfred, un matin d'avril. Ce dernier étant asthmatique, il était en crise sévère, et on sait que l'asthme affecte aussi le cœur et peut être fatal. Croyant qu'il se mourait, la mère d'Alfred avait demandé au passeur Tremblay où trouver la soigneuse Marie-Anne Canote.

— Vous qui connaissez tout le monde de la région, pourriez-vous me dire où elle est ? Mon fils est en train de mourir.

— Vous parlez à son père, madame. Je vous la ramène dès que possible.

— On dit de votre famille qu'elle est serviable. Vous le prouvez bien.

À la demande de la mère désespérée, Anne se précipita au chevet du malade. Elle fut séduite par les traits fins du jeune homme, ses yeux noirs et le charme de son sourire, et ne cessa d'y penser depuis ce jour-là. Un matin ensoleillé, on sonna chez elle. La figure du visiteur timide disparaissait presque derrière un énorme bouquet de printemps. Reconnaissant les cheveux ondulés de son patient, elle s'empara doucement des fleurs et découvrit un visage rayonnant et admirateur.

— Magnifiques fleurs, monsieur Tremblay !

— J'ai voulu les cueillir spécialement pour vous, mademoiselle.

— Ça fait plaisir de voir que vous allez mieux ! C'est un homme nouveau que j'ai devant moi.

Il se confondit en paroles de gratitude. Pour couper court, elle lui dit :

— Mais on m'a raconté que votre propre grand-mère était une grande soigneuse, très intuitive. J'étais donc surprise d'avoir été appelée à votre chevet.

— Grand-mère était loin, ce jour-là. Heureusement, vous êtes venue !

— Vous étiez dans un piteux état. C'était vraiment inquiétant !

— La pire crise de ma vie, mademoiselle ! J'suis de santé fragile. Sinon…

— Sinon quoi ?

Il hésita à répondre, puis timidement se risqua :

— Je vous aurais proposé de vous faire la cour…

— Faisons connaissance d'abord, et ensuite nous pourrons en juger.

Un sourire un peu espiègle suivit, provoquant chez le soupirant un trouble qui colora ses joues et fit briller ses yeux noirs.

— Entrez donc. Nous allons prendre une tasse de thé. Vous pourrez goûter la tarte de ma mère.

Toujours est-il qu'Anne se laissa enfirouaper, comme disait sa mère. Le mariage eut lieu peu de temps après, coup de foudre oblige. La santé d'Alfred s'améliora dans les semaines qui suivirent, comme si le bonheur avait apaisé le mal. Malheureusement, les progrès accomplis durant l'été qui suivit la noce et le début de l'année 1888 furent gâchés par le temps froid et humide de cet automne ravageur. Malgré cela, aujourd'hui, Anne ne regrette pas son choix. Son mari est vaillant, généreux et serviable pour tous ceux qui l'entourent. Il sait quoi faire pour « amener l'eau au moulin », comme dit sa mère. Leur vie est relativement facile, si on la compare à celle de certains voisins ou amis. Les jeunes femmes qui viennent au magasin trouvent même Alfred assez séduisant. Anne se dit qu'avec le temps, il guérira peut-être.

Étrange hasard, des deux côtés du couple, les femmes sont considérées comme des soigneuses de talent. Pour sa part, Anne se dit simplement habile à aider les malades avec des herbes et d'autres substances. Elle est aussi sage femme, bien sûr ! Mais elle a, d'abord et surtout, une sensibilité spéciale qu'elle ne peut définir avec des mots et qui lui permet de percevoir certaines choses. Quant à Alfred, il semble que sa grand-mère paternelle possédait elle aussi des aptitudes pour venir en aide aux malades. C'est comme si des racines insoupçonnées unissaient les deux familles : ce qui serait bien possible, car Charlevoix étant enserré entre les montagnes et le fleuve, donc difficilement accessible, des mariages ont lieu entre cousins et cousines depuis des générations. La population des villages isolés étant restreinte, on n'a d'autre choix, parfois, que d'aimer sa cousine. Il arrive aussi que certains fiancés se découvrent par hasard des liens familiaux, après leur mariage.

Les Tremblay, d'un côté comme de l'autre, se sont construit une réputation solide, qui leur confère une certaine notoriété. Dès qu'une naissance a lieu au sein de leur famille, elle fait espérer une relève. Nombre d'habitants de la région les considèrent comme de précieux alliés.

Bien qu'un jeune médecin soit venu s'installer à Baie-Saint-Paul, il n'est guère joignable. Souvent appelé auprès des femmes qui accouchent, il doit passer au moins deux à trois heures auprès d'elles pour prévenir de possibles complications. Les gens du village s'accrochent donc avec conviction aux voisins qui ont une certaine compétence en soins et qui ne sont pas avares de leur temps. Parfois, même, on fait venir Anne à l'Isle-aux-Coudres ou sur l'autre rive pour aider aux accouchements ou soulager les malades. Mais depuis qu'on a commencé à former des médecins en ville, de plus en plus de nouveaux diplômés reviennent ouvrir un cabinet dans leur pays d'origine. L'arrivée de l'un d'eux dans la vallée a déjà commencé à ralentir l'activité des soigneurs de métier.

Quant aux femmes de la famille Tremblay, les aïeules sont là, en sages-femmes, pour assister aux naissances dans leur propre foyer. Elles sont bien entraînées pour ce rôle, qu'elles exercent depuis longtemps dans leurs propres demeures, mais aussi auprès d'autres personnes qui les entourent.

Le soir de la naissance de Marie-Louise, déjà, la grisaille est revenue. Le ciel se couvre de nouveau et se déchaîne, charriant en rafales une pluie torrentielle tambourinant aux fenêtres. Alfred en a assez. S'adressant à sa belle-mère, il rugit :

— Maudit automne ! Les pauvres cultivateurs vont passer un Noël bien triste, cette année. Tout est perdu, à part les patates de l'Isle-aux-Coudres… Les premiers jours de septembre les ont sauvées, heureusement, car tout le reste est moisi dans les champs. À Cap-Chat, c'est encore pire ! Je l'ai su quand j'suis allé chercher le courrier. Nous, on est ben chanceux… Notre famille peut survivre autrement que par ses terres.

Il regarde tendrement sa petite, qui dort.

— Moi, j'ai une grande chance, belle-maman ! Hilaire et moi, on a trois belles filles juste pour nous, cette nuit. J'espère seulement être à la hauteur et pouvoir offrir une belle vie à ma famille.

Il se frotte les yeux et bâille longuement.

— Tout le monde est parti, Alfred… Si tu allais te coucher ? Je vais veiller Anne et m'occuper du bébé. Va te reposer, t'as une grosse journée, demain.

— Oui, belle-maman… Merci beaucoup pour tout ce que vous faites pour nous !

Quelques jours plus tard, à peu près tout le village a défilé chez Anne et Alfred. Tous voulaient voir de près ce bébé, ce nouvel espoir d'avoir un jour une autre soigneuse dans le village.

Au bout de quelque temps, dans la chaleureuse maison, un bonheur tranquille s'est installé. Finalement, le calme est revenu. Les voisins ont cessé de venir, les amis sont moins nombreux à faire des visites. Les soirées sont plus reposantes, comme ce soir par exemple : en regardant Marie-Louise endormie dans les bras de sa mère, Alfred est transporté d'admiration devant le tableau qu'offrent toutes les deux.

— C'est tellement beau de vous voir ! C'est ça, la vraie richesse !

— Bon… Marie-Louise est endormie… Je l'amène à son lit et on soupe. J'ai préparé un bouilli.

— Ça sent bon, chérie. J'ai tellement faim !

Le pain chaud et le bouilli emplissent l'air de leurs arômes réconfortants. Préparé avec des légumes frais du potager, le bouilli est savoureux. Le repas terminé, le mari s'installe dans son fauteuil, recru de fatigue. Anne lui demande s'il a passé une bonne journée.

— Très animée, mais plus calme en fin d'après-midi. J'ai bavardé de tout et de rien avec des clients. Un cousin de Jean-Louis Lajoie était là. C'est un homme instruit, qui aime bien lire les histoires de Jules Verne. Aujourd'hui, on a parlé d'un de ses livres. Ça s'appelle *De la Terre à la Lune.* Ç'a-tu du bon sens ? Aller sur la Lune… C'est complètement fou !

— C'est encore drôle ! Sans aller si loin, on peut s'attendre à certaines choses surprenantes. J'ai même entendu dire que, très bientôt, on pourra parler à un parent qui habite un pays étranger, même de l'autre côté de l'océan.

— C'est pas fait encore, ça ! Ah, tiens ! Puisqu'on parle de livres, regarde… J'ai déposé quelque chose sur le buffet. C'est ton amie Marie qui te l'envoie pour que tu le lises. C'est un roman. Quelqu'un lui a donné ça en cadeau. Toi, tu sais lire… pas elle.

— *Guerre et Paix*… Léon Tolstoï. Ça a l'air intéressant. Si tu la vois, veux-tu la remercier et lui dire que c'est difficile pour moi de sortir, ces temps-ci ?

Mais son mari ne l'écoute plus. Le sommeil l'a déjà emporté. Elle le couvre doucement de son châle et éteint la lampe près de lui. Dehors, le vent siffle. Il s'infiltre par les moindres espaces que lui offre la vieille demeure, faisant pénétrer avec lui une fraîcheur dont l'odeur annonce déjà la prochaine neige. Une heure s'écoule à peine et, déjà, ce parfum d'hiver s'accompagne d'une neige folle. Fouettée par le vent du large, elle s'amasse en pics comme une crème sur un gâteau et se glisse entre les barreaux de la grande galerie. Formant une ouate fine aux coins des fenêtres, elle dessine un joli décor pour le premier Noël de la petite Marie-Louise.

Quelques tempêtes plus tard, on ne perçoit plus que les lumières de la maison dans la nuit noire, au bout de la cour enveloppée de neige. Dans la carriole qui s'éloigne, Anne peut voir de loin leur couleur de miel traînant sur un amoncellement de poudre immaculée qui vole au vent. Même le toit disparaît dans un amas de moutons blancs. C'est Noël ! Les grelots teintent aux flancs des chevaux, et le joyeux couple chante allègrement des hymnes des siècles passés. Françoise, qui a des douleurs aux jambes, est restée pour surveiller la cuisson de la dinde et des tourtières. Hilaire, son époux, s'est étendu pour quelques heures. Il est plutôt fatigué, ces temps-ci. Quand ses enfants chéris reviendront de la messe de minuit, tout sera prêt. «Les amis nous rejoindront et on fêtera!», pense-t-elle tout haut.

Avant de partir, Françoise a demandé à Anne de laisser Marie-Louise à la maison.

— Tu devrais laisser la petite ici. C'est trop froid pour un bébé.

— C'est Noël, maman! Nos amis vont être contents de la voir. Et puis, même si le vent est fort, le ciel est assez clair.

Rien n'a pu convaincre Anne de ne pas emmener sa fille. Enfin seule, Françoise décore le sapin en fredonnant des airs de son enfance. Elle a fabriqué elle-même de jolis accessoires et a pris quelques idées de Karol et de Tom pour qu'ils revivent un peu les Noëls de leurs pays respectifs; car ils viendront ce soir et au jour de l'An. Parmi ces idées européennes, il y a la coutume de mettre une chandelle au bout de chacune des plus longues branches du sapin. Elle a un peu hésité à le faire, mais ça leur fera tellement plaisir! Elle sort ensuite la belle grande nappe de dentelle de sa mère. «Les enfants vont être heureux», se dit-elle. Ça sent bon la forêt et le bonheur!

Dehors, une lourde neige s'est mise à tomber. De la fenêtre, Françoise ne peut plus voir la route. Elle s'aperçoit soudain qu'il s'est écoulé plus de temps qu'elle ne le croyait. Les enfants retardent! Par la fenêtre, elle voit Tom, leur ami irlandais, qui frappe à la porte.

— Joyeux Noël, mon cher Tom!

— Ma bonne Françoise… Nous sommes vraiment de grands amis, maintenant! Ça fait plusieurs Noëls… Où sont donc les autres?

— Partis à la messe de minuit, avec le bébé. Mais il est tard et je commence à m'inquiéter. Tout est prêt… Qu'est-ce qu'ils font?

— La neige est plus abondante que tantôt. J'y vais, pour en avoir le cœur net, madame Tremblay. J'ai ce qu'il faut pour gratter, après le traîneau. Vous inquiétez pas… C'est sûrement la neige qui les retarde.

— Les deux rêvaient de montrer leur fille à tout le monde, après la messe. De l'intérieur de l'église, on voit pas la tempête.

Mais Tom est plus inquiet qu'il n'y paraît. Il s'empresse de partir. Le cheval a du mal à avancer : la neige recouvre déjà le chemin vers le village. Un peu plus loin, des morceaux de traîneau jonchent le chemin, et deux personnes grelottent non loin de là. Une femme pleure… Anne ! Alfred a l'air de chercher quelque chose dans la neige.

— Regarde, Alfred… Tom est là ! Dieu merci !

— Anne ! Alfred ! Ça va ?

— On a perdu la petite !

— Quoi ? Où est le cheval ?

C'est Alfred qui répond, la voix remplie d'émotion :

— Y doit traîner dans les environs. Mais faut surtout retrouver la petite ! On a penché en glissant sur un banc de neige dure. On a crié, alors Ti-Lou a eu peur. On a glissé longtemps sur le côté avant de renverser. Et puis, le siège s'est arraché ! Le cheval est tombé aussi, il s'est relevé et s'est sauvé, apeuré, avec le reste du traîneau.

— On n'entend pas pleurer la petite ! On aurait dû écouter ma mère.

— Un bébé, c'est fait fort… et c'est souple comme un écureuil ! Ses couvertures ont dû la protéger. On va la retrouver, votre petite. Restez ici et tendez l'oreille, car votre cheval est peut-être blessé et il pourrait revenir. Et vous deux, vous êtes trop gelés pour bouger. Laissez-moi un peu de temps pour inspecter les environs.

Tom avance difficilement, malgré son traîneau gréé en charrue. Pas mal plus loin, un faible son lui parvient, semblable à celui d'un oiseau. Un oiseau en hiver ? Tom avance encore, descend de voiture et entend de nouveau le son étouffé. Puis, plus rien ! Il a la gorge nouée par l'angoisse… Rien ! Rien que ce désert blanc. Soulevant la neige qui couvre maintenant ses genoux jusqu'à mi-cuisse, il essaie de poursuivre sa recherche encore plus loin. Le vent lui coupe le souffle et lui pique le visage. Près d'un grand pin, le son reprend et s'intensifie. Tom s'approche de l'arbre…

Au pied du grand conifère, un fossé s'est creusé entre un énorme banc de neige et les racines de l'arbre ; il en sort un son familier. « Oui ! Un cri d'enfant ! Mon Dieu ! » Dans la pénombre, Tom avance et regarde au fond du creux qui s'est formé. De sous la neige, moins abondante à cet endroit, sortent de petits bras qui s'agitent fébrilement. Quelques flocons recouvrent le visage du bébé, qui hurle à tous vents ! Les jambes encore emmitouflées dans une énorme couverture bien attachée, mais le haut du corps découvert, la petite Marie-Louise se débat et crie au meurtre. Puis des bras la soulèvent ! Elle sent la chaleur d'une haleine… Une main balaie les flocons sur le bout de son nez.

— Là, ma petite… Tout doux… Tout doux.

Ses pleurs diminuent. Elle sourit, même, rassurée par ce contact et cette voix qui ne lui semble pas inconnue.

Tom a beaucoup de mal à rejoindre son traîneau. Sa jument s'agite. Encore un moment et elle serait repartie seule. « Dieu que c'était loin ! », se dit Tom.

— Attends-moi, Belle ! J'arrive !

Beaucoup plus loin, près de la route de plus en plus enneigée, les deux parents essaient de se consoler et de se rassurer. Ils sont frigorifiés et ressemblent à des bonshommes de neige. La poudreuse blanche est devenue collante et lourde, et elle a déjà recouvert les traces faites il y a peu de temps. Anne pleure. Puis, au-dessus du bruit du vent, un son surgit, au loin… Les grelots de l'espoir ! Ils voient le traîneau s'approcher lentement, se frayant un chemin avec difficulté.

— C'est lui ! C'est Tom !… Tom !

Aucun son d'enfant… Les parents se regardent et tremblent.

— J'ai un petit paquet à mes pieds ! crie Tom. Pas mal agité ! Faut mettre ça au chaud !

Des cris de soulagement se mêlent aux pleurs du couple, qui met de longues minutes à reprendre ses esprits. Le cheval n'est toujours pas revenu.

— J'entends pas Ti-Lou ! Pauvre bête ! dit Anna.

— Y est peut-être déjà à la maison avec le fond du traîneau, suggère Alfred.

— Embarque ! Vite ! lui lance Tom. Prends Anne sur toi, avec le bébé. Vos parents doivent être fous d'inquiétude.

Dans la chaleur de la maison, des parents en larmes accueillent tendrement leurs enfants. Quelques voisins sont là, qui n'ont pas réussi à se rendre dans leurs familles avant la tempête.

— Maman ! Pardonne-moi… J'aurais dû t'écouter.

Anne est encore ébranlée, mais fortement reconnaissante à Tom pour son intervention :

— Comment te remercier, Tom ? Sans toi, notre fille serait morte. On a essayé de la trouver, mais on ne pouvait même plus avancer dans la neige. Un vrai cauchemar ! Le vent avait déjà formé des bancs énormes ! On n'entendait même pas la petite.

— Vous ne pouviez pas l'entendre… Elle était beaucoup trop loin ! Votre traîneau a dû glisser longtemps sur le côté avant de s'arrêter. En temps ordinaire, ce chemin se franchit en peu de temps. Mais tout cela est fini maintenant ! C'était une bonne occasion de vous rendre ce que vous avez fait pour moi il y a longtemps.

— Ti-Lou est pas revenu… déplore Alfred.

— Il s'est sans doute mis à l'abri sous des sapins ou dans un creux, quelque part. Si les chevreux survivent, pourquoi pas les chevaux ?

— Ouais… T'as raison ! Ne gâchons pas notre Noël. Nos amis sont là !

Anne et Alfred essaient de faire taire leur angoisse, mais ils sont tristes pour Ti-Lou, bien qu'ils le sachent capable de retrouver son chemin.

Les « Joyeux Noël ! » fusent de toutes parts. On a préparé ce qu'il faut pour que tous dorment ici. Et la fête commence ! Le temps d'un éclair de joie, un clair de lune effacé par la tempête… et, déjà, ce Noël est passé, ne laissant aucun souvenir à la petite Marie-Louise, qui a à peine plus d'un mois.

Mais au matin, on les entend tousser, la petite et ses parents. Françoise demande à Tom de l'aider, une fois de plus.

— Le temps est encore trop mauvais pour aller chercher le docteur. On va faire des mouches de moutarde. J'ai besoin d'aide. On en a trois à faire.

— Et trois à dorloter ! Occupez-vous de la petite… J'me charge des deux grands. On va les asseoir près de la cheminée avec des bonnes couvertures de laine.

— Oui, prenez aussi les courtepointes, dans le haut de l'armoire, et les catalognes. C'est plus pesant.

Le lendemain, les grands vont assez bien, mais il faut aller chercher le docteur pour Marie-Louise, qui tousse et frissonne…

Deux voisins accompagnent Alfred et Tom avec des traîneaux équipés de pelles servant de charrues. En dépassant le lieu de l'accident, Alfred a un pincement au cœur. Il n'est pas encore tout à fait remis de son aventure…

Les trois hommes réussissent à ramener le médecin avec eux. Le docteur essaie de se faire rassurant, mais il insiste tout de même pour rester près de l'enfant pendant au moins vingt-quatre heures.

— Merci, docteur, de nous accorder tout ce temps. Mais j'avoue que vous m'inquiétez, dit Alfred.

— Je mentirais en vous disant que votre appréhension est injustifiée. Après tout, votre petite a à peine plus d'un mois. Il aurait mieux valu la laisser à la maison. Mais elle n'est pas mal au point de craindre le pire. Je veux seulement m'assurer que tout est normal avant de repartir.

Pendant la nuit, le médecin entend du bruit dehors. Il regarde à travers la fenêtre de la porte et aperçoit un cheval, hennissant et ruant, traînant une moitié de voiture remplie de neige. Il frappe à la chambre du couple :

— Alfred, réveille-toi ! Ton cheval est là !

— Oh ! Mon Dieu ! Ti-Lou est revenu ?

Le fond du traîneau massacré est plein de neige.

— Avec ce poids derrière lui, pas surprenant qu'il ait pris tant de temps à revenir.

Le cheval est couvert de glaçons et il tremble, mais il a résisté à la tempête. Alfred le libère de son fardeau et le mène à la grange, dans le coin le plus chaud. Sous l'attelage, le cheval porte des marques dues aux efforts qu'il a fournis pour transporter sa charge. Alfred le couvre d'une grande couverture. Encore une fois, Tom est là; il a entendu de chez lui le hennissement et vient pour la relève.

— C'est bon, Alfred… Va vite te reposer, tu tousses comme un tuberculeux!

— J'avoue que j'suis vidé. Que faire pour te remercier, Tom?

— Souviens-toi… Tu m'as sauvé, toi aussi, dans le temps. Allez… Au lit!

Alfred obtempère.

Le lendemain, Marie-Louise semble être moins mal en point. Le médecin se prépare à partir, mais promet de revenir dans deux jours, si l'état de la route le permet.

— On vous ramène, docteur.

Avec l'aide de ses voisins équipés de charrues, Alfred réussit à raccompagner le médecin et tente, chemin faisant, de récupérer les morceaux du traîneau.

Deux jours plus tard, le médecin respecte sa promesse et retrouve une enfant souriante, qui gazouille comme un oiseau.

L'hiver s'annonce froid. La neige tombe en abondance. Pendant les dernières heures de l'année, retirée dans sa chambre, Anne endort sa fille en écoutant décembre rendre ses ultimes soupirs. Par la vieille fenêtre, dont l'usure crée des brèches, elle entend les plaintes de l'an mourant tourmenté par le vent. Elle couvre minutieusement son enfant et appuie pesamment sa tête sur le dossier de la berceuse. Ses seins sont lourds et douloureux. La fatigue la fait glisser de plus en plus dans une sorte de torpeur. Lutter… Ne pas s'endormir, surtout ! Pour résister à Morphée, demeurer vigilante et veiller l'an agonisant qui râle à travers les carreaux en susurrant que, dans quelques heures, les célébrations reprendront. Quatre-vingt-huit ans se seront écoulés depuis le début du siècle, frayant le chemin au printemps prochain, encore entouré de mystère. Indifférente à la nostalgie d'Anne, la lune éclaire la cour enneigée et, bien qu'elle n'en soit qu'à son premier quartier, sa brillance avivée par le froid donne à l'image un air de fête en suspens qui finit par la détendre.

Les balbutiements soudains du bébé surprennent le couple. Le mari se réveille. L'enfant est portée à sa chambre et déposée dans son berceau, ses yeux se refermant déjà. Les amoureux, main dans la main, s'éloignent doucement vers leur propre nid. S'accaparant les derniers soubresauts de décembre, ils entendent bien dépouiller l'an nouveau de sa première nuit. L'An est mort… Vive l'An !

Tôt, le lendemain matin, des visiteurs envahissent la maison. Famille et amis sont là. C'est la tournée du jour de l'An. Tout a été préparé. Anne et Françoise ont travaillé longtemps pour cette importante journée, sachant que de joyeux lurons s'amèneraient de très bonne heure : voisins, cousins et petits-cousins affamés, sans compter certains parents qu'on ne connaît même pas. Ils sont si éloignés de Baie-Saint-Paul que, sans les veillées du jour de l'An, on ne saurait même plus compter les membres de la famille.

Alfred est heureux de montrer sa Marie-Louise, sa fierté. Anne remarque son aisance en présence de sa famille et son sourire lorsqu'il leur montre son trésor, sa fille chérie. Même sa respiration en est améliorée, malgré le contrecoup puissant que la joie peut avoir sur les nerfs d'un asthmatique.

Après un souper abondant et savoureux, on pousse les meubles vers les murs de la cuisine, et quatre couples entament un set carré. Le plancher en tremble !

Chapitre 2

Belle Lucie

Les fêtes sont finies. La vie reprend son cours normal. Malgré la santé capricieuse d'Alfred, Jean-Louis apprécie l'aide qu'il lui apporte au magasin général, surtout dans les périodes d'affluence. Fidèle à ses origines de Tremblay-Renard, Alfred est aussi habile à réaliser des travaux de menuiserie, de peinture et de réparation. Ajouté au revenu de la traverse, celui du magasin général lui permet de donner à sa famille une certaine aisance financière.

— T'aimerais pas ça travailler seulement ici, Alfred ? J'augmenterais ton salaire, si tu veux…

— Tu sais comment j'aime la traverse, le cousin… Les Canote ont ça dans le sang et me l'ont transmis ! Après tout, j'suis d'abord un Tremblay, moi aussi. Le fleuve en furie, le vent, la pêche en haute mer… Pour nous, la vie, c'est le fleuve et la mer.

Alfred essaie d'oublier sa maladie, même si, au large, le tangage l'affecte de plus en plus et lui est même extrêmement pénible. Son corps le fait souffrir et il ressent de la fatigue pendant les jours qui suivent chaque traverse.

Malgré sa fragilité, il trouve le tour d'aider sa belle-famille et son prochain. Dans le village, il a la réputation d'être serviable envers les voisins, et cela, sans rien attendre en retour.

Il est très estimé. Un certain charme émane de sa personne délicate, mais en son absence, tous parlent de lui comme d'un homme très malade. On a peine à donner un âge précis à Alfred, en raison de la maladie qui l'accable et le fait paraître fragile. Cependant, il s'estime chanceux de ne pas souffrir de la pauvreté, contrairement à une grande partie des gens qui l'entourent. La famille d'Anne est reconnue pour être assez bien nantie, instruite et aussi très engagée dans la société. S'il n'avait pas connu les Tremblay, Alfred aurait sans doute éprouvé plus de mal à subsister. C'est pourquoi il se fait un devoir de les aider dans leurs entreprises et dans leurs engagements sociaux. Et ces derniers le lui rendent bien, autant en affection qu'en reconnaissance.

Quant au père d'Anne, Hilaire, lui aussi est un homme très respecté de tout le village. Surtout du père Jonas, dont il a sauvé la vie dans de tragiques circonstances.

Il y a eu d'autres années, avant celle-ci, où de lourdes pluies ont succédé à des sécheresses catastrophiques, anéantissant tous les efforts des agriculteurs. Trois ou quatre ans auparavant, justement, le jeune Jonas Poulin a tout perdu. Il s'était marié sur le tard à l'une des plus jolies filles des environs, dont la mère est Anna Price, une Anglaise fortunée, propriétaire d'un hôtel de la côte, et le père, un monsieur Laprise du village. Lucie étant leur seule enfant, ils avaient du mal à accepter qu'elle se marie – surtout avec un fermier. Mais ils finirent par approuver ce mariage et s'attachèrent même sérieusement à Jonas Poulin, qu'ils trouvaient travailleur, honnête et attentionné envers leur fille. Ah ! Elle était belle, la Lucie ! Leur magnifique terre, dans la vallée du Gouffre, donnait d'abondantes récoltes de céréales. Tout allait bien. Il ne manquait plus que des héritiers à ce beau domaine. Mais Lucie ne tombait pas enceinte. Et puis, un été, la sécheresse s'est abattue sur Charlevoix, suivie de pluies sans fin… Un peu comme l'année dernière, en 1888. Rien n'allait plus… ni la procréation ni la terre. Une fois de plus, dans l'histoire du Gouffre, le climat n'était pas favorable aux ambitions du couple.

— T'en fais pas, ma Lucie… On s'achètera des vaches et on se partira une fromagerie, comme d'autres le font maintenant. C'est plus avantageux, dans cette région. Pour cette année, j'irai travailler aux patates.

À l'automne, Lucie insista pour l'accompagner dans cette tâche. Il refusa d'abord, mais finit par accepter à force de supplications de sa belle.

Qui dit patates dit Isle-aux-Coudres. Ils s'y sont installés pour quelques semaines, chez un ami, un Dufour parent de Françoise Lajoie, la mère d'Anne. L'automne était avancé. Lors de la traversée de retour, l'hiver s'installait et des glaces flottaient sur le fleuve agité, grossissant à vue d'œil et menaçant de se souder. Leur canot a été soulevé par un énorme bloc de glace avant d'être brisé. Hilaire Tremblay, le père d'Anne, était le passeur propriétaire de l'embarcation ; il a pu secourir Jonas en le tirant sur la glace flottante, mais Lucie avait déjà disparu dans la vague, parmi les débris de bois et les énormes glaçons. Sa longue écharpe était restée accrochée à un morceau du canot, rougie de sang… Un long cri a précédé les sanglots de désespoir de Jonas. Tremblay-Canote a été courageux. Au risque de glisser et de se noyer, il l'a retenu avec force pour l'empêcher d'aller rejoindre sa douce moitié. Après une lutte interminable, un engourdissement s'est emparé des deux hommes, suivi d'une torpeur profonde… jusqu'à ce qu'un bateau un peu plus gros vienne à leur rescousse. Le capitaine trouva deux hommes dont les corps inanimés semblaient sans vie et les ramena à bon port. En quelques jours, Jonas et Hilaire furent remis sur pied. Ironiquement, le propriétaire de la barque qui les ramena à terre mourut peu de temps après, d'un mal dont on ignorait la cause véritable. Était-ce un coup de froid pris lors de cette journée dramatique ? Nul ne le sait.

Après la mort de sa tendre épouse, Jonas était aussi dévasté que son domaine. Anna, la mère de Lucie, lui tourna le dos définitivement. Elle le boude encore aujourd'hui et le garde à l'écart de sa vie de riche et de sa prétentieuse demeure riveraine. Elle défend à son mari de parler à son gendre en lui promettant que sinon, il le regrettera. Jonas a vendu sa terre au printemps suivant. Les sols arables étant très recherchés, car devenus rares, il a pu s'en débarrasser à un prix assez élevé pour bien vivre. Puis, il est venu s'installer rue Saint-Jean-Baptiste et s'est cloîtré chez lui, jurant que jamais personne ne remplacerait sa première compagne.

Depuis toutes ces années, il ne sort que pour faire provision au magasin général d'à côté, où travaille parfois Alfred. On ne peut l'apercevoir que le soir ou les fins d'après-midi, dehors, sur sa berceuse. Il fume sa pipe, l'air triste et aigri, ne parlant qu'à ceux qui s'adressent à lui, dont, bien sûr, Hilaire Tremblay, l'homme qui lui a sauvé la vie, et sa famille. Ceux-là, il accourt pour les saluer. Les enfants sont aussi bons que leurs parents. Le jeune Alfred est aussi un homme courageux, qui veut toujours aider les gens. Les autres, Jonas ne court pas après. Il évite presque tout le monde, même s'il reste poli quand on l'aborde devant son perron. Tous respectent le veuf solitaire, connaissant sa sombre histoire.

En se rappelant ces faits, Alfred se demande comment va le père Jonas. Il serait bien temps que quelqu'un l'aide à sortir de sa coquille. Au printemps, se dit-il, il s'occupera de le distraire un peu, quitte à lui demander un petit service.

En attendant, l'hiver mène la vie dure aux villageois. Alfred effectue toujours des livraisons, mais un peu différentes de celles qu'il exécute l'été, et seulement lorsque le temps le permet. Il porte toujours à certaines demeures les denrées nécessaires pour passer à travers la saison froide, comme des viandes provenant des fermes ou des chasseurs des environs, souvent des Indiens. Quant au pain et au lait, le boulanger et le laitier se chargent autant que possible de les livrer. Sinon, il arrive qu'ils en apportent au magasin général. Lorsque le printemps revient, les provisions de grain et de légumes commencent à se faire plus rares et de moindre qualité.

Mai apparaît enfin, séchant la boue sur les chemins. Alfred est heureux de faire sa tournée. Le cheval connaît bien son trajet, ce qui permet au jeune homme de se détendre. La route est jolie, sous les arbres aux bourgeons odorants, d'un vert lumineux. Le soleil se faufile à travers le feuillage, réchauffant sa nuque et ses bras. Sa tâche, aujourd'hui, consiste à aller porter des effets achetés par les responsables des cuisines d'une maison cossue de la côte. Il aime aller à cet endroit, près duquel est aménagé un grand quai d'où partent des barques qui amènent des gens sur les bateaux blancs, les nouveaux bateaux de croisière de la Canada Steamship Lines, ancrés au large de Baie-Saint-Paul. Ils transportent vers l'hôtel Tadoussac une clientèle de riches adeptes de bains de mer et de randonnées lorsque, évidemment, les capitaines acceptent d'y accoster, car les larges battures causent des problèmes aux navigateurs. Aucun d'entre eux n'aime venir à Baie-Saint-Paul, les courants étant trop forts et les immenses estrans rendant parfois le quai inaccessible. Ils doivent débarquer les clients au large, sur cet autre quai qu'on a surnommé « la cage ».

Alfred arrive à destination. Quelqu'un doit lui ouvrir la barrière. On n'admet pas n'importe qui à cet endroit. Il est interdit aux gens ordinaires autres que le personnel lui-même. Si vous n'êtes pas de ce monde à part, vous n'en verrez jamais la couleur. Même les domestiques sont triés sur le volet et ne sont pas toujours originaires de la région. Alfred ne voit jamais les propriétaires, qu'il connaît pourtant très bien, car ce sont les beaux-parents de Jonas. C'est toujours un domestique qui vient lui ouvrir. Mais cette fois, ce n'est pas le même que d'habitude : il lui rappelle quelqu'un. À son langage raffiné et à sa voix douce, Alfred finit par reconnaître le beau-père de Jonas, le propriétaire même des lieux ! Il ne l'a pas vu depuis si longtemps ! Il trouve que monsieur Laprise a beaucoup vieilli.

— Monsieur Tremblay, quelle bonne surprise ! Venez avec moi. Vous savez où laisser votre charrette.

Descendant de voiture, près de la grande porte des réserves, Alfred remarque une dame au regard glacial, appuyée sur un parasol fermé. Elle s'impatiente visiblement, car des gestes nerveux la trahissent, et elle se tient à l'écart pour ne pas être obligée de saluer le visiteur. Le mari ne s'en soucie pas et continue de converser avec Alfred :

— Comment allez-vous, monsieur Tremblay ? Votre femme est-elle bien ?

— Oui, merci, monsieur ! La famille s'est agrandie. On a maintenant notre petite Marie-Louise, de six mois à peine. Et vous, comment allez-vous ?

— Je survis, lui chuchote-t-il à l'oreille. Et mon épouse est fragile, depuis la mort de notre fille. Elle n'a plus cette joie de vivre qui la rendait si agréable. J'essaie de la comprendre. Je crois qu'elle me déteste, maintenant.

Puis, baissant les yeux, il enchaîne :

— Monsieur Tremblay, dites-moi… Comment va Jonas ? Pour ma part, il me manque. Il faisait ce qu'il pouvait pour rendre ma fille heureuse. Ce malheureux accident n'aurait jamais dû arriver.

— Peut-être que votre visite lui ferait plaisir. C'est un homme très seul. Chaque soir, on peut le voir assis sur sa galerie. Ses yeux sont perdus au loin. Jonas ne s'est jamais remarié, vous savez.

— Je l'ai entendu dire… Croyez-moi, j'en suis attristé.

— Ne soyez pas triste, monsieur. Ça rend malade et ça n'arrange pas les choses. De toute façon, vous faites ce que vous croyez être votre devoir. Jonas ne vous juge pas.

Pour toute réponse, le père Laprise lui tend la main, ouverte sur une somme généreuse.

— Voici, je crois que vous avez le compte. Non… Je vous en prie, gardez le reste. Vous le méritez, et je vous aime bien. Ce que votre beau-père a fait pour mon gendre, je ne l'ai jamais oublié.

— Merci, monsieur. Je garde aussi un bon souvenir de vous. À la prochaine ! Et vous en faites pas trop… Je dirai à Jonas que vous vous êtes informé de lui.

Alfred quitte les lieux. En agitant les rênes du cheval, il ne peut s'empêcher d'avoir un sourire moqueur. Elle est bien bonne, celle-là ! La précieuse épouse du père Laprise le garde prisonnier dans sa tour d'ivoire et lui serre le mors, comme à un cheval de parade. Il doit regretter son ancienne vie. Pauvre homme ! En réalité, ce n'est pas un mauvais bougre.

C'est le couchant. En sortant de l'enceinte du manoir, Alfred peut voir l'un des magnifiques bateaux blancs qui mouillent tout près. Des lampes et des lanternes illuminent toute l'embarcation, au point qu'elle paraît transparente dans le ciel bleu de nuit, à l'heure où elle se mire dans le fleuve calme. De la musique en émane et l'on peut voir, sur le pont, danser les demoiselles aux bras des messieurs en habit de soirée. Des effluves de cuisine s'en échappent et donnent à Alfred le goût de rentrer chez lui. Chez lui, dans sa vie ordinaire mais remplie d'amour, où un bon repas l'attend, ainsi que des bras ouverts et le rire d'une enfant.

Cette opulence fait envie, bien sûr. Anne aimerait bien avoir la chance de valser sur ces magnifiques embarcations de luxe. Il arrive à Alfred de rêver d'avoir les moyens de lui payer une telle soirée, de la faire danser au son d'un orchestre romantique. Mais de tels divertissements sont hors de prix. D'ailleurs, ce milieu est fermé aux gens de leur condition. On les pointerait du doigt. Au moins, dans leur milieu à eux, les gens sont libres et solidaires. C'est bon de savoir qu'une main secourable est là, car la vie est imprévisible, et ce coin de pays est isolé du reste du monde.

Oui, ici, il faut se soutenir. La vie est dure, surtout si on a une ferme. À Baie-Saint-Paul, quand la météo est mauvaise, tout tourne au ralenti, même la culture du lin qui permet aux familles de s'habiller. Les céréales, on n'y pense même pas. Il faut être producteur de lait pour s'en sortir avec la terre. À Roberval et au Saguenay, il y a maintenant le train qui facilite bien des choses, mais les gens de la vallée de Charlevoix sont isolés entre les montagnes et le fleuve, comme s'ils étaient oubliés.

Un voisin des Tremblay, monsieur Gagnon, est propriétaire d'une fromagerie et fait partie d'une association de comté. C'est assez nouveau… Les agriculteurs et les producteurs se rencontrent régulièrement, à présent. Certains d'entre eux ont entrepris de fonder de petites compagnies, dont plusieurs se consacrent aux produits laitiers. Pendant l'hiver, exploiter un commerce est plus intéressant que de travailler aux chantiers de bûcherons, où ils seraient payés en «pitons»: ces pièces qui ne s'échangent que dans les magasins appartenant aux compagnies de bois. Alors il vaut mieux se débrouiller autrement et s'entraider comme on peut, afin que chacun puisse assurer sa propre subsistance, tout en collaborant au bien-être de tous.

Ce qui révolte les Canadiens français, c'est que des immigrés bénéficient de privilèges que l'on refuse à de jeunes couples d'ici, qui voudraient posséder une terre et s'en faire un gagne-pain. Dans le but de coloniser l'Ouest, on offre à des Européens des terres à un prix ridicule, parfois même gratuites, mais les Canadiens français se les voient refuser.

«Ah! Voilà l'ami Philippe.»

Alfred s'arrête pour le saluer.

— Salut, Phil! Comment ça va dans tes démarches?

— Plutôt mal… On m'a refusé l'aide accordée à ton ami anglais. J'ai pas pu savoir pourquoi…

Un ami anglophone d'Alfred s'est justement fait offrir une terre à très bas prix dans l'ouest du pays. On lui paie même son voyage en train. Il est parti la semaine dernière de Montréal, avec sa famille. Mais Philippe Gauthier, lui, s'est vu refuser le même privilège. Ce nouveau départ lui aurait pourtant sauvé la vie. Il s'est marié l'été dernier et s'est construit une maison dans le village. Mais il a tout perdu dans l'incendie de sa demeure, et n'a pu trouver un seul petit lopin de terre à exploiter. La seule reconstruction de la maison a été très coûteuse. Heureusement, la solidarité est reine dans leur petite bourgade, comme ils l'appellent entre eux. Plusieurs bons Samaritains se sont unis pour le soutenir dans ses travaux. L'un d'entre eux a même fourni du bois de sa terre ; un autre, les outils nécessaires. Sauf que cela ne donne pas à manger. La petite maison de bardeaux est presque prête, mais afin de survivre, il faudra trouver du travail. Bien que sa jeune épouse soit compréhensive et qu'elle l'encourage à ne pas se laisser aller, il semble sombrer peu à peu dans le désespoir.

— On voit ben que c'est un pays anglais que notre gouvernement voudrait.

— T'as raison, Philippe… Les immigrés ont droit à des terres à prix dérisoire et nos compatriotes se voient refuser la même chance. Y en a plein qui sacrent leur camp en Nouvelle-Angleterre.

— J'commence à penser qu'aux États, j'aurais plus de chances de bâtir un avenir pour ma famille. Paraît que les travailleurs qui viennent d'ici sont spécialement appréciés, là-bas.

— Si ça continue, toute ma clique va se retrouver de l'autre bord de la frontière, famille et amis. J'ai un aveu à te faire : si j'avais une meilleure santé, ça ferait plaisir à ma femme qu'on fasse la même chose. C'est pour moi qu'Anne est restée ici, à Baie-Saint-Paul. Les industries sont nombreuses au New Hampshire. Une petite communauté canadienne-française s'est organisée à Manchester. Les Américains ont besoin de bons travailleurs, alors y font tout le nécessaire pour les aider à se sentir chez eux.

— Et c'est pas froid comme ici ! Mais moi, ma femme veut rien entendre de déménager. C'est vrai que tout le voisinage a été ben correct avec nous autres. J'essaierai d'abord de travailler à la voie ferrée qu'y sont en train de construire entre

Pointe-au-Pic et Rivière-Ouelle. Y a aussi les camps de bûcherons. Mais le salaire en pitons, ça m'intéresse pas pantoute. Y a rien que quelques magasins qui les prennent… C'est de la vraie magouille ! Si notre oncle pouvait partir son camp au lac Frontière, ça serait bon pour nous. Lui, y nous paierait en argent. Y a aussi les usines de Montmagny qui seraient peut-être une solution. Mais c'est que ma Loulou, elle, est déjà enceinte et devrait alors rester toute seule ici.

— T'es sérieux ? Félicitations, mon vieux ! Ça va aller, tu vas voir… On est tous là. T'es pas seul.

— C'est vrai… J'ai tort de me plaindre, alors que vous avez toujours été là pour moi. Ça serait sûrement pas mieux de l'autre côté de la frontière.

Mais une larme roule sur sa joue et brille dans le soleil rougeoyant.

— Tu vas t'en sortir, mon gars ! On va t'aider. Bon… Faut que j'y aille. Le magasin va fermer. Le boss m'attend. Anne a dû préparer un bon souper. Ta femme aussi. Rappelle-toi qu'on est là…

— À la revoyure, Alfred ! Merci ben pour ton encouragement !

Alfred repart, laissant Philippe le cœur un peu plus léger… mais pour combien de temps ? Anne accueille son mari avec joie et tendresse. Alfred apprécie une fois de plus le fait de ne pas avoir de réels soucis financiers qui viendraient tout gâcher. Son ami Philippe, lui, jouit aussi de tels égards dans sa vie de couple, mais n'a cependant pas la chance de vivre tranquillement son bonheur, sans inquiétude pour l'avenir.

— J'ai rencontré Philippe. J'ai bien peur que le pauvre gars doive déménager aux États. Y a pas de travail, ici, pour les jeunes qui commencent une vie de famille.

— Beaucoup d'autres se plaignent aussi. Les emplois sont de plus en plus rares, et les terres de moins en moins accessibles aux jeunes, surtout les jeunes d'ici.

— Même le chantier naval a décliné. Du temps de mon père, on produisait entre cinquante et soixante-dix goélettes dans une même année. Les voisins du magasin général, les Tremblay-Dégelés, y ont bossé pendant longtemps. C'est les parents de l'épouse de Philippe, justement. C'étaient des gars ben vaillants, les Tremblay-Dégelés, et appréciés de la compagnie. Des hommes vigoureux! C'est à cause de ça qu'on les a baptisés "Dégelés". Mais aujourd'hui, y doivent subsister autrement.

Oui, la vie est dure à Charlevoix. Mais ça n'empêche pas qu'aujourd'hui, le temps est magnifique. Les cultures seront sans doute meilleures, cette année. Le temps capricieux de l'an dernier a eu au moins un avantage: il a rapproché les gens de ferme. Ils ont appris à communiquer et à se concerter pour mieux s'en sortir. La vie sociale a changé, en grande partie à cause de ces échanges de consultations et de services entre les habitants cruellement éprouvés.

En parallèle, bien sûr, la politique a pris de l'importance… C'était inévitable. De petits groupes partisans se forment, au sein desquels l'animosité et les ragots vont bon train. Les femmes des fermiers commencent à rêver de nouvelles toilettes, et certaines d'entre elles, mieux nanties, se moquent de celles qui ne suivent pas le courant.

Alfred donne des nouvelles de Philippe à Anne:

— Tu sais, sa Loulou… Elle est enceinte.

— Oui, mon amie Marie me l'a dit. Leur voisine, madame Boisvert, a ri d'elle cette semaine parce que sa robe était passée de mode. La pauvre est obligée de recevoir de l'aide, alors… Elle prend ce que les œuvres de charité lui donnent. Mais Marie est venue me voir, hier, parce qu'elle venait de rencontrer madame Boisvert à l'hôtel de ville. C'était au tour de cette chipie de faire rire d'elle par trois Anglaises richement vêtues, qui l'ont reluquée de la tête aux pieds et se sont regardées en pouffant. Paraît que la prétentieuse a rougi comme une tomate. C'est bien fait pour elle… Quêteuse montée à cheval, comme on dit.

Confrontée aux élégantes dames plus riches qu'elle, madame Boisvert n'était plus en position de se moquer de sa pauvre voisine. Dans toutes les municipalités, la vie communautaire est toujours imprégnée d'un peu de partialité et pimentée de petits conflits. Comme partout ailleurs, la population de Charlevoix n'échappe pas aux différences de classes.

Mais heureusement, le soleil brille pour tous, pauvres et riches, et l'été sera bientôt là. C'est le bonheur ! Les semailles ont commencé depuis avril et, dans les champs longeant le rang Tourlognon, on peut voir de petites pousses fragiles mais téméraires briller au soleil. Ce sont les célèbres oignons qui montrent leur nez, fierté des cultivateurs de l'endroit. Certains disent que le diable les fait pousser, d'autres que c'est Dieu qui les protège à cause de la proximité de l'église.

Chapitre 3

Doux-amers

Dans le cœur du village, tout s'anime dès le matin, mais Alfred travaille aujourd'hui à la maison. Il rafraîchit la façade, profitant de ce temps chaud éphémère. Devant la galerie, Marie-Louise dort paisiblement dans sa poussette. Elle a maintenant un peu plus de six mois. Sa mère a prévu une promenade dans le parc, près du fleuve.

— On a un soleil d'été, aujourd'hui. Allons nous promener, ma pitoune!

Alfred la regarde d'un air moqueur:

— Crois-tu que la petite te comprend?

Le regard un peu espiègle, Anne lui répond d'aplomb:

— Tu penses ça? As-tu vu son regard? On est très complices, ta fille et moi. Les mots signifient peu pour un bébé, mais Marie-Louise peut comprendre que je l'emmène pour un moment agréable. C'est pas la première fois... En plus, je lui fais la conversation... Tant pis pour ce que les autres pensent. C'est ma seule compagne.

— T'as raison, au fond! Fais attention, quand même! Les oiseaux pourraient t'entendre. Donne-moi un bec, ma furie, dit-il à sa femme en la prenant par la taille.

— Ça pique! Tu t'es pas rasé. C'est vrai que pour travailler à la maison...

Il embrasse ensuite sa fille, qui fait la grimace pour la même raison. Quelques minutes plus tard, mère et fille se promènent gaiement.

— Ça sent le gazon frais et les bourgeons. Tout est propre, dans notre village, ma puce.

Anne respire à fond et hume avec délice le parfum familier des cèdres.

— Dieu que j'aime cet endroit, ma chérie !

Anne a toujours vécu ici. Elle se dit que Marie-Louise y connaîtra aussi bien des printemps. Comme sa mère, elle est née sous le vent de Baie-Saint-Paul, dans les odeurs et les couleurs de chez elle.

Profitant du soleil encore tiède, les braves gens mettent le nez dehors. Anne apprécie leur présence. Ils sont les protagonistes colorés de cette scène quotidienne qui lui est si chère ! L'aura presque palpable de leurs souches imprègne l'éther de ce carrefour, où leurs ancêtres sont nés et ont vécu. Même la senteur des vieilles maisons ressort, sous la chaleur des rayons, et contribue au mélange qui caractérise les arômes printaniers dont Anne se régale. Il est normal, mais surtout réconfortant, que la maison du boulanger sente encore le pain et le grain, comme dans ses souvenirs. Devant le commerce du cordonnier, des relents de tannerie et de cuir ciré reviennent chaque printemps, sous le feu du jour qui chauffe le sol et l'escalier de bois, comme au temps de son grand-père. Elle se plaît à songer que ses aïeux ont laissé dans ce village leurs empreintes et leurs odeurs. Tout ce qu'elle voit ici, les choses et la nature, tout cela est plein de leur sève et porte les résultats de leur labeur.

Elle s'arrête et s'assoit un moment sur le vieux banc de bois, émerveillée qu'il soit aussi solide et bien conservé après tant d'années. Dans la lumière du matin, il est d'un blanc étincelant ! Il faut dire que chaque automne, le vieux monsieur Gauthier demande l'aide d'un passant pour le transporter à l'intérieur, où il lui refait une beauté. Cette odeur de peinture fraîche fait aussi partie des choses précieuses à sa mémoire. Elle se promet de remercier le vieil homme lorsqu'elle le rencontrera.

Prenant encore une longue bouffée d'air, elle s'imprègne pour une dernière fois de l'atmosphère particulière de ce lieu. Il faut rentrer… Le vent vire au nordet : il est plus frais et saturé d'effluves et de souvenirs qui parviennent du large en notes d'algues et de forêt. Demain sera plus froid. Si ce n'était le soleil brûlant qui réchauffe le banc accueillant, on y grelotterait, maintenant. Elle relève la couverture jusque sous le menton de sa fille et quitte à regret ce coin si agréable pour entamer son retour, observant discrètement les gens. Sur la galerie de la maison du coin, le gros monsieur Cormier se berce en fumant sa pipe.

— Ça sent le rhum… Sens-moi ça, Marie-Louise !

L'endroit ne serait plus le même sans ce gros monsieur souriant, qui fume sa pipe en projetant des volutes qui parfument l'air d'un arôme sucré. Sa présence au tournant de la rue constitue un moment béni de la balade d'Anne. Cela vaut aussi pour la voisine du gros monsieur, qui ne cesse de le harceler de ses commérages, alors qu'il n'aspire qu'à la paix. Avec ses cheveux, dont elle a roulé les mèches en petits billots retenus par d'étranges accessoires, elle ressemble au rameau qu'elle tient à la main et cherche à lui offrir.

— Vraiment désolé, mademoiselle, mais on m'en a déjà vendu un, dit monsieur Cormier.

Sur le visage anxieux de la voisine, une moue de déception vient de creuser un rictus douloureux de plus. Elle ne sait plus comment attirer son attention. Toujours célibataire, elle tente de séduire monsieur Cormier, veuf depuis environ un an. Et ses tentatives sans cesse répétées attribuent un certain piquant à la scène quotidienne dont ce quartier est témoin.

Enfin, la jeune femme se retrouve devant le magasin général, où des parfums d'épices et de papier journal emplissent l'air. Un petit groupe d'hommes sont réunis en face du commerce – toujours les mêmes –, collés au maire. Fumant avec avidité et force boucane dans un nuage bleuté, ils font valoir leurs opinions, les doigts dans les bretelles. Bien sûr, leurs discours ne sont pas toujours éclairés.

— Bonjour, messieurs !

— Bon matin, madame !

Elle entre dans le magasin et y rencontre le médecin de l'endroit, le docteur Baril, avec qui elle échange quelques mots. Un court moment plus tard, elle ressort du commerce avec lui. Faisant l'objet de salutations empressées de la part du groupe, Anne et le docteur s'immiscent dans la conversation. Le sujet en est bien évidemment la situation politique courante. Le maire apprécie l'occasion de démontrer sa verve.

— On a refondu le statut du français au Québec le mois dernier.

À quoi le médecin répond :

— Oui, c'était important, c'est sûr. Le français doit avoir sa place dans l'interprétation des lois, autant que les Canadiens français au Parlement.

— Vous avez raison, monsieur. Jusqu'à maintenant, les provinces anglaises et leurs députés se balançaient pas mal de la présence des Canadiens français au Parlement, soutient Anne.

Le maire intervient, avec prétention et véhémence :

— Ce ne sont pas les affaires des femmes, ma bonne dame ! Les décisions politiques appartiennent aux hommes. Mais je dois avouer que votre instruction vous donne beaucoup de charme ! Je sais que votre père est commerçant et que votre famille est très au courant, mais cela ne convient pas aux femmes de se mêler de telles conversations. Le Code civil en affiche la preuve.

Bien qu'offusquée, Anne doit se rendre à l'évidence : la loi ne milite pas en faveur de la gent féminine.

— Vous avez sans doute peur que les femmes soient influencées par les Américaines, monsieur. Ici, certains amendements nous étaient pourtant consacrés il y a quelques années, mais ces droits nous ont été enlevés depuis les victoires des féministes aux États-Unis. Les femmes du Québec sont très en retard si on se compare au reste du pays et à nos voisines du Sud. D'ailleurs, Wilfrid Laurier a courageusement exposé la situation dans ses discours et a louangé leur rôle dans la société canadienne-française. Selon ses dires, on doit respecter la langue de nos mères. C'est un homme comme lui qui va changer le sort des femmes dans notre pays. Plusieurs d'entre nous se préparent à le supporter.

Le maire fulmine :

— Ma chère dame, mettons les choses au clair… Les femmes ne sont pas tout à fait des personnes au regard de la loi. Leurs petites réunions ne sont donc pas très dangereuses, contrairement à ce qu'on en dit. Selon moi, elles sont aussi déficientes que des enfants peuvent l'être, surtout en politique et en affaires. Elles n'ont ni le cerveau ni l'instruction nécessaires pour administrer quoi que ce soit.

— Il n'en tient qu'à vous, monsieur, et au gouvernement de changer la politique à l'avantage des femmes. Vous trouveriez en elles des collaboratrices très précieuses. Les Américains, eux, l'ont compris. Depuis déjà presque vingt ans, les femmes des États-Unis ont joué un rôle important, entre autres dans la prohibition. Ici, le clergé et les politiciens font cause commune contre l'instruction des femmes et des gens ordinaires. C'est donc normal qu'on s'en inquiète en tant que citoyenne catholique, et en tant que mère.

Le maire lui répond d'une voix menaçante :

— Justement, vous feriez mieux de faire attention, madame, car vos interventions concernant la politique pourraient être jugées hérétiques. Vous risqueriez l'excommunication.

Anne, lasse de ces propos, fait demi-tour et bat en retraite, mais elle n'en demeure que plus déterminée à s'affirmer en tant que femme et, surtout, à transmettre à sa fille la certitude de sa valeur et de son rôle dans la société.

— Pauvre idiot, murmure-t-elle pour elle-même.

Elle se demande comment, il y a deux minutes, elle a pu penser que ces gens égayaient son environnement.

Puis elle se dit que son mari n'aimerait peut-être pas savoir qu'elle s'en est prise au maire.

— Tant pis, conclut-elle tout haut. Ma petite Marie-Louise… Cette semaine, on va se joindre à nos voisines pour discuter de nos droits. Tu seras sûrement la bienvenue, toi aussi.

Après son départ, le petit groupe d'hommes poursuit sa conversation.

— Ah ! Je vous le dis, messieurs, continue le maire, il vaut mieux pour un homme avoir un fils qu'une fille. Que vaut une femme comme héritière ? Une femme mariée légataire n'aurait même pas le droit de bénéficier d'une somme faramineuse, et elle serait obligée de la confier à son mari pour l'administrer. Il pourrait même la déposséder de ses biens pour les transmettre à sa propre famille. En tant que père d'une fille, il est diffile de faire confiance à un futur gendre, car il pourra gérer le patrimoine de sa femme comme il lui plaira, avantageant qui il voudra de l'avoir familial. Qu'en pensez-vous, docteur ?

— Sans vouloir vous offenser, monsieur le maire, je serais tenté de donner raison à cette jeune femme, intervient le médecin. Le monde change.

— Ne me dites pas que vous pensez comme elle, docteur…

— Je ne suis pas le seul homme à croire qu'on pourrait et qu'on devrait améliorer le sort des femmes. Le clergé ne pourra pas toujours freiner leur instruction et leur évolution sociale. Même certains prêtres pensent comme moi… À l'âge adulte, les filles instruites devraient avoir le droit de choisir autant que les garçons. Car la science, monsieur le maire, n'a jamais prouvé l'infériorité du cerveau de la femme. Quant aux enfants, je constate que les parents d'aujourd'hui préfèrent payer et envoyer leurs garçons et leurs filles à l'école. Fort heureusement, les analphabètes sont de plus en plus rares, maintenant, et ce sont surtout des vieillards. Mais il reste un pas à faire pour l'instruction féminine et son évolution. Cela honorerait notre province, monsieur le maire, car elle retarde sur les autres.

— Je pense que vous ne détestez pas cette jolie dame, répond le maire, avec un sourire fin finaud. C'est vrai qu'elle est séduisante et instruite, ce qui n'est pas courant. Mais, voyez-vous, elle est déjà mère. Pas d'espoir pour vous, docteur !

Et un grand rire niais suit cette déclaration. Le médecin reste coi devant le ridicule de cette attitude.

Ce dernier discours met fin à la petite réunion quotidienne.

Dans son retour précipité vers son domicile, Anne passe devant la maison de son deuxième voisin. Elle entend un cri de désespoir, puis une voix de femme tremblante :

— Je l'ai pas fait exprès ! J'te promets que j'recommencerai pas !

L'homme répond en criant, manifestement ivre :

— T'as rien qu'à m'obéir, mais tu fais exprès pour me mettre en torrieux !

Et des bruits éloquents s'ensuivent, suivis des pleurs de la femme. Anne comprend que cette épouse est battue. Elle voudrait intervenir, mais elle sait qu'elle n'y peut rien. Comme l'a si bien dit le maire, cette femme n'aurait aucune possibilité de se défendre en justice. Un homme peut battre sa femme : elle n'a aucun recours. Il pourrait même la priver de ses enfants. On les confierait alors peut-être à un foyer nourricier. Une autre voisine croise la promeneuse au même moment.

— C'est-y d'valeur d'être mariée à un soûlon comme ça ! Y a même pas fermé la porte en rentrant. Y s'est jeté sur elle ! Qu'est-ce qu'on pourrait ben faire pour l'aider ? Si mon Joseph était avec moi, y s'en mêlerait pour lui faire honte, à ce sauvage-là.

— C'est peut-être ce que ferait aussi mon mari, madame. Mais après, c'est elle qui en souffrirait. C'est bien malaisé de s'en mêler. Alfred dit que son mari boit depuis la mort de leur deuxième enfant, et qu'il n'était pas violent avant. C'est la tuberculose qui l'a tué, après des mois de maladie.

— Pauvre enfant ! Et pauvre homme… Quel dommage pour les petits !

— Quelle souffrance, aussi, pour sa femme, et quelle honte de se faire crier après comme ça, quand on sait que tout le monde vous entend !

— Et les petites filles… On sait jamais, avec un homme qui boit et qui est malheureux…

— Oui, c'est inquiétant pour les enfants !

— Vous avez raison. Ces gens misérables, c'est souvent la maladie qui les rend comme ça. On n'entend pas les enfants… J'ignore où y sont cachés, mais y doivent avoir peur. Enfin, qu'est-ce qu'on peut faire, sauf essayer de demander de l'aide à un quelconque groupe de soutien ? Au fait, ma gentille dame, on n'a pas eu la chance de faire connaissance même si on se voit souvent. Mon nom, c'est Delphina, votre troisième voisine, à l'entrée du village. Quand vous passerez, arrêtez donc… Vous serez la bienvenue ! On prendra une bonne tasse de thé. Des amies viennent chez moi pour une réunion une fois de temps en temps… Vous êtes invitée. Amenez votre petite… Plusieurs mamans viennent aussi.

— Merci, Delphina ! Je n'y manquerai pas. Ça me fait plaisir de vous avoir enfin rencontrée !

Les deux femmes retournent chacune à leur affaire. Ce soir-là, bien sûr, il est question du même sujet dans les deux foyers : que pourrait-on faire pour les malheureuses maltraitées par leur époux ? Existe-t-il un service qui pourrait les aider ?

À peine quelques jours plus tard, Anne apprend que la famille a reçu de l'aide. Elle croit que Delphina n'est pas restée indifférente et a immédiatement tenté une approche avec un organisme d'aide. Ou alors, quelqu'un d'autre l'a fait, à force d'entendre ce mari battre sa femme.

Dans le village, on dit que l'homme a été pris en main par une ligue de tempérance.

Par un bel après-midi ensoleillé, Anne répond à l'invitation de sa voisine. Cette dernière lui rappelle leur rencontre sur le trottoir et la cause qui les préoccupait.

— C'est l'institutrice qui a intercédé pour la petite fille de cette famille auprès de la congrégation des sœurs de Notre-Dame. Le père est pris en main, et des voisins s'occupent de lui pour lui changer les idées. Parfois, l'amitié, tu sais, ça peut faire des miracles. Paraît que c'est un bon diable, au fond, qui se sentait trop seul avec son chagrin après la mort de son enfant.

— C'est encourageant ! On voit une lumière au bout du tunnel. Pauvres gens !

— Oui, mais… La violence, c'est quelque chose de difficile à contrôler ; aller chercher de l'aide est essentiel, mais ça ne suffit pas. C'est un parcours difficile.

— Des gens compétents vont l'aider. C'est déjà mieux qu'il y a quelques années. Les services se sont améliorés dans la société de Charlevoix.

— Beaucoup d'épouses sont battues par un mari ivre. D'ailleurs, ça nous fait réaliser que nous, les femmes, on est souvent dans une position de fragilité et d'infériorité. Au fait, Anne… C'est demain qu'on se réunit, mes amies et moi. Joignez-vous donc à nous. Il faut s'encourager entre nous et se tenir debout.

Le soir même, Anne en fait part à son mari. Alfred est un peu surpris, car c'est la première fois qu'elle parle de se joindre à un groupe. Elle n'est généralement pas portée vers ce genre d'activité sociale.

— J'ai ouï dire que ces jeunes femmes se réunissent pour parler de féminisme.

— Es-tu embarrassé que je me joigne à elles ?

— Connaissant ton jugement, non… Aucune crainte. Ça va te faire du bien.

La réunion se passe dans la gaieté, mais plusieurs des voisines présentes n'ont pas mentionné à leur époux la nature de leur visite chez Delphina. Même l'hôtesse, qui n'a pas caché la tenue de la réunion, n'en a pas révélé le motif à son mari. Seules Anne et l'épouse de Jean-Louis Lajoie s'affirment ouvertement devant leur conjoint. La discussion est animée autour de la dépendance et de la soumission de certaines d'entre elles à leur époux. Anne bénéficie d'une instruction supérieure à celle de ses voisines, ainsi que du soutien d'un mari ouvert au progrès social.

— Qu'est-ce que tu veux qu'on fasse ? demande Anne. La loi est faite pour les hommes. Les femmes qui se rebelleraient seraient en danger : on pourrait leur enlever leurs enfants.

— Nos filles vont connaître la liberté, un jour, prophétise Delphina. C'est pour elles qu'il faut s'informer et se battre… D'ailleurs, savez-vous que l'Université McGill, à Montréal, remet les premiers diplômes de baccalauréat à des femmes cette année ? C'est peut-être seulement dans les arts et dans l'enseignement, mais c'est déjà ça.

— T'as raison, Delphina. Ma petite Marie-Louise sera libre de penser comme elle voudra. Même Alfred est d'accord avec moi. Mais j'irais pas jusqu'à lui dire que j'ai affronté le maire, cette semaine. Ce serait un peu trop pour lui…

— T'as osé contredire le maire ? Faudrait pas que ça m'arrive, ça. Mon mari me tuerait ! s'exclame Jacinthe Vincent, la femme du boulanger.

Ce qui soulève les rires parmi le groupe et met fin à la réunion. Chacune rentre chez elle. Sur le pas de la porte, Delphina prévient Anne :

— Fais attention, Anne... Le maire peut être dangereux. C'est le genre d'homme qui pourrait bavasser au curé parce que tu l'as humilié.

— Le curé est un ami de ma famille depuis longtemps... On se connaît bien.

Évitant de parler de son affront au maire, Anne a cependant beaucoup de plaisir à raconter le reste de la réunion à son mari, lui demandant toutefois de ne pas l'ébruiter. Ce que promet Alfred, sous peine d'être privé de ses desserts préférés pendant longtemps.

Aux derniers jours du mois de juin, Anne profite de nouveau de sa promenade dans la chaleur intense du début d'été. Sur le vieux banc de bois où elle voudrait bien s'arrêter pour sa halte habituelle, deux hommes sont assis... Ce n'est pas pour regarder les flots sous le soleil, ni pour humer les odeurs de la mer qui ouvre ses bras au fleuve. Non. L'un d'eux est venu ici pour fumer sa pipe en paix, croyant échapper à l'importun Raoul, qui l'y a pourtant rejoint. Ce dernier succombe à l'envie, qui lui est propre et constante, de lâcher son fiel ; ce qui a pour effet d'empoisonner l'instant paisible dont l'autre jouissait jusqu'à son arrivée. Raoul parle haut et fort, comme d'habitude. Son interlocuteur, Joseph Cormier, l'écoute poliment en fumant sa pipe.

À la vue de la jeune femme, monsieur Cormier se lève, espérant le même geste de la part de l'autre ; mais le bavard salue la dame sans se lever pour autant, et sans interrompre son papotage. Anne sourit à monsieur Cormier d'un air complice et s'assoit sur une grosse pierre, non loin de là, plus rafraîchissante, s'avoue-t-elle ! Elle est assez près d'eux pour entendre leur conversation. En fait, on devrait plutôt dire le monologue, puisqu'il s'agit des seules paroles de Raoul, le voisin du voisin de la voisine (surnom qu'on lui a donné parce qu'il dit toujours : « Le voisin du voisin a dit que la voisine… »). Monsieur Cormier ne se rassoit pas, dans l'espoir que l'autre s'en aille, mais l'intarissable Raoul continue. Sa conversation porte sur la jeune Indienne embauchée au pair par un riche propriétaire des environs :

— Imagine-toi donc, Jos… Ma voisine m'a appris que mon voisin, Louis Simard, aurait connu la petite Sauvagesse autrement que parce qu'y cherchait une femme de chambre.

— Indienne, Raoul ! Pas Sauvagesse, toriâble ! Et ça nous concerne pas !

Sans tenir compte de cette réponse, Raoul continue de plus belle :

— Toujours est-y que sa femme a su ce qui s'était passé avant. Mais ma voisine dit que Simard lui a pas donné le choix d'accepter ou non la présence de la Sauvagesse dans sa propre maison. Paraît même que les deux femmes sont devenues amies. Ça n'empêche pas que la jeune a l'air partie pour la famille.

— Épargne-moi les "ça a l'air" et les "y paraît". Les histoires des autres, ça m'intéresse pas. Est ben fine, la p'tite jeune ! Et le père Simard, y est capable de les faire vivre toutes les deux.

— Avez-vous pensé au mélange de races ?

— Les Blancs qui font des petits aux Indiennes, c'est pas d'hier, mon vieux. Les Français ont toujours trouvé les petites Indiennes ben accueillantes. C'est une farce, ça, la pureté de la race ! Y a déjà presque autant de métis que de vrais Indiens dans ce pays… Toi le premier… Es-tu sûr que t'as pas un peu de Micmac dans le sang ? J'ai souvenir que ton père allait souvent dans la réserve…

Raoul poursuit ses commérages, aucunement décontenancé :

— Si y fallait que monsieur le curé sache ça, Simard se présenterait plus aux élections du comté… J'serais ben content qu'y débarque.

— On sait bien où tu vas aller en partant d'ici, dit le père Cormier en se retournant pour partir. Maudit toriâble ! Bon… J'ai autre chose à faire que d'écouter tes qu'en-dira-t-on. J'suis venu ici pour profiter du soleil, pas pour faire du tort aux autres.

— Voyons, Jos… Va-t'en pas… J'voulais pas te faire fuir !

Cette fois, Raoul se lève. L'air piteux, il part lui aussi. Une fois de plus, la conversation a tourné au vinaigre. Le père Cormier rentre chez lui, non sans passer devant Anne pour la saluer gentiment d'un sourire en levant son chapeau.

— Vous êtes en beauté, aujourd'hui, madame ! C'est une mignonne petite fille que vous avez là ! Le soleil va lui faire du bien.

— Merci, monsieur Cormier. Bonne journée !

Raoul, lui, passe son chemin sans même un sourire pour Anne.

Elle profite de leur départ pour aller s'asseoir sur le banc qu'elle préfère, là où elle se sent chez elle. Puis, quelques minutes plus tard, elle quitte à regret ce lieu bien-aimé, pour aller préparer son souper.

Sitôt de retour à la maison, elle décide de réchauffer la soupe aux pois cuisinée la veille et prépare un délicieux chiard à sa façon, avec du bon lard salé. Alfred, un peu maussade, semble se détendre en humant l'odeur de ces plats qu'il aime.

— Tu me prends par la panse, ma femme. Tu sais que je résiste pas au chiard. Surtout pas au tien… Y est pas comme les autres.

— C'est la recette de ma mère. Des bonnes grillades de lard tendres et croustillantes, pas des oreilles de crisse. Maman aime pas ça, le croquant. Mais c'est rien, ça, mon homme… Devine ce que j'ai comme dessert.

— Allons donc, dis-moi…

— Tu verras seulement si tu manges toute ton assiette !

Ce qui n'est pas long, évidemment. Anne sort un savoureux pouding au suif fumant et le pose devant lui.

— Tu vas devoir veiller un peu, mon cher époux. Si tu t'endors trop vite, tu vas mal digérer.

— On va jaser, ma douce… Est-ce que je t'ai dit que l'autre jour, j'ai rencontré monsieur Laprise ? Tu sais, le beau-père de Jonas Poulin ?

— Ah, oui ? Moi aussi, je l'ai rencontré au magasin général, la semaine dernière, avec sa femme. Pas trop souriante, la dame ! Le seul moment où j'ai vu un sourire sur son visage, c'est quand le curé est entré.

— Le père Laprise est un homme malheureux, très mal à l'aise à cause de Jonas. En plus, sa femme le tient par la bride. J'aime autant être moins riche que prisonnier comme lui.

— En parlant des clients, t'étais pas supposé aller à Québec avec ton patron pour les prochains achats ?

— Oui, c'est demain, à vrai dire. On va partir avant le lever du soleil. Deux jours, tout au plus trois, et on devrait être de retour, surtout si y fait beau. On a beaucoup d'achats à faire.

— J'aurais bien aimé t'accompagner au port de Québec. Vas-tu me ramener des bananes ?

— J'en vois rarement, ma douce. Mais si j'en aperçois, j'en rapporte, c'est promis !

— Paraît que ça a beaucoup changé, dans le port.

— Tu l'as dit, ma femme ! Toute la ville a changé. La place Royale est moins fréquentée. Y a plusieurs grands magasins qui ferment. Les marchés étaient mieux garnis autrefois. Tout est transformé. Y a moins de choix dans certains domaines, et plus dans d'autres. C'était le port le plus important, mais à c't'heure, les bateaux continuent vers Montréal, où se déplace aussi le commerce. Même si le trafic maritime se poursuit plus loin, les bateaux à fort tonnage sont plus nombreux qu'avant. Ça coûte cher pour moderniser les quais et les équipements mécaniques qui étaient désuets.

— L'arrivée du train en provenance de Lévis a dû changer bien des choses, aussi.

— T'as raison ! Ah ! Y a des industries du cuir, surtout… C'est devenu gros, la chaussure, à Québec ! Et leurs propriétaires se collent aux hommes d'affaires. Certains se sont mis le nez dans les décisions concernant le port. Y en a même un qui se présente à la mairie de Québec. En tout cas, avec tous ces changements, les rues sont devenues plus étroites. On s'y perd, ma belle. Tu t'y reconnaîtrais plus.

— J'ai hâte que tu me racontes ce que t'auras vu, Alfred !

— J'aurai sûrement un petit quelque chose pour toi au retour.

Chapitre 4

Les enfants du travail

À l'aube, Alfred et son patron quittent Baie-Saint-Paul et se rendent à Québec. C'est le début d'une longue journée d'achats pour le magasin général. Déambulant dans les rues, ils peuvent observer les énormes changements qui ont été effectués depuis leur dernier passage. Beaucoup de manufactures, entre lesquelles circulent des convois de charriots, se spécialisent chacune dans une pièce de chaussure : l'une fabrique la semelle, une autre le contour, et ainsi de suite. Finalement, tous les morceaux se retrouvent dans l'usine d'assemblage et de finition où les deux hommes doivent aller aujourd'hui se procurer de la marchandise.

— Ça sent la tannerie ! Ça doit faire un grand tort aux cordonneries et aux petites fabriques de la région.

— Oui, Alfred, les grandes compagnies achètent les plus beaux cuirs en quantité astronomique. Alors les petits commerçants se retrouvent à court de matière première et de qualité. Et aussi à court de clients.

Comme Alfred le disait à Anne, les riches propriétaires de l'industrie de la chaussure sont devenus si nombreux et si influents qu'ils se collent de plus en plus aux notables de la ville, et deviennent même parfois des administrateurs du port.

Malgré un beau soleil, ce jour de juin est frais. En fin d'après-midi, la brise est plus mordante que caressante. Après les chaudes journées de mai, l'air a repris une odeur de printemps. À un coin de rue près de la place Royale, un infirme vend des marrons grillés, un foulard au cou. Son petit singe sur l'épaule, il joue sur un orgue de Barbarie un air français cher à son cœur et très populaire : *Ma Normandie*. Les deux voyageurs s'arrêtent, attirés par l'odeur des marrons. Sur un feu, devant lui, l'homme secoue une vieille poêle noircie dans laquelle dansent les marrons, projetant en fumée leurs effluves épicés et beurrés. Son teint hâlé témoigne de ses origines sous le vent et le soleil. Il vient d'ailleurs, comme beaucoup d'individus vivant dans cette ville portuaire. Non loin de lui, un garçon d'environ seize ans vend divers articles et des journaux. Sur le devant du panier accroché à son étrange véhicule à trois roues, tout rouillé, on peut lire : GUS. Ce coin est son territoire. Comme chaque ville et chaque village, Québec a ses jeunes vendeurs de journaux. Il arrive qu'ils se battent entre eux pour se disputer l'endroit de leur convoitise. En général, ce sont des enfants. Gus, lui, fait ce travail pour payer ses études. Il veut devenir « quelqu'un ». Il a un but précis à atteindre : récupérer une jeune fille que le sort lui a enlevée et la rendre heureuse.

Alfred et Jean-Louis s'assoient sur un banc, entre les deux vendeurs, pour manger leurs marrons. Les marchands continuent leur travail, sans se préoccuper de leur présence. C'est comme si la rue était devenue leur « chez eux », leur salon privé.

Le garçon regarde avec envie les marrons chauds que tend le vieil homme aux passants. Ces arômes si réconfortants, aux bouffées de sucre et de cannelle ! Lui en offrira-t-il, cette fois ? Quand la journée tire à sa fin, il lui arrive de s'en faire donner. Alors, le cœur réchauffé par le délice brûlant, apaisé, le jeune homme reprend courage pour affronter le couchant. Car, la plupart du temps, il se retrouve seul au coin de la rue, à attendre la nuit. Il arrive que quelques passants isolés se présentent ; mais souvent, tout est sombre et vide. Ce soir, le vieil homme est resté près de lui. Il a allumé sa lampe et couvert son petit singe avant que la noirceur ne s'installe. Comme s'il sentait la tristesse du garçon et sa grande fatigue, l'homme est demeuré là, souriant et rassurant.

— C'était une belle journée, mais très fraîche ! Les gens se hâtent de rentrer chez eux. C'est pas bon pour le commerce !

— Vous avez raison… La journée a été tranquille. Heureusement, on est deux… Les gens pensent à moi parce que vous êtes là : vos délices les attirent.

— Pardonnez-moi, mais… Vous me paraissez bien triste depuis quelque temps. Des ennuis vous tracassent, non ? Ça n'aurait pas un lien avec la jeune Indienne ? On la voyait souvent, qui vous observait de loin. Je dirais qu'elle semble éprise de vous. Il y a longtemps qu'on l'a vue.

— Oui… Elle s'appelle Chippewa. Je lui ai parlé quelques fois, mais l'autre jour, un riche marchand est venu la chercher. Son père l'a vendue à cet homme. Je l'ai vu lui remettre quelque chose en main propre et disparaître avec Chippewa derrière la bâtisse, là-bas. J'ai revu le père plusieurs fois, mais sans elle, et j'ai remarqué que ses vêtements étaient différents. Je l'ai aussi vu transporter des sacs, comme s'il avait fait des achats. Ici, les gens disent que le marchand l'a payé pour emmener sa fille. Paraît que c'est un commerçant de Baie-Saint-Paul, ben riche et marié, en plus !

— Son père semblait dur avec elle, non ? Les Indiens que je connais ne feraient jamais ça ! C'est pas une coutume de leur peuple… C'est seulement la cupidité d'un homme.

— Oui. D'ailleurs, Chippewa signifie "qui reste à la maison". Ça veut tout dire. Mais la dernière fois que j'ai vu son père, son visage était triste. J'suis certain que les remords le rongent.

Vêtu d'un manteau trop petit pour lui auquel il manque un bouton, Gus serre une main contre sa poitrine et, de l'autre, relève son col. Il siffle un air connu pour oublier le froid et la faim. La mélodie est triste. Et le vieil homme se met à l'accompagner à l'orgue de Barbarie d'un air mélancolique. Son sourire complice renforce le courage du garçon, dont le chant prend un ton plus gai. Son rêve remplit son cœur et le pousse à continuer.

Les parents de Gus ne peuvent pas assurer son instruction pendant toute l'année. Comme plusieurs autres gamins de son âge forcés à travailler, il passera la soirée à vendre des journaux et du tabac. Un jour, il pourra vivre autrement, car au moins ses parents lui permettent de garder le peu d'argent qu'il gagne pour aller à l'école. Il ne sera pas battu par son père parce que son gain est moins élevé aujourd'hui qu'hier.

Plusieurs jeunes de son entourage n'ont pas cette chance. Gus le voit bien, car des enfants de tous les âges et de différents milieux se côtoient dans sa classe. Ils avancent au rythme auquel le professeur réussit à adapter son enseignement, c'est-à-dire selon les besoins de chacun, dans cet ensemble hétéroclite d'enfants et de jeunes adultes. Son école, à l'instar des autres, essaie de s'adapter aux besoins des familles (les fermiers, par exemple, qui exigent l'aide de leurs enfants sur la terre) et aux limites financières de chacun. Cela consiste à accepter les départs et les retours des élèves, selon les moyens de survie de chaque famille.

Sur l'orgue du vieillard, il est écrit : GRIM. Pour la première fois, Gus s'aventure à l'interroger :

— Pourquoi "Grim", monsieur ?

— Mon nom est Grimard. Mes amis m'appellent Grim. Je viens de loin, tu sais, mon gars. J'ai fait un long voyage sur un navire pas rassurant, une vraie coquille de noix, à vrai dire. J'ai caché mon singe dans un sac. Les animaux étaient défendus, sur ce bateau. Un passager l'a découvert ; les autres l'ont convaincu de ne pas me dénoncer. Plusieurs d'entre eux s'étaient attachés à Marcel (je lui ai donné le nom de mon père, car je l'ai eu après son décès). Heureusement, la cargaison transportait des bananes. J'ai été chanceux, car beaucoup de bateaux refusent de transporter ces fruits, à cause d'une espèce d'araignée mortelle vivant dans les bananiers ; on en retrouve parfois dans les caisses. L'armateur qui possédait ce navire respectait certaines lois, mais balayait les autres du revers de la main.

— Un journal, s'il te plaît, mon gars.

Perdu dans sa rêverie, Gus sursaute un peu en voyant que quelques passants se sont approchés et forment déjà un petit attroupement autour de lui, se ruant sur son panier qui contient encore pas mal de journaux et des paquets de tabac, d'allumettes et de friandises. Certains restent là, près des autres, écoutant leurs commentaires, car ils sont âgés et sans doute analphabètes. Ils s'agglutinent auprès des plus instruits, prêtant attention à ce que ceux-ci disent des dernières nouvelles.

Déjà, un homme donne son opinion à celui qui l'accompagne :

— As-tu vu, boss, en première page ? Paraît qu'à Notre-Dame-du-Cap, hier, la statue de la Vierge a ouvert les yeux ! Ç'a l'air que, pendant dix minutes, ses yeux ont fixé le vide. Leur couleur était noire et son visage avait l'air en vie, avec une expression triste, accablée. C'est le curé Désilets et le père Frédéric qui ont été témoins de ça, avec un monsieur nommé Pierre Lacroix. Peux-tu croire ça ?

Autour des deux hommes, des murmures accueillent la nouvelle. Une vieille dame semble bouleversée et dit connaître ce monsieur Lacroix et le père Frédéric. Vêtue d'un manteau chic et le cou entouré d'une énorme écharpe de soie, elle semble appartenir à un milieu aisé.

— Le bon père Frédéric est un saint homme qui aide beaucoup de pauvres et de malheureux. Aucun doute sur sa parole. Si tout ça est faux, c'est une méprise ; ce ne peut être intentionnel. Cet homme ne mentirait jamais. Il est digne de respect.

L'homme à l'orgue de Barbarie est surpris par l'intervention de la dame.

— Ne croyez-vous pas qu'ils pourraient s'être trompés, le bon père et son ami ? Avoir été victimes d'une illusion causée par la lumière, par exemple ? Mais bon… Si vous êtes convaincue, ma belle dame, alors je m'incline ! Vous êtes si gentille ! Vous nous tenez souvent compagnie. Votre visite nous est toujours agréable.

Puis il se tourne vers Alfred et Jean-Louis, ajoutant :

— Messieurs, je vous présente madame Bertrand. Son fils est propriétaire de l'usine que vous pouvez voir sur votre droite.

— Messieurs…

— Madame… C'est l'endroit d'où nous revenons. Ainsi, vous venez souvent ici ? Vous devez habiter très près…

— En effet. À quelques maisons d'ici. Je me demande encore pourquoi je suis venue habiter ici. J'étais moins seule dans ma campagne. C'est beau et animé, mais je n'ai pas d'autres amis que ces deux aimables messieurs. Mon fils m'a amenée à Québec pour être près de moi et m'aider, mais il est toujours occupé. Je m'ennuie. Ma famille me manque, ainsi que mes amis de Tadoussac.

À quoi Jean-Louis Lajoie répond:

— Vous êtes de Tadoussac? C'est un endroit magnifique et très prisé des touristes. Nous, nous sommes de Baie-Saint-Paul. Ce sont les affaires qui nous amènent ici.

— N'allez pas à l'hôtel, alors. Venez plutôt chez moi… Il y fera moins froid pour continuer notre conversation, et j'ai des chambres pour les visiteurs. Vous égaierez ma soirée. Nous partagerons un bon souper.

— Madame, vous êtes bien généreuse!

— Je suis surtout très seule. Venez… Votre compagnie me fera du bien. Vous en profiterez pour vous reposer un peu avant le repas.

Une maison cossue, comme il n'en reste plus guère dans cette partie de la ville, est son nid. Vaste et richement meublée, la demeure semble déserte, jusqu'à ce qu'une domestique se présente au son d'une cloche.

— Mariette, occupez-vous du souper, voulez-vous? Et prévenez-moi dès que ce sera prêt.

Dans un coin de la grande pièce, une jolie table est installée dans une alcôve. Sur cette table, s'amoncellent des biscuits et… des bananes!

— Vous savez où trouver des bananes?

— Elles ne sont pas faciles à dénicher. C'est le monsieur que vous avez vu, celui qui joue de l'orgue de Barbarie, qui me les a trouvées. Il appelle ça des "demoiselles"! Je vous donnerai l'adresse où vous pourrez vous en procurer, mais je devrai d'abord lui demander la permission. Et vous devrez garder cela pour vous.

— C'est ma femme qui va être contente ! Elle en rêve ! Mais comme vous le dites, on en trouve rarement.

Jean-Louis change le sujet de la conversation :

— Votre fils est donc dans la chaussure ? J'achète dans son industrie pour mon magasin général. J'ai aussi un ami qui pratique le métier de cordonnier, à Buckland, et qui est un fabricant très habile. Souvent, je l'encourage en achetant des mocassins pour mon commerce.

— N'est-ce pas un monsieur Magloire Bernard ? Mon fils et moi le connaissons bien ! Il a un garçon de huit ans nommé Arthur. C'est un drôle d'enfant… un peu original, coiffé comme un adulte et spécialement talentueux ! Il fabrique lui-même de petits mocassins, dont certains font peut-être partie de ceux que vous vendez. Je l'ai vu faire. C'est assez extraordinaire !

— Vous avez raison, madame ! On parle des mêmes personnes. Mais j'ignorais que son très jeune garçon travaillait déjà le cuir.

— Oh, que oui ! Débrouillard, le petit, et très éveillé ! Quant à son père, c'est le chausseur le plus habile que je connaisse. Malheureusement, je sais que les usines de mon fils nuisent beaucoup aux petits cordonniers. C'est difficile pour eux, maintenant, de trouver du cuir de qualité à un prix raisonnable. Les manufactures monopolisent les plus grosses tanneries. Souvent, mon fils achète aux Indiens de grandes quantités de cuir. Mais monsieur Magloire ne souffre pas autant que les autres de cette nouvelle situation. Il a tant de talent ! Et, de plus, il fabrique lui-même ses chaussures plutôt que de seulement les réparer. Mon fils lui apporte souvent du cuir de qualité. C'est un privilège qu'il accorde à peu de gens. Il a cette famille en admiration. Oui, monsieur Bernard est un grand cordonnier et un habile fabricant. Il m'a fait un sac pour mon anniversaire. Mes amies de Baie-Saint-Paul m'ont beaucoup enviée !

— Avez-vous encore beaucoup d'amis dans Charlevoix ?

— Oui. Surtout une famille de riverains de Baie-Saint-Paul. Ils ont une jolie maison près de l'endroit où s'arrêtent parfois les bateaux blancs. Mais ils sont malheureux. Leur fille s'est noyée lors d'une traversée. Son mari a survécu. Le pauvre est rejeté de la famille, maintenant. Nous ne l'avons jamais revu.

— Oui… Il s'agit de Jonas Poulin, madame. C'est un brave homme. C'est mon paternel qui l'a ramené sur la grève. Il a dû le maîtriser pour l'empêcher de rejoindre sa belle Lucie, disparue dans les glaces. Le pauvre Jonas était inconsolable.

— Anna, la mère de Lucie, n'a jamais voulu croire à cette histoire. Elle a tant vieilli ! Elle me fait pitié, vous savez. Je vous assure que c'était une femme très belle et très aimable, malgré son allure hautaine et l'attitude qu'elle a aujourd'hui. Mais les apparences sont très importantes pour elle, elle tient plus que tout à la notoriété que son rang et son argent lui confèrent. Sa fille s'est mariée contre sa volonté à quelqu'un d'un milieu plus modeste. Mais Anna avait fini par apprécier monsieur Jonas… Il savait tirer de ses terres le meilleur rendement et venait parfois même aider ses beaux-parents. Il avait appris l'anglais et le parlait couramment. Monsieur Laprise s'entendait bien avec son gendre. Quant à Anna, c'est le choc qui l'a rendue aussi aigrie et distante.

— J'ai vu monsieur Laprise, l'autre jour. Il m'a paru désabusé, le pauvre.

— Il s'inquiète souvent de Jonas. J'espère qu'un jour Anna pourra faire amende honorable. Le pauvre homme a connu tant de souffrances ! Et de malchances, aussi, avec ses terres !

— Madame, le souper est servi, annonce Mariette en apportant des plats fumants.

— Ça sent si bon ! Quel bonheur de partager votre repas ! s'exclame Alfred.

— Tout le plaisir est pour moi, mes amis. Vous pourrez ensuite vous reposer quand bon vous semblera. Vous serez tranquilles. Demain, nous déjeunerons à sept heures. Cela vous convient-il ?

— Absolument, madame ! Et merci pour toutes vos attentions. Vous avez pu constater que nous partageons avec vous bien plus qu'une nouvelle amitié. Nous avons aussi des amis en commun. Quand vous viendrez à Baie-Saint-Paul, j'espère que vous nous visiterez. Ce sera une occasion pour nous de vous rendre la politesse. Vous aimerez Anne et ma petite Marie-Louise.

— J'en suis certaine !

Un excellent plat de volaille dont le goût leur est étranger les enchante.

— C'est un pur délice !

— Ma gouvernante est d'origine créole. Elle a travaillé pour des Français. Elle sait préparer des plats exquis dans lesquels elle mélange différentes cuisines. C'est ça, son secret. On l'a ramenée de Martinique lorsque mon époux a hérité d'un oncle, le mari français de sa tante. Elle est à jamais à notre service, à moins qu'elle ne rencontre l'homme parfait pour elle et veuille se libérer de nous.

Après un dessert succulent et une tasse de thé, tous trois éprouvent le besoin d'aller se coucher tôt, l'air frais de l'après-midi les ayant fatigués. Au matin, après le déjeuner, madame Bertrand les accompagne dans le port et leur fait visiter l'usine appartenant à son fils. À sa demande, des prix spéciaux leur sont accordés sur la collection d'été. Alfred témoigne sa reconnaissance au fils de madame Bertrand.

— Ma femme va être contente, monsieur ! J'ai justement promis de lui rapporter quelque chose.

— Dans ce cas, j'ai un nouveau modèle que vous trouverez très joli. Le voici. Je vous l'offre ! C'est mon hommage à votre épouse et à notre nouvelle amitié. Voici le sac qui l'accompagne. Vous ajouterez des bananes à ce cadeau.

— Un sac assorti ? Elle n'a jamais eu un sac assorti à ses chaussures. Sa famille est assez à l'aise, mais ce sont des gens simples, qui se contentent plutôt du nécessaire. C'est trop, vraiment !

— Elle pourra le prendre pour les grandes occasions. Et pour vous, monsieur Lajoie, nous trouverons aussi quelque chose.

— Vous être trop aimable… Quand vous viendrez chez nous, vous pourrez goûter de délicieux fromages que mon beau-frère a faits. Ils sont exceptionnels ! On vous en offrira un qui est particulièrement réussi.

— À la bonne heure ! J'irai justement à Baie-Saint-Paul très bientôt. Je vous apporterai des bananes si c'est possible. Ah ! C'est vrai… Voici l'adresse où vous en procurer, avec un mot de recommandation. Tenez… Voilà !

— Merci infiniment ! Heureux de vous avoir connu, monsieur, ainsi que vous, madame Bertrand.

Un baiser sur la main conclut la visite, laissant la vieille dame conquise.

— Nous avons encore un peu de temps à nous, car vous dormirez chez moi ce soir, mes amis. Demain matin, vous serez plus reposés pour entreprendre votre voyage de retour. Pour l'instant, nous devrions aller chercher vos bananes. Je viens avec vous, si vous voulez bien.

Pendant qu'Alfred et son patron effectuent leur trajet vers Baie-Saint-Paul, le curé frappe à la porte d'Anne. Il ne s'est pas annoncé, cette fois-ci. Mais il faut dire qu'il entretient une relation assez spéciale avec la famille Tremblay. Il connaît bien Anne, évidemment, car c'est un ami de longue date des deux côtés de la famille. Essuyant ses mains sur son tablier, la jeune femme l'accueille avec un peu d'embarras.

— Monsieur le curé ! Quel bon vent vous amène ?

— Ah ! C'est toujours bon de vous revoir, Anne ! Comment va votre petit ange ?

— Toujours sociable et bavarde, malgré un vocabulaire très rudimentaire.

La petite Marie-Louise sourit au curé et donne un échantillon de son dictionnaire de bébé.

— Ce sera bientôt le temps d'une autre naissance, n'est-ce pas, Anne ?

— Marie-Louise a même pas un an, monsieur le curé ! J'suis encore fatiguée. J'ai peu de temps pour moi, vous savez.

— Mais si vous voulez avoir un enfant au printemps prochain, pour lui tenir compagnie, il faut vous y mettre, ma chère !

Anne se retourne pour ne pas montrer son sourire. L'expression employée est plutôt loufoque. Elle essaie de changer de sujet :

— Prendriez-vous une tasse de thé, monsieur le curé ? Et aussi un morceau de tarte au suif ? J'en ai fait, hier, pour faire plaisir à mon mari qui revient aujourd'hui.

— Avec joie, Anne ! Vous faites la meilleure tarte au suif que je connaisse. Comment résister ?

— Alfred aime ben ça ! Jean-Louis et lui sont partis depuis trois jours… Des achats pour le magasin. La maison est ben vide sans lui…

— C'est tellement un bon diable ! Tout le monde l'aime. Toujours prêt à rendre service. Si on ne l'avait pas dans la paroisse, on serait souvent mal pris.

Anne dépose devant le curé un morceau de tarte et une tasse de thé. Le prêtre s'empresse de tout avaler.

— Dada… Dada…

La petite a entendu le prénom de son père et sourit en s'approchant à quatre pattes du visiteur. Conquis, il se penche et la prend.

— C'est tout le portrait de son père, cette enfant ! J'ai rarement vu une ressemblance pareille ! Mais elle a un sourire perpétuel ! Elle tient ça de vous, Anne.

— C'est vrai, tout le monde me dit que ma fille est le portrait de mon mari. Ça va faire une belle paire de complices, ces deux-là ! Alfred se promet déjà de l'emmener pêcher. Y est même un peu jaloux du temps que je passe avec elle.

— Bon… Ben, faut que j'y aille. Merci pour cette délicieuse tarte ! N'oubliez pas, Anne, de penser à votre futur enfant. Dieu nous donne le privilège de lui fournir des âmes. C'est un merveilleux cadeau ! Les Tremblay ont de belles grandes familles. Elles remplissent nos églises.

— On verra ce que la vie nous réserve. Mon mari est pas fort, vous savez… Pauvre Alfred ! Ses bronches le font souffrir !

— N'oubliez pas que les Tremblay font partie des fidèles qui confèrent à notre paroisse une grande notoriété. Certains paroissiens ont pour vous une grande estime et subissent votre influence. C'est une responsabilité, vous savez…

Et le prêtre embrasse sa paroissienne sur la joue.

Alfred revient au coucher du soleil. L'accueil que lui réserve Anne est tendre et plein d'attentions. Après avoir témoigné sa joie à son père, la petite a déjà sommeil. Ses yeux se ferment sur son repas.

— J'ai envie de la bercer, Anne. Laisse-moi la prendre un peu. Vous m'avez tellement manqué, toutes les deux ! Tiens, pendant que je l'endors, va voir dans ma valise… Y a une surprise pour toi !

Anne n'est pas une femme impétueuse. Bien qu'assez délicate, elle est très grande, a la mâchoire un peu carrée, un port de tête majestueux et le regard plutôt grave de ceux qu'on n'impressionne pas. Son calme est légendaire… Et si une attention d'autrui semble peu la toucher, elle lui fait au-dedans un énorme plaisir. Elle tourne instantanément les talons et se dirige vers la chambre, où Alfred a déposé le paquet enrubanné de soie et recouvert d'un papier délicat et coloré. À côté, sur le lit, un énorme régime de bananes ! Elle s'empresse de déballer le joli présent. Son cœur explose ! Cette pensée de son bien-aimé aurait pu n'être qu'un mouchoir, ou un mot, sa joie aurait été tout aussi intense. Il y a un mot, oui ! Court et touchant ! Elle le découvre en insérant son pied dans l'élégante chaussure, souple et confortable.

Tu me manques, ce soir ! J'ai vu ton visage sur le mannequin d'une vitrine. Je t'assure qu'il te ressemblait.

Une larme a coulé sur sa joue, mais Alfred n'en voit pas la trace lorsqu'elle revient dans la cuisine. Elle le surprend à fredonner la berceuse de Brahms en contemplant sa fille. Sa mère lui chantait cette même mélodie lorsqu'il était petit. Anne trouve la scène charmante. Le père, fatigué, commence à cligner lui-même des yeux en berçant l'enfant. Pourra-t-elle rêver d'une nuit torride? Après tout, le curé n'a pas tort sur toute la ligne... Elle prend la petite, la porte à son lit et revient vers son mari, endormi dans son fauteuil.

Elle le réveille en lui caressant tendrement les épaules... Ses mains ouvrent doucement sa chemise de flanelle, glissant langoureusement sur son torse, jusqu'à l'ultime destination... La frontière du paradis suprême, celui dont on ne revient pas avant l'accomplissement de l'irréversible. L'amour, se mêlant au plaisir, devient presque douleur: caresses tendres, puis violentes... se perdant en élans de reconnaissance, entrecoupés de soupirs et d'éclats.

La nuit trop courte tire à sa fin. Au petit jour, l'engouement est encore présent. Dans le soleil levant, Anne retient son mari avant qu'il ne franchisse le seuil de la chambre. Refermant la porte, elle tire sur la chemise d'Alfred, agrippe fortement ses hanches et s'approprie de nouveau son corps, passionnément!

Oui, les absences ont quelque chose de profitable pour un couple! Mais, pendant les jours qui suivent, Anne a des nausées et Alfred doit prendre la relève pour les soins dont le bébé a besoin. Quelques semaines plus tard, l'évidence d'une grossesse vient changer une fois de plus la routine dans la vie des Tremblay.

Marie-Louise aura bientôt un an et demi. Anne est de nouveau sur le point d'accoucher. Sur le chemin de sa tournée, Alfred passe devant chez lui et laisse à sa femme le journal. Pour se détendre, après le déjeuner, elle aime bien lire quelques nouvelles pendant que sa fille s'amuse avec de jolis jouets de bois fabriqués par son père. Surmontée d'un grand titre, une nouvelle extraordinaire : on y fait étalage du dernier amendement au Code civil concernant les femmes ! Dans les municipalités régies par le Code municipal, les veuves et les célibataires majeures propriétaires pourront désormais user de leur droit de vote. Un petit cri de joie lui échappe, qui surprend Marie-Louise. La petite a un sursaut, puis se calme et regarde sa mère, qui la contemple d'un œil complice.

— Pleure pas, ma fille ! C'est une bonne nouvelle ! Tiens… Prends ça. La nouvelle est pas encore pour les femmes mariées, mais ça mérite bien un petit chocolat.

La moue se change automatiquement en sourire.

Anne décide de se permettre une intrusion dans l'énorme boîte de chocolats que lui a donnée son mari pour son anniversaire, en octobre, et qu'elle a cachée bien au frais dans la chambre froide pour ne pas trop se laisser tenter. Son mari a aménagé un coin plus élevé dans la cave, avec un petit banc de bois sur lequel elle peut s'asseoir au besoin. Elle s'y rend pour trier ou envelopper des légumes pour l'hiver, mais aussi pour célébrer des occasions spéciales (comme ses petites victoires personnelles et tout ce qui concerne le sort des femmes). Elle descend donc à la cave, sa fille dans les bras, et se paie une bonne bouchée, comme sa mère le faisait avec elle lorsqu'elle était petite, assise sur le minuscule banc d'appoint devant l'étagère… Quelle journée mémorable ! Monsieur le maire peut bien mettre ça dans sa pipe et le fumer en se pétant les bretelles.

Quelques jours plus tard, un dimanche matin, elle lit encore son journal, cette fois en compagnie d'Alfred. Un article faisant référence au titre de la première page attire son attention :

— Oh ! Mon Dieu ! Regarde-moi ça… J'en reviens pas ! C'est pas trop tôt ! Depuis 1886 que cette enquête-là dure… Tu sais, la loi pour les enfants au travail ? Eh bien ! Ça a finalement donné quelque chose. On parle aussi de l'usine de Salaberry-de-Valleyfield, près de la frontière… La Montreal Cotton. Plus de deux mille employés… C'est donc ben gros !

— Paraît qu'y font travailler des enfants trop jeunes et qu'y les cachent dans des caissons quand les inspecteurs passent.

— Jean-Louis dit que c'est vrai. Un de ses amis a travaillé là-bas.

— C'est une ville qui se développe vite à cause du textile, mais la population vit en grande partie dans la misère. Quand l'inspecteur Simard est venu faire un tour au magasin, y m'a dit qu'un système d'éclairage avait été installé dans les rues, et que le gouvernement avait octroyé dix mille dollars pour un nouveau bureau de poste. La ville est construite autour d'une baie. Paraît que c'est très beau ! L'industrie textile a beaucoup changé la place. Y a même des maisons qui appartiennent à la Montreal Cotton, dans lesquelles des employés sont logés. Mais lui aussi m'a parlé des nouvelles lois. Lui-même a été nommé inspecteur pour les faire respecter. Le nombre de personnes mandatées pour contrôler est si restreint que chaque inspecteur peine à s'acquitter de sa tâche. D'après monsieur Simard, y aura peu de compagnies qui vont se plier aux règlements. Moi, j'ai la certitude que les premiers responsables sont les parents. La pauvreté est grande, dans cette ville-là ! Bien des familles survivent grâce au travail des enfants. Les employeurs et les parents sont complices.

— En tout cas, c'est pas seulement dans le textile qu'on peut voir ce genre d'abus… Les fabriques de cigares emploient presque seulement des enfants entre dix et quatorze ans. C'est vraiment enrageant ! Leur sang est empoisonné par le tabac et ça ralentit leur croissance. J'ai vu un jeune garçon originaire de Montréal qui travaillait comme compagnon cigarier avant d'être adopté par de la famille habitant notre région. Ses parents adoptifs m'ont appelée pour que je le soigne. C'est comme si sa tête se développait plus vite que son petit corps frêle ; le tout est disproportionné. Son teint est cireux et gris. C'est triste ! C'est une vraie honte de faire subir ça à un enfant !

— Pauvre p'tit gars… Sa vie commence bien mal… C'est la même chose pour plusieurs autres garçons qui travaillent dans le tabac. C'est vrai que leur physique est différent de celui des autres enfants. Mais les parents étant dans l'ignorance, comment les blâmer ? C'est la pauvreté qui les pousse à faire travailler si tôt leurs enfants.

— Oui… La peur de l'avenir, et même du moment présent. La crainte de manquer de nourriture, de médicaments, de tout le nécessaire pour survivre. Mais ça se peut que quelqu'un aide le jeune garçon que j'ai soigné. J'ai demandé à mon cousin Jean-Louis d'intervenir pour lui auprès des Dufour de l'Isle-aux-Coudres afin qu'ils l'emploient sur les nouveaux traversiers. Jean-Louis m'a dit que les Tremblay et les Dufour ont besoin d'aide sur leur goélette. On verra bien…

— C'est bien pensé, ça, ma femme ! Ça doit être ton instinct maternel…

— Souhaitons que les nouvelles lois apportent un changement favorable à cette situation. Peu importe ce que l'avenir nous réserve, c'est important de veiller sur nos enfants. Le temps finit par arranger au moins une partie des choses.

— Encore faut-il que les propriétaires d'usine collaborent. Si les inspecteurs sont pas assez nombreux, beaucoup d'industriels vont déjouer les règles. Monsieur Simard avait ben raison ! Les enfants qui travaillent pour l'entreprise de leurs parents sont parfois plus chanceux que les autres.

Chapitre 5

Pas plus haut que sa bottine

Pendant ce temps, de l'autre côté du fleuve, à Buckland, dans le comté de Bellechasse, se déroule la vie paisible des Bernard, dont parlait madame Bertrand à Alfred. Le père exerce le métier de chausseur et de cordonnier, qu'il apprend à son jeune fils, Arthur.

Magloire est né Gonthier. Il se dit d'origine indienne. Mais il doit à un ancêtre français du nom de Bernard le nom qu'il porte maintenant. Après avoir épousé Malvina Gagnon et fait plusieurs enfants, il a appris que, sans le savoir, ils étaient cousins. L'Église l'a contraint à demander une dispense pour conserver le droit d'être marié à cette femme. Dans la région, personne ne sait pour laquelle de ces deux raisons (son ancêtre de France ou son mariage avec sa cousine) il a dû changer son nom pour celui de Bernard. Toujours est-il que les enfants de Magloire ont été nommés Bernard ainsi que lui-même, après ce rappel à ses origines, ou encore à la réalité de son mariage.

Magloire fabrique de très jolis souliers, des sacs et de chaudes bottes. L'Œuvre des sourds-muets, fondée il y a trois ans, a eu recours à lui pour enseigner à ses élèves. On dit que cette école forme les meilleurs cordonniers.

Arthur ne tente pas d'impressionner son paternel. Il aime toucher le cuir et le transformer en un chef-d'œuvre. Il est observateur, habile et perfectionniste. Son père ne l'empêche jamais de lui tenir compagnie dans la cordonnerie. Tous les outils dont il a besoin sont à son entière disposition. Magloire a constaté le don de son fils lorsqu'il l'a surpris en train de fabriquer un petit mocassin d'enfant. À sa façon de manipuler et caresser la matière première, Magloire a reconnu son propre talent à lui, sa facilité innée de créer une chaussure. Arthur a le même amour pour le cuir, qu'il manipule jusqu'à en faire une œuvre d'art.

Magloire contemple souvent son fils avec tendresse. C'est bien son portrait… sans, bien sûr, son handicap, car le cordonnier est bossu depuis une ancienne chute. Il est fier de lui ! À l'aube de ses neuf ans, Arthur agit comme un adulte. Il est responsable et effectue bien les tâches qu'on lui confie. Certains pères du village sont d'opinion qu'un enfant de cet âge est prêt à travailler – ce qu'ils exigent eux-mêmes de leurs propres rejetons. Mais Magloire n'entend pas demander à son fils de quitter l'école… Non ! Il a même fait des sacrifices pour payer son instruction. On devrait obliger tous les parents à faire instruire leurs enfants, pense-t-il. Trop de jeunes sont exploités, surtout les garçons dont les parents vivent dans le dénuement. Il se refuse à voir ses enfants se joindre à la masse des travailleurs entre huit et seize ans. Parmi eux, plusieurs n'ont pas l'âge statué par la Loi des manufactures : douze ans pour les garçons, quatorze ans pour les filles. Les industries exploitent les pauvres et les immigrés. Le cousin de Malvina, Onésime Gagnon, le lui a dit. Il est marchand à Sainte-Anne-de-la-Pocatière et s'implique dans la vie sociale de la ville en participant à de nombreuses réunions. Il a eu vent de certains abus dans le milieu ouvrier.

En se rappelant cela, Magloire se demande comment va le petit Onésime junior, fils de la première épouse de son cousin du même nom. De six ans le cadet d'Arthur, il est né à Saint-Léon-de-Standon, pas très loin, dans Bellechasse. Sa malheureuse mère, Julie, est morte en lui donnant la vie. Ce sont ses grands-parents Morin qui l'ont accueilli chez eux dès sa naissance. Un an après la mort de son épouse, Onésime a rencontré Amanda Gagnon. Et c'est par le biais de ce mariage que Magloire a appris que Malvina, son épouse, était en réalité sa propre cousine.

Mais la nouvelle épouse d'Onésime ne se sentait pas prête à accueillir son beau-fils à la maison. Le couple a donc décidé que, dès son retour de chez ses grands-parents, il sera placé au collège de Sainte-Anne-de-la-Pocatière, où il recevra une excellente formation. Magloire est un peu triste à cette idée, mais il est conscient, cependant, qu'Onésime jouira d'une bonne instruction, ce que lui-même ne peut offrir à ses enfants. Arthur et Onésime ont six ans de différence, mais à l'âge adulte, cet écart sera moins important. Magloire aime bien les Gagnon, avec qui il a beaucoup d'affinités, et désire qu'un jour les deux garçons soient amis.

— Ce serait agréable d'aller faire une visite à Saint-Léon-de-Standon, dit-il à sa femme. Onésime est encore petit, mais à l'âge adulte, Arthur et lui risquent de bien s'entendre. Surtout si les caractères de nos fils ressemblent à ceux de leurs pères. J'aimerais bien qu'Arthur ait la formation que je n'ai pas reçue. Par son amitié, Onésime junior pourrait lui apporter un peu de la culture de ses grands-parents, qui sont très instruits et influents. Et son père est mon cousin préféré… C'est un homme droit et généreux. Son fils sera pareil… J'en suis sûr.

— C'est vrai qu'Onésime junior est encore trop jeune, Magloire. Tu vas devoir attendre longtemps avant que les deux fassent connaissance.

— Pas si longtemps, Malvina… Le temps passe vite ! Les enfants grandissent plus rapidement qu'on pense.

Malvina est d'accord avec lui sur ce point. D'ailleurs, elle aussi aimerait connaître mieux Onésime père, dont Magloire lui parle souvent avec beaucoup d'affection.

— Ça pourrait se faire, Magloire. T'as raison de penser que plus tard, Arthur et Onésime vont peut-être s'apprécier.

— Bon ! Faut que j'aille travailler. J'ai beaucoup d'ouvrage qui m'attend.

Regardant l'horloge, il réagit soudain.

— Qu'est-ce qui se passe ? L'avant-midi est bien avancé et Arthur n'est toujours pas là ! C'est contraire à ses habitudes.

Perdu dans ses pensées, il n'avait pas réalisé que son fils n'est pas auprès de lui, alors qu'habituellement, il passe toutes ses matinées d'été à l'observer ou à l'aider ; l'après-midi, il rejoint ses amis. Arthur semble songeur depuis quelques jours et Magloire se sent tout à coup inquiet. Il sort de la maison et aperçoit tout de suite son fils qui discute avec un ami au coin de la rue. Il sait que c'est normal qu'un enfant ait besoin d'un compagnon de son âge. Mais s'il pouvait entendre leur conversation, il se rendrait compte qu'Arthur est plus préoccupé qu'il ne le croit. Ces deux précoces garçons de neuf ans sont en train de faire des plans comme des adultes.

— Tu vois, Arthur, lui dit Simon, j'ai décidé d'aider ma famille, sinon j'aurais l'air d'un paresseux. Après tout, j'ai l'âge ! De toute façon, c'est sûr qu'un jour, faudra que quelqu'un prenne la relève sur la ferme. Mes frères sont trop fragiles pour le travail de la terre, même s'ils sont plus vieux. Yvon a les poumons malades, et Luc est chétif. Les deux se sauvent au premier signe de besogne à faire. Faut dire que c'est dur. Le sol est rocailleux, ici. Ça prend des bons bras ! J'aime autant faire le travail moi-même… Comme ça, ça va être bien fait.

— Ouais… T'as ben raison ! C'est pareil pour moi. Le père est fatigué, ses mains commencent à le lâcher. Si je l'aide, y aura pas besoin d'en faire autant.

— On est des hommes, mon vieux ! Y faut qu'on se grouille ! Le bon temps, c'est fini ! C'est pour les bébés. Lire et écrire, c'est ben beau, mais dans le champ, ça sert à rien. Quant à toi, t'as tout ce qu'y faut pour gagner ta vie. T'as le commerce de ton père, ses connaissances, son talent… Et t'es ben débrouillard, mon Arthur ! T'es pas comme mes pauvres frères… Le père dit que seule l'instruction peut les aider, et qu'on doit les laisser à l'école pour longtemps encore.

— Faut que j'y aille… Le père doit s'inquiéter, dit Arthur. J'ai pas l'habitude de m'absenter le matin. Ça fait longtemps qu'on jase. J'ai décidé de ce qu'y faut que je fasse… À la revoyure, Simon !

Au retour d'Arthur chez lui, son père n'ose pas lui reprocher son retard immédiatement, afin de ne pas le mettre mal à l'aise. Arthur s'en aperçoit.

— J'ai pas voulu vous inquiéter, le père. Excusez-moi… J'avais envie de prendre l'air. Ça faisait deux jours que j'avais pas vu Simon. Demain matin, j'vous promets d'être au poste.

— Ça se comprend, Arthur. C'est normal. Le soleil est éclatant, aujourd'hui, et tu peux avoir besoin de t'amuser. T'es jeune, après tout.

— Pas si jeune que ça ! J'ai plusieurs amis qui ont déjà laissé l'école. Avec un travail d'été et les fins de semaine à la cordonnerie, je pourrais vous aider à joindre les deux bouts.

— T'es trop jeune, Arthur ! Travaille avec moi, pour l'instant. J'ai beaucoup à faire pour le mois qui vient. Tu seras plus utile ici qu'ailleurs.

— Oui…

Mais Arthur sait bien que son père veut surtout qu'il reprenne ses classes à l'automne. Il doit poursuivre seul son plan, sans le mettre dans la confidence.

L'été passe et le boulot ne manque pas à la cordonnerie. Arthur devient de plus en plus habile et vaillant. La visite que le couple Bernard désirait rendre à la famille Gagnon n'a pas encore été possible, à cause de tout le travail pressant. De toute façon, les garçons sont encore bien jeunes. En attendant, Arthur se prépare pour la rentrée scolaire. Il y a des frais, bien sûr ! Mais Magloire préfère se serrer la ceinture plutôt que de priver ses enfants d'instruction. Lui-même aurait aimé avoir cette possibilité. Les enfants de Buckland sont chanceux, car ils ne sont pas en manque d'instituteurs. Dans beaucoup de petites localités éloignées, les enseignants sont rares ou même absents. Les commissions scolaires ont de maigres budgets. À cause de cela, plusieurs jeunes professeurs délaissent l'enseignement pour s'adonner à un autre métier.

Gabrielle, l'institutrice du village, est âgée d'à peine quatorze ans. Les garçons à qui elle enseigne sont parfois plus vieux qu'elle. Filles et garçons composent des classes de trente à quarante élèves. Arthur la trouve bien belle. En ce mois de septembre, il est content de retourner aux études, car il sait qu'il aura ainsi l'occasion de la voir tous les matins. Déjà, il se prend pour un homme. Il est très soigné de sa personne, et il apporte pour Gabrielle des fleurs qu'il cueille sur le bord du sentier menant à l'école du rang.

— Merci, Arthur ! C'est gentil de votre part ! Mais vous n'êtes pas obligé de m'apporter un bouquet tous les matins.

Un grand gars du nom de Germain, jaloux, profite de l'occasion :

— C'est qu'y se prend pour un homme, le petit boutte ! Qu'est-ce que tu veux…

Ces paroles frappent Arthur comme un coup de poing. Il lâche son sac et se précipite sur le grand Germain de treize ans, qui en paraît déjà quinze. Ce dernier le soulève comme une plume en se moquant de lui. Gabrielle intervient, mais sans succès, jusqu'à ce qu'elle s'exclame :

— Ah ! Tiens, monsieur le directeur qui s'amène !

Les deux gamins se hâtent vers leur pupitre, le visage rouge. Réunis par la peur, ils sont redevenus complices. Mais il n'y a pas de directeur en vue.

— Je vous ai bien eus ! dit Gabrielle. Ça prouve que vous êtes tous les deux aussi naïfs l'un que l'autre. Vous me copierez cent fois "Je m'excuse, j'ai agi comme un enfant" ce soir, et proprement. Je veux la signature de vos parents au bas de la page, sinon j'irai les voir moi-même.

— Ah, non, pas ça ! bredouillent les deux punis à l'unisson.

Humiliés, craignant d'éventuelles représailles, les deux garçons s'en retournent, plus comparses que rivaux. Le grand Germain brise la glace :

— Viens, j'ai quelque chose à te montrer…

Ils se retrouvent cachés derrière un buisson.

— J'ai roulé du tabac. Veux-tu essayer ?

Le petit Arthur regarde avec appréhension la cigarette improvisée, mais voulant passer pour un homme, il accepte l'offre. Il s'étouffe, évidemment, et s'attire de nouveau les railleries de l'aîné.

— Tu vois ? T'es ben jeune encore, mon Arthur ! T'as des graines à manger avant de me prendre la maîtresse d'école.

— Comment te prendre ce que t'as pas ? Tu l'as pas, pis tu l'auras jamais ! T'es trop bête, gros tas !

De nouveau, c'est la bagarre… Quelques égratignures et quelques moqueries plus tard, et les deux retournent chez eux. Magloire accueille son fils, les sourcils froncés.

— Bon sang ! T'es ben magané ! Ma foi, t'empestes le tabac… Si j'entends dire que tu fumes en cachette, ça va me faire beaucoup de peine, Arthur. J'espère que j'peux avoir confiance en toi… C'est pour ta santé.

Magloire regarde le visage blême de son fils et ses vêtements souillés.

— T'es donc ben sale ! Fais-toi une toilette avant le souper.

Arthur porte la main à sa bouche et se dirige à l'extérieur, où il vomit tout son soûl.

Le père sait que le fils ne parlera pas. Malgré son silence, il faudra bien qu'Arthur exécute son devoir de punition et rapporte la signature paternelle à l'école.

— C'est quoi ça, Arthur ? demande Magloire à la vue du devoir.

— C'est à cause du gros tas à Germain qui se prend pour le chouchou de la maîtresse.

— Parle pas comme ça, Arthur ! Tu te conduis comme un bébé. C'est donc ça ? Tu t'es encore battu pour la jolie Gabrielle, hein ? Mais comme tu vois, t'es pas prêt… Laisse sécher ton nombril, mon gars ! Prends ton temps… Des filles, y en a plein ! Si tu me reviens avec une autre feuille comme celle-là, j'irai voir ton institutrice et ton grand Germain. C'est pas ça que tu veux, hein ? Ça fait que… Tiens-toi tranquille !

— Vous avez raison, j'aimerais pas ça que vous me fassiez honte ! On va faire attention !

— *Tu* vas faire attention. Toi, c'est pas les autres. À la bonne heure, mon fils ! Ma seule préoccupation, c'est ton bonheur… Tu le sais… Sois responsable.

— Oui, papa… J'suis plus un bébé.

— Non, mon garçon ! C'est pour ça que j'ai besoin de ton aide… Tu dois être sérieux. Tu vas prendre ma place, un jour. Et, tu sais, des filles, tu en trouveras plus tard des dizaines aussi belles que Gabrielle, et de ton âge, en plus.

— C'est Gabrielle que j'aime. Est ben fine !

— Prends ton temps, Arthur… Les goûts changent en vieillissant. Y a juste une partie de Gabrielle que tu peux comprendre, à cause de ton manque d'expérience. Tu vas te rappeler, un jour, de mes paroles. Promets-moi que tu recommenceras plus tes niaiseries d'enfant. J'ai besoin d'un homme à mes côtés.

— Vous allez être fier de moi, le père ! C'est promis !

Et comme toutes les autres fois auparavant, c'est encore par la fierté que Magloire réussit à raisonner Arthur.

Chapitre 6

Un travail pour un homme

En cette belle journée de septembre sans nuages, malgré la fraîcheur de l'automne, le ciel de Buckland est plus clair et plus bleu que celui de l'été. À l'instar de Baie-Saint-Paul, le charmant village riverain est baigné de la lumière éclatante de la côte. Perçant le froid de l'azur, un rayon éblouissant resserre ses bras sur la maison des Bernard. Il réchauffe de son éclat persistant la façade blanche et les fenêtres, éclairant avantageusement le miroir installé près de la porte, dans lequel Arthur s'observe d'un œil critique avant d'aller à l'école. Comme un grand, il peigne soigneusement ses cheveux et se rend compte avec orgueil qu'il a changé. Il trouve qu'il a fière allure depuis quelque temps. « Neuf ans, bientôt dix. Simon a raison… J'suis ben assez vieux pour aller travailler ! L'école, c'est pour les enfants. »

L'été a passé bien vite ! Pendant les derniers mois, plusieurs de ses copains ont trouvé du travail et ne reviendront plus en classe. Ses voisins du même âge sont maintenant considérés comme des adultes et aident à la maison ou à la ferme. S'il retourne à l'école, il n'y aura que Germain et lui, entourés de « bébés ». Envahi par une soudaine prise de conscience, Arthur remonte à l'étage et met quelques articles et vêtements dans un drap de lin noué en baluchon. Il redescend, laisse un mot pour ses parents sur le miroir :

«Pas à l'école. Cherche travail.» Puis, jetant un dernier regard circonspect sur son apparence, il quitte la maison et se dirige à l'endroit le plus hospitalier de Buckland où, il en est sûr, on aura besoin de ses services. Un grand potager entoure le presbytère, ainsi que de magnifiques platebandes de fleurs, mais l'ensemble est négligé. Arthur se dit qu'il pourrait s'en occuper. Le petit sentier qui mène à la bâtisse a besoin d'entretien, lui aussi, et la galerie d'être repeinte. Tout cela, il sait le faire! Il fait de l'occasion sa quête et fonce dans les barricades.

Dans l'embrasure de la porte, le curé lui sourit d'un air bienveillant. Il reconnaît immédiatement le petit visage aux yeux pétillants, couronné d'une chevelure trop bien coiffée pour son âge et ramassée en houppe comme une crête de coq. Le fils de Magloire Bernard, le cordonnier du village, se tient fièrement devant lui, bien droit, le torse bombé, avec l'air grave. D'une voix claire et forte, il lui tient avec assurance un discours bien senti:

— Monsieur le curé, j'suis prêt à gagner ma vie. Vous avez sûrement besoin de quelqu'un.

— Arthur! Comment ça va, mon grand? Ton père sait-il que tu es ici?

— Y valait mieux ne rien lui dire avant que je vous le demande.

— Mais tu dois aller à l'école, voyons! Tu es bien trop jeune! Profite de la chance que tu as. Plusieurs autres garçons du village n'ont pas cette bonne fortune.

— J'ai de l'expérience! Mon père m'a appris à travailler. Ça fait trop longtemps déjà que je vais à l'école. J'ai neuf ans! Vous avez certainement besoin de moi pour entretenir les alentours de votre maison. La peinture du presbytère est écaillée et le jardin est négligé.

— Désolé, Arthur… Tu as raison, mais ton père n'apprécierait pas que je t'engage. Réfléchis bien et retourne à l'école. Tu reviendras quand tu seras un peu plus vieux. Je dois te laisser… C'est l'heure de la prière.

Sitôt la porte refermée sur lui, Arthur, décontenancé, s'assoit sur une marche de l'escalier pour réfléchir. La tête baissée, il se met à penser à des moyens qui lui permettraient d'améliorer le sort de sa famille. La servante du presbytère l'aperçoit par la fenêtre et s'émeut devant son désespoir.

— Permettez-moi, père Raphaël… Arthur est débrouillard. Il nous ferait un excellent jardinier et apprendrait vite à nous aider. Je l'ai vu travailler dans le jardin de son père, et même dans la cordonnerie. C'est un enfant hors de l'ordinaire. S'il demeurait avec nous, je pourrais peut-être lui donner des leçons, comme s'il allait à l'école. J'étais enseignante, rappelez-vous…

— Je sais qu'il est débrouillard. Sa famille n'est pas riche, et Magloire vieillit. Depuis sa chute, il est voûté et souffrant. Il faudrait voir ce qu'en pense son père…

Entre-temps, Arthur est revenu à la maison, où il retrouve ses parents en état de panique.

— T'es pas sérieux, Arthur ! Où t'étais passé ? Ta mère était folle d'inquiétude !

— Au presbytère. Y a beaucoup de travail à faire dans le jardin, et aussi sur la bâtisse. J'pourrais leur rendre des tas de services.

— T'es pas prêt pour travailler ! On n'est pas encore assez pauvres pour que j'oblige mes enfants à quitter l'école. J'aime mieux payer pour ton instruction. Plus tard, tu me remercieras.

— Vous avez mal aux mains et au dos. C'est de plus en plus dur pour vous. Et le curé a besoin d'aide. Vous avez vu son jardin et sa galerie ? Et puis, j'ai passé l'âge d'aller à l'école, maintenant. Presque tous mes amis aident leurs parents. J'ai l'air d'un bébé, et même d'un sans-cœur.

— Pas pantoute, Arthur ! T'as l'âge de l'école… Tes amis aussi, mais c'est à leurs parents d'en décider. Tu dois être instruit pour avoir le choix quand tu seras adulte… Moi, j'ai pas eu cette chance-là. Le sujet est clos.

— On n'a jamais manqué de rien, le père. On est moins pauvres que ben d'autres, dans le village. Pourtant, vous avez travaillé jeune, vous aussi.

Quelqu'un frappe à la porte. Magloire s'empresse de répondre à son visiteur.

— Monsieur le curé ! J'ai une idée de la raison qui vous amène.

— Oui… J'ai réfléchi, et j'ai quelque chose à vous proposer.

— Autant vous le dire tout de suite, monsieur le curé… J'ai décidé que mon fils doit continuer d'aller à l'école.

— Nous pourrions nous occuper de sa formation et de son instruction. Mademoiselle Demers, qui a déjà enseigné, s'occuperait de lui apprendre le français, l'anglais, l'histoire et le calcul. Il serait probablement même plus instruit que ses petits voisins. Je veillerais personnellement à le préparer pour son avenir.

— J'ai pas l'intention d'en faire un prêtre, monsieur le curé, malgré tout le respect que j'ai pour votre vocation…

— Loin de moi cette idée, monsieur Bernard ! Je pense différemment de plusieurs de mes confrères. Chacun doit choisir par lui-même la vie qu'il veut mener. Si vous êtes d'accord, bien sûr, je donnerai dix sous à Arthur pour chaque jour de travail. Mais il devra vivre avec nous et s'occuper de nombreuses petites choses. Il mangera bien, et nous prendrons soin de lui. De plus, nous aiderons votre famille dans les moments difficiles.

— Merci, monsieur le curé! s'exclame Arthur. Merci! P'pa va être fier de son gars. Vous verrez, j'apprends vite! J'suis honnête et capable. Pour ce qui est du jardin, j'en sais déjà un peu. Faire le ménage, c'est rien pour moi. Et même beaucoup d'autres choses. Mon père m'a aussi appris à fabriquer des chaussures. Y dit que j'ai du talent. Il a très mal au dos et aux mains, maintenant. On est une grosse famille, et c'est difficile pour lui de gagner notre pain. J'pourrai l'aider, enfin! Et le grand Germain me traitera plus de bébé.

— C'est à ton père de décider, Arthur. Tu sais, je respecte ses ambitions pour toi.

Malvina intervient, ce qu'elle fait rarement dans de tels moments:

— Moi, j'ai la certitude que ça préparerait Arthur pour plus tard.

— C'est bon, mon fils! dit Magloire. Tu pourras travailler au presbytère. C'est peut-être, en fin de compte, la meilleure décision pour ton avenir. Puisque le père Raphaël promet de s'occuper de ton instruction, j'accepte. Ça t'aidera peut-être à aller plus loin dans la vie. Nous, on doit souvent se priver… Chez eux, tu vas avoir une meilleure formation. T'auras tout ce qu'il te faut. Tu seras plus distingué, tu vas apprendre à mieux t'exprimer. Faut, pour ça, que t'écoutes ton nouveau patron. Parle bien, et agis poliment… Fais comme le père Raphaël te dit.

Arthur a écouté ces dernières paroles paternelles sans mot dire, de peur de tout gâcher, puis il explose de joie:

— Vous pouvez avoir confiance en moi, le père!

Il ne remarque pas la petite larme qui coule sur la joue de son père, vite essuyée par ce dernier.

— Viens, Arthur. Je vais te faire visiter nos quartiers. Ce soir, tu dors chez nous. Une jolie chambre t'attend.

— Vas-y, mon gars... Et sois fier! Deviens quelqu'un de bien.

Magloire regarde partir son fils avec un regard triste, comme s'il venait lui-même de vieillir de dix ans en quelques minutes.

Une fois au presbytère, le curé fait d'abord visiter le jardin à Arthur.

— Vos fleurs sont si belles, monsieur le curé! C'est la première fois que je vois de si jolies roses! Ici, dans le village, y a pas beaucoup de fleurs.

— Elles viennent de très loin, Arthur. J'ai voyagé à travers toute l'Amérique, y compris le Mexique, et aussi une partie de l'Europe. Mademoiselle Demers connaît bien la façon d'entretenir mes roses, mais elle manque de temps. Avec tous les visiteurs qui viennent au presbytère, nous n'avons pas la chance de dorloter nos fleurs.

— C'est sûr, monsieur le curé. Moi, j'aurai le temps.

— Tu peux aussi m'appeler père Raphaël, si tu veux, puisque nous allons vivre ensemble.

— J'veux ben apprendre, père Raphaël.

— Eh bien, commençons immédiatement... On dit "bien", et non pas "ben".

Intrépide et déterminé, Arthur vient déjà d'atteindre un premier but sérieux dans la vie. Il est fermement décidé à apprendre et à exécuter du mieux qu'il peut toutes les tâches qu'on lui confiera.

Sa première mission consiste à entretenir le jardin. Le père Raphaël constate qu'il en est effectivement tout à fait capable, même s'il ignore certaines choses sur la culture des rosiers. Avec un minimum d'aide de mademoiselle Demers, il atteint rapidement une certaine compétence ; le curé en est surpris. Arthur se plaît auprès des fleurs magnifiques qui l'entourent, et il est déjà convaincu que cette tâche sera sa préférée. Très vite, le jardin revêt l'aspect d'un petit paradis terrestre. Arthur considère cette besogne comme un loisir et y passe une grande partie de ses heures de repos, ne consacrant que peu de temps pour les visites à sa famille. Magloire s'en trouve un peu attristé, mais il est heureux des progrès que fait son fils. Malvina s'est hâtée de dire à ses amies et voisines que son garçon travaille pour la paroisse :

— Vous avez vu le jardin ? C'est mon fils qui s'en occupe ! J'suis fière de lui !

Mais le plus satisfait de tous est le principal intéressé qui, de jour en jour, devient plus conscient de ses talents et de ses compétences. Même son langage a changé, et ses manières sont plus distinguées. Il a beaucoup négligé ses amis depuis quelque temps, comme s'il craignait d'être ridiculisé.

L'air est bon, ce matin, et l'odeur de la terre fraîche apporte à Arthur une impression de détente. Il aime tant la nature ! Aujourd'hui, il doit cueillir les légumes mûrs et désherber autour des fleurs. Creusant le sol pour en tirer les carottes, il respire avec intensité l'odeur des racines. Soudain, un bruissement le fait sursauter. Il vient du rosier, tout près. Dans le feuillage épais et les épines, une tache bleue apparaît, pour s'évanouir aussitôt. « Mais qu'est-ce que c'est ? », se demande le garçon. Un peu plus loin, un oiseau surgit des feuillages en titubant. Il semble blessé et l'une de ses ailes a une étrange allure : elle est de couleur différente du reste de son plumage et traîne sur le sol. De loin, il aperçoit un chat qui décampe. Dans l'arbre qui surplombe les rosiers, des cris stridents se font entendre, se répétant désespérément : il s'agit probablement de la mère qui s'inquiète de son petit. En voyant le prédateur qui s'éloigne, Arthur comprend que l'oiseau a été attaqué et s'est défendu. Sous les tournesols rapportés d'Europe par le curé, et devenus géants, des graines ont été projetées sur la terre. Il en présente une poignée à l'oiseau blessé, qui refuse de s'approcher. Arthur s'éloigne, laissant là son appât, pour l'observer de loin. Il le voit finalement s'approcher et manger les graines. Il essaie de le prendre pour le protéger et le soigner, mais il est insaisissable. Arthur continue de le nourrir, croyant qu'il s'affaiblira s'il le néglige. L'observer le fascine. L'oiseau grandit en peu de temps et prend vite l'allure d'un adulte.

Chaque matin, son ami le geai bleu est là, attendant son repas, mais toujours aussi farouche. Un beau matin clair d'octobre, Arthur le voit surgir des buissons de roses, là où les branches sont si fournies que leurs épines touchent le sol. Voilà pourquoi le chat ne peut jamais capturer sa proie. L'oiseau bleu s'approche de son protecteur pour la première fois. Et l'enfant lui parle :

— T'es chanceux d'avoir des ailes ! Tu vas mieux, hein ? Tu vas pouvoir voler partout… Ton aile est guérie, maintenant.

Tout à coup, Arthur le voit s'envoler tranquillement en s'arrêtant parfois pour le regarder, comme s'il était reconnaissant. Ensuite, il s'éloigne de plus en plus, d'arbre en arbre, comme s'il lui disait adieu.

— Tu t'en vas ?

Arthur entreprend de le suivre en l'observant intensément, jusqu'à ce qu'il l'entraîne loin du presbytère, à l'orée du bois, où coule un charmant ruisseau, large et lumineux. Pendant quelques minutes, l'oiseau longe le cours d'eau, sautillant et tournant, et finit par disparaître dans la lumière aveuglante. Du sol, l'enfant ne le voit plus. Assis dans les fougères, seul et envahi par la tristesse, il attend le retour de son oiseau jusqu'au coucher du soleil, en écoutant le chant apaisant de l'eau. Puis il décide de prendre en solitaire le chemin du retour. Au presbytère, le curé le cherche désespérément. Au bout du sentier, Arthur entend son appel étranglé par l'angoisse, et revient en courant s'excuser et expliquer son histoire.

— Un oiseau était là, blessé… Un oiseau bleu ! Très beau ! Une de ses ailes était brisée. Je l'ai nourri pendant quelques jours. Mais voilà que mon ami m'a abandonné… Il a disparu dans la lumière du ruisseau !

— C'est probablement un geai bleu. C'est l'automne, Arthur. Certains oiseaux émigrent au sud et reviennent au printemps. Ne t'inquiète pas, tu reverras sans doute ton ami au mois de mai prochain. Mais je t'en prie, ne me fais plus jamais vivre ce genre d'inquiétude. Seul, dans les bois, c'est dangereux ! Il y a des loups et des ours à l'orée de la forêt. Ton père ne me pardonnerait jamais s'il t'arrivait quelque chose, et moi, je m'ennuierais sans toi. On a toujours une responsabilité envers ceux qu'on aime, Arthur.

Pendant la nuit, Arthur fait un rêve. Son oiseau s'enfuit, et le ruisseau lui parle : « L'oiseau est loin. Viens avec moi, je te guiderai. Tu dois t'occuper toi-même de porter tes rêves au bout du monde. Personne ne le fera pour toi. »

Au petit matin, devant une immense crêpe arrosée de sirop, Arthur a tout de même l'air désabusé. Ce jour ne sera pas comme les autres. Aucun ami ne l'attendra dans les rosiers.

— Ne sois pas triste, Arthur, l'encourage le curé. Les geais bleus n'oublient jamais la main qui les nourrit. Ils finissent toujours par revenir.

— Un jour, j'irai jusqu'au bout du ruisseau, très loin, comme mon geai. J'irai jusqu'au pays où vont les oiseaux. Pas par le ciel, bien sûr, mais c'est beau sur terre, aussi. Après je reviendrai chez nous, retrouver ceux que j'aime.

— Justement, Arthur, pourquoi ne vas-tu pas voir tes amis, maintenant ? Il est temps que tu les retrouves. Prends un peu de temps pour toi, mon gars… Ça va te faire du bien.

— Germain et Simon vont trouver que j'ai changé… Peut-être qu'y voudront plus de moi.

— Tu te sens comme si tu avais changé, Arthur ? C'est que tu as évolué. Mais tu dois rester le même pour tes proches. C'est important ! Les vrais amis nous prennent comme on est. Ils sont toujours contents de revoir leurs complices. Oh, ils peuvent réagir et te taquiner un peu… ça oui !

— Ouais… Vous avez raison, père Raphaël.

— Prends ta journée. Va faire un tour chez toi, et va voir tes amis. L'amitié nourrit et doit être nourrie.

Devant la biscuiterie, Simon Simard, surnommé S.S., et Germain sont réunis, comme chaque jour à la même heure. Reconnaissant de loin la silhouette de leur ami, ils se lèvent aussitôt et vont à sa rencontre. Ses vêtements ont changé, et même son allure, ainsi que son attitude… en si peu de temps ! Arthur n'a pas non plus le même sourire qu'auparavant. Il a l'air timide et réservé.

— Arthur ! Mon vieux ! s'écrie Germain. Ça fait longtemps ! On s'était promis d'aller chez vous, aujourd'hui. T'as perdu un pain de ta fournée ? On se demandait ce que t'étais devenu…

— Non… Ça va. J'ai trouvé du travail au presbytère et j'ai une chambre au deuxième.

Et Germain de poursuivre sur un ton enthousiaste :

— Tu parles bien, dit-il en levant le petit doigt. T'es chic ! D'où venez-vous, monsieur ?

— C'est toujours moi !

S.S. éclate de rire et dit :

— *Moi…* Wow ! Ça, c'est pas mon vieux chum d'avant !

Arthur baisse les yeux et rougit. S.S. se met à rire et Germain appuie amicalement le poing sur l'épaule d'Arthur.

— C'est correct, mon vieux… Si t'as le courage de changer, le monde t'appartient. C'est ce que mon parrain me dit tout le temps. T'es toujours mon chum ! Laisse faire S.S., y est jaloux.

Ce à quoi S.S. réagit :

— Va te promener, le grand boutte ! Tu peux bien parler, toi ! T'es toi-même jaloux de son beau linge, même si tu le dis pas… Tu me confiais justement que t'aurais aimé avoir un bel habit pour dimanche. Gabrielle, a va être là, hein ? Eh, bon Yeu ! Euh… bon Dieu… C'est mieux, hein, Arthur ?

Et tous les trois se mettent à rire en chœur.

— Vous m'avez manqué, les gars ! Y a rien qui remplace les vrais amis.

À la fin de la journée, les visites qu'il a rendues à ceux qu'il aime ont mis un baume sur son cœur. Le curé avait raison.

Octobre a emmené avec lui le froid. Dans le potager, Arthur ramasse les feuilles et retire les plants qui ont déjà gelé. Il travaille dur, pendant des heures, comme si les retrouvailles avec ses amis et ses proches l'avaient stimulé. Il trouve parfois des traces de son geai bleu dans la terre noire, autour des rosiers. Il récolte les graines des tournesols pour les sécher en vue du printemps prochain.

Alors qu'il s'affaire dans le jardin, un homme imposant portant la soutane descend de voiture et se présente à la porte du presbytère, en faisant signe au cocher de l'attendre dans le jardin. Arthur se dirige vers les deux hommes pour les accueillir et saisit une valise posée par terre.

— Laissez, monsieur, dit-il au cocher. Je m'occupe d'accompagner votre éminent client.

Et se tournant vers le visiteur :

— Qui dois-je annoncer ?

— Louis-Nazaire Bégin, répond humblement le visiteur.

Après avoir enlevé ses chaussures sales, Arthur trouve le curé, comme d'habitude à cette heure, dans la bibliothèque en train de lire son bréviaire.

— Père Raphaël… Le père Louis-Nazaire Bégin est ici… Il a une valise. L'attendiez-vous ?

— Monseigneur Bégin ? Non, mais je suis honoré. Veux-tu demander à mademoiselle Demers de préparer une chambre pour lui au deuxième ? Je vais le recevoir ici, dans la bibliothèque.

Arthur fait entrer le visiteur.

— Monseigneur, soyez le bienvenu dans notre humble demeure.

— Vous êtes bien entouré, père Raphaël. Ce jeune garçon est avenant et éveillé à ce qui se passe autour de lui. Il m'a tout de suite accueilli avec chaleur. Est-ce votre protégé ?

— Oui, monseigneur. Mieux qu'un protégé, c'est un ami et un bras droit. Il est d'une bonne famille et il est très dégourdi. Je suis heureux qu'il soit là.

— Les gens qui nous soutiennent dans nos tâches sont tellement importants, père Raphaël. Ce jeune homme entretient bien votre jardin. Malgré l'automne, il est encore fleuri de roses magnifiques !

— Merci, monseigneur… Serez-vous longtemps avec nous ?

— Seulement une nuit, mon père. Je sais que vous êtes très occupé par la cause des orphelins de la région, et même de l'extérieur. Je suis venu pour parler avec vous de certains problèmes que la pauvreté occasionne à nombre de nos fidèles. Tous ces braves gens qui, de plus en plus, doivent emprunter des sommes à des profiteurs à des taux d'intérêt scandaleux ! Je ne saurais même plus appeler ça des intérêts. Car ces malfrats multiplient souvent au centuple la somme empruntée et ruinent les pauvres gens. Ainsi, les Canadiens français, surtout dans les régions peu fertiles, demeurent en situation de faiblesse par rapport aux Anglais. L'usure est devenue une plaie, père Raphaël… Une plaie !

— Vous avez raison… Je savais depuis longtemps que nos préoccupations communes nous réuniraient un jour. Les Canadiens français n'ont guère le choix de faire affaire avec des financiers anglais beaucoup plus riches qu'eux et sont plutôt négligés des autorités politiques.

— J'ai un ami du nom d'Alphonse Desjardins qui s'intéresse à ces problèmes de prêts usuraires, qui sont, hélas, tolérés par la justice et entraînent d'honnêtes gens à leur perte.

— Oui… Certains se mettent à boire, créant des situations qui nécessitent l'assistance des congrégations religieuses. On doit placer plusieurs enfants en lieu sûr à la suite de l'emprisonnement du père. Certains d'entre eux se retrouvent même orphelins à cause de représailles sérieuses qui ont conduit leur père au suicide. Je connais des épouses battues qui sont tombées malades de désespoir et d'épuisement.

— Il faut mettre fin à l'ivrognerie, et aussi au fléau de l'usure. Mais ce sont souvent des Anglais puissants et des politiciens véreux qui opèrent de cette façon et traitent les Canadiens français comme des bons à rien.

— La population de notre province est surtout rurale, mal organisée, pauvre et donc plus susceptible de se retrouver sous l'emprise de ces créanciers sans scrupule.

— Il faudrait que nos agriculteurs s'unissent en coopératives, comme le propose mon ami Desjardins, et qu'ils gèrent eux-mêmes leurs fonds… Aidés, bien sûr, de nos paroisses et des autorités municipales. Car ces deux concepts se rejoignent. Ici, la paroisse et la municipalité ne font qu'un, avec nos commissions scolaires. Nos intérêts communs doivent nous unir.

— Ah ! Je suis si préoccupé par cette cause et celle des orphelins que l'archevêché en a été avisé par des paroissiens et m'a averti que si je poursuis cette quête, ils devront peut-être un jour me priver de ma cure… Je suis de plus en plus appelé à m'éloigner du presbytère pendant quelques jours, ce qui inquiète les paroissiens, ainsi que le personnel du presbytère.

— Comment voulez-vous que nos jeunes aient envie de s'installer dans nos campagnes ? Dans l'Ouest, ils ne sont pas très bien accueillis, alors ils passent la frontière par milliers et se dirigent vers la Nouvelle-Angleterre, qui leur ouvre grand les bras. Il faudrait freiner ce flot migratoire. Il faut coloniser, mais la disponibilité des terres a atteint sa limite. D'ailleurs, des centaines de lots ne sont pas arables… Trop rocailleux et arides. L'Église n'est pas avantagée par la perte de ses fidèles, mais même Rome ne nous appuie pas toujours dans l'idéal que nous poursuivons.

— C'est un fait, et c'est alarmant. De plus, le taux de natalité augmente à une vitesse vertigineuse depuis quelques années. La saturation des terres cultivables devient préoccupante… L'avenir est sombre.

— Il faut exploiter les forêts en montagne et développer l'industrie, mais tout ce développement peut aussi avoir des conséquences parfois néfastes. Bon… Je ne veux pas manquer de savoir-vivre, mais je crois que j'aurai besoin d'un peu de repos avant le souper. Puis-je prendre congé de vous pour environ une heure ?

— Mais bien sûr… Mademoiselle Demers est à votre service. Elle doit déjà avoir préparé votre chambre. Allez vous reposer, monseigneur… Votre voyage a été long. Rejoignez-nous à la salle à manger. Nous vous attendrons pour souper.

— Merci, père Raphaël, pour votre accueil chaleureux !

Le lendemain, la discussion se poursuit, mais les deux prêtres savent fort bien que c'est le temps et la collaboration des élites qui régleront les problèmes. Déjà, des agronomes commencent à reconsidérer les lois et les associations existantes, qui se révèlent inefficaces dans la lutte contre les pratiques abusives des usuriers.

Une sonnerie à la porte du presbytère interrompt leur conversation. La voiture du cardinal Bégin est arrivée. Les deux prêtres se quittent, dans l'espoir d'une future rencontre.

L'hiver est difficile. Arthur travaille à enlever la neige du long chemin qui mène à la galerie. Mais il tient bon. En janvier, il fête ses dix ans. Il se développe rapidement.

De jour en jour, il devient plus musclé, aussi, à force d'exécuter des tâches physiques exigeantes.

Quelques roses séchées ornent la fenêtre de sa chambre (les premières qu'il a réussi à cultiver). « C'est curieux, se dit-il, comme les choses mortes deviennent parfois vivantes lorsqu'elles vous rappellent les êtres que vous aimez. » En regardant les roses, il se souvient de son ami à l'aile noire. Il se plaît encore ici, dans cet endroit paisible, chaud et douillet, où il ne manque ni de nourriture ni de vêtements. Il a repris ses fréquentations avec ses amis, mais d'une façon différente. Son caractère se forme ; il devient plus mature. Il s'aperçoit que l'éducation que lui apportent le curé et son assistante va véritablement au-delà de ce que ses amis ont la chance de connaître. Pourtant, ceux-ci l'acceptent comme avant, peu importe les différences qui existent maintenant entre eux. Germain l'envie un peu. S.S. le nargue, mais il rappelle à Arthur qu'il est chanceux et qu'il peut être fier de travailler.

— T'as fait ce que t'avais dit que tu ferais, mon gars… Tu n'as qu'une parole et je t'admire pour ça.

Après la saison froide, Arthur accueille le printemps avec joie. Il reprend son jardinage : c'est le bonheur !

Alors qu'il travaille au potager, il entend des petits cris. Dans la haie de rosiers denses qui entoure le jardin s'agitent de petits êtres qu'il ne peut pas voir. Une tache bleue apparaît entre les branches du buisson et se fraie un chemin jusqu'au sommet : sur son flanc, une aile noire ! Arthur retient un cri de joie. L'oiseau à l'aile étrange est là, perché sur le haut de l'arbrisseau. Il n'a pas perdu ses couleurs, ni oublié son ami. Mais cette fois, il n'est pas seul. Il semble avoir trouvé une compagne. Le garçon court au hangar et en rapporte des graines de tournesol de l'année précédente. De toute façon, il devait en semer aujourd'hui afin de redonner vie à ces magnifiques plantes que son geai bleu aime tant et qui égayent le jardin.

Au bout de quelques semaines, l'oiseau s'est installé, car Arthur entend s'époumoner des oisillons affamés. S'approchant des rosiers, il aperçoit le nid. Les parents se nourrissent des graines et donnent à leurs petits d'immenses libellules encore grouillantes de vie. Arthur se demande comment ils font pour les avaler sans s'étouffer. Plus tard, au presbytère, il partage sa joie avec son bienfaiteur :

— Vous aviez raison, père Raphaël… Le geai bleu n'oublie pas la main qui le nourrit.

— C'est sûr qu'il y trouve un avantage.

— C'est quand même un oiseau reconnaissant d'avoir été sauvé. Certaines personnes devraient s'inspirer de lui. Son aile droite est plus foncée que l'autre et une de ses pattes est fragile, alors c'est facile de le reconnaître. D'ailleurs, on dirait qu'il a davantage confiance en moi. C'est comme s'il me confiait sa famille. Ses bébés n'ont pas peur de moi.

— Tu dois retenir de cet exemple que la fidélité est toujours récompensée et qu'elle ramène chez lui son maître, car son pays et ceux qu'il aime ont aussi besoin de lui pour grandir et se sentir importants.

Plus tard, pendant l'été, Arthur peut voir que certains des rejetons ont une aile noire sans reflets, et d'autres non. Flanqué de sa compagne et de ses petits, le geai émigre un peu plus tard que l'année précédente. Et avec son départ s'amène le deuxième automne d'Arthur au presbytère et la fin de l'année 1892.

Arthur aura onze ans au printemps. De plus en plus, sa personnalité se développe et s'affirme. Il devient chaque jour un garçon plus habile et dévoué à son employeur. Quand il a le temps, il aide même à la lessive, fait les grosses corvées de nettoyage et répare les chaussures du curé et de son assistante. D'ailleurs, son dévouement lui vaut des attentions particulières de la part de celle-ci, qui lui prépare souvent de petites gâteries.

— Arthur, viens manger! Je t'ai fait des crêpes. On a aussi du bon sirop d'érable.

Les crêpes sont vraiment le dessert qu'il préfère. Il les dévore goulûment, à coup de quatre ou cinq, et veut apprendre à les préparer lui-même, ce dont il fait rapidement la demande à la cuisinière. Elle accepte de l'initier à la confection de ce plat, mais Arthur, bien entendu, ne se limite jamais à un seul début en quelque chose qu'il aime. Il devient vite un passionné des desserts et de la cuisine en général, et développe un intérêt particulier pour les découvertes culinaires. Il crée lui-même des plats, qui épatent le curé et ses hôtes. La plupart de ses loisirs sont consacrés à la cuisine et aux fleurs. Il apprécie aussi qu'on lui permette d'égayer le presbytère et l'église des fruits de son labeur.

Chaque semaine, il va porter à ses parents la plus grande partie de ses gains, car il ne manque de rien là où il vit.

Son langage a changé, ainsi que ses manières. Il a appris à converser avec des invités de tous les milieux. Il aime être ce nouveau personnage qu'il a apprivoisé avec le temps et qui fait de lui un jeune homme élégant et cultivé. Mais il dit toujours à ses parents qu'il apprécie beaucoup ce qu'il a reçu d'eux:

— Vous savez, m'man… Si vous m'aviez pas bien élevé, j'aurais jamais pu obtenir du curé la permission de travailler pour la paroisse.

— C'est plaisant que tu l'apprécies, Arthur, et que tu profites de cette grande chance que tu as ! Tu vas avoir un petit quelque chose de plus. Tu m'as souvent dit que tes chums t'enviaient un peu… T'es notre fierté, mon Arthur ! Toutes mes amies me disent que t'as changé le presbytère et que le curé est ben content de t'avoir.

Même le curé et sa servante lui font part de l'importance de sa contribution à la bonne marche du presbytère :

— C'est le deuxième automne que tu passes avec nous, Arthur. Les paroissiens se sont attachés à toi, ainsi que nos visiteurs saisonniers. N'est-ce pas un grand bonheur pour nous ? Mais c'est aussi une belle occasion pour toi de pouvoir travailler moins dur que tes amis. Tu étais déjà débrouillard, mais les connaissances et l'expérience que tu acquiers ici te permettront de réaliser tes rêves, un jour. Tu verras…

— J'aime beaucoup vivre avec vous, père Raphaël. J'espère que vous me garderez encore longtemps…

— Pour l'instant, tout va bien, Arthur. Nous sommes heureux que tu sois là. Ton travail est très bien fait. Toute la paroisse te connaît, maintenant. Mais n'oublie pas que, dans la vie, il faut apprécier chaque minute, car les choses peuvent toujours changer brusquement. C'est comme les oiseaux que tu aimes, mon garçon… Ils vont mourir un jour, quand ils auront longtemps égayé notre jardin. Moi non plus, je ne suis pas éternel… Personne ne l'est. L'important est de bien sentir chaque moment de ta vie, afin de pouvoir le revivre dans tes souvenirs et, surtout, pour que toutes tes expériences te servent à point nommé.

Arthur apprécie les nouvelles expériences. Le fait de vivre chez le curé lui donne la chance d'en apprendre un peu plus à propos des sujets les plus variés. Un sismologue est accueilli par la paroisse pendant quelque temps. Le jour, il rejoint son équipe, et le soir, il est au presbytère. Arthur en profite pour poser des tas de questions. Il a soif de savoir : tout l'intéresse. Sa passion pour les geais bleus est toujours aussi vive. Le curé avait raison de dire que certains spécimens de cette espèce semblent vouloir s'installer définitivement lorsqu'ils sont bien nourris. Arthur aime aussi les autres oiseaux et tout ce qui concerne la nature. Son quotidien est rempli par ses fleurs, son potager, ses geais.

Le garçon s'estime heureux que sa paroisse soit dirigée par cet homme instruit qu'est le père Raphaël, qui peut lui enseigner objectivement les choses. Cet homme lucide reconnaît que la religion ne doit pas prendre toute la place dans la vie de ses ouailles. Certains religieux disent à leurs fidèles pour qui voter et quand faire des enfants. Ils ne sont pas nécessairement mauvais, mais le père l'a mis en garde contre l'influence parfois néfaste qu'exercent les autres sur notre propre jugement.

— En nous, Arthur, il y a un ange, mais il y a aussi un démon qui nous sollicite à la moindre occasion et qui pourrait nous faire sombrer. Les prêtres ou les parents ne sont pas à l'abri de ce danger ; ni toi non plus, mon garçon. Ton père t'a enseigné à écouter ton cœur et à faire ce qui te semble juste, et non à te laisser manipuler ; c'est qu'il connaît la nature humaine et ses faiblesses. Le meilleur des hommes est parfois en proie à une terrible lutte intérieure ; souvent, même, c'est une détresse insurmontable qui le fait tomber. C'est pourquoi il faut avoir foi en toi-même, et ne pas t'enfoncer dans les recoins obscurs de ton être. Quand tu te sens perdu, laisse parler l'ange en toi. Va vers ceux que tu aimes et demande leur aide. L'amour, c'est la force qui nous sort du désespoir et qui nous supporte dans les efforts que l'on doit faire pour s'en sortir et ne pas rester dans les ténèbres.

À Baie-Saint-Paul, Alfred rentre du travail. Sa journée a été moins longue qu'à l'accoutumée, mais fatigante. Anne se repose pendant que les enfants sommeillent.

— Qu'est-ce que tu lis ?

— *Le Coin du feu*… Le journal que tu m'as apporté.

Comme Alfred travaille au magasin général, son cousin lui donne parfois des journaux à apporter à Anne, qu'il sait curieuse.

— Comment tu trouves ça ?

— Je suis contente que tu m'aies apporté ça, mon Alfred ! Tu remercieras ton cousin pour moi.

— J'étais sûr que ça te plairait. C'est un nouveau journal que Jean-Louis a reçu d'un transporteur de Montréal. Un journal consacré aux femmes, et surtout aux féministes.

— C'est Joséphine Marchand-Dandurand, celle qui écrit parfois dans *La Patrie*, qui l'a fondé. C'est surprenant de voir que des hommes connus participent à cette publication. Ça prouve que certains hommes sont plus avancés que d'autres et approuvent les idées modernes des femmes.

— Tes amies sont pas mal féministes, non ? Celles avec qui t'as eu une réunion, et aussi la femme de Jean-Louis.

— Oui ! Paraît que le mari de Delphina n'est pas vraiment contre le fait que les femmes s'affirment. Mais disons quand même que les réunions ont lieu en son absence.

— T'es peut-être au courant que ça fait un bon bout de temps que la femme de Jean-Louis cache des livres à l'Index dans la petite pièce, en arrière. Plusieurs femmes, au village, lui en achètent.

— En tous cas, mon homme, tu diras merci à Jean-Louis pour ça !

Chapitre 7

Mon ami

Deux ans se sont écoulés depuis qu'Arthur vit au presbytère. Pendant ce laps de temps, l'intérêt pour l'instruction générale a grandi dans toute la province. Dans le village de Buckland, presque tous les enfants vont maintenant en classe, même si leurs parents doivent encore payer le coût de leurs études. Les grands comme Germain sont rares, à l'école. Après l'âge de onze ans, les garçons aident à la ferme ou au commerce de la famille, et les filles à la maison. Les parents du grand Germain, eux, désirent que leur fils continue ses études. Malgré leur pauvreté et leur manque d'instruction, ils nourrissent pour lui de grands rêves. Son parrain, qui est notaire, les soutient financièrement. Les jours de congé, et parfois aussi le soir, Germain travaille aux champs. Certains matins, il s'endort sur son pupitre, mais il est heureux de fréquenter la petite école et se promet de devenir quelqu'un comme son ami Arthur qui, pour lui, est devenu un exemple.

Avec le temps, les garçons se sont liés d'une amitié solide. Leurs souvenirs communs en font d'éternels comparses. Simon Simard leur tient souvent compagnie. Arthur retrouve chaque jour ses deux acolytes lorsque le curé n'a pas besoin de lui, ou quand mademoiselle Demers ne peut lui accorder du temps pour son instruction.

Arthur est content de ne pas avoir à travailler aussi dur que S.S. et Germain. Ses tâches, bien qu'ardues, sont agréables et entrecoupées de leçons diverses. Sarcler le jardin ou s'entraîner à la cuisine sont pour lui des plaisirs. Les invités du curé sont devenus des amis pour lui, et il est fier de décorer le presbytère de ses magnifiques roses.

Simon doit travailler sur la terre, maintenant. Germain aussi, quand il n'est pas à l'école. Les deux vont aux champs avec leur père et l'imitent en toute chose, se prenant pour des hommes et fumant comme des adultes pendant les dures journées au grand soleil ou à la pluie battante. Lorsqu'ils reviennent à la maison, fatigués et désabusés, une cigarette et un peu d'alcool les réconfortent parfois – Simon devant son père, Germain à l'insu du sien. Dernièrement, la mère de Germain l'a surpris et en a parlé à Arthur.

— Germain t'envie un peu. Son rêve, c'est de trouver un travail comme le tien. Au fond, on n'a pas vraiment besoin de lui ici… En réalité, c'est pas si bon que ça, pour un jeune, de suivre les adultes aux champs. Ça le porte à vouloir faire comme son père, mais pas devant lui… Un peu trop, tu vois ? Quand son père ne le voit pas, je le surprends parfois à prendre un p'tit coup. Ça m'inquiète vraiment… C'est de mauvais augure pour son avenir.

Le soir même, Arthur décide d'intervenir pour Germain auprès du curé, qui lui répond :

— C'est une excellente idée de m'en parler, Arthur. Nous allons aider ton ami. Ça va l'encourager. C'est naturel chez toi, n'est-ce pas, d'aider les autres ? Tes parents sont pareils pour leur entourage. Ils sont généreux et d'un grand secours.

— C'est vrai. Ce sont eux qui m'ont appris à penser aux autres. Mon père organise souvent des levées de fonds pour des œuvres de charité. Ma mère aide certaines femmes qui ont tout perdu, soit dans des incendies ou après la mort de leur mari. C'est elle qui m'a appris à partager avec les plus pauvres.

— Continue d'entretenir tes amitiés, mon grand. Simon et Germain sont de bons garçons, même s'ils n'ont pas la chance dont toi tu bénéficies. Ils sont travailleurs et consciencieux. Je les aime bien. Si tu veux les inviter ici, nous les accueillerons avec plaisir pour de courts séjours. On doit toujours venir en aide à un ami quand l'occasion se présente.

— Vous avez raison, père Raphaël ! Mes amis sont très importants pour moi.

Un matin, S.S. ne rejoint pas ses complices à l'endroit habituel. Assis dans le parc, ses deux amis l'attendent impatiemment, mais après un long moment, ils décident de retourner au travail. Dès sa journée terminée, Arthur se présente chez lui, mais la mère de S.S. l'empêche d'entrer.

— Éloigne-toi, Arthur. Simon a attrapé la scarlatine. Le docteur est à son chevet. Paraît que ça court, en ce moment. Des enfants sont morts à Notre-Dame-du-Rosaire. Simon et son père y sont allés, la semaine dernière, visiter de la famille. J'ai peur de ce qui va arriver, mon garçon ! Vas-tu prier pour lui ? Demande au curé si une messe spéciale aiderait nos pauvres enfants. En ce moment, c'est le seul malade dans le village, mais faut avertir les gens d'être prudents si y doivent aller au Rosaire. Veux-tu le dire à Germain ?

— Dites à Simon qu'on va penser à lui, Germain et moi. J'en parle au curé, madame.

La scarlatine est une maladie grave. Le dimanche, les paroissiens murmurent lorsque le curé fait part à tous qu'un enfant du village en est atteint. À Québec et à Notre-Dame-du-Rosaire, il y a des décès. Les écoles sont fermées. Le curé demande à Arthur de rester au presbytère pour quelque temps afin de ne courir aucun risque.

La semaine semble bien longue à Arthur, qui est sans nouvelles de ses amis. Heureusement, ses fleurs et ses expériences en cuisine le gardent bien occupé. Lorsqu'il aperçoit le père Raphaël au potager, il est content, car monsieur le curé ne s'accorde pas souvent du temps pour visiter son jardin.

— J'ai quelque chose à te dire, Arthur… Viens avec moi, on va faire une marche dans le jardin. Montre-moi les belles fleurs dont tu as pris soin.

Mais l'air du curé est sombre… Immédiatement, Arthur y voit un mauvais présage.

— Non, dites-moi pas que c'est Simon… S'il vous plaît… J'veux pas savoir. J'veux pas savoir ! S.S. me lâcherait jamais…

— Personne ne peut choisir de mourir ou de vivre, mon garçon ! Il en est ainsi pour tout le monde.

— Non !

Ce « non » était étouffé, presque inaudible. Arthur disparaît comme un éclair entre les buissons de fleurs et s'effondre lourdement sur son banc, près des tournesols. Le geai bleu se pose à côté de son épaule, comme s'il sentait sa détresse. Mais le garçon est inconsolable. Dans son cœur, pour la première fois de sa vie, il ressent une amère impression d'injustice et de vide. Des pas résonnent sur le petit sentier de pierres. Germain est là… Le curé l'a appelé. Son visage est également rougi par le chagrin, mais il est là ! Son cher ami est là ! Les deux garçons pleurent longuement en se rappelant les derniers moments passés avec leur ami ainsi que les anciens, bons et moins bons.

Le curé les rejoint, leur proposant le réconfort d'une tasse de thé. La boisson chaude semble un peu les calmer, mais les deux amis en laissent les trois quarts dans leurs tasses.

Dans les jours qui suivent, Arthur vit une tristesse indéfinissable, comme un manque ; une sensation d'abandon que même son ami Germain ne peut combler. Il l'évite même pendant des jours. Chez les Simard, on ferme la maison aux visiteurs pour éviter toute contagion. Aux funérailles, Arthur ne se sent même pas capable de s'adresser aux parents de Simon. Au pied du cercueil fermé, il dépose un grand tournesol, sans un mot d'adieu, sans une larme… Ses yeux sont secs, son cœur aussi. Seul son geai bleu, moins sauvage qu'avant, entend ses secrets. Il est là, chaque jour, sur le dossier du banc où Arthur s'assoit pour être seul. Le curé lui propose de passer quelque temps dans sa famille.

Magloire aussi essaie de consoler son fils.

— Tu viens de connaître ta première grande peine, Arthur. C'est dur, hein ? Mais t'es fort. Tu vas passer au travers… Tu vas voir ! Ça va faire de toi un homme plus solide face aux coups durs de la vie.

— C'est trop injuste ! J'ai pas besoin de ça pour grandir.

— Non, tu as raison. Mais chaque épreuve te renforcit en vue des moments difficiles du futur. Au fait, Germain doit se sentir seul, lui aussi. Doublement seul puisqu'il a perdu ton soutien.

— C'est vrai… Ces derniers temps, j'ai été incapable de le voir et même de lui parler. Ça me faisait trop penser à Simon. Vous comprenez… On était toujours ensemble.

— Quand tu seras prêt, tu pourras consoler ton ami. Ça vous aidera tous les deux à passer à travers cette épreuve. D'autre part, les parents de Simon mériteraient de recevoir tes sympathies. C'est ça, Arthur, la différence entre le réflexe d'un enfant et celui d'un adulte. Pleurer, c'est normal… aussi longtemps que tu en auras besoin. Mais ça doit pas t'empêcher de partager ta tristesse avec ceux qui la vivent aussi. Quand on pense aux autres, on oublie plus facilement notre propre chagrin.

— J'suis tanné, des fois, d'être un adulte, le père. C'est trop dur !

— C'est vrai que la vie est ben dure pour toi, ces temps-ci. T'as voulu devenir grand plus vite, mais tu réalises que plus on vieillit, plus on doit se battre pour survivre aux malheurs qui nous tombent dessus.

— Est-ce que ça vaut la peine d'être en vie, si on perd ceux qu'on aime ?

— Tu verras que les prochaines peines seront moins difficiles à surmonter. Tu seras plus fort la deuxième fois, et encore plus après. Mais t'auras toujours des larmes et une impression d'injustice quand tu perdras quelqu'un. C'est permis… Tu dois te battre pour ceux qui restent et qui t'aiment, ceux qui voudraient pas te perdre, toi… Ton ami Germain, par exemple, qui doit vivre lui aussi sa peine tout seul, et nous, tes parents.

— Vous avez raison, le père. J'ai été égoïste. Demain, j'irai chercher Germain et on ira ensemble chez les Simard. La mère de Simon aimerait sûrement que je lui apporte des roses du presbytère.

— J'suis fier de toi, mon fils ! Dis-toi ben que leur peine est aussi grande, ou même supérieure à la tienne, bien que ça te semble impossible.

Le lendemain, les deux garçons frappent à la porte des Simard avec un énorme bouquet de roses du jardin.

— Ces fleurs sont pour vous, madame. Elles vont embaumer votre maison.

— Tu me touches beaucoup, Arthur. Attendez-moi une minute, les garçons… La maison a été désinfectée, mais c'est encore préférable que vous restiez dehors pour l'instant. J'arrive.

Madame Simard leur demande de l'accompagner au cimetière. Sur la tombe de Simon, le long tournesol est toujours là, à peine séché, et des geais bleus en grignotent les graines. L'un d'eux a une aile noire et semble apprivoisé. Il ne s'enfuit pas, mais se campe plutôt sur la pierre tombale, comme s'il savait qui repose là. Arthur sait d'où il vient. Il vient du jardin, celui de leur enfance commune, et il porte leurs peines comme il a porté ses rêves. Il a suivi le ruisseau, celui qui chante dans les rêves que la vie continue plus loin.

— C'est le tournesol que je vous ai donné, balbutie Arthur.

— C'est moi, Arthur… J'ai décidé de l'apporter ici. Ton tournesol va peut-être faire des petits si les graines tombent. Mais c'est le geai bleu qui me surprend le plus ! Je l'ai vu plusieurs fois depuis la mort de Simon. Juste ici, sur sa tombe, et pas ailleurs dans le cimetière…

— C'est un geai que je nourris depuis deux ans, et Simon l'a vu plus d'une fois. Le tournesol vient de notre jardin, au presbytère.

— C'est vrai ? Ce que tu viens de dire là, Arthur, c'est comme une preuve, pour moi, qu'on laisse des traces dans les endroits où on est passé, même après la mort. Tu ne peux pas savoir à quel point tu me réconfortes. Le tournesol, c'est pas la seule chose qui garde l'oiseau ici, puisqu'y en a plein dans ton jardin… C'est Simon qui attire ton geai ! Simon est parmi nous, mon Arthur… C'est son âme qui continue de vivre et d'attirer ton geai bleu !

— Vous croyez, madame Simard ?

— Oui, Arthur… Notre âme est faite de tout ce qu'on vit et de toutes nos intentions. Chaque chose qui est importante pour nous fait notre force et demeure après notre mort.

Arthur a enfin un faible sourire.

Et les trois s'en retournent chez eux le cœur un peu plus léger, espérant que le pire soit passé et ayant foi en un avenir plus clément après la cicatrisation de leurs plaies.

Chapitre 8

À demain, les gars !

L'amitié d'Arthur et de Germain a été consolidée par la dernière épreuve qu'ils ont traversée. Leur peine mutuelle a rendu Germain le bravache moins arrogant envers son ami. Il est de plus en plus grand et musclé, mais il n'a plus tous ces complexes qui le rendaient fanfaron. Il se comporte davantage comme un garçon de son âge depuis que le curé lui a trouvé un emploi à la paroisse pour l'entretien ménager de l'église. Ses parents remercient Arthur et ils sont reconnaissants au curé pour cette aide, car après la mort de son ami, Germain ne cessait de pleurer et avait même augmenté la fréquence de ses vols de boisson à son père. Certains adolescents du village développent ce problème d'alcool quand ils commencent à travailler aux champs tous les jours. Peut-être que fumer et boire leur insufflent un courage qui leur manque ? Arthur a échappé à cette tendance, car son père ne boit pas, et, bien entendu, personne n'accepterait cela au presbytère.

Trois ans ont passé. Arthur a maintenant treize ans et devient plus mature que la plupart des garçons de son âge. En cet été 1895, c'est déjà un jardinier compétent et un cuisinier accompli. Il remplace souvent mademoiselle Demers aux chaudrons, car elle est moins bien portante et souvent trop mal en point pour travailler. C'est lui qui, la plupart du temps, prépare les repas des visiteurs, répare les souliers du curé et entretient les platebandes.

Le père Raphaël continue de lui témoigner sa reconnaissance :

— L'atmosphère a changé depuis que tu es avec nous, Arthur, et j'en suis heureux. Tout est plus agréable qu'avant. Tu es devenu un vrai maître d'hôtel ! Je ne regrette pas la décision prise il y a quelques années. Nous sommes si fiers de toi ! Les gens remarquent que l'endroit est attrayant. Tu nous es d'un grand secours lorsque nous recevons des prêtres des autres paroisses ou des groupes de l'extérieur. Tes talents de cuisinier, entre autres, égaient nos soirées et cela apporte une aide précieuse à mademoiselle Demers. J'entends souvent des commentaires fort élogieux à ton sujet !

— J'aime beaucoup faire la cuisine. Plus tard, j'espère être cuisinier dans un grand hôtel. Et après, si j'en ai les moyens, j'aurai mon propre restaurant, à Québec ou peut-être même à Montréal.

— Je suis heureux que tu aies des rêves et de l'ambition, Arthur. Je souhaite que tu trouves quelque chose par ici. Mais, bon… Je comprends tes désirs d'éloignement. De plus, tu as de l'aide qui t'attend là-bas. Tu y as de la famille, n'est-ce pas ? Dans quelques années, tu auras la maturité nécessaire pour tenter l'expérience, mais pour l'instant, je suis heureux que tu sois ici, avec nous. Sans toi, en ce moment, je ne sais pas ce que je ferais, Arthur.

Encore une fois, l'attitude du curé impressionne le jeune Arthur. Il a souvent eu l'occasion de constater une pondération hors du commun chez cet homme d'Église, et un jugement bien différent de celui d'autres ecclésiastiques qu'il a connus. Il se dit qu'il a été chanceux de croiser son chemin.

Le père Raphaël est la seule personne à qui il se confie vraiment ; dans sa tête d'adolescent, il s'interroge sans cesse et a souvent besoin de ses conseils. Il reçoit toujours une réponse équilibrée et juste à ses questions.

Avec l'aide de Germain, qui s'occupe de tout ce qui concerne la sacristie et l'organisation des messes, et le soutien d'Arthur et de mademoiselle Demers, le père Raphaël se dit le plus chanceux des curés. Il vante souvent les qualités de ses assistants aux paroissiens et aux visiteurs. Le dimanche, en chaire, il remercie publiquement ses adjoints.

Cette semaine, Arthur remplace Germain à la sacristie, car ce dernier accompagne ses parents à l'occasion d'un voyage.

— Merci, Arthur, de t'occuper de la sacristie en l'absence de notre ami Germain. J'espère qu'il fait un bon voyage à Sherbrooke, avec ses parents. Ai-je bien compris qu'ils feront le pèlerinage à Sainte-Anne-de-Beaupré ? C'est un grand événement ! De nombreux fidèles partaient de Sherbrooke hier matin. L'évêque m'a dit qu'il avait fallu deux trains pour suffire à la demande.

— Ils se suivaient jusqu'à Sainte-Anne-de-Beaupré et revenaient hier soir, très tard.

— En ce moment, Germain et sa famille devraient être arrivés. Ils se reposeront, aujourd'hui. Demain, Germain sera au travail. Merci encore de le remplacer jusque-là, Arthur. Tu es toujours prêt… Je ne t'entends jamais protester.

— C'est rien, père Raphaël. Ça me fait plaisir de faire ça pour vous… Vous faites beaucoup pour moi.

— Ah ! J'oubliais… Peux-tu m'apporter *Le Canada français*, ce matin, dans mon bureau, puisque Germain n'est pas encore ici ? Tu as raison… Après la fatigue du voyage, il ne sera pas ici avant demain, c'est sûr.

Immédiatement après le déjeuner, Arthur va chercher le journal au magasin général. Monsieur Pelletier, le propriétaire, l'accueille chaleureusement :

— Bonjour, Arthur ! T'as ben l'air de bonne humeur !

— Oui, je viens chercher le journal à la place de Germain. Il revient aujourd'hui, mais il recommencera à travailler seulement demain.

— J'ai pas encore eu le temps d'ouvrir la boîte… Regarde derrière toi. Au fait, y allait où, Germain ?

— À Sherbrooke, puis à Sainte-Anne-de-Beaupré, en pèlerinage ! J'vous souhaite une bonne fin de semaine, monsieur…

Soudain, Arthur s'exclame, horrifié :

— Ah ! Non ! Non !

Le garçon se retourne et court vers la sortie. Dehors, il s'éloigne de quelques pas et vomit, puis s'affale au sol. Le marchand se précipite en criant à sa femme de venir l'aider, gesticulant et hurlant à l'aide :

— Émérentienne ! Viens vite ! Le petit Bernard est tombé !

Émérentienne accourt à l'appel de son mari, et des villageois s'approchent. Une femme, parmi eux, peut apporter une aide compétente, car elle est infirmière. Avant de revenir s'établir à Buckland avec son nouveau mari, elle travaillait au chevet des malades. En se penchant sur l'enfant, elle voit le journal du jour étalé au sol, à côté de lui, et lit la manchette : *DEUX TRAINS SE TAMPONNENT À CRAIG ROAD, PRÈS DE LÉVIS – 25 MORTS ET 50 BLESSÉS.*

— Peut-être que la nouvelle lui a causé un choc ? Le pauvre connaissait sans doute quelqu'un dans ce train.

Autour d'elle, les gens se sont attroupés et s'agitent fébrilement. Un homme, un journal à la main, pleure ; atterré, il tombe à genoux près d'Arthur.

— Laissez-moi m'occuper du petit ! C'est l'ami de mon neveu, qui était dans le train.

Arthur revient à lui tranquillement, met un moment à se souvenir, puis se met à pleurer en voyant monsieur Carignan, l'oncle de Germain, penché sur lui, qui est lui aussi en larmes. Arthur veut parler, mais aucun son ne franchit ses lèvres. Il est sous le choc. L'homme le prend dans ses bras, le serre fort contre lui.

— Ressaisis-toi, Arthur ! Y va peut-être bien, Germain… Napoléon et Rose sont avec lui.

Mais le malheureux homme réalise soudain l'ampleur du drame pour lui-même et sa famille. Étranglant un sanglot, il aide Arthur à se lever et le ramène chez Magloire, sans penser au curé qui attend avec inquiétude le retour de son protégé. Devant son fils, le père s'exclame :

— Qu'est-ce qu'il a ? Qu'est-ce qu'il a ? Mais dites-moi ce qui s'est passé ! Arthur ! Réponds-moi !

— Un choc, monsieur Bernard. Votre fils a vu la nouvelle dans le journal du matin. Y a eu un déraillement à la gare de Craig Road, juste avant Lévis, la nuit dernière… Le train qui ramenait les pèlerins de Sainte-Anne. Son meilleur ami, mon neveu, était parti avec ses parents pour le grand pèlerinage de Sainte-Anne-de-Beaupré. On ignore encore ce qui est arrivé à notre famille, pour l'instant… Votre fils a perdu connaissance devant le magasin général, en allant chercher le journal.

— Votre neveu et ses parents ? Je… Pardonnez-moi de ne pas trouver les mots pour vous rassurer, monsieur.

Vous vous êtes occupé de mon fils malgré votre propre inquiétude… Comment vous remercier ?

— Ça m'a aidé à moins penser à la famille de mon frère Napoléon.

— J'aurais voulu pouvoir vous aider, moi aussi…

— Pour l'instant, occupez-vous de votre fils, monsieur Bernard ! Le pauvre a perdu un grand ami, y a deux ans… Il faudra veiller sur lui.

— Oui… Ça en fait beaucoup pour un garçon de treize ans. C'est inquiétant. Assoyez-vous, monsieur Carignan. Malvina va nous préparer un bon thé pour nous réconforter. Après, on verra ce qu'on peut faire pour en savoir plus sur le déraillement.

L'homme s'effondre lourdement sur la chaise que lui offre Magloire.

Pendant que Malvina prépare le thé, quelqu'un frappe à la porte. C'est le curé qui, inquiet, s'est présenté au magasin général et a appris la terrible nouvelle.

— Mon Dieu, Arthur, tu es tout pâle ! Monsieur Bernard, avez-vous un linge mouillé ?

Magloire apporte une débarbouillette au curé qui éponge le front du garçon. Effectivement, Arthur réagit au froid, et ses yeux s'animent enfin !

— Regardez, monsieur le curé… Arthur revient à lui ! Mon garçon… Ça va ?

— Papa, deux trains se sont frappés et Germain était dans l'un d'eux. J'ai peur !

— Oui… Mais pour le moment, nous n'avons aucune certitude. Tu te souviens que l'oncle de Germain t'a ramené dans ses bras ?

Arthur pleure, mais trouve le moyen de s'adresser à monsieur Carignan.

— Merci, monsieur Carignan ! J'étais incapable de vous parler… On aurait dit que ma tête était devenue vide.

— C'est le choc, mon gars. T'as déjà perdu un ami… Et là, tu crains d'en avoir perdu un autre.

— Monsieur Carignan, buvez votre thé, dit Magloire. Ça va vous réconforter. Monsieur le curé, en voici une tasse pour vous. On va tous en prendre.

Un instant plus tard, on frappe de nouveau à la porte. Marcel Carignan reconnaît son frère, Napoléon, le visage défait. Il se précipite vers lui et les deux éclatent en sanglots. Arthur est pétrifié… De nouveau, il ne peut faire un seul mouvement, ni émettre le moindre son. Devant l'évidence du drame, il baisse les yeux et reste prostré ainsi pendant un long moment. Des larmes coulent enfin sur ses joues, mais son corps, de nouveau, se fige.

Voyant le découragement du garçon, l'oncle de Germain se porte à son secours :

— Arthur… Viens ici, mon garçon. On a perdu deux êtres chers, aujourd'hui, mais on sera tous réunis, un jour. Simon doit être content de le retrouver, là-haut. Sa maman est aussi partie avec lui.

— Mes deux seuls amis m'ont abandonné. Germain n'avait pas à aller là-bas. On avait besoin de lui à la sacristie.

— C'est vrai, Arthur, mais on doit lui pardonner d'être parti. C'est la faute de personne. Germain voulait faire ce voyage à tout prix. C'est un malheureux accident. Et puis, t'es pas tout seul, mon gars… On est avec toi, nous.

— Pardon, monsieur Carignan ! C'est vrai que je pleure en égoïste. Vous avez perdu deux proches…

— On va tous se soutenir entre nous.

Épuisés, les Carignan saluent tout le monde et s'en retournent chez eux.

Malvina prend tendrement la main de son fils et s'adresse au curé :

— Pourriez-vous me le laisser quelques heures ? Juste pour me rassurer…

— Aussi longtemps que vous voulez, madame ! Votre fils m'est précieux, et je veux qu'il retrouve son calme et sa sérénité avant de revenir au presbytère. La vie est dure pour lui. Pauvre Arthur ! Pauvre Germain !

Dans le journal, l'article mentionne que le train s'était arrêté à Craig Road pour faire le plein d'eau. L'autre train, qui le suivait de dix minutes, l'a tamponné et le déraillement a suivi. Rose Carignan et son fils n'ont eu aucune chance. Germain, lui, a disparu dans les décombres, à l'endroit où un wagon était presque pulvérisé tant il a chauffé. Impossible de retrouver son corps ni dans les cendres ni dans le champ environnant. Il a dû rester coincé dans les pièces de métal fondu enterrées sous les débris réduits en poudre noire. D'autres passagers occupant le même wagon ont été projetés à une centaine de pieds de là, dont le père de Germain, mais on a retrouvé le corps de Rose dans les restes du wagon, presque complètement calciné.

Des funérailles sont organisées pour la mère et le fils. Arthur ne mange presque pas pendant les jours qui suivent, mais il assiste bravement aux funérailles et essaie de consoler monsieur Carignan et sa famille. Après le tumulte des derniers jours, il sent maintenant une fatigue immense, mêlée d'une certaine sérénité, comme s'il prenait conscience qu'il est passé au travers du pire et que rien ne pourra plus l'ébranler. « C'est donc vrai, pense-t-il, ce que disait le père Raphaël, quand il affirmait qu'on s'endurcit aux chocs de la vie… Surtout quand on se préoccupe de la douleur des autres. »

Dans le jardin, il plante deux croix près du banc, réalisant pour la première fois que Simon est bien mort, et se disant qu'il n'est plus seul dans l'au-delà. Au bout de la route, ses deux amis attendent impatiemment l'arrivée de leur comparse. Les trois acolytes se retrouveront un jour. Cette idée réconforte Arthur. Il se sent apaisé, comme si son ami Germain avait emporté avec lui la révolte qui lui restait. C'est la paix, enfin ! Il se retourne vers les rosiers, là où le geai bleu s'agite anormalement… À travers la brume épaisse, il lui semble voir les silhouettes de deux garçons dont il ne peut distinguer les visages. Les formes se retournent et s'estompent rapidement… Était-ce son imagination ? Ou bien un contrecoup du choc qu'il a subi ? Le retour à la réalité s'imprègne de quelque chose de nouveau : l'impression d'une présence, d'un souvenir qui devient presque physique. Il lui semble sentir l'haleine, l'odeur de ses amis près de lui.

— À demain, les gars ! Rendez-vous au bout du chemin !

Et il pique brusquement sa pelle dans le sol, avec détermination, résolu à soulever la terre entourant les oignons. Il se sent plus fort ! Intrépide ! Et si calme à la fois…

Le deuil est amorcé…

Chapitre 9

Dans les ténèbres

Des équipes de chercheurs ont parcouru l'orée de la forêt, près de l'endroit où a eu lieu l'accident, à la recherche de corps ou de survivants. Après avoir ratissé une certaine distance, au bout de plusieurs heures, ils ont cessé d'y croire. Quelques pieds encore, et ils auraient pourtant trouvé le jeune garçon.

Dans une touffe d'orties bien tassées, comme refermée au-dessus de son corps, Germain se réveille, cerné par les ténèbres. Toute sa peau lui fait mal. Portant une main à sa tête, il sent un creux… Pas de cheveux! Un trou dans la tempe, une sensation gluante, poisseuse… Puis, de nouveau, il perd connaissance! Entre le sommeil et l'éveil, il touche son corps douloureux, brûlé par les orties, et sombre de nouveau; il entrevoit en alternance la lumière du jour, puis l'obscurité profonde. Depuis plusieurs jours, il s'endort et se réveille… Il ne peut pas se lever… Il mange des plantes à portée de sa main et boit dans une flaque d'eau de pluie, mais la douleur empirant, il perd conscience de nouveau. Et enfin, la pluie tombant sur son visage et dans sa bouche ouverte, il refait surface!

Sans qu'il le sache, sa dernière absence a duré des heures; il émerge de la nuit de l'inconscience pour se réveiller dans la nuit réelle, complètement déshydraté. Il veut crier, mais l'angoisse l'étrangle. Il ne sait pas où il est et ne se rappelle de rien. La plaie, sur sa tempe, est plus douloureuse ; il sait qu'elle est mauvaise. Une autre se révèle, qu'il n'avait jusque-là pas sentie, sur son visage. Des tremblements le secouent. Voulant se retourner pour éviter l'averse, il s'aperçoit que son corps est moins rigide, qu'il peut plier les jambes et se relever, non sans difficulté.

Que s'est-il passé ? Comment peut-il s'être retrouvé si loin dans la forêt ? En réalité, il n'en est qu'à l'orée, mais ça, il l'ignore… Dans le noir, il ne discerne que des arbres. Il commence à marcher péniblement vers l'inconnu, dans le mauvais sens – quelques pas de l'autre côté l'auraient ramené sur la route. Puis le soleil se lève. La pluie a cessé. Il est perdu ! À part les arbres, seules les ombres de la forêt l'entourent. Rien d'autre. Il entend des bruissements de feuilles, des chants d'oiseaux. Il veut crier, mais il n'en a pas la force. Pendant longtemps, il avance ainsi, sans souvenir, sans aucun but précis autre que de trouver de l'aide. Il s'arrête parfois, forcé de s'asseoir. Après de longues heures, au-delà des cimes, il entrevoit une partie de ciel rouge… Un coucher de soleil ! Encore la nuit qui arrive avec le froid… Au bout d'une heure, déjà, les ténèbres l'enserrent de nouveau. Il doit s'étendre sur la mousse, frigorifié.

Il s'est éloigné de l'endroit où il était et, par le fait même, de toute présence humaine, de toute habitation. Il a soif. Tout à coup, il entend un bruit d'eau… Mais il fait si noir ! Il s'est fatigué à marcher ; éreinté, il s'endort. Le soleil finit par apparaître entre les arbres. Près de lui, une lumière vive… Il s'approche et découvre un ruisseau en pente douce, au bord duquel il s'agenouille pour boire. Il fait chaud, enfin ! Il n'arrive pas à se rappeler… Que doit-il faire ? Que peut-il faire ? Suivre le ruisseau vers le bas de la pente pour trouver la civilisation ? Mais il est si épuisé ! Au fait, qui est-il ? Réalisant l'immensité de sa solitude, il s'assoit au pied d'un arbre et se met à pleurer.

De loin lui parviennent des voix. Il distingue, à travers le feuillage, quelque chose qui brille, une très petite lueur. C'est trop éloigné ! « À l'aide ! », veut-il crier. Mais il ne sait plus comment. Pourtant, il a dû émettre un son, car la lueur se rapproche. Deux hommes arrivent à ses côtés. Germain est secoué de sanglots. L'un d'eux le prend dans ses bras et le rassure :

— Vous êtes blessé ! Qui êtes-vous, mon ami ? D'où venez-vous ? Mon nom est Michel Beaudoin. On va vous aider, mon petit…

Germain ne peut pas répondre. Sa bouche s'ouvre, dans une tentative de parler, mais en vain. Il ne se souvient pas !

— Faut vous amener à Lévis. C'est tout près. On va vous soutenir. Venez…

— Lévis ?

Enfin, un mot dont il se souvient vaguement !

— Ça vous dit quelque chose ? Vous ne vous rappelez de rien ?

— Lévis… Lévis…

Mais tout reste vague dans son esprit.

— Le pauvre a l'air d'avoir tout oublié, dit le dénommé Beaudoin à son compagnon, avant de revenir à Germain. Comme vous pouvez marcher, on va pouvoir se relayer pour vous soutenir. Quand vous serez trop fatigué, on s'arrêtera un instant. Ça vous va ?

— Marcher… Fatigué…

Un peu plus loin, il veut s'asseoir… Il est vidé. Beaudoin, le plus fort des deux, le porte sur son dos.

Quelques heures plus tard à Lévis, en examinant Germain, le médecin constate une amnésie importante et deux blessures infectées.

Le docteur s'adresse à Michel Beaudoin :

— Ce jeune homme pourrait avoir définitivement perdu la mémoire. On ne sait rien de lui. Aucune disparition dans la région, d'après les policiers. Il faudra donc que quelqu'un s'en occupe. Pour l'instant, c'est nous qui allons le garder ici. Ses blessures sont profondes et infectées ; le garçon va en garder des marques, c'est sûr. Son corps est piqué d'orties et enflé par un œdème. Mais il doit peut-être à ces orties de n'avoir pas eu tous les membres brisés, car ses ecchymoses sont profondes et nombreuses. Il crie de douleur quand on le touche. Il me semble très jeune : il a tout au plus entre dix-neuf et vingt et un ans, peut-être moins s'il est plus développé que la normale. Ses traits sont ceux d'un adolescent.

Germain est effectivement grand et paraît plus fort qu'il le devrait pour ses dix-sept ans, mais son visage est celui d'un tout jeune homme.

— J'en parlerai à ma femme en arrivant… Si c'est possible, on va l'héberger pour un temps.

Après quelques jours de repos, Germain ne se rappelle pas davantage ce qui lui est arrivé. Mais il est calme, bien que peu souriant. La fin de l'été arrive, et ses nouveaux amis l'emmènent parfois aux champs. Comme tout son corps est encore douloureux, il les attend, assis sur une pierre.

Revenant par le jardin, en cette belle fin d'après-midi, il montre à ses amis le soleil couchant. Ces derniers se demandent pourquoi.

— Le feu !

Dans la tête de Germain, de nouvelles images et des sons surgissent. Un incendie, des bruits infernaux, des hurlements ! La nuit venue, il fait un cauchemar et pousse des cris :

— Maman ! Maman… Le feu !

Beaudoin se précipite auprès de lui et l'entoure de ses bras, essayant de ranimer sa mémoire, mais en vain. Calmé, enfin, Germain s'endort. Mais le lendemain matin, accroupi sur le sol, il soulève la terre autour d'un plant de tomates ; enlevant les mauvaises herbes, il ameublit la terre autour du plant. Lorsqu'il exécute ce geste, une image surgit dans ses souvenirs :

— Papa ! Arthur…

— Tu te souviens de ton père ? Tu jardinais avec lui ?

— Du feu… Le feu ! Maman… Papa… Arthur…

Des visages passent devant les yeux de Germain, ravivant visiblement des souvenirs empreints de tendresse, d'affection. Des images affluent à sa mémoire, sans qu'il puisse préciser de qui ni de quoi il s'agit. Il se met à pleurer, le visage dans ses mains, sans se relever. Son ami le soutient et le ramène à l'intérieur.

— On dirait que ses parents sont morts dans un feu. C'est peut-être à ce moment-là que lui-même s'est enfui. S'il a reçu un coup sur la tête, ça explique sans doute son amnésie.

— On va t'aider à retrouver ta mémoire, mon gars ! Tu connais le jardinage, on dirait ?

— Papa ! Arthur…

— Tu travaillais au jardin avec ton père ?

Les yeux de Germain s'agrandissent, mais son esprit demeure impuissant à faire surgir en lui la moindre image du passé.

Un beau matin, Beaudoin l'amène dans le village de Buckland. Apercevant le presbytère, Germain écarquille les yeux. Mais la réaction est fugace et la vision ne réveille rien d'autre en lui. Au magasin général, il s'assoit sur une marche de l'escalier extérieur pour attendre son bon Samaritain. Derrière lui, Arthur Bernard sort du magasin avec un journal dans les mains, et se dit que ce dos lui rappelle quelqu'un ; mais il ne réalise pas que c'est son copain qui est assis là puisqu'il le croit mort. Il passe donc son chemin sans se retourner pour regarder l'individu qui l'observe à son tour, de dos. Un point d'interrogation surgit dans sa mémoire, et la silhouette d'Arthur lui rappelant quelque chose de vague, Germain entreprend de le suivre. Mais Beaudoin le rattrape immédiatement.

— Hé, là ! Où est-ce que tu vas, toi ?

— Là !

— Viens… On s'en va.

De retour à Lévis, Germain n'est plus tout à fait le même. Le voilà devenu songeur. Au hasard d'une conversation, la femme de Michel prononce un nom : « Arthur ». Germain le répète machinalement :

— Arthur…

Ses amis croient alors comprendre qu'il s'appelle Arthur.

— Est-ce que tu t'appelles Arthur ?

— Arthur ! Le journal…

— Le journal ? Qu'est-ce que tu veux dire ?

— Un journal… Au magasin, un gars avec un journal !

— Le gars que tu voulais suivre ? Le connais-tu ?

Germain hausse les épaules.

— Ça me donne une idée ! dit Beaudoin. Faisons paraître une petite annonce dans le journal, à propos d'un Arthur disparu… Peut-être que ça aiderait ?

Mais évidemment, la démarche est inutile et personne ne se présente chez les Beaudoin pour réclamer le pauvre Germain.

Les Beaudoin ont une des plus belles fermes du comté de Bellechasse. Ils découvrent que Germain a un certain talent pour travailler la terre et ramasser les foins. Quand ils vont à l'église, le dimanche, ils constatent que leur protégé semble très bien connaître toutes les parties de la messe ; mais chaque fois, lorsqu'ils en reviennent, le jeune homme paraît étrangement perdu dans ses pensées.

Sa santé s'améliore. Il devient un garçon très fort, très musclé. D'un tempérament calme, avec sa magnifique chevelure d'un roux foncé, il plaît aux jeunes filles de la famille voisine. Ses cicatrices se sont estompées et ont même presque disparu. Mais plus rien ne l'intéresse, car il se sent démuni et perdu. Ses souvenirs demeurent vagues, mais il sait maintenant que sa vie d'avant lui manque et que des visages portant les noms de papa et de maman le hantent ; mais le souvenir de leurs prénoms lui échappe toujours.

Michel Beaudoin apporte à sa femme des roses pour son anniversaire. À la vue de ces fleurs magnifiques, Germain réagit :

— Roses… Rose ! Maman !

— Tu aimes les roses, Arthur ?

Et Germain pousse un grand cri :

— Maman ! Non ! Le feu ! Maman est morte ! Le feu ! Rose… Maman est morte !

— Qu'est-ce que tu dis, Arthur ? Ta maman s'appelait Rose ? Elle est morte dans un incendie ?

— Le feu ! Tout se brise ! Après, le feu ! C'est tombé sur elle ! Maman est morte ! Rose… C'était son nom !

Et il se met à pleurer…

— Et toi, Arthur ? Te souviens-tu, maintenant ? Qu'est-ce qui t'est arrivé ?

— J'sais pas où c'était… Maman est morte… Papa aussi, peut-être…

Cette nuit-là, Germain ne dort pas. À un certain moment, des cris déchirants sortent de sa gorge. Le lendemain et les jours suivants, les Beaudoin essaient encore de se renseigner sur les feux survenus dans la région, mais aucune personne disparue lors de l'incendie d'une demeure ne leur est signalée. Ils passent de nouveau une petite annonce, puis un article dans un journal afin de retracer une famille qui aurait perdu un jeune Arthur, dont la mère décédée portait le prénom de Rose… sans succès. Ils font vraiment tout ce qu'il est possible, selon eux, de faire. Mais leur protégé n'est pas réclamé.

Ainsi, Germain est devenu Arthur, fils de la défunte Rose. Il a retrouvé la plupart de ses facultés, mais il ne se souvient toujours pas de sa famille. Pendant ce temps, à Buckland, son père va régulièrement visiter sa tombe, où il est inscrit « Germain Carignan, notre enfant bien-aimé ». À côté : « Rose, sa tendre mère et mon épouse. À jamais dans mon cœur ».

Les Beaudoin font des démarches légales pour adopter Germain, qui devient Arthur Beaudoin. On cesse donc de rechercher la famille du jeune homme. Au mois d'octobre, déjà, il s'est mieux adapté à sa nouvelle vie et commence à devenir un individu normal… Si « normal » peut être utilisé pour désigner un jeune homme sans racines. Pourtant, si ce n'était son amnésie et sa conviction d'être orphelin de père et de mère, Germain pourrait dire qu'il est heureux, car il ne manque de rien et est aimé de son entourage, qu'il considère maintenant comme sa propre famille.

Au presbytère de Buckland, on sonne à la porte. Arthur se précipite et reconnaît à travers la vitre le père de Germain.

— Monsieur Carignan… Quel bon vent vous amène ?

Le père éploré a en main un livre sali, en partie brûlé, qu'il tend à Arthur.

— Quelqu'un m'a remis ces feuilles… Mon fils a tenu un journal pendant son voyage. Un court journal. Un journaliste participant aux recherches l'a retrouvé juste après l'accident, à proximité du lieu de déraillement, mais assez loin de la voie ferrée. Sur le bord du bois, dans un tas d'orties. Le journaliste m'a proposé de le publier dans *La Patrie*, comme beaucoup de voyageurs le font actuellement, mais j'ai refusé. Ceci appartient à Germain. Comme tu étais son grand ami, j'ai cru qu'il aimerait que tu en prennes connaissance.

Le petit journal de voyage ne contient rien d'extraordinaire, mais il décrit les beautés du paysage et le luxe dont certains voyageurs se prévalaient, alors que d'autres, comme Germain et ses parents, leur enviaient cette chance. Il parle du wagon-restaurant et aussi d'un stéréoscope dans lequel un jeune garçon lui a fait contempler des photos de voyages. Germain mentionne son ébahissement devant cet appareil.

Si le journaliste s'était aventuré un peu plus loin, dans les buissons hostiles, il aurait sans doute découvert un jeune homme blessé, plongé dans un semi-coma. Mais cela, Arthur ne le sait pas. Il est quand même songeur en apprenant que l'objet a été retrouvé à l'orée de la forêt.

Chapitre 10

Joachim

Pendant ce temps, dans tout Charlevoix et le Bas-du-Fleuve, les habitants vivent un automne chaud et pluvieux. Le vent de novembre charrie des odeurs inhabituelles venant de la mer, chargées de relents étrangers. Le curé dit que des parfums du sud enveloppent la côte.

En décembre, la chaleur n'a fait qu'augmenter. Le père Raphaël est confondu.

— Je n'ai jamais vu ça ! Ça me rappelle mes voyages. La saison froide ne s'installe pas et pourtant, on est en décembre. Tu auras quatorze ans dans un mois, Arthur ! Je crois que cette année, ton anniversaire se déroulera dans une atmosphère de printemps.

— C'est une année étrange, en effet.

— Ah ! Notre mère la Terre est parfois bien mystérieuse et bien capricieuse…

Arthur et le père Raphaël ignorent à quel point ils ont raison. Dans les champs, en décembre, la neige fond déjà et des fleurs surgissent, entourées de diverses pousses vertes. Les bois ont une allure de printemps maussade. Les paroissiens se préparent pour Noël sans parvenir à se mettre dans l'ambiance.

— C'est incroyable, Arthur ! Phénoménal ! La température oscille entre 80 et 90 degrés depuis des jours. Ça sent le bois mort dans la forêt. Les oiseaux défont et refont leurs nids, et ne repartent plus. C'est l'été. C'est bien insolite !

— Oui… Un journaliste de *L'Événement de Québec* a parlé de brise légère et tiède, d'un soleil resplendissant ! Thermomètre à midi, 104° ! Tout le monde se prépare à Noël, mais la végétation renaît comme au printemps. Hier, un habitant de Sainte-Foy a trouvé dans son jardin des plants de laitue et de persil, et des feuilles de trèfle !

— C'est aussi chaud qu'en Italie, en plein été !

— C'est pas endurable, père Raphaël ! Et ça fait peur…

Le 31 décembre, un autre journaliste, cette fois du *Courrier du Canada*, écrit que trois jours plus tôt, un citoyen de Lévis a cueilli des pensées dans son jardin. À Portneuf, une petite fille, le matin de Noël, apportait un bouquet de violettes à la crèche de l'Enfant Jésus. Après tout, il fait aussi chaud qu'à Nazareth.

Le curé réagit mal à ces nouvelles décourageantes.

— On va espérer que le ciel entende nos prières. On a besoin d'un hiver pour la saison des sucres. Déjà, la dernière saison était mauvaise… En mai dernier, le *Quotidien de Lévis* avait rapporté que des érablières avaient fourni dix fois moins de sucre que les autres années. La perte avait été énorme !

— Ah, oui ? Je ne me souviens pas d'avoir remarqué, père Raphaël. Donc, toute cette année de 1895 a été anormale.

— Tu étais trop préoccupé par tout ce que tu vivais pour t'en rendre compte.

— Faut espérer que tout se replace…

Des élections se préparent pour le mois de juin et s'annoncent explosives. Le gouvernement est conservateur depuis dix-huit ans, mais des rumeurs de corruption et de gaspillage au sein du parti vont bon train.

Depuis la scission causée par la question des écoles du Manitoba, les conservateurs ont également perdu des plumes. Sans compter que les Canadiens français n'ont jamais digéré l'exécution de Louis Riel, alors qu'un brillant discours de Wilfrid Laurier avait soulevé l'appui de la population. Mais surtout, ils n'ont pas accepté qu'on les envoie en guerre, annulant ainsi la promesse faite par le gouvernement.

— On va avoir des élections générales, Arthur. J'suis pas mal certain que Laurier va l'emporter, cette fois-ci. Avec ses discours passionnés, il a séduit les Canadiens français et les Métis. Mais surtout, il a été assez rusé et modéré pour proposer une politique beaucoup plus conservatrice que par le passé. C'est pourquoi de plus en plus d'adeptes le suivent, laissant tomber leur ancien parti. Il s'est même acquis la participation de certains représentants du clergé… Ce qui n'est pas peu dire. C'est un fin renard !

Et c'est bien Wilfrid Laurier qui l'emporte. Le lendemain matin du jour des élections, tous les marchands de journaux ont rapidement écoulé leurs provisions. À Baie-Saint-Paul, Joachim, le petit vendeur de journaux, en a gardé un exemplaire pour ses amies, les Tremblay. Il a hâte de voir ce qu'elles pensent des événements de la veille.

Joachim est le fils des Lefebvre, voisins des Tremblay, dont la mère était battue par le père. Il s'est fait d'Anne et de Marie-Louise deux amies qui lui sont chères. Il les admire. Elles sont gentilles avec lui, et généreuses.

« Ah ! Les voilà enfin ! », se dit-il.

— Quelles nouvelles, mon petit ? Y a plus de journaux ?

— J'en ai conservé un pour vous, madame. Vous savez bien que j'en garde toujours un pour ma cliente préférée.

— Merci, Joachim ! Voyons les nouvelles… Ça doit être important, puisque tu as tout vendu. Tiens… Voici des biscuits que j'ai faits pour toi.

— Oh ! Merci ! Vous êtes si gentille !

— Marie-Louise, on a gagné nos élections ! Es-tu content, Joachim ?

— Tout comme vous, madame.

Les Tremblay sont « rouges » depuis des générations. Bien que Marie-Louise soit jeune, elle a toujours été plongée dans les discussions politiques de sa famille. D'ailleurs, dans les villages, la politique demeure le sujet de conversation par excellence.

— Au fait, comment vont tes parents, Joachim ? lui demande Anne.

L'enfant répond sur un ton un peu embarrassé. Il est devenu subitement pâle et tremblant.

— Pas trop mal, madame. Y sont contents comme vous de l'élection de monsieur Laurier. Mais le paternel est ben fatigué ! C'est comme d'habitude, vous savez…

— Oui… J'comprends. Si t'as besoin d'aide, on est là, Joachim. Tu me sembles malade… Veux-tu qu'on t'aide ?

— Ça va, madame. Merci.

— Bon, ben… Salut ! On se revoit demain.

Le garçon regarde s'éloigner ses amies, les poings serrés, dans une posture et une attitude bien différentes de celles qu'il avait devant elles. Son expression est triste et, tout à coup, il se sent mal. Une torpeur l'envahit, à laquelle il n'est pas habitué. Soudain, tout tourne autour de lui ! Il essaie de se cramponner à quelque chose, mais il n'y a autour de lui aucun objet pour le soutenir. Joachim s'effondre sur sa brouette et tout devient embrouillé. Un peu plus loin, il voit ses deux alliées qui s'éloignent, sans se rendre compte de ce qui vient de se passer derrière elles à l'instant même. Elles poursuivent leur route, sans se retourner.

Joachim essaie d'appeler, mais aucun son ne sort de sa bouche. Le pauvre enfant a froid, malgré le soleil de juin. Il se sent de plus en plus frissonnant, puis engourdi. Et, tout à coup, tout devient noir. Son inconfort est bientôt remplacé par une sensation de douceur, une impression de flotter.

Longtemps après, de jeunes enfants revenant de l'école aperçoivent le garçon à moitié couché sur la brouette, les jambes molles, traînant par terre. Ils se précipitent sur Joachim en appelant au secours. L'enfant est inerte. Des biscuits sont éparpillés partout sur la chaussée, sortant d'un joli papier de fantaisie. À moitié conscient, Joachim perçoit des sons qui semblent lui parvenir de loin, très loin. Il essaie de parler, mais sans succès. Plus aucun de ses muscles ne répond.

Il sent qu'on le transporte quelque part, dans un endroit à l'écart. Il y fait étrangement noir. Ses yeux deviennent plus lourds, et il sombre dans un sommeil profond.

Plus tard ce jour-là, l'heure du souper est plutôt gaie, au presbytère de Buckland, où on célèbre les élections avec un repas spécial.

— Père Raphaël, vous aviez raison, lui dit Arthur. Wilfrid Laurier a été élu ! Il est premier ministre… C'est la première fois qu'un Canadien français accède à cette fonction.

— Oui… Mais gardons notre enthousiasme pour nous, Arthur, car mes confrères du clergé sont plutôt partisans des conservateurs. Enfin, quelqu'un pour nous représenter au Parlement ! Laurier est un grand défenseur de la langue française, mais il a aussi de grandes ambitions personnelles qui, elles, pourraient être dangereuses pour les Canadiens français. Malgré son amour pour notre langue, c'est un grand partisan d'une association avec les Américains... Je ne sais pas. Attendons...

Arthur se trouve heureux et privilégié de découvrir le monde de la politique sous la gouverne d'un homme aussi lucide et sage que le père Raphaël.

Pendant ce temps, sur l'autre rive, les Tremblay de Baie-Saint-Paul fêtent aussi en grand la venue au pouvoir d'un Canadien français. Les discussions vont bon train. Parmi les sujets dont il est question, Anne se passionne pour les conditions de travail que l'on impose aux très jeunes enfants.

— Je rencontre souvent, dans la rue, des enfants abandonnés à leur sort, et on m'appelle au chevet de jeunes garçons et de filles malades à cause des tâches trop difficiles qu'on leur impose dans les usines. Ces compagnons cigariers au corps trop court et à la tête disproportionnée, c'est monstrueux ! Et que penser des enfants emprisonnés parce qu'ils n'ont pas bien balayé les allées ? Ou des garçons battus par leur père, comme Joachim, et comme le petit Bébert ? C'est inacceptable. Ça m'empêche parfois de dormir tellement ça me révolte !

Le « petit Bébert » s'appelle en réalité Albert. Dans le village, on l'a surnommé ainsi parce qu'il est bègue. Tout le monde l'aime beaucoup, pourtant. Mais les gens manquent souvent cruellement de sensibilité.

Françoise, la mère d'Anne, continue sur la même lancée :

— Monsieur Laurier défend beaucoup la cause de l'éducation pour les filles, autant que pour les garçons. Une loi concernant l'école obligatoire pour les jeunes empêcherait qu'on les envoie en usine et que leur santé soit compromise, comme dans le cas de ce petit garçon de dix ans, de Montmagny, qui est mort empoisonné.

— Qu'est-ce qui lui est arrivé ? demande Alfred.

Anne poursuit l'histoire commencée par sa mère :

— Ça a l'air que le petit s'est empoisonné parce qu'il est resté dormir dans l'usine pour la nuit, par crainte d'être battu par son père. Son travail, c'était de balayer les allées, mais sa tâche était mal accomplie. Alors, le patron l'a averti que ses parents recevraient une plainte. Par crainte d'être battu, l'enfant s'est caché dans un énorme caisson à l'heure du départ des ouvriers et s'est endormi là pour la nuit. Mais c'est pendant la nuit qu'on nettoie l'usine avec des produits très forts, alors des vapeurs ont pénétré dans sa cachette, ce qui l'a empoisonné.

Hilaire s'en mêle :

— C'est immoral ! Des enfants qui travaillent si fort… Et en plus, maltraités ! À quelle époque vivons-nous ? C'est scandaleux !

— Autrefois, dit Alfred, les apprentis demeuraient chez le patron, mais ce n'était pas ben mieux… Certains étaient maltraités. On trouvait des prétextes pour refuser de les payer, mais au moins, on les logeait. Ainsi, leurs familles avaient moins de bouches à nourrir. La situation ne s'est pas beaucoup améliorée depuis la loi de 1881… Les employeurs ont commencé à les traiter comme des esclaves régis par la loi. Les inspecteurs sont trop peu nombreux, alors la tâche est trop grande pour chacun d'eux, et les amendes sont trop basses pour inquiéter les industriels.

— Avant que la loi soit respectée par les chefs d'entreprise, y va couler beaucoup d'eau sous les ponts et d'encre dans les journaux. Et beaucoup d'enfants vont souffrir et périr, renchérit Hilaire.

Alfred ajoute, avec un air navré :

— Tout ce qu'un enfant ouvrier essaierait de dire pour sa défense servirait juste à empirer sa situation. En plus, une certaine élite du clergé s'élève contre l'instruction des enfants de milieu ouvrier. Pas d'avancement possible pour les enfants pauvres. En plus, on fait venir des étrangers pour occuper des postes importants dans nos usines, parce qu'ici, on ne forme pas nos jeunes ouvriers.

Françoise se joint à Anne pour continuer la conversation :

— Les enfants sont utilisés comme des adultes mal payés pour les sales besognes que personne ne veut faire. On leur confie des travaux désagréables, trop rudes pour leur âge. Plusieurs sont mal nourris, et certains s'évanouissent au travail ou font mal leurs tâches parce qu'ils sont trop épuisés.

— Tantôt, on parlait du petit Albert, répond Anne. Comme je connais son père, c'était la fessée qui l'attendait à son retour. Ça fait vraiment pitié, Alfred !

— Ouais. C'est sûr que son paternel va tout lui mettre sur le dos, renchérit Marie-Louise. Le revenu familial baissera à cause de son absence, alors que ce sont les parents qui dépensent l'argent pour acheter de la boisson.

Ce à quoi Anne répond :

— J'ignore même si un article du Code civil existe pour définir les droits d'un jeune apprenti. Disons que leurs conditions de travail ressemblent plus à celles des esclaves. C'est pas étonnant qu'y ait des enfants dans la rue, et parmi eux des garçons qui fument et d'autres qui boivent en cachette, comme des adultes, pour se réchauffer.

Marie-Louise intervient de nouveau :

— C'est peut-être pour ça qu'il fume, le petit garçon aux journaux, maman.

Anne ne tarde pas à confirmer les dires de sa fille :

— Des glaçons pendaient à son foulard. C'était sans doute trop dur pour lui, ces journées complètes au froid. Le pauvre fume encore, maintenant, et croit que personne ne le remarque. Quand on a pris l'habitude… On l'a vu, ce matin. Il nous avait gardé un journal qui sentait fort le tabac quand on l'a pris dans nos mains.

— Est-ce que tu parles du garçon qu'on a trouvé inconscient cet après-midi ? Joachim, je crois… Le pauvre enfant est mort chez les Simard, au coin de la rue, vers l'heure du souper. On n'a pas pu le secourir à temps.

— Quoi ?

Mère et fille pâlissent. Anne s'assoit et Marie-Louise reste debout, tétanisée, le regard perdu, l'œil hagard.

— Marie-Louise ! T'es toute blanche ! Viens t'asseoir…

Elle finit par se ressaisir, mais des larmes coulent abondamment sur ses joues.

— C'était notre ami…

— C'est vrai, Alfred. Marie-Louise a raison. C'était notre ami, à toutes les deux. L'hiver, son visage était bleui par le froid, ses lèvres gercées. Ce matin, on l'a trouvé si pâle… Ç'a dû arriver pas longtemps après qu'on l'a vu.

— Êtes-vous sûr, papa, que c'est lui ? Vous pourriez vous être trompé de personne…

— Pauvre Marie-Louise ! Pardonne-moi de t'avoir appris la nouvelle d'une façon aussi brusque. J'ignorais que… Je n'ai pas réfléchi avant de parler… Mais dis-toi que c'est mieux pour lui. Y avait pas d'avenir pour cet enfant-là. Ses parents étaient durs. Paraît que son corps était couvert de marques.

— Son père avait donc recommencé à le battre… C'est épouvantable, papa ! On doit faire quelque chose pour protéger les enfants pauvres.

Alfred regrette d'avoir annoncé la tragique nouvelle avec si peu de ménagement. Il prend sa fille dans ses bras et la berce comme un bébé pour la consoler.

— Viens là… Tu viens d'apprendre une grande leçon, ma petite, peut-être un peu trop tôt, malheureusement, et d'une façon très difficile… J'ai perdu une belle occasion de me taire, moi !

Marie-Louise découvre que la vie est bien cruelle, et que l'amour ne protège pas toujours ceux qu'on aime contre les coups de la destinée.

Au même moment, à Buckland, Arthur apprend lui aussi ses premières leçons de vie. Marie-Louise et lui ne se connaissent pas, mais ils ont perdu des amis chers en des circonstances dramatiques. Ils apprennent aussi qu'il faut avoir le courage de ses convictions, que la population, en général, réagit fortement aux changements ; de plus en plus, elle prend parti, souvent avec violence, contre les choix de ses dirigeants.

Dans tout Charlevoix, et ailleurs dans le pays, le changement de garde du 23 juin a provoqué un branle-bas général. Les partisans des deux clans s'affrontent encore avec véhémence depuis ce jour. Le dossier des écoles catholiques du Manitoba est de nouveau soumis à la Chambre des communes, contesté par les libéraux qui se portent à la défense des provinces, mais appuyé par le clergé et les conservateurs, qui ont obtenu 46,1 % des voix aux élections. Wilfrid Laurier a su convertir à sa cause de nombreux dissidents, ce qui lui a valu 49 sièges sur 118, et même certains membres du clergé se sont joints à lui, alors que la majorité des représentants de l'Église se ralliaient aux conservateurs auparavant.

Des cliques se forment, et les bonnes gens se boudent. Commerçants et clients se battent comme chiens et chats, en ville comme à la campagne. Par contre, d'autres qui hier encore s'affrontaient se rallient aujourd'hui.

Le père Raphaël profite des événements pour faire réaliser à Arthur que si le sort est parfois cruel et les gens souvent méchants, l'être humain n'est pas complètement démuni et dispose de moyens pour combattre les injustices.

— Ah ! Arthur… L'humanité laisse souvent libre cours à ses démons. En chaque individu s'affrontent de grandes forces. Leur vraie nature nous échappe, mais on leur a donné des noms : le "bien" et le "mal". Lorsque notre démon intérieur l'emporte sur notre ange, alors il s'infiltre aussi dans notre environnement. Il prend la forme qui lui permet d'envahir la plus grande partie possible de notre univers, profitant d'un soulèvement de foule, d'une guerre inutile, d'une querelle familiale, d'une politique injuste. Enfin, tout ce qui peut lui permettre de nous affaiblir ou de nous corrompre. Mais nous avons des forces à notre portée… Il nous suffit d'utiliser notre discernement pour faire la part des choses. Alors nos anges à tous deviennent une armée. Leur intervention est efficace ! Il faut se sentir libre de se débarrasser de ceux qui entravent notre liberté et freinent notre évolution.

Le père Raphaël sait bien de quoi il parle quand il est question des faiblesses des êtres humains. Personne n'est mieux placé pour comprendre les forces qui assaillent les âmes malheureuses, lui qui consacre sa vie à aider les femmes et les enfants battus, les orphelins et les victimes d'inceste. Lui-même doit à tout moment se prémunir contre les charmes féminins qui l'entourent et les assauts de tendresse auxquels il doit résister pour ne pas succomber… Car s'il succombait, toutes ses œuvres tomberaient avec lui… Toutes ces organisations de secours et toutes ces fondations de communautés féminines d'aide aux malheureux seraient compromises.

Le père Raphaël n'est pas un curé ordinaire. Toute son existence est vouée aux démunis, aux proies de la misère et de l'égarement humain. Il s'absente souvent du presbytère, surtout depuis quelque temps, car il consacre une grande partie de son temps à des fondations et à des projets de secours aux démunis et aux orphelins, ainsi qu'aux personnes âgées. Il soutient également le développement des caisses populaires d'Alphonse Desjardins dans le milieu agricole, où l'usure est pratique courante et décourage les entrepreneurs et les travailleurs de la terre. Mais tous ses déplacements répétés font de plus en plus jaser dans la paroisse et lui valent les reproches de l'évêché.

Dans la pénombre de la bibliothèque, le père Raphaël se repose avant le souper. Debout à la fenêtre, profitant des derniers rayons du soleil, il contemple le jardin. Du fond de la pièce, sa ménagère l'observe d'un œil coquin. Mais bientôt, son regard devient plus grave. Ses yeux admirent la silhouette masculine élégante, le profil fin et harmonieux qui se découpe dans le soleil couchant.

Ce matin, elle a revêtu une robe plus moulante que d'habitude, agrémentée d'un joli col de dentelle que lui a apporté sa jeune nièce en visite au presbytère pour quelques jours. Le père Raphaël se retourne et son regard s'illumine lorsqu'il aperçoit la servante, dont le visage rougit subitement… À moins que ce ne soit le reflet du coucher de soleil ?

— Cela vous va à merveille, mademoiselle ! Au fait… Votre nièce est-elle arrivée ?

— Oui, c'est elle qui m'a apporté ce joli col de dentelle.

— C'est vrai qu'il est joli. Les quelques points roses sur la dentelle écrue font ressortir votre teint et vous illuminent.

Embarrassée par le compliment, la domestique n'en est pas moins ravie. Elle affiche un sourire radieux en lui annonçant que le repas est prêt.

— Vous ne m'avez pas présenté votre nièce…

— Vous aurez à l'instant l'occasion de souper avec elle.

— Merci, mademoiselle. Je me joins à vous dans un moment.

Quelques minutes plus tard, il entre dans la salle à manger. Il affiche un air presque hébété en apercevant la jeune femme assise sur la chaise à côté de la sienne. Un parfum léger d'huile de bain flotte dans l'air, et une main chaleureuse se tend vers la sienne. Encadré d'une chevelure abondante et foncée, retenue en un chignon un peu négligé qui retombe sur ses épaules, le visage de la visiteuse arbore un teint de pêche qui fait ressortir les yeux vert émeraude. Sur la robe lilas, aucun bijou. Mais le lilas s'agence à merveille à ces cheveux noirs et à ces yeux verts.

Cette jeune femme est décidément d'une beauté renversante !

— Père Raphaël, voici ma nièce Amanda.

Le joli menton se relève, surmonté d'une bouche aux lèvres parfaites. Il semble défier le père, comme un fruit défendu.

— Heureux de faire votre connaissance, mademoiselle Amanda.

Le curé bafouille un peu en disant le bénédicité et Arthur a lui-même les yeux qui roulent presque dans leur orbite. Amanda baisse le regard, soudain embarrassée, mais la plus chavirée est sans aucun doute sa tante, qui vient de ressentir un léger pincement de jalousie. Sur un ton où affleure son malaise, semble-t-il, à peine perceptiblement acerbe, elle brise le silence gênant:

— Notre repas va refroidir… Mangeons pendant que tout est chaud.

Puis, essayant de dissimuler son ressentiment, elle dit à Arthur:

— Demain matin, Arthur, vous devriez montrer le jardin à Amanda. Je l'ai trouvé magnifique, aujourd'hui. Les roses sont extraordinaires!

Mais le lendemain, après le déjeuner, c'est avec le père Raphaël qu'Amanda se promène dans le potager et la roseraie, une ombrelle à la main, bavardant et riant à belles dents. Au même moment, dans la rue, passe un couple bien connu. Les Desmarais, dont le mari est marguillier et la dame couturière des notables des environs, ont l'habitude de surveiller les allées et venues du presbytère et ne ratent pas si belle occasion de commenter la scène.

— Tu vois ce que je vois? Le curé avec une intrigante! On n'a pas besoin de ça dans la paroisse… Une galante qui pourrait corrompre notre curé!

— C'est pas trop bon pour le petit Arthur, non plus.

— Le presbytère n'est pas la place de jeunes femmes trop délurées. J'ai le devoir d'avertir l'évêque de veiller sur son berger.

— Vas-y doucement, y pourrait nous changer notre curé. Ça, j'aimerais moins…

— C'est pourtant toi qui trouvais, il y a quelques jours, que le curé n'était plus assez présent dans la paroisse.

Dès le lendemain, au presbytère, se présente un visiteur inattendu envoyé par l'évêché. L'après-midi même, un boghei repart avec la jolie Amanda en direction de la gare.

Certains paroissiens zélés se croient les gardiens du bon fonctionnement du presbytère et de la paroisse en général. Lorsque les invitées du presbytère sont trop séduisantes, l'évêque est heureux que quelqu'un veille et l'avertisse. La servante âgée de plus de quarante ans est moins dangereuse pour la vertu du père Raphaël. Mais il n'empêche que mademoiselle Demers ne dirait peut-être pas non aux avances de son patron si jamais il lui en faisait. Il est quand même bel homme…

Il y a deux ans, le presbytère de la paroisse voisine a accueilli un vicaire qui, paraît-il, a engrossé une jeune fille du village qui travaillait à l'entretien des vêtements du curé. L'évêché a eu tôt fait de muter le vicaire dans une paroisse éloignée et d'envoyer la jeune femme dans un couvent d'une autre ville.

Quelques mois plus tard, un représentant de commerce du village a rencontré les deux fautifs en Ontario. Ils avaient fini par se retrouver et se marier, gardant l'enfant qu'ils avaient conçu au Québec.

Chapitre 11

Une crème glacée pour un pot-de-vin

C'est l'été ! Marie-Louise a maintenant huit ans. Dans les rues des villages, conservateurs et libéraux s'affrontent toujours. On se boude entre voisins, et on s'enguirlande sur la voie publique. Le veuf Cormier, le gros monsieur souriant du coin de la rue, a fini par acheter à sa voisine de drôles d'objets dont il ne comprend ni l'utilisation ni l'utilité… Tout cela parce qu'elle parle souvent en faveur des libéraux modérés. Le propriétaire de la biscuiterie, partisan conservateur se présentant à la mairie, n'adresse plus la parole à monsieur Cormier, car ce dernier est un partisan libéral. Face à l'élection imminente d'un nouveau maire, Baie-Saint-Paul est en effervescence. Il y aura une fête au sous-sol de l'église, où les candidats à la mairie seront présents. Jean-Louis Lajoie, le propriétaire du magasin général et cousin d'Anne, affrontera le maire sortant, ainsi que monsieur Leblanc, qui possède la biscuiterie ; ce dernier a un kiosque bien en vue dans la salle paroissiale pour le temps de cet événement, et y vend de la crème glacée.

Marie-Louise accompagne sa mère à cette fête. Alfred a proposé de garder les autres enfants, qui sont maintenant au nombre de quatre : il y a Philomène, Élodie, de deux ans sa cadette, Thomas le terrible et Albini, qui n'a qu'un an.

Aussitôt entrée dans la salle, Anne réprime déjà mal une envie de rebrousser chemin. Le maire sortant est là, collé au même petit groupe qu'autrefois; il est toujours aussi imbu de sa personne. Le docteur se tient désormais loin de ce groupuscule coloré. Marie-Louise ne peut se rappeler quand elle a vu ces hommes pour la première fois, mais depuis, elle les a revus à maintes reprises en compagnie de sa mère, qui préfère maintenant les éviter. Marie-Louise s'en est rendu compte, avec le temps. Mais aujourd'hui, la mère et sa fille doivent répondre à leur intervention. Dès qu'ils s'approchent, il y a cette odeur… Odeur caractéristique, qui rappelle quelque chose de désagréable à Marie-Louise. Celui qui a les doigts glissés sous les bretelles sent fortement le cigare. Il se tient la tête en l'air et le ventre en avant. Marie-Louise n'apprécie pas cet individu. Quant à Anne, tout dans l'attitude de ce dernier lui rappelle l'arrogant personnage qui l'a insultée dans le passé.

— Ça pue, maman!

— Chut! Si tu passes des commentaires comme celui-là, tu resteras à la maison la prochaine fois. Conduis-toi comme une grande fille.

— On reconnaît l'influence maternelle, dit Leblanc. Bonjour, madame!

— Mon influence n'a rien à voir avec le nez de ma fille, monsieur le maire. Par contre, je suis désolée de son attitude. C'est sa première vraie sortie en public. Marie-Louise, veux-tu t'excuser, s'il te plaît?

— Excusez-moi, monsieur, de vous avoir fait de la peine.

— Ça, c'est trop charmant! Je te pardonne, ma belle… C'est vrai que l'odeur des cigares, ce n'est pas très populaire auprès des dames.

Et il se met à rire, bien vite imité par ses comparses soumis. Ce rire tonitruant rappelle encore à Anne de mauvais souvenirs.

Un peu à l'écart, la mère félicite sa fille pour cette amende honorable.

— T'es vraiment intelligente, ma fille ! Tu l'as bien eu…

Et toutes les deux se mettent à rire.

Le gros monsieur souriant est là, bras dessus bras dessous avec sa voisine à l'air triomphant. La dame est si rayonnante qu'elle en est presque belle ! Monsieur Cormier offre une crème glacée à la petite Marie-Louise.

— Vous permettez, madame ? demande-t-il à Anne.

— Bien sûr, monsieur Cormier ! Vous êtes bien aimable !

— Tiens, ma petite… Mange ça à ma santé.

— Merci, monsieur !

— Elle est bien élevée, votre grande fille. Vous en voulez une, madame ?

— Non, merci. Vous êtes très gentil !

— J'aime tellement vous voir passer, quand vous vous promenez ! Vous me saluez chaque fois ! Ça agrémente ma journée. Votre fille est de plus en plus jolie, avec ses cheveux noirs et ses yeux profonds. Et cet air sérieux… Ça va devenir une très belle jeune femme !

— Et pas dépourvue de caractère !

Cependant, le propriétaire de la biscuiterie s'approche avec une énorme glace, encore plus attrayante. Saisissant d'emblée la main de la fillette, il essaie de lui enlever la glace offerte par monsieur Cormier, mais Marie-Louise retire sa main vivement.

— J'échange la tienne contre celle-ci. Tu y gagnes au change, non ?

Marie-Louise recule d'un pas et refuse de prendre le cadeau offert. Ses sourcils froncés et son regard noir en disent long sur ce qu'elle pense du comportement de son interlocuteur.

— C'est une enfant bien sérieuse pour son âge !

Anne reste bouche bée devant l'attitude du propriétaire de la biscuiterie. « Qu'est-ce qui lui prend ? », se demande-t-elle. Puis elle y pense… Ce pot-de-vin est davantage destiné à elle qu'à sa fille. Les enfants ne sont pas si bêtes. Marie-Louise a tout de suite pressenti l'absurdité de cette attitude, sans trop savoir pourquoi.

— Marie-Louise n'est plus un bébé, monsieur. L'autre glace était parfaite. Vous auriez pu respecter monsieur Cormier. J'avais de vous une image bien différente ! De toute façon, vous savez très bien que mon mari travaille pour le magasin général et que mon cousin, monsieur Lajoie, pour qui ma famille a une très haute estime, se présente aux élections.

Et le gros monsieur s'en mêle, fier d'être défendu :

— Tu as perdu un client, mon vieux ! J'irai deux rues plus loin, à l'avenir, pour mes achats… Et tu peux faire une croix sur mon vote ! Jean-Louis Lajoie, lui, est un monsieur.

Un silence gênant s'est installé. Sous les yeux de maints témoins, le marchand de biscuits vient de perdre sa dignité. Il rougit déjà jusqu'aux oreilles. On peut deviner qu'il voudrait disparaître sous le parquet.

— Viens, Marie-Louise ! On s'en va. J'en ai assez de ce cirque !

Une fois dehors, Marie-Louise interroge sa mère :

— C'est quoi, un cirque, maman ?

— Dans un cirque, il y a des personnes qui font des choses bizarres pour amuser les gens. Dans la vie, certaines personnes font aussi des choses bizarres dans le but d'attirer l'attention.

— C'est vrai qu'il est bizarre, le monsieur de la grosse crème glacée.

— Puisque tu as réagi comme une grande, tu es prête pour une leçon plus avancée, je suis fière de toi, ma fille ! Tu n'as pas accepté la crème glacée que monsieur Leblanc t'offrait avec une mauvaise intention.

— C'est quoi, une intention ?

— Une intention, c'est vouloir faire quelque chose. C'était pour attirer l'attention sur lui que monsieur Leblanc a essayé de te plaire. Mais tu t'es aperçue que ce n'était pas gentil pour monsieur Cormier.

— Je l'aime beaucoup, monsieur Cormier.

— C'est bien, ma pitoune, que tu te rendes compte de la différence entre les deux hommes.

— Mais pourquoi il a fait ça, monsieur Leblanc ?

— C'est à cause de la politique.

— C'est quoi, la politique ?

— Des chefs sont choisis par les gens de la ville ou du pays, pour s'occuper de nos besoins. Ça s'appelle "voter". La politique, ma fille, c'est tout ce qui entoure la façon de les choisir et de voir à ce que ces personnes fassent bien leur travail. Présentement, ce sont seulement les hommes qui ont le droit de voter et aussi d'être candidats. Bientôt, toutes les femmes auront aussi le droit de voter, si tout se passe normalement.

— C'est quoi, normalement ?

— Ça veut dire qu'un chef devrait être choisi par les femmes autant que par les hommes. On est aussi intelligentes... Qu'est-ce que t'en penses ?

— Le père de mon amie Hélène dit que non, que les femmes et les enfants c'est pareil, et qu'une femme, c'est pas tellement intelligent.

— Qu'est-ce que tu veux, ma fille… C'est l'éducation et l'instruction qui permettent aux hommes d'évoluer. T'es chanceuse, toi, car dans notre famille, les hommes respectent les femmes. Et ta grand-mère Françoise a reçu une bonne éducation. Ses parents n'étant pas pauvres, ils pouvaient payer pour son instruction.

— Maman, est-ce que le monsieur qui sent mauvais est un homme gentil ?

— Malheureusement, Marie-Louise, le besoin d'être remarqués rend parfois les gens stupides. Souvent, leur cœur est bon, mais leur comportement est influencé par leur désir d'attirer l'attention de tous pour gagner leurs élections. Parfois, on fait des choses sans trop réfléchir… ou en réfléchissant trop !

— Je vais pas voter pour lui, maman. J'aime bien le gros monsieur gentil.

Anne réprime un sourire.

— Appelle-le par son nom. Monsieur Cormier ne se présente pas aux élections.

— Ah… C'est dommage !

— Notre cousin Jean-Louis se présente. Et avant de pouvoir voter, il faudra que tu manges des tas de croûtes !

Marie-Louise se montre très intéressée par ses premières leçons de vie. Dans les jours suivants, la politique devient un sujet qui accapare son attention. Sans doute à cause des nombreuses discussions familiales qu'elle entend, mais aussi à cause de cette altercation dont elle a été témoin, et qui l'a marquée à jamais. Elle trouve tous ces personnages très intrigants.

L'été est avancé lorsque la famille Tremblay décide de rendre visite aux Dufour, parents de la grand-mère Françoise, à l'Isle-aux-Coudres. Sur le traversier, Anne s'est assise sur le banc de bois et contemple le paysage avec admiration pendant que son mari parle avec le capitaine Dufour. Marie-Louise, assise à côté d'elle, semble respirer les odeurs et l'air marins avec avidité, le nez au vent.

— J'aime ça, maman, le vent, la mer ! J'aimerais pêcher avec papa… Avec les grands filets, comme grand-père. J'suis assez grande, maintenant !

Alfred les rejoint et entend la demande de sa fille.

— Tu viendras avec moi à la prochaine traversée. Au retour, on va pêcher. Ton grand-père pourrait t'emmener avec lui si je travaille au magasin. Mais tu peux pêcher près de la maison, aussi.

— C'est ici que j'aimerais pêcher, dans les grosses vagues.

— T'es encore un peu jeune, mais on verra…

À quelques pas d'elle, Anne remarque un beau garçon d'environ quinze ans, au teint basané, à la chevelure noire abondante, s'affairant à terminer le nettoyage du pont. Puis, quelques minutes plus tard, elle le voit se diriger vers les cordages pour les saisir habilement et préparer d'avance l'accostage. Tite Dufour, le capitaine, remarque l'attention qu'Anne lui porte.

— Tu le reconnais, Anne ?

— Oh ! Mon Dieu ! C'est le garçon que je t'ai demandé d'aider !

Anne reconnaît le petit cigarier qu'elle a secouru et pour qui elle a demandé un travail d'appoint quelques années auparavant. Le jeune homme sourit et la salue chaleureusement. Plus aucun signe d'intoxication ne paraît sur son visage. Il lève avec fierté sa tête. Anne éprouve un grand soulagement.

— C'est en plein ça, Anne ! Je l'ai pris sous mon aile, raconte le capitaine. C'est un gars travaillant et poli avec les clients. Tout le monde l'aime. Merci de nous l'avoir recommandé. Il sait que c'est toi qui es à l'origine de sa chance. Regarde… Ton protégé t'a remarquée, parce qu'il s'amène par ici. Je vous laisse… Vous avez sûrement des choses à vous dire.

— Vous me reconnaissez, madame ?

— Crois-tu que j'aurais pu t'oublier ? Ça me fait plaisir de voir que tu travailles ici. Tu vas être bien traité.

— Je le suis déjà, madame, grâce à vous ! Mes patrons me paient bien, aussi. Ils ont confiance en moi. J'économise de l'argent pour être père de famille un jour. J'ai une petite amie, vous savez… Une vraie beauté ! On est trop jeunes, mais dans quelques années, on va avoir une belle vie. Monsieur Dufour m'a fait part de son intention de me garder longtemps. J'ai rencontré avec lui les Simard du chantier naval.

Bien sûr, le jeune homme ne réalise pas tout à fait combien le chantier naval a décliné ces dernières années. Il est quand même chanceux que ses patrons le protègent et lui accordent certains privilèges. Car beaucoup moins de navires sont construits maintenant qu'il y a trente ans. Cependant, les Simard assurent également les services de dragage de la voie maritime et des environs.

— Monsieur Dufour dit que depuis quelque temps, le tourisme devient de plus en plus important et que je trouverai peut-être plus tard un emploi intéressant sur les "bateaux blancs", grâce à ses références et à l'expérience que je prends ici. Mais c'est vous, madame, qui êtes responsable de ma réussite. Je vous dois beaucoup !

— Vous méritez votre chance, puisque mon cousin m'assure que vous êtes un très bon travailleur.

La journée se termine dans la joie. La promenade en bateau a fait du bien à la famille Tremblay. C'était rafraîchissant et apaisant.

À Buckland, à l'instar des Tremblay, les Bernard ont décidé de faire une balade dans le village et sur le bord de l'eau, profitant de cette journée ensoleillée pour visiter leurs amis du centre du village. Au retour, en fin d'après-midi, une surprise les attend, qui leur fait un grand plaisir. Assis sur les marches de la galerie, le cousin de Magloire, Onésime Gagnon, est là. Il attend depuis un bon moment l'arrivée du couple.

— Ah, ben ! Mon cousin ! On parlait justement de toi, cette semaine.

— Viens m'embrasser, mon vieux ! Pis toi aussi, ma belle Malvina ! J'suis tellement content de vous voir !

— Es-tu seul ?

— Eh oui, Magloire ! Ma femme s'occupe du magasin, et mon fils est en pension au collège de Sainte-Anne-de-la-Pocatière. J'aurais aimé l'emmener, mais ses professeurs ont prévu son examen oral pour demain. C'est son point fort, l'art oratoire, malgré son jeune âge. Y paraît que les autres élèves sont influencés par ses discours.

— C'est ben jeune pour devenir pensionnaire !

Des larmes se mettent à couler sur le visage d'Onésime.

— Amanda est plutôt fragile… C'est compliqué, pour nous, de garder le petit à la maison. Au fond, tu vois, Onésime va recevoir une meilleure instruction, et déjà, ses enseignants se sont attachés à lui. C'est un garçon brillant, même si c'est encore un enfant ! C'est leur meilleur étudiant, paraît-il. Du côté des Morin, plusieurs sont talentueux et très cultivés ! Onésime a hérité de leurs talents.

— Excuse-moi, Onésime ! J'ai pas réfléchi avant de parler. C'était ben stupide de ma part. C'est juste parce que j'aurais aimé que mes enfants le connaissent.

— Non… Ce que tu dis, Magloire, c'est juste. C'est difficile, pour moi, mais ce sont les conséquences de mes décisions ! Si on pouvait revenir en arrière…

— Pense plus à ça ! Ton fils est au bon endroit pour réussir son avenir. Viens… On va prendre une tasse de thé, ou bien une bière d'épinette, si tu préfères… Ça nous rafraîchirait !

— Oui, une bonne bière d'épinette ! Ah, j'y pense… J'ai apporté des cadeaux de mon magasin. J'en ai plein ! C'est pour vous. Torrieux que j'suis content d'être ici ! Comment vont les enfants ?

— Tout le monde va bien. Les enfants vont être contents de te voir. L'école finit dans quelques minutes… Arthur, lui, travaille et vit au presbytère, maintenant. Le curé l'apprécie beaucoup, et les paroissiens aussi. J'aimerais ça que nos deux gars se connaissent, un jour, Onésime. Ah ! J'peux pas lui donner la formation classique de ton fils, mais le curé et sa servante s'occupent de son instruction. C'est une ancienne institutrice. Arthur est là depuis l'âge de neuf ans. On a fêté ses quatorze ans en janvier.

— C'était bien jeune, neuf ans, pour quitter la maison, non ? Au fond, c'est un peu la même chose pour mon fils. Y a huit ans, le mien, à cette heure.

— T'as raison, Onésime. Excuse-moi encore pour ce que j'ai dit tantôt. Notre époque est dure pour les jeunes garçons.

— C'est rien, Magloire… C'est pas dans le but de te reprocher…

— En tous les cas, Onésime, on va se revoir bientôt, avec nos fils. Ces deux-là vont s'entendre à merveille à l'âge adulte, j'en suis certain !

— Si on allait le voir au presbytère, Magloire ? J'aimerais bien le rencontrer, ton Arthur.

— Allons-y donc !

La rencontre a lieu, et Onésime apprécie l'attitude énergique d'Arthur. Il se promet de faire en sorte que leurs enfants finissent par faire bientôt connaissance.

— Viens donc nous voir à Saint-Léon, Arthur ! On va aller visiter mon gars.

— Aussitôt que possible, cousin ! Ça fait longtemps que mon père m'en parle. J'ai hâte de le voir, ton petit Junior ! Ça va être bientôt, c'est sûr !

Mais le temps est avare, parfois. Arthur sait qu'ils se connaîtront, son cousin et lui, mais il a déjà quatorze ans, et le fils d'Onésime n'en a que huit. Il se dit que quand la vie les réunira, un jour, ils seront tous deux des adultes… Cela vaudra mieux, se dit-il. À force d'en entendre parler par son père et son oncle, Arthur développe quand même un certain attachement à cette idée ; mais il est surtout intrigué par le personnage d'Onésime junior, dont il se fait une image dans sa tête.

Chapitre 12

Terre promise

Après avoir reconstruit sa maison incendiée avec l'aide des Tremblay-Renard, Philippe Gauthier a finalement toujours réussi à trouver du travail, mais jamais près de chez lui. Il est maintenant à l'emploi d'une industrie de la chaussure de Québec, celle qui appartient aux Bertrand. Il a obtenu cet emploi par l'intermédiaire d'Alfred et de la mère du propriétaire. Malheureusement, ce dernier ne peut lui consentir des privilèges qu'il n'octroie pas aux autres. Il est souvent difficile pour Philippe d'obtenir du temps pour venir à la maison. Les périodes de congé sont rares et jamais très longues. Les enfants ont poussé comme des champignons, et sa famille doit apprendre à se débrouiller sans lui.

Chaque après-midi, lorsqu'il retourne à la chambre de sa pension, il croise sur son chemin une petite église protestante. Les fidèles de cette religion sont nombreux à Québec. Aujourd'hui, des gens sont rassemblés au pied des marches et invitent les passants à se joindre au nouveau Royaume de Dieu sur Terre, qui leur offre un monde d'entraide et prône de meilleures conditions sociales pour les classes ouvrières. Philippe se laisse aborder par un couple souriant et affable, qui le sollicite pour qu'il adhère à leur Église. L'homme et la femme lui font part de leur philosophie et de la future loi que leurs ministres du culte désirent encourager et faire adopter.

— Une loi qui ferait du dimanche un jour hebdomadaire de repos est l'une de nos préoccupations. Nous sommes des réformistes. Nous nous concertons pour que les membres de notre communauté ne manquent de rien. Ni de temps pour leur famille ni d'argent.

— Une sorte de paradis, quoi… Un rêve impossible pour un ouvrier, madame !

— Pas impossible, puisque cette loi est à l'étude et devra bien être adoptée un jour. De plus en plus, les travailleurs défendent leurs droits, monsieur. Un monde meilleur nous a été promis par le Père des hommes. Nous espérons que ce monde futur, le Royaume de Dieu sur Terre, incarnera cette ère de félicité pour les hommes de bonne volonté. Nous faisons pression pour l'amélioration des conditions sociales et le développement de la nation, tout en soutenant l'Empire britannique, ce qui aiderait à influencer les politiques impériales en notre faveur. Qu'en pensez-vous ?

— Certaines de vos idées rejoignent les miennes, madame. Mais ma Loulou est difficile à convaincre… On est très catholiques, nous, les gens de Baie-Saint-Paul, et on est de langue française.

La jeune femme ne se laisse pas démonter.

— Vous êtes de Baie-Saint-Paul ? Nous avons une petite église près de chez vous, à laquelle mon mari et moi sommes justement attachés ; car nous sommes de votre région, ainsi que plusieurs parmi nous, ici, aujourd'hui. Nous sommes de majorité anglaise, mais les Canadiens français qui désirent se convertir à notre Église sont les bienvenus dans son enceinte. Nous prônons une idéologie, et non le racisme et la ségrégation. Nous serions heureux de vous accueillir parmi nous, avec votre famille, ne serait-ce que pour le prochain office seulement.

Elle lui remet une feuille où sont inscrits des renseignements et le salue chaleureusement. Le jeune homme est flatté par sa courtoisie et épaté par sa séduisante attitude.

Dès son retour chez lui, après de longues semaines de travail, Philippe fait part à son épouse de sa rencontre.

— Leur but, c'est le Royaume de Dieu sur Terre. J'avoue que leurs idées rejoignent les miennes : des semaines de six jours de travail, et de l'aide matérielle quand on en a besoin. Nous, les catholiques, on est ben seuls dans notre misère.

— Dis pas ça, Philippe ! Tu sais bien qu'on en a, nous aussi, des associations catholiques qui aident les pauvres et les malheureux. T'as pas l'intention de me faire changer de religion, mon homme ? C'est vrai que t'es fatigué… Viens, on va manger une bonne soupe. J'suis tellement heureuse que tu sois là !

— Ah ! Tu m'as beaucoup manqué, et les enfants aussi ! Pense au bonheur d'avoir une journée par semaine pour nous autres, ma douce. On pourrait peut-être aller à l'office quand j'aurai un dimanche… Ça nous engage à rien. J'ai quelques amis irlandais qui sont protestants. Tu sais qu'y a une petite chapelle ici, pas très loin ? On se sentirait moins seuls. J'ai rien contre l'Empire, moi. Si on soutenait davantage le Royaume-Uni, ça pourrait peut-être jouer en notre faveur. Avec le temps, on aurait sans doute plus d'aide de leur part.

— Es-tu tombé sur la tête, Philippe Gauthier ? C'est pas toi, ça… T'es vraiment plus épuisé que j'pensais ! T'es donc pas reconnaissant envers nos amis catholiques ? Y nous ont apporté beaucoup de soutien quand on a tout perdu.

Mais sur l'insistance de Philippe, l'un de ses rares dimanches de congé, le couple et leurs enfants se retrouvent au milieu des disciples présents à l'office protestant. Ils sont accueillis chaleureusement. Parmi les fidèles, se trouvent le charmant couple solliciteur, ainsi que quelques amis irlandais de Philippe. Le pasteur se lance dans un sermon ressemblant plutôt à un discours politique, proposant un concept de rêve pour un travailleur démuni, dans lequel on lui promet une éventuelle intervention auprès du gouvernement et des compagnies afin d'obtenir un congé par semaine. Cette attitude stratégique de recrutement a lieu aussi dans d'autres sphères que la religion ; elle est même devenue courante dans les dernières années.

Au tournant du chemin, les catholiques revenant de la messe jettent un coup d'œil critique et réprobateur à la petite famille qui sort de l'église protestante. Les Gauthier, embarrassés, préfèrent ne pas s'attarder et rentrent à la maison sans parler à qui que ce soit. D'ailleurs, personne ne les aborde… On se contente de murmurer sur leur passage. Cette impression d'isolement apporte évidemment un argument de plus aux convictions religieuses de Philippe.

— Tu vois, ma Loulou, les catholiques nous jugent, tandis que les protestants nous accueillent. J'ai l'intention de parler à mes amis irlandais.

— Les Irlandais sont pas tous des protestants, mon Philippe. Tom Rochefort, lui, est catholique, et c'est un bon gars charitable, et gentil pour tout le monde. Pas pantoute enclin à juger les autres. Comme tous les amis catholiques qui nous ont secourus, d'ailleurs…

— On en reparlera à mon prochain congé, ma femme… Peut-être que tu vas changer d'idée quand t'auras été privée de ma présence pour encore longtemps.

Les gens de Baie-Saint-Paul, très éloignés de la ville, se rendent moins compte des soulèvements de la classe moyenne contre les problèmes sociaux engendrés par le développement des industries. En milieu urbain, les différences de classes sont plus fortement ressenties par la population. Les citadins sont plus nombreux à prôner une réforme progressiste.

Pour comble, le populaire Wilfrid Laurier se rend à Londres afin d'assister au jubilé de la reine Victoria. Cela, évidemment, fait jaser dans tous les milieux et conforte davantage le peuple dans son profond attachement à l'Angleterre. Ce sentiment d'appartenance à l'Empire britannique devient l'apanage des Canadiens anglais, largement majoritaires au pays.

À ce sujet, au presbytère de Buckland, le curé fait part de ses inquiétudes à Arthur :

— Ce déplacement du premier ministre confirme son étroite collaboration avec l'Angleterre et pourrait servir non seulement le système impérialiste, mais aussi la participation du Canada dans les ambitions et engagements de l'Angleterre à travers le monde. C'est dangereux, Arthur, car ça pourrait nous impliquer dans leurs guerres.

— J'ai vu que le député Henri Bourassa s'oppose vivement à tout ce qui nous engage dans les causes de la Grande-Bretagne. Lui, c'est un pays indépendant des Anglais qu'il voudrait. Les députés le voient de plus en plus comme un ennemi de l'Angleterre.

— J'ignore ce qui va se passer, Arthur, mais tu vas vivre un temps de grands changements. Je ne voudrais pas que tu aies à te battre un jour pour une cause qui ne te concerne pas. Les Canadiens anglais se sentent profondément impliqués dans les intérêts du Royaume-Uni, et ils sont en majorité. Au fond, c'est le mal du pays qui les rend partisans ; c'est comme s'ils y étaient encore. Alors, chaque événement social ou politique qui se déroule dans leur pays d'origine les préoccupe. C'est inquiétant, Arthur, et très dangereux, car ça risque de provoquer des frictions entre les deux camps.

— D'accord avec vous, père Raphaël ! Croisons nos doigts. Mais il y a un autre problème qui cause des remous… C'est celui des ouvriers. J'ai entendu dire que beaucoup d'entre eux ont été approchés par des réformistes et des croyants d'autres religions qui encouragent l'impérialisme. À Montréal, et même à Québec, plusieurs se sont joints à l'Église protestante. On leur fait miroiter un avenir meilleur, en leur promettant une aide financière et morale, et plus de temps disponible pour leur vie familiale.

— Si l'Acte des manufactures soumis par Honoré Mercier pouvait être respecté, beaucoup d'ouvriers jouiraient d'une journée de congé par semaine… Mais encore, cette loi n'avantage que les femmes et les enfants. Les inspecteurs ont demandé qu'elle soit revue afin que les pères de famille puissent aussi être avantagés et profiter d'une journée de repos, au moins le dimanche. Mais il n'y a que trois inspecteurs pour commencer ce travail de surveillance, alors… La classe ouvrière est tellement exploitée, Arthur ! Surtout dans les grandes cités, par exemple, où les pauvres sont mis à l'écart dans des quartiers de misère et dédaignés par la classe riche qui les emploie. Ah ! Arthur, j'ai un peu peur de ce qui se passera dans nos villes cet été. Les réformistes et les impérialistes ont ici une belle occasion d'étendre leur emprise.

— Heureusement, la ville de Québec est de majorité canadienne-française. Ça me réconforte un peu…

— Ainsi que tous les villages des environs. T'as tout compris, Arthur ! Tiens, pensons à autre chose… Nous avons peut-être une chance de passer un été rempli de gaieté. Tant de découvertes ont été faites, et tant de produits mis sur le marché ! Et de grands événements s'annoncent pour égayer la saison ! Pourquoi n'irions-nous pas faire un tour à Québec, un de ces jours ?

— C'est une bonne idée, père Raphaël !

En ce début d'été 1897, tout Charlevoix se tourne vers Québec. Beaucoup de voyages ont lieu en provenance de Baie-Saint-Paul et de Tadoussac.

Partout, on sent des parfums de renouveau. Se promenant dans la ville, en fin d'après-midi, Philippe Gauthier remarque près de la place Royale un étrange véhicule qu'il trouve intrigant et magnifique. Alors qu'il s'arrête pour le contempler, un personnage fort élégant, à la moustache retroussée, se présente à lui :

— C'est une automobile… la première à Québec ! Comment la trouvez-vous ? Ah ! J'ai oublié de me présenter… Édouard Casgrain. Je suis le dentiste du quartier, et aussi le propriétaire de ce véhicule.

— Philippe Gauthier. Heureux de faire votre connaissance. C'est un beau jouet que vous avez là !

— Voulez-vous l'essayer ? J'ai tout mon temps. Qu'en dites-vous ?

— C'est incroyable ! Un dentiste m'invite à me promener dans le premier char auto… Euh…

— Une automobile, monsieur Gauthier.

— Bon Dieu ! Si ma femme pouvait me voir !

— À la bonne heure, mon ami ! Allons visiter la ville !

Fier comme un paon, Philippe regarde les gens les saluer au passage et se dit qu'il souhaite, pour ses propres enfants, un tel avenir.

— Que faites-vous dans la vie, mon gars?

— Ouvrier dans la chaussure, ici, à Québec. Mais j'habite à Baie-Saint-Paul.

— Votre famille doit vous manquer.

— Vous pouvez le dire… C'est dur, mais y a plus d'ouvrage par chez nous pour un gars comme moi, sans instruction.

— J'y pense… Est-ce que cela vous intéresserait de travailler à l'entretien d'un édifice de Baie-Saint-Paul et d'en être le gardien? L'une de mes connaissances aurait un emploi à vous offrir… Un homme généreux. Vous auriez sans doute un salaire plus que respectable. C'est ce qu'il m'a dit quand il m'a demandé de lui adresser quelqu'un en qui j'aurais confiance. Vous m'êtes sympathique, et vous êtes de l'endroit.

— Bon Dieu! C'est ma journée! Ma Loulou va être folle de joie! Merci du fond du cœur, monsieur, merci!

— Voici l'adresse. Vous y rencontrerez un monsieur Lajoie. Un agréable personnage, un peu spécial, mais vraiment intègre et généreux. Il est parent avec le propriétaire du magasin général.

— La mère de la femme de mon ami, Alfred Tremblay, est une Lajoie… Des gens qui viennent de l'Isle-aux- Coudres.

— Ah, oui? Il s'agit donc de la même famille. C'est vraiment un beau hasard, ça! Vous aimerez ce monsieur… Il est très accueillant! Je vous souhaite bonne chance! Je crois que c'est gagné.

— Toute ma reconnaissance, monsieur! J'vous oublierai jamais, vous… Jamais!

— Attendez! Je vais vous donner un mot de recommandation. Vous pouvez démissionner à la compagnie de chaussures, car je réponds de la suite.

Philippe est aux anges. Il avertit ses patrons dès le lendemain matin. Le directeur de l'usine lui remet une lettre de bonnes références et lui propose même de revenir si ça ne fonctionne pas là-bas. Philippe retourne chez lui le soir même, le cœur allégé par l'espoir de pouvoir rencontrer ce personnage spécial dont le dentiste lui a parlé. Loulou s'empresse de l'accueillir les bras ouverts, surprise du retour précipité de son mari, et un peu inquiète qu'il ait perdu son emploi.

— Dis-moi que t'as pas été mis à pied, mon homme…

— Ma Loulou… Hier, j'ai passé une des plus belles journées de ma vie !

— Comment ça, Philippe ? J'espère que t'es pas allé nous inscrire à l'église protestante, parce que j'ai bien réfléchi et…

— On n'a plus besoin de ça, ma chérie ! Sauf si monsieur Lajoie a déjà trouvé quelqu'un. J'ai l'impression que ce monsieur Lajoie est un petit-cousin de Françoise, la belle-mère d'Alfred Tremblay.

— Parles-tu du magasin général, Philippe ? Alfred l'aide déjà beaucoup…

— J'te parle de l'auberge, ici, au coin de la rue. Un dentiste de Québec m'a recommandé à lui. J'ai un papier… Regarde !

— Un dentiste ?

— Je l'ai rencontré sur la place Royale. J'ai même fait un tour d'automobile avec lui…

— Un tour de quoi ?

— D'automobile… Regarde le mot de référence que j'ai reçu de ce monsieur.

Elle prend le message et le lit :

Monsieur Lajoie,

Je vous envoie un ami, Philippe Gauthier, en qui j'ai confiance. Il vous soutiendra dans vos tâches quotidiennes et vos projets importants.

Édouard Casgrain

Dès l'aube, Philippe se présente à l'auberge de la rue Saint-Jean-Baptiste. Sur la devanture, on peut lire « Le Passant ». Les lieux offrent le gîte et la restauration ; des ateliers y sont loués à des peintres et des artisans de la région et d'ailleurs. Un homme coloré le reçoit, il semble avoir un tempérament enjoué et des gestes un peu maniérés, presque féminins, mais il est fort aimable et enthousiasmé par la référence du docteur. L'entrevue est courte ; elle se termine, sans trop de questions, par une embauche sur recommandation et une gentille reconnaissance de parenté.

— Vous ne pouvez pas savoir comme vous tombez à point... Ça me soulage, monsieur Gauthier ! Euh... Puis-je vous appeler Philippe ? En plus, ça reste dans le même groupe d'amis... C'est comme une famille. Le monde est petit ! Venez... Je vais vous faire visiter.

L'endroit est joliment décoré. Les couleurs y sont modernes, et des fleurs agrémentent la salle à manger, où des toiles d'artistes du coin sont exposées. Dans les chambres, tout est propre et accueillant. Oui, Philippe aimera travailler dans ce lieu de qualité.

Un salaire plus que respectable lui est offert, avec la proposition d'une avance. Il est visible que la référence du dentiste Casgrain a pesé lourd dans la décision de monsieur Lajoie.

Au mois de juillet, c'est en touristes que les membres de la famille Gauthier déambulent dans les rues de Québec, pour voir et essayer les premiers tramways électriques. Les rues de la ville sont remplies de curieux. Dans un coin, près de place Royale, une automobile est exposée, à la demande du maire et avec l'aimable contribution de son propriétaire. Philippe reconnaît tout de suite le dentiste Casgrain.

— Monsieur, permettez-moi de vous présenter ma femme, Loulou, et mes enfants : Éloïse, les jumeaux Marc et Pierre, Jean, Yvon et le petit dernier, encore dans son ventre.

— Je suis content de vous revoir ! C'est dommage que j'aie promis aux organisateurs de cet événement de ne pas déplacer mon automobile... Nous aurions pu faire des balades à tour de rôle.

— C'est à vous, monsieur ? demande Jean, cinq ans.

— Eh oui ! Tu reviendras me voir, un autre jour, et je te ferai faire un tour.

Bien entendu, les autres petits réclament à grands cris la même faveur !

— Nous irons tous faire un tour, c'est promis ! Vous êtes des amis, maintenant.

Une amitié sincère est née entre le dentiste et la petite famille. Les rendez-vous à Baie-Saint-Paul avec monsieur Lajoie et Édouard Casgrain (que Philippe surnomme désormais « doc ») se multiplient par la suite. Au mois d'août, tout le groupe de joyeux lurons continue de se retrouver à Québec, en compagnie des Simard et des Tremblay, dans la foule qui accueille triomphalement le premier ministre revenu de Grande-Bretagne. Le dentiste s'est proposé pour payer le repas du soir, et tout le monde assiste aux festivités de la soirée.

L'été passe à toute allure; il est intéressant et amusant, porteur d'aucune mauvaise nouvelle. Grâce à monsieur Lajoie, les nouveaux amis ont la chance de visiter le chantier d'un futur manoir tout en bois, premier grand hôtel de prestige de Charlevoix. Il portera le nom de Manoir Richelieu. On entend l'inaugurer au début de l'été 1899.

L'automne arrive vite. À Baie-Saint-Paul et à Buckland, le calme règne. Mais plus loin, dans le centre et le sud du Québec, les nouvelles lignes de voie ferrée font trop souvent les manchettes. Un autre regrettable accident de train, à Saint-Tite, a causé la mort du conducteur de la locomotive, et plusieurs passagers ont été grièvement blessés. En lisant l'article du journal, de tristes souvenirs reviennent à Arthur. Il se dit que s'il avait pu se recueillir sur la dépouille, même mutilée, de son ami Germain, cela aurait facilité son deuil. Que lui est-il vraiment arrivé? Comment a-t-il pu disparaître ainsi, pulvérisé comme s'il n'était qu'une *chose*?

Le curé remarque son visage sombre.

— Cette nouvelle te rappelle des moments tristes, Arthur?

— C'est comme si je sentais que Germain peut pas s'être évaporé comme ça, sans qu'on retrouve rien de lui. C'est anormal…

— C'est toujours étrange, quand un corps disparaît. C'est difficile, pour l'entourage de cette personne, de faire son deuil. Console-toi, car ça veut dire qu'il n'a pas eu le temps de se rendre compte de ce qui lui arrivait. Tout s'est passé trop vite.

— Vous avez sûrement raison, père Raphaël, mais on dirait tout le temps que mon ami est là, près de moi, comme s'il voulait me parler.

Le père Raphaël décide de faire diversion:

— De quoi d'autre est-il question dans le journal, Arthur ?

— À Saint-Canut, une dénommée Cordélia Viau a été arrêtée. On l'accuse d'avoir assassiné son mari.

L'événement alimente le feu de l'imagination populaire. Le père Raphaël et Arthur en font le sujet de conversation de leur déjeuner.

— Ça va être l'histoire à suivre cet hiver, quand les agriculteurs n'auront plus rien à faire dans les champs

— C'est quand même pas courant, père Raphaël. J'ignorais qu'une femme pouvait assassiner quelqu'un, moi. J'imaginais que c'était juste dans l'histoire des temps anciens, quand les reines empoisonnaient leurs maris.

— Le crime n'a pas de sexe, Arthur. D'ailleurs, on ne sait pas vraiment si Cordélia est coupable. Ce n'est pas à nous de la juger. En tout cas, c'est déjà un procès célèbre. Ça va mettre du piquant dans la vie des pauvres gens.

— Dans la nôtre aussi, père Raphaël… Avouez… En parlant de nouvelles, avez-vous vu qu'on va avoir un ministère de l'Éducation ? J'en reviens pas ! Le clergé va bien exploser ! Je parierais cher que ça passera pas, ce projet-là.

— Ne sois donc pas si présomptueux, Arthur ! C'est pas tout le clergé qui veut enrayer la marche du progrès. Faudra bien qu'il se passe quelque chose, un jour.

— C'est pas fait, père Raphaël, c'est pas fait !

Dans les jours suivants, les journaux parlent de nombreuses missives envoyées au Vatican, exprimant le désaccord de l'ensemble des évêques du Canada français face à cette initiative. Des pressions sont exercées sur le pape pour qu'il empêche la réalisation de ce projet qui, de l'avis des religieux d'ici, cst complètement insensé. Le père Raphaël, bon joueur, dit à son protégé :

— Tu avais raison, Arthur ! Eh bien ! Quand est-ce qu'on va se réveiller ? Ils veulent un pays soumis à la religion ! Pire encore, un pays plongé dans l'obscurantisme.

— L'obscurantisme ?

— Quelque chose qui s'oppose au bon sens, Arthur, à ce qui est raisonnable, à l'évolution, quoi…

— Ah oui ! Comme quand les anciens prétendaient que le diable se présentait dans certaines soirées dansantes, comme un galant inconnu qui ensorcelait les belles.

— Voilà ! Tu as tout compris, mon cher Arthur !

En attendant, décembre n'en finit plus d'être blanc et froid, avant qu'il n'étouffe sous la pesanteur de ses diamants, couronnant l'an 1897. Un janvier, plus rigoureux encore, reprendra la couronne en despote, fouettant toute la province d'une tempête monstre et enterrant sous soixante pouces de neige la ville de Montréal.

— Avez-vous vu les manchettes, père Raphaël ? Cinq pieds de neige en quelques heures seulement ! Une chance que le grand bal du Château Ramezay avait déjà eu lieu le 19. Il y avait tellement d'invités à ce bal costumé ! Des atours somptueux ! J'ai découpé la liste dans *La Patrie*. Si, par malheur, il avait eu lieu hier… Pouvez-vous imaginer ?

— C'est aussi bien dangereux pour les incendies, des tempêtes comme celle-là ! On va prier pour les pauvres gens, Arthur. Beaucoup vont surchauffer leur maison.

Le mois de février débute avec le court procès de Cordélia Viau.

— Vous avez vu, père Raphaël ? Les journaux parlent encore de l'assassinat de Saint-Canut.

Cela intrigue beaucoup Arthur, qui ne comprend pas encore tous les rouages de la loi. Il reprend :

— Deux heures ont suffi pour déclarer Cordélia Viau coupable du meurtre de son mari. Comprenez-vous quelque chose là-dedans ?

— Tu as raison, Arthur, de t'étonner… Et tu n'es pas le seul… Tous ne sont pas d'accord avec cette condamnation. Il y a trop d'incertitude dans l'air. Mais ce n'est pas à nous de discuter de cette sentence.

Aux derniers jours de février, Montréal fait encore les manchettes. Les journalistes, qui adulent pourtant le nouveau maire, Raymond Préfontaine, qui procure du travail à plusieurs d'entre eux, réagissent mal à son intervention du 27 février, alors qu'il met la police aux trousses de la troupe du Théâtre Royal, en l'accusant de prestation inconvenante et d'influence néfaste sur la moralité publique. Cette mauvaise surprise secoue l'atmosphère, déjà survoltée, au sein du monde des éditorialistes et des artistes.

— Est-ce immoral, père Raphaël, de faire du théâtre ?

— Mais non, Arthur ! Comment veux-tu que les jeunes de notre province se développent si on interdit tout ? Tu sais, c'est péché ici, mais pas partout ailleurs. Ça me renverse ! J'ai beaucoup voyagé, mais je n'ai jamais vu tant d'acharnement contre la culture ! Ils veulent que nos jeunes demeurent dociles et ignorants. Comme des moutons…

Enfin, mars arrive, célébrant l'avènement du chemin de fer reliant Montréal à Lévis, via Drummondville, ce qui enchante les habitants, et surtout les commerçants. Mais il n'y a pas que de bonnes nouvelles… La calamité ne tarde pas à ressurgir, en mars, sous la forme de pluies torrentielles, dévastant les rives de la Yamaska, et inondant en grande partie Saint-Hyacinthe et Saint-Césaire.

D'un événement à l'autre, le printemps tire à sa fin. En juin, sous les pressions exercées de toutes parts, l'affaire Cordélia Viau est relancée par la Cour d'appel, qui ordonne un nouveau procès. L'opinion publique est déchaînée !

Mais l'automne venu, un autre sujet préoccupe énormément le public canadien… Le plébiscite fédéral levé par Wilfrid Laurier concernant la prohibition de la vente de boisson est si impopulaire auprès de la majorité de la population canadienne-française que le premier ministre a décidé de ne pas légiférer. Partout, il n'est question que de cela.

C'est en novembre 1898 que se présente une autre matière à débat. Il s'agit de la conférence de Washington pour la frontière de l'Alaska, un État qui appartenait aux Russes au début du XIXe siècle, et qui a été vendu aux Américains par la suite. Cette frontière n'étant toujours pas délimitée, cela crée des conflits. Laurier saisit l'occasion pour séduire la royauté anglaise.

Le 21 février 1899, le contentieux canado-américain à propos de l'Alaska ne se réglant pas, Laurier invite l'Angleterre à servir d'arbitre…

— Regarde-moi ça, Arthur ! La Grande-Bretagne a répondu oui à l'invitation de Laurier d'arbitrer la conférence à Washington pour la frontière de l'Alaska. Je ne comprends pas l'attitude de Wilfrid Laurier dans cette affaire. Ça prend des airs de raccommodage entre le Royaume-Uni et les États-Unis.

— Le Canada ne pèsera pas lourd dans la balance ! Il sera encore le grand oublié dans cette histoire. C'est sûr que les Anglais ont intérêt à se recoller sur les États-Unis pour s'en faire de nouveau des alliés.

— T'as bien appris ta leçon, Arthur !

— C'est Henri Bourassa qui est désigné comme secrétaire dans ce dossier.

— Il est bien jeune et très impétueux.

— Oui, mais c'est un homme qui a nos intérêts à cœur ; toujours préoccupé par la cause canadienne-française. J'en dirais pas autant des représentants de l'Empire britannique, qui semblent souvent nous reléguer aux oubliettes lorsqu'il s'agit de questions qui pourraient être à notre avantage.

— Ça va être long, cet arbitrage ! Des mois… Des années, peut-être. Et je ne crois pas que notre pays en sortira gagnant. Les sujets canadiens de Sa Majesté seront laissés-pour-compte. Tout se décidera entre la Grande-Bretagne et les États-Unis.

Pendant ce temps, à Baie-Saint-Paul, Anne sort du four un pain chaud qui embaume la maison entière. Alfred se repose de sa journée en lisant à haute voix les nouvelles pour en faire profiter sa femme.

— Bourassa abandonne le cabinet de Laurier ! Ça sera pas sans conséquences…

— T'as raison, Alfred ! Des bruits courent déjà qu'un mouvement nationaliste est en train de se former au Québec. Les guéguerres vont reprendre de plus belle entre les Français et les Anglais.

— Mais y a une autre nouvelle qui devrait t'intéresser. J'ai lu un article, à matin, sur le droit de suffrage des femmes locataires au fédéral. Depuis 1892, c'est déjà gagné pour les autres Canadiennes… Mais pas ici, au Québec.

— Ça fait longtemps que les suffragettes se battent pour le faire adopter à Montréal. Ça s'arrêtera pas là, j'espère.

— L'article dit que les militantes sont déterminées à poursuivre leur lutte au provincial. Mais le pire, c'est la nouvelle Loi sur l'instruction publique, qui défend aux femmes de voter aux élections scolaires et, à plus forte raison, de se présenter au poste de commissaire. Des Anglaises ont quand même essayé de faire élire une femme dans leur secteur. Évidemment, ça n'a pas fonctionné, et c'est la goutte qui a fait déborder le vase.

— Oui, d'autres pays avancent, et le Québec, lui, traîne derrière comme d'habitude.

Puis, passant du coq à l'âne, Alfred s'exclame :

— Eh ! Y a une illustration du nouveau Manoir Richelieu de Pointe-au-Pic ! Tu sais, celui qu'on a visité avec le dentiste et monsieur Lajoie quand il était en construction ? Magnifique ! L'inauguration a eu lieu le 15 juin. Deux cent cinquante chambres de luxe.

— Pas fait pour les gens comme nous, évidemment…

— Ah ! J'ai oublié de te dire que les Simard nous invitent justement à visiter le manoir. Jean-Louis et ton cousin Lajoie nous amènent. Le doc va se joindre à nous. J'ai hâte de voir ça. Vas-tu te faire belle, Anne ? Avec ton beau sac et tes souliers assortis… Ça va être l'occasion parfaite pour les porter !

— Es-tu fou ? J'ai rien à me mettre pour une telle occasion ! Tu le sais bien, Alfred… Penses-y même pas.

— Y a aucune raison pour qu'on t'achète pas des nouveaux vêtements, voyons ! On a quand même un peu d'économies. On va danser au son d'un orchestre, comme dans tes rêves ! La soirée est organisée par les Dufour et les Simard. C'est le doc qui paie. Ça fait partie de la visite, en fin de soirée. Ton vieux désir se réalise. Et j'en suis bien heureux ! Tes parents vont sûrement être d'accord pour garder les enfants.

Les yeux d'Anne brillent ! Elle serait aux anges si ce bonheur n'était mêlé d'une soudaine appréhension qu'elle ne peut identifier.

Pourtant, le jour de fête arrive et se déroule merveilleusement bien. Anne peut enfin valser dans les bras de son époux adoré. Le beau visage de son cher homme a vieilli, mais elle peut encore voir dans ses yeux le feu de la passion. À cet instant même, elle réalise pourquoi elle craignait une ombre au tableau, et pourquoi elle ressent maintenant cette mélancolie. Depuis quelques semaines, Alfred est plus fatigué, amaigri. Le travail l'a beaucoup hypothéqué pendant cette dernière décennie ; il s'est éreinté afin de pouvoir un jour réaliser leurs rêves. Il a vieilli plus vite que la majorité des hommes qu'elle connaît. Mais ça, elle n'avait pas eu le temps de s'arrêter pour le voir… Pour elle, il a le visage de la jeunesse éternelle, le regard embelli par l'amour qu'elle a toujours éprouvé pour lui et qui se reflète dans les yeux de l'homme qu'elle aime.

Le retour à Baie-Saint-Paul est tendre et chaud ! Le lit des amoureux se fond dans la moiteur de juin, enveloppant de tendresse les derniers instants de cette journée de rêve. Ce soir de folie retrouvée emporte avec lui l'ancienne vie, baptisant la nouvelle d'un torride emportement de caresses. Oubliant la fraîcheur perdue de leurs corps, ils profitent de la flamme d'une nouvelle passion, celle des vieux amants.

L'été passe dans une atmosphère étrange d'agitation politique, tout cela mélangé d'odeurs d'incendies ici et là.

Feux de forêt, mais aussi villages et quartiers urbains dévastés… Fin juin, le feu ravage une partie du village de Saint-Raymond dans Portneuf, dont l'église seule résiste aux flammes, puis le quartier Saint-Roch à Québec environ trois semaines plus tard, emportant les domiciles de quatre cents familles. Le 31 juillet sonne le glas de la paix: la Chambre des communes vote à l'unanimité son appui à la Grande-Bretagne, décision qui lie dans leurs conflits futurs aux Anglais le peuple canadien-français.

À la fin de cet automne 1899, les sujets canadiens-français, négligés dans la crise de la frontière de l'Alaska, deviennent tout à coup intéressants pour l'Angleterre: la guerre qu'elle a déclarée aux Boers l'oblige à quémander l'aide de notre nation, ainsi que celle de toutes ses colonies à travers le monde. L'Empire britannique vient de découvrir que l'or et les diamants abondent en Afrique du Sud. Mais, bien sûr, les Canadiens français ne se sentent pas concernés par son éternel appétit de conquête et ne voient aucun intérêt à aller se battre pour les caprices de leurs conquérants.

Aujourd'hui, c'est la ménagère du curé qui lui rapporte le journal, car elle s'est occupée des emplettes de la semaine au magasin général. Pendant qu'elle s'affaire à préparer le repas du midi, le curé lui tient compagnie dans la cuisine en prenant son thé.

— Il est question de guerre, père Raphaël. Les clients du magasin en parlaient entre eux. Heureusement, Wilfrid Laurier a déjà dit à l'Angleterre, il y a deux ans, qu'on ne voulait pas participer à leurs conflits avec les autres pays. Nous serons sans doute épargnés.

— Priez pour que Laurier tienne sa promesse !

Mais un article du journal fait justement état des récentes et malheureuses décisions prises par le premier ministre. Les gens du presbytère, ainsi que de nombreux autres citoyens, ont compté sans la faiblesse de leur premier ministre. Ce dernier commet un geste qui divisera profondément la population et même son propre gouvernement. Le peuple canadien-français lui pardonnera-t-il cet affront ?

— Monsieur Laurier nous a trompés ! s'écrie le curé en déposant le journal. Il promet un certain nombre de soldats à l'Angleterre, à condition qu'ils soient volontaires, mais il sait très bien que cette décision divisera davantage le pays, car il n'y a que les Canadiens anglais qui se sentent concernés par les guerres de l'Empire, et ils sont en majorité. Ils s'en prendront aux Canadiens français et les traiteront de lâches.

Le curé a raison… L'antagonisme met le feu aux poudres et cause des affrontements partout, dans les rues, les usines, les écoles. Des enfants se battent, des parents s'affrontent. Des batailles ont lieu dans les parcs, et même sur les parvis des églises.

Au début d'octobre, l'agitation est à son comble. Oubliant l'opposition des Canadiens français et les promesses qu'il leur avait faites, Laurier décide d'envoyer mille volontaires à la rescousse des Anglais. Il offre aux hommes désireux de participer à cette guerre de contribuer à leurs dépenses de transport et de leur fournir l'équipement nécessaire. Henri Bourassa est révolté par la volte-face de Laurier. Ce faisant, il se gagne la sympathie des Canadiens français et plante le germe du nationalisme auquel adhèrent de nombreux citoyens déçus.

Le 18 octobre, le jeune député Bourassa quitte le cabinet de Laurier et, le 22 du même mois, justifie sa démission en dénonçant l'illégalité de cette décision par laquelle le premier ministre canadien a rompu sa promesse et créé un dangereux précédent dans notre histoire.

Ce triste mois d'octobre se termine par le départ du 65e Bataillon pour l'Afrique du Sud. Un peu plus tard, en décembre, un second contingent le rejoint.

Pas à pas, l'an 1899 file vers un nouveau siècle, charriant avec lui les prémices d'horreur d'une guerre sauvage, menée par la cupidité de l'Empire et sa soif de conquête.

Au presbytère de Buckland, la ménagère du curé revêt son grand tablier blanc et s'assoit pour peler ses pommes de terre. Bien qu'elle n'ait que quarante-sept ans, et qu'elle soit toujours belle femme, elle est moins vaillante qu'auparavant et rester debout très longtemps la fatigue. Elle parle avec Arthur et le curé de cet âge d'or qui commence pour les États-Unis, où son neveu désire s'installer. Le père Raphaël s'enflamme :

— Ça va changer la face de l'Amérique entière, mademoiselle ! En plus d'influencer les tarifs douaniers partout dans le monde, les États-Unis offrent du travail aux gens de l'extérieur du pays, dont nos Canadiens, ainsi que de nombreuses et immenses terres arables à des prix dérisoires. Déjà, plusieurs de nos jeunes fuient la misère qui règne ici et partent fonder un foyer de l'autre côté de la frontière, puisque dans l'Ouest canadien, on refuse de leur donner les privilèges que l'on donne aux étrangers. C'est un véritable exode ! Notre nation va être saignée à blanc ! Ça fait vingt ans que je vois partir de beaux jeunes couples, ou encore des célibataires qui ne trouvent pas de travail ici. La Nouvelle-Angleterre les accueille les bras ouverts… De nouvelles congrégations vont se former là-bas. J'ai connu des religieuses et des frères qui sont allés y fonder des communautés canadiennes-françaises. Mais le départ de la jeunesse, ça, c'est bien triste ! Environ la moitié des gens nés ici sont maintenant installés en Nouvelle-Angleterre. C'est désolant ! Scandaleux ! Il faudrait arrêter cette hémorragie ! Ah ! Je suis heureux que des jeunes comme Arthur décident de rester ici, chez eux !

— Arthur est encore jeune, père Raphaël… Quand il sera plus vieux, il décidera lui-même de son avenir. Il lui faudra, comme à tous, trouver du travail ou une terre. C'est pourquoi notre pays doit s'ajuster et penser aux besoins futurs de nos jeunes.

Arthur voudrait parler, mais encore une fois, il refoule ses émotions. Ses voix intérieures veulent s'exprimer, crier qu'il étouffe de plus en plus, de jour en jour ! Depuis quelques semaines, des rêves d'évasion le hantent, mais un profond sentiment de culpabilité monte en lui et s'accumule au fond de son cœur, le mettant en face de sa conscience et de son devoir de reconnaissance. L'enfant a grandi trop vite ! Et chaque part de responsabilité ressentie s'ajoute à celle qu'il éprouvait après le décès de ses deux amis. Il ne se donne plus le droit de rêver de départ. Ses bienfaiteurs et ses parents seraient dévastés. Ils ne méritent pas ça !

Dans sa tête et dans son cœur, le démon de l'appétit de vivre se bat contre l'ange de la gratitude. Mais à cette lutte, son âme s'altère. Fatigué et désabusé, surtout depuis les derniers drames, sa confiance en lui expire de jour en jour, dans l'obscure impression de réclusion qui resserre son univers. Il voudrait ouvrir ses ailes, mais elles restent collées à son être, à son âme. Il a toujours été dépendant des adultes responsables et instruits qui l'entourent et décident pour lui.

Le curé s'aperçoit qu'Arthur a changé… Il est d'humeur plus sombre. Parfois, il semble vouloir s'apprêter à parler, mais il préfère se taire… A-t-il quelque chose de grave à avouer ? Le curé attend discrètement qu'il finisse par se confier, mais rien ne se passe.

Chapitre 13

S’envoler

À travers la fenêtre givrée, Arthur recherche la paix dans le paysage de janvier, mais il le trouve plus terne que d’habitude, et d’une austérité à faire pleurer ! Le vent ayant balayé la neige du jardin, les plantes ont pris l’allure de revenants accoutrés de gris et de noir. L’image est triste. Mais là, sous la fenêtre, perché sur une branche basse, un magnifique harfang des neiges secoue ses plumes, puis s’élance vers les croix qu’a plantées Arthur. « Bon anniversaire ! », semble dire l’oiseau. Sur la petite crédence, à côté de la fenêtre, Arthur a déposé la carte postale que lui a envoyée son oncle américain. Il la prend et contemple la photo sur laquelle un artiste a ajouté de la couleur au pinceau. On y voit une vague magnifique qui déferle sur la côte, traînant le sable dans son sillage. Un enfant est couché sur la grève, caressé par l’eau et ce sable doré, profitant des derniers instants d’une journée magnifique ! Devant lui, un couchant vibrant efface la mince ligne entre l’horizon et l’océan… Tout n’est que lumière ! Il lui semble qu’une odeur de mer lui monte au nez… sûrement une fantaisie de son cerveau ! Il se rappelle un petit voyage près de l’océan avec son père, lorsqu’il avait huit ans, et se prend à rêver d’évasion, de vie dans un climat plus doux. Il est juste à côté, ce pays tempéré qu'Arthur avait alors découvert. Et sa côte ensoleillée est accessible à quiconque désire s'y installer et y faire sa vie.

Le curé entre dans la cuisine et voit Arthur plongé dans ses réflexions, devant une carte postale.

— Ce 12 janvier n'est-il pas maussade pour un jour d'anniversaire ?

— Oui, père Raphaël… Mais il y a aussi ce majestueux harfang des neiges perché sur les croix de mes amis… Comme un message de leur part.

— N'es-tu pas en train de penser que tu aimerais être libre comme cet oiseau ? Penses-tu à demain, parfois, mon gars ? Je te comprendrais, car lorsque j'avais ton âge, je n'avais en tête que l'idée de partir. Notre continent vit un essor considérable, et cela ouvre bien des portes à un jeune homme débrouillard et responsable comme toi. Tu peux envisager un bel avenir ! Tu en as le droit. Tu as des talents et des ambitions. De nombreux chantiers démarrent un peu partout, et un garçon en bonne santé peut y travailler à un meilleur salaire qu'ici. Tu sais faire la cuisine, le jardinage et beaucoup d'autres choses. La cordonnerie n'a pas de secret pour toi. Je ne voudrais pas être un frein à tes aspirations, Arthur. Ta vie t'appartient ! Après tout, c'est pour te préparer à ton avenir, et non pas seulement pour t'employer, que nous t'avons accueilli ici. J'ai promis à ton père de ne pas te retenir.

— Comment avez-vous deviné que je songeais à partir depuis quelque temps ? J'hésitais à vous en parler, parce que vous avez encore besoin de moi… Et aussi… parce que c'est contre votre façon de voir les choses.

— Je suis très attaché à toi, Arthur, mais pas au point de te couper les ailes ! J'ai bien perçu l'intensité de ton silence, l'autre jour, quand j'ai parlé des États-Unis. On fête tes dix-huit ans aujourd'hui, mon gars ! À ton âge, on a besoin de s'envoler du nid. Je sais que tu dois penser à rencontrer un jour une jeune femme avec qui tu pourras fonder un foyer. Je ne voudrais pas être responsable d'une vie manquée. Je savais bien que le jour de ton départ viendrait.

— Je ne savais pas comment vous en parler…

— C'est que tu n'es pas un ingrat.

— Comment le serais-je ? Vous m'avez tout appris, et vous m'avez toujours laissé penser et agir librement. J'aimerais être certain que mon départ ne vous laisse pas trop dans l'embarras. J'ai l'intention de bientôt rejoindre une partie de ma famille dans le New Hampshire. C'est contre vos principes, je sais… Mais j'ai l'intention de revenir dans mon pays lorsque j'aurai assez d'argent pour m'y établir et y fonder un foyer.

— Les principes ne doivent pas empêcher la compréhension des autres et le respect de leurs décisions, Arthur. Il faut savoir se servir de son jugement selon les situations. Tes parents te comprendront aussi, car ils t'ont enseigné la liberté et t'ont toujours donné le droit de t'exprimer.

Le père Raphaël se tait un instant, va à son tour à la fenêtre, pensif, et reprend :

— Tu sais, Arthur, même si je suis prêtre, et que j'ai été privé d'une certaine liberté, le noviciat a été grandement formateur pour moi, et les missions étrangères encore davantage. J'ai eu la chance de voyager, comme beaucoup d'autres gens du clergé. Alors, je comprends les jeunes comme toi, qui ont besoin de parcourir le monde. Les terres arables se font de plus en plus rares. C'est normal, puisque la population connaît une croissance disproportionnée. Les conditions économiques et sociales sont difficiles pour le peuple canadien-français, ainsi que pour ses immigrants.

L'atmosphère n'est pas encourageante, ici, pour un jeune. C'est pourquoi je ne te déconseillerai pas de poursuivre tes projets, Arthur. Tes parents s'ennuieront, bien sûr, mais ils sont sortis d'affaire, maintenant. Ils n'ont plus autant besoin de ton soutien.

— Mon frère Joseph est déjà là-bas et il s'est bâti un petit empire grâce à une fabrique de pneus. Avec la multiplication des automobiles, ses affaires ont très bien prospéré. Il m'a offert de demeurer chez lui, à Manchester, si je voulais, le temps de trouver du travail, probablement pas dans son usine, mais au moins dans cette ville.

— Pourquoi pas dans son entreprise, Arthur ?

Arthur ne répond pas… Il semble songeur. De nouveau, le démon de l'orgueil envahit son esprit, l'empêchant de réaliser la simplicité de ses limites et accentuant sa peur naturelle de la dépendance. Sa fierté innée lui joue parfois des tours ; c'est le cas, en ce moment. Il ne peut envisager un travail sous l'aile protectrice de son frère. Pour la même raison, il s'imagine mal demeurer chez lui.

— Les portes de la Nouvelle-Angleterre sont juste à côté de nous et s'ouvrent grand sur le monde, surtout pour les jeunes d'ici, Arthur. Ils y forment un peuple à part entière, maintenant, auquel on octroie de belles et vastes terres. Tu auras toutes les chances d'y être heureux. Les Franco-Américains ont conservé leur culture et leur héritage, et se regroupent à présent en petites communautés autonomes bien accueillies. Tu sais que le New Hampshire et le Maine regorgent d'industries du textile et de la chaussure. Ce sont deux domaines dans lesquels tu pourrais tenter ta chance. Et pourquoi ne pas aussi songer aux hôtels de la côte, Arthur ? Tu cuisines très bien !

Les yeux d'Arthur s'illuminent :

— Vous avez raison ! Cuisinier, ça me ressemble !

Puis son sens pratique l'emporte aussitôt :

— Mais commencer en usine serait plus sage. Paraît que les salaires y sont plus élevés qu'ici. Pour moi, y a pas beaucoup d'autres solutions que de commencer au bas de l'échelle, question de m'habituer au milieu avant de tenir moi-même les guides. C'est vous qui m'avez appris que c'est la meilleure façon de faire pour devenir compétent.

— Arthur, tu as tout compris ! Je savais en qui je mettais toute ma confiance pendant ces neuf dernières années. Je te donnerai une lettre de référence élogieuse, car tes talents et tes qualités le méritent. Je te promets que tu ne seras pas déçu de mes recommandations. Ah ! Tu me manqueras, c'est sûr ! Ici, la vie va changer. Mais tu dois absolument construire ton avenir selon tes rêves. Mais n'oublie pas de venir nous saluer lorsque tu visiteras ta famille.

— C'est promis, père Raphaël ! Vous êtes aussi comme une partie de ma famille... Jamais je ne vous oublierai.

Chapitre 14

Vers la lumière

Germain – rebaptisé Arthur – prend du mieux de jour en jour. Il s'est même entiché de Madeleine, la jolie fille blonde du voisin. Cela lui vaut la jalousie de Pierre, le frère de son sauveur, mais rien de bien méchant. Pour compenser, Amélie, la sœur de Madeleine, une beauté aux cheveux noirs, profite de cette chance pour approcher le séduisant Pierre.

Aujourd'hui, les deux couples ont décidé d'aller à Buckland, au cimetière où est enterré le grand-père de la famille Beaudoin, car ce serait son anniversaire de naissance ce jour-là. Après, ils termineront leur promenade en allant visiter des cousins dans le village et rapporteront des provisions.

Passant devant le presbytère, Germain admire le jardin de tournesols et de roses. Il le trouve magnifique. Cela remue quelque chose en lui, mais quoi donc ? Laissant la voiture devant le cimetière, les deux couples s'avancent vers la tombe du grand-père, croisant une sépulture où un grand tournesol est rabattu au sol, devant la pierre tombale. Un geai bleu y picore vigoureusement, et un garçon élancé l'observe. Germain s'interroge devant cette silhouette… Elle lui rappelle quelqu'un… Des souvenirs vaporeux, puis de plus en plus précis, se bousculent dans sa tête, mais il ne peut les identifier. Chose curieuse, ils atteignent aussi son cœur, sans qu'il sache pourquoi. Ces émotions troubles le rendent perplexe.

Celui qui lui tourne le dos parle même au geai bleu comme s'il était son ami. Se fichant bien de qui pourrait l'entendre, il dit des mots d'adieu à la personne enterrée là, ainsi qu'à l'oiseau. Le timbre de sa voix est doux à ses oreilles ! Puis le jeune homme se retourne pour s'en aller, et affiche un air visiblement surpris en regardant Germain.

— Est-ce qu'on se connaît ? demande le véritable Arthur.

— Non… Peut-être…

Préoccupé par cette rencontre impromptue, Arthur poursuit son chemin. Germain se tourne vers la tombe et lit le nom inscrit sur la pierre : *Simon Simard, notre fils adoré*. De nouveau, il est troublé. Puis il voit, à côté du tournesol, un mot : *S.S., tu es toujours là, dans mes souvenirs. Prends bien soin de Germain, là-haut. Je pars aux États-Unis, mais je reviendrai.*

— S.S., Germain… Ça me rappelle quelque chose, dit-il tout haut.

Mais ses amis sont déjà plus loin, dans le cimetière, et il s'empresse de les rejoindre.

De loin, il voit Arthur se retourner et le saluer. Et de nouveau, il est en proie à une étrange sensation d'inconfort qui se mélange à une impression de déjà vu.

Au même instant, Arthur se souvient tout à coup ! Il sait maintenant qui ce visage lui rappelle : Germain ! Mon Dieu ! Quelle ressemblance ! À part une cicatrice sous l'œil et une autre à sa lèvre supérieure, et bien sûr le passage des années, ce serait Germain ! « Ma foi, c'est impossible ! C'est peut-être un membre de la famille Carignan, un cousin… »

De retour dans la carriole, les deux couples décident de s'arrêter devant le presbytère afin d'admirer de nouveau l'agréable jardin. Germain descend de voiture et avance sur le sentier, entre les rosiers, jusqu'à un joli banc fraîchement repeint. Des geais bleus virevoltent dans l'air. Et alors, tout chavire dans sa tête ! Près du banc, entre deux croix, un tuteur à légumes est planté dans la terre, et sur le sens de la longueur, il y est écrit *: Germain, S.S., je vous aime !* Et c'est signé : *Arthur*. Un murmure lui échappe, qui se change en un cri rauque :

— Arthur ! Arthur !

Puis, encore plus fort :

— ARTHUR !

Ayant entendu son nom si fort, Arthur sort du presbytère et aperçoit, au fond de la cour, le grand Germain, pâle et roux comme dans ses souvenirs ! Et il reconnaît enfin le cher visage de son ami, qu'il appelle :

— Germain ! C'est donc toi ? Mais d'où sors-tu ! C'est vraiment toi ?

— Arthur… Arthur ! Ça me revient, maintenant ! Mais j'ai perdu presque toute ma mémoire.

— Viens t'asseoir… On va parler, mon Germain. Mon Germain ! Tu m'as tellement manqué ! Te rappelles-tu de S.S. ?

— Son visage, oui… Mais c'est encore bien vague pour moi.

— Tes amis t'attendent… Tu peux me les présenter ?

— Oui, viens ! Ce sont les gens qui m'ont sauvé.

Après les présentations, une visite à l'intérieur s'impose. En apercevant Germain, qu'il reconnaît immédiatement, le père Raphaël manque de défaillir et cherche une chaise.

Arthur doit se dépêcher d'en approcher une avant que le prêtre ne tombe.

— La dernière fois que je t'ai vu, Germain, tu allais prendre le train.

— Le train ! Oui, c'est ça ! Le train ! Maman ! Papa ! Maman est morte, je le sais ! Papa…

Et il se met à sangloter.

— Ton père est encore vivant, Germain !

— Quoi ?

C'était presque un cri. Ce nouveau choc s'ajoute au précédent.

— Et il est bien triste de ton absence. Nous…

Arthur ne peut terminer sa phrase.

— On ne t'a jamais retrouvé, Germain, dit le père Raphaël. Tu avais disparu !

— Vous m'avez cru mort, c'est ça ? J'ai vu la croix…

Arthur baisse la tête et essuie des larmes du revers de la main. Germain lui serre l'épaule et réconforte le père Raphaël.

— Quand j'ai repris conscience, la première fois, j'étais dans le bois, dans un buisson d'orties. Ça brûlait ! Sans le savoir, j'étais probablement tout près de l'endroit de l'accident… Et puis, j'ai sombré de nouveau dans l'inconscience. On aurait dit que j'étais entre deux eaux. Plus tard, au réveil suivant, j'ai réussi à me lever ! J'étais moins mal en point que je croyais. J'ai marché longtemps, sans savoir où j'allais… Jusqu'à ce que des gens merveilleux me portent secours. Comme je prononçais parfois ton nom, ils m'ont appelé Arthur et ont fait paraître des annonces à ce nom, mais sans succès. Aujourd'hui, ça va mieux. J'ai hâte de voir mon père, Arthur. Viendras-tu avec moi pour le préparer au choc ?

Ensuite, tout se passe très vite. Arthur frappe à la porte. Monsieur Carignan lui ouvre, et Arthur lui dit qu'il a une bonne nouvelle à lui apprendre. En apercevant son fils, Napoléon Carignan doit s'appuyer au mur et Arthur le soutient pour l'empêcher de s'écrouler.

— C'est… c'est… Germain !

— C'est lui, monsieur Carignan ! Germain avait perdu la mémoire !

Germain s'avance, rempli d'émotion.

— Papa !

— Ah ! Mon Dieu ! Mon fils ! Ta mère…

— Oui, je le sais ! J'ai toujours su ! Mais j'avais oublié mon nom et tout le reste ! Tout, sauf le feu ! C'est ici, en voyant les croix dans le jardin, que tout m'est revenu. Tu sais, Arthur, on s'est croisés au magasin général, il y a quelques années. Quand j'ai vu ta silhouette, ça me rappelait quelque chose de vague… Je suis parti après toi, mais mes amis m'ont retenu.

Puis Germain leur raconte sa vie depuis l'accident.

Au bout de quelques semaines, Germain a recouvré toute sa mémoire. Mais cela n'empêche pas Arthur de poursuivre son projet d'aller travailler aux États-Unis, promettant à son ami que dans quelques années, il reviendra.

Germain a vu surgir la lumière après une longue absence. Arthur a vu à son tour la lumière au bout du tunnel. Mais il y a d'autres chemins pour aller vers la lumière, et l'un d'eux se présente à Alfred Tremblay, un matin de printemps, qui lui permet d'en finir avec toute une vie de douleur.

À Baie-Saint-Paul, il est sorti de la maison en pleine nuit dans l'espoir de soulager une nouvelle crise d'asthme en prenant l'air. Il étouffe. Assis sur les marches de la galerie, il essaie d'absorber le plus d'air frais possible. Mais son corps résiste à sa volonté. Il respirait déjà difficilement au moment de se coucher. Il s'est donc assis dans son lit, appuyé sur de gros oreillers. Ne trouvant pas le sommeil, il a décidé de se lever.

La nuit est belle, mais il ne se sent pas bien. Ses yeux voient trouble. Devant lui, flottent des images, les souvenirs de toute une vie. Trente-sept ans d'un bonheur mêlé de souffrance. La maladie sans fin. Il appuie sa tête sur la rampe de l'escalier, puis se redresse en tentant de puiser ne serait-ce qu'un filet d'air, mais en vain. Une douleur lancinante, brûlante, serre sa poitrine, puis sa gorge. Tout à coup, tout devient brumeux. Puis, c'est l'obscurité. Il ne voit plus rien, sauf une lumière, d'abord petite puis aveuglante ! Quelque chose lui dit qu'il doit se lever pour la suivre. Étonnamment, cette seule intention de vouloir la rejoindre lui rend la chose facile. Il est debout et marche vers elle, porté par une joie immense. Plus rien ne lui fait mal ! Regardant derrière lui, il voit son corps appuyé sur la rampe de l'escalier, mais il ne peut plus le réintégrer… Ce corps de plus en plus petit, de plus en plus loin !

— Anne !

Anne a-t-elle entendu son cri ? Elle se réveille… Alfred n'est plus dans le lit. C'est le silence. Il a souvent besoin de prendre l'air. La nuit est belle… Il doit être allé respirer dehors. Elle se rendort.

Chapitre 15

Un parfum de mauvais sort

En ce matin clair, aucun nuage n'empêche le soleil d'irradier les flots. La clarté vibrante qui caractérise Baie-Saint-Paul s'étend si loin, au large et sur la côte, que l'on peut distinguer les plus petits détails qui se découpent à l'horizon. Peu d'endroits offrent une telle luminosité ! Sous la rosée caressante, les œillets exultent. Leur parfum est poussé par la brise jusqu'au bord de l'eau.

Près de la grande barque, des gens attendent… En vain. Plusieurs d'entre eux, connaissant mieux la famille Tremblay, ont osé s'aventurer jusqu'au porche. Autour d'eux sont rassemblés amis et curieux, ameutés par les clients qui attendent depuis longtemps. Une grande partie du village est là, même le père Jonas, le veuf acariâtre qui ne sort jamais. Oui, c'est l'un de ces matins purs, où le regard porte loin. Tout semble normal, limpide et paisible.

Mais dans la pénombre de la maison, l'air lui-même est lugubre. De gros sanglots secouent la petite Marie-Louise, adossée au mur du corridor attenant à la chambre. Le son déchirant de ses pleurs se fait entendre jusqu'à la porte d'entrée. Dehors, des rumeurs se faufilent entre les murmures et envahissent les conversations, susurrant que les œillets décoratifs auront bientôt une autre vocation.

— Ça n'augure rien de bon, mentionne l'un des amis rassemblés sur le palier. Cette pauvre enfant qui hurle sa tristesse… Ça vous arrache le cœur !

On entend des pas dans l'escalier. Françoise, la mère d'Anne, ouvre la porte. Son visage exprime un profond chagrin et porte les marques d'une nuit blanche.

— Mon gendre, Alfred, est décédé. Excusez-nous pour le retard de la traverse. Quelqu'un prendra la relève d'ici une ou deux heures.

Des bruits et des chuchotements répondent à cette annonce.

— C'est donc ça ! Tout le monde est ben triste pour vous, madame ! Vous en faites pas pour la traverse. On peut attendre.

La maladie dont souffrait Alfred a eu raison de son jeune cœur. Une attaque soudaine l'a foudroyé, à l'aube de ses trente-sept ans. Il y a quelques semaines à peine, presque tout le village était présent à une fête de reconnaissance organisée en son honneur pour tous les services qu'il avait rendus à la paroisse et à la population.

— C'était un homme généreux, toujours prêt à apporter son aide.

Ainsi parle le père Jonas, qui ne parle jamais à personne. Et des larmes coulent sur ses joues ridées et brûlées par le soleil.

Un étage plus haut, à genoux près du lit, Anne veut pousser un cri qui se change plutôt en un long gémissement. Son cher Alfred est déjà trop loin pour l'entendre. Anéantie, elle se répand en douleurs. Le curé est là… Il la regarde, compatissant. On entend geindre doucement les membres de la famille, dévastés par le chagrin et épuisés par les longues heures de veille.

Tite Dufour, un cousin de Françoise, a été prévenu tôt ce matin par le marin Tremblay. Il arrive peu de temps après pour prendre la relève de la traverse, avec un bateau de plus piloté par son frère.

Anne a l'impression qu'elle marche dans la brume. A-t-elle consolé ses enfants ? Elle se rappelle à peine avoir parlé à Marie-Louise et aux pauvres petits. Heureusement, ses parents sont là ! Ils se sont occupés de tout… Elle, c'est comme si elle n'était plus de ce monde ! Une partie de son être a quitté la terre et s'est envolée pour accompagner dans un autre lieu celui à qui elle avait consacré toute sa vie. Elle a maintenant l'impression de revenir seule de cette destination ultime où elle l'a reconduit.

Le corps d'Alfred repose dans le salon, sur une grande planche supportée par des tréteaux qui ont été fabriqués par un cousin, du côté des Lajoie, un parent des Dufour. Ces derniers sont tous là, accourus de l'Isle-aux-Coudres. Presque tout le village est là, aussi, pour offrir ses condoléances et son soutien à la famille. De nombreux témoignages d'amitié et de complicité ornent le mur du salon. Alfred était respecté et aimé. Tom Rochefort et Karol Adamsky pleurent comme des frères.

Marie-Louise, pour sa part, se sent envahie par une impression de cauchemar qui se répète. Un souvenir lui revient, mais très vague, comme dans un brouillard. Il y a quelques années, quelqu'un d'autre reposait sur d'autres tréteaux. Qui donc ? C'est trop loin… Elle se rappelle seulement avoir regardé craintivement dans la pièce avant d'entrer, puis être restée figée sur le seuil pendant quelques instants. Son père l'avait alors serrée dans ses bras, tout contre sa poitrine chaude, pour la réconforter de son mieux et lui expliquer un peu ce qu'est la mort. Aujourd'hui, il est lui-même étendu là. À la vue de l'image qui s'impose à elle, Marie-Louise recule. D'étranges sensations se bousculent dans sa tête. Un froid intense s'est logé au creux de son ventre. Elle n'a pas une larme. Même pas une épaule pour y cacher ses yeux et ne plus voir le visage méconnaissable et boursouflé de son père…

Tom Rochefort l'a trouvé évanoui à l'aube et l'a transporté dans son lit, où il a agonisé pendant quelques heures, après avoir été longtemps privé d'oxygène. Marie-Louise voudrait pleurer, comme hier, fort et longtemps… Expulser son malheur hors de sa gorge, hors de ses tripes, lui ferait tant de bien ! Tous ces œillets, soigneusement installés près de la tête de son père, c'est elle-même qui les a cueillis pour lui. Leurs effluves viennent chatouiller ses narines, comme s'il était encore là, près d'elle, en train de les sarcler. C'est lui qui les a plantés et entretenus avec elle. Il lui a appris à jardiner. Puis, parfois, il la prenait dans ses bras pour la porter jusqu'à la maison, comme une mariée. Personne ne le fera, cette fois-ci, pour la consoler.

Mais soudain, contre toute attente, son grand-père Hilaire est là ! Il s'agenouille devant elle. Tenant fermement ses mains, il la regarde tendrement et lui parle avec douceur :

— Les grandes filles raisonnables ont le droit de pleurer, comme tout le monde. Ton père serait fier de toi ! Tu peux lui parler… Demande-lui de t'aider à passer au travers. Nos corps sont une barrière aux choses de l'au-delà. C'est rien qu'une image, le visage enflé que tu vois. C'est seulement l'enveloppe qui est partie… Son âme est près de toi. Tu sais aussi que nous serons toujours là pour t'aider, nous, tes grands-parents. Tu es ma petite-fille, le sang de mon sang.

Le nez enfoui dans son cou, elle pleure enfin ! Pleurs de délivrance, de libération… En toute confiance, elle s'abandonne.

Le grand salon s'est rempli rapidement. Parmi cette foule, Jonas n'est pas le seul visiteur dont la présence est rare et exceptionnelle. Sur le seuil de la porte, une dame est là… Timide, elle n'ose pas approcher. Derrière elle, tenant son chapeau dans ses mains, un homme attend, discret.

— Oh ! Mon Dieu, Hilaire ! Regarde qui est là…

Hilaire s'empresse d'accueillir la visiteuse et son mari. Pendant ce temps, Léandre, le père d'Alfred, regarde les nouveaux arrivants avec stupéfaction. Hilaire tend la main à la dame :

— Madame Laprise… Je suis touché de vous recevoir chez nous. Soyez la bienvenue !

Le visage empourpré de la dame en dit long sur la gêne qui l'accable. Les mots ne lui viennent pas facilement. Hilaire la fait asseoir sur le fauteuil le plus près et s'agenouille près d'elle pour la réconforter.

— Ça va, madame ?

— Ce serait à moi de vous demander si vous allez bien. Votre accueil est si chaleureux, malgré l'affront que je vous ai fait, à vous et au père d'Alfred !

— Léandre est là. Il est timide, mais je suis sûr qu'il vous accueillera et vous écoutera. Voulez-vous que je vous annonce ?

— Je vous en saurai gré, Hilaire, même si je tremble à la seule idée de l'aborder.

Elle se tord les mains en prononçant ces mots. Sur l'invitation d'Hilaire, Léandre s'approche gauchement.

— Anna… Vous me faites honneur… J'apprécie votre courage.

— Vous venez de perdre quelqu'un de cher, et bien que je ne l'aie pas reconnu assez tôt, nous venons aussi de perdre un ami. Mais notre plus grand ami est toujours vivant, celui qui aurait tout fait pour sauver notre fille, puisqu'il a sauvé la vie de son mari au péril de la sienne. Je ne voulais rien entendre, Léandre. La peine m'aveuglait. Mais à l'annonce de la mort de votre fils, j'ai réalisé combien vous ne méritiez pas ce qui vous arrive, ni d'ailleurs votre ami Hilaire, lui qui a risqué sa vie pour sauver celle de mon gendre, le pauvre Jonas…

— Jonas vous comprend, madame. D'ailleurs, le pauvre se reproche à lui-même d'avoir été négligent. Personne n'a jamais remplacé sa Lucie, vous savez… C'est un homme triste, qui vit dans ses souvenirs. Chez lui, un lampion est toujours allumé près des choses qui appartenaient à votre fille. Il les entretient comme des reliques. Son deuil, Jonas ne l'a jamais fait.

— C'est sans doute en grande partie ma faute…

Pendant qu'Anna se confie à Hilaire, Jonas s'est approché timidement.

— Je vous laisse avec Jonas, ma chère. Vous avez de longues années à rattraper, tous les deux. Vous êtes invitée à venir partager notre repas ce soir, qui nous permettra à tous de nous réconforter mutuellement.

Elle ouvre la bouche, tremblante, mais aucun son n'en sort. Jonas a pitié de son embarras.

— Anna, votre courage vous honore. Perdre une fille est une peine lourde. Vous vous sentiez, comme moi, révoltée et impuissante.

— Jonas, vous étiez devenu mon fils chéri, mais à l'annonce de la noyade de Lucie, je vous en ai voulu d'être le survivant. Et surtout, de l'avoir amenée avec vous. Malgré la tendresse de mon mari, je me sentais seule dans ma détresse. Nous n'avons aucun autre enfant, vous savez…

— Oui… Je m'en veux tellement ! Lucie a insisté pour m'accompagner à l'Isle-aux-Coudres. Après une longue dispute, j'ai finalement cédé. Je ne me suis jamais pardonné. Votre fille était mon trésor. J'ai voulu mourir aussi.

— Oui, je sais. J'ai fini par accepter que mon mari m'en parle. Je ne voulais pas croire l'histoire, au début. J'en voulais au monde entier. C'est le sentiment d'injustice, vous comprenez ? Ce sentiment que vous aussi, vous avez ressenti, sans doute. C'est pourquoi vous ne vous êtes jamais pardonné. Mais c'était un accident. Vous n'avez pas voulu ce drame, et dans mon for intérieur, je l'ai toujours su. Car je suis convaincue que j'aurais insisté, comme elle, pour vous accompagner. J'espère que ma démarche servira au moins à vous réconcilier avec la vie, car tout le village vous respecte, Jonas ! Si vous le permettez, nous ferons tout pour vous faire oublier cette tragédie, mon mari et moi. Ainsi, la mort de ce jeune Alfred n'aura pas été inutile.

Quand elle est sereine, Anna Laprise peut être convaincante ! Sa voix douce et son séduisant accent anglais, un peu chantant, en font une interlocutrice agréable, en qui Jonas revoit sa Lucie. Le sourire qu'elle ajoute à son attitude détendue lui donne un charme ravageur. Dommage qu'Alfred n'ait jamais eu la chance de la voir sous ce jour !

La soirée a lieu dans une atmosphère d'amitié et d'épanchements libérateurs. L'épuisement faisant son œuvre, chacun rentre chez soi, comme sur un nuage de paix. Chacun et chacune… Tous sauf Anne et Marie-Louise, pour qui le cauchemar n'a pas encore tourné à la sérénité.

Le lendemain, le corps d'Alfred est porté en terre sous les œillets de Marie-Louise et les pleurs de sa famille. Dans le groupe entourant la fosse, un jeune homme est là. À Léandre, il dit représenter son père, un cordonnier ami d'Alfred et de Jean-Louis Lajoie, qui étaient également ses clients.

— Je suis Arthur Bernard, monsieur Tremblay… Je vous offre toutes mes sympathies. Je représente mon père, Magloire Bernard, le cordonnier de Buckland. Alfred connaissait bien mon père. Il était son client et ami, et venait acheter des chaussures pour le magasin général de monsieur Lajoie. Je suis de passage à Baie-Saint-Paul et j'ai appris la nouvelle ce matin.

Mais en prononçant ces mots, Arthur Bernard blêmit tout à coup. Le sujet de ce trouble est une adolescente aux longs cheveux noirs, dont il ne saurait dire l'âge, debout près du cercueil. Il croit à tort qu'elle a environ seize ans, car Marie-Louise, bien développée, a déjà l'air d'une jeune femme. Dans sa main, les œillets rouges contrastent avec sa chevelure sombre. Elle les dépose sur le cercueil et lève le menton pour regarder devant elle, exposant ainsi son visage clair aux joues roses et ses yeux noirs à l'admiration d'Arthur. Sa beauté le frappe ! Quelque chose se passe entre les deux, le temps d'un regard, d'un moment de surprise… Le cœur d'Arthur chavire ! Il baisse les yeux pour échapper à cette vision, et quand il relève la tête, la jeune fille a disparu…

— Monsieur Bernard, merci d'être venu. Saluez bien votre père pour nous.

— Dites-moi, monsieur Tremblay… Qui est la jeune fille au gros bouquet d'œillets ?

— Marie-Louise… La fille d'Alfred. C'est difficile, pour une enfant de douze ans, un drame comme celui-ci.

— Elle n'a que douze ans ? Je lui en donnais au moins seize.

Arthur ressent un drôle de sentiment… Doux-amer. Il vaut mieux, se dit-il, oublier cet instant.

Mais il lui faut quelques jours avant de ne plus ressentir cet engouement, cette impression de flotter en repensant à ce regard brûlant qui semblait ne s'adresser qu'à lui.

Chapitre 16

Horizons sans fin

Pendant qu'à Baie-Saint-Paul, Marie-Louise fait le deuil de son père, dans les bois de Buckland, Arthur dit adieu à son ancienne vie. Dans la lumière éclatante de la source, il aperçoit un premier geai bleu, et il lui semble même que c'est celui qu'il avait adopté et soigné.

Les pieds dans le ruisseau de sa forêt chérie, il pense sérieusement à donner libre cours à ses ambitions. Après avoir noyé son passé dans l'eau purificatrice, il s'étire, les bras tendus et les mains ouvertes, comme pour écarter le sommet des arbres, projetant ses pensées vers un ciel de liberté, lançant ses aspirations de plus en plus loin dans l'azur accueillant. La forêt ouvre grand ses bras, comme pour l'aider à élever son être vers un horizon de plénitude.

Prêtant l'oreille au chant de l'eau, il l'entend lui rappeler qu'il peut pousser encore plus haut ses rêves, vers d'autres cieux. La larme à l'œil, il ramène son regard sur son petit boisé, puis le quitte, certain de ne plus jamais y revenir… Un autre ruisseau l'attendra un jour. À l'orée de la forêt, la clairière inondée de lumière l'accueille. Il se retourne pour jeter un dernier regard. Déterminé, il bat du pied les foins qui l'entourent, en arrache un brin, dodu, qu'il met entre ses dents dans un geste d'ultime salut.

Où ira-t-il ? Partout, au Canada, il y a de grands projets de construction, surtout le long de la frontière... Mais il se sent plutôt fortement attiré par la côte américaine.

Au Québec, depuis quelques années, une ville du nom de Salaberry-de-Valleyfield vit un essor considérable. Une industrie textile, la Montreal Cotton, y est devenue un grand centre d'activités économiques et sociales. En parallèle, dans les autres villes longeant la frontière canado-américaine, on prévoit de grands chantiers. Il y a déjà longtemps que les Canadiens et les Américains travaillent de pair à la construction de canaux, d'écluses et de ponts, afin de relier le lac Supérieur au lac Huron. On parle aussi d'une centrale hydroélectrique qui serait construite dans le comté de Beauharnois, où l'eau est abondante et tumultueuse.

Mais Arthur est conquis par le charme de l'exil. Enivré par la liberté et l'exotisme que les États-Unis offrent aux jeunes aventuriers comme lui, il décide d'organiser son départ pour ce même mois. Il est bien déterminé à ne pas terminer l'année 1901 au Québec. Dans le jardin, c'est comme si les geais bleus le sentaient.

— Ils sont tous là, ma foi, Arthur ! s'écrie le père Raphaël. Regarde-les... Ils volent autour de nous et crient comme si leurs mangeoires étaient vides. Ils viennent te dire adieu...

— Mes amis ont des ailes pour me suivre ! Mais je reviendrai chez nous, comme eux, pour y bâtir ma vie. Non loin d'ici, sur les montagnes, mon futur nid nous attend, ma famille et moi. Puisque mademoiselle Demers est absente, voulez-vous l'embrasser pour moi ? Dites-lui que je lui écrirai. Il y a un mot pour elle sur la table.

La vieille demoiselle profite de quelques jours accordés par le curé pour aller visiter sa sœur malade. Le père Raphaël se sent un peu angoissé par cette soudaine perspective de solitude.

— J'ai la vague impression qu'elle ne voulait pas assister à ton départ, Arthur. J'espère ne pas la perdre, elle aussi. Tu lui manqueras, c'est sûr. Tu nous manqueras, à tous les deux. Et c'est certain que Germain sera triste de te voir partir.

— Vous me manquerez tous, aussi ! Quant à Germain, je reviendrai lui tirer la pipe.

Les adieux sont difficiles. Arthur doit aussi passer chez lui embrasser ses chers parents. Un torrent de larmes inonde le visage de sa mère, bien qu'elle se soit résignée à son départ. Magloire, quant à lui, retient ses pleurs en cachant de son mieux sa tristesse.

— J'suis ben fier de toi, mon gars ! T'es devenu un solide gaillard ! Oublie quand même pas qu'on est toujours là si les choses se passent pas comme tu veux.

— On va se revoir bientôt, le père ! Je pars pas pour toujours !

Puis il traverse la rue, sans se retourner, et se dirige vers la carriole qui l'attend, conduite par Germain, le nouvel assistant du curé.

— T'es ben sûr, Arthur, que tu veux partir ?

— Faut bien, Germain… Mais c'est pas pour si longtemps. Dès que possible, je t'enverrai de l'argent pour que tu puisses venir me voir avec ta blonde. Ou peut-être même que je viendrai te chercher.

Profitant du premier train en partance de Montréal, il décide de s'arrêter à New York, qu'il n'a jamais eu l'occasion de visiter. Il est impressionné par cette ville grouillante et fourmillante. À un carrefour très animé, il profite d'une expérience qui l'emballe en montant dans le premier autobus électrique de l'histoire. C'est un grand moment pour lui. En parcourant les rues dans ce bus, il est surpris de constater que beaucoup d'automobiles disputent la chaussée aux carrioles et aux tramways. Tous ces véhicules affichent des plaques derrière eux, avec des lettres et un numéro, ce qui est nouveau et obligatoire depuis le début de l'année dernière. Il se rappelle l'avoir lu dans le journal et y avoir également appris qu'on les appelle «plaques minéralogiques», nom donné par le service des Mines, responsable de leur émission. Certaines de ces voitures transportent jusqu'à douze personnes à la fois. On doit donc assurer leur sécurité. Il se prend à rêver: «Un jour, quand j'aurai assez travaillé pour le mériter, j'aurai une automobile.»

Chapitre 17

Jours de nuit

Aubes d'enfer à l'odeur de soufre… sans lever de soleil. Ténèbres aux profondeurs de vide. Anne avance dans l'ombre, errant dans un tunnel sans fin, sans lueur, dans un noir d'encre. Aucune autre issue ne s'offre à elle que de changer constamment de route, en cherchant la sortie du labyrinthe. De longues semaines de torture, de mal au ventre. Une plaie brûlante. Un gouffre à l'âme que rien ne peut combler… Pas même ses enfants… Ils ne sont plus que douleur pour Anne, car elle a peur pour leur avenir, qui s'annonce sombre et inquiétant. Sans compter qu'ils tiennent beaucoup de leur père, et que leur seule vue la fait souffrir, creusant davantage le vide de son absence. À quel saint se vouer, maintenant ? Aller vers le New Hampshire ? Réaliser enfin son rêve auprès de ses amies atténuerait peut-être sa peine. Mais elle se sent coupable envers Marie-Louise qui n'a que douze ans, après tout. Le plus important pour elle est de continuer ses études. Devenir institutrice a toujours été son grand rêve. Le couvent des sœurs de Notre-Dame est la meilleure école pour le réaliser. Là-bas, aux États-Unis, elle serait obligée d'aller à l'école anglaise, ce qui bouleverserait sa vie entière. Il ne serait probablement plus question d'enseigner, si elle devait le faire dans une langue qui n'est pas la sienne.

Dans l'abîme où elle a sombré, Anne a affronté ses démons intérieurs, les monstres contre lesquels elle ne veut plus entrer en guerre. Elle veut par-dessus tout se laisser tenter de les suivre et fuir le berceau de ses souvenirs; s'enfuir loin du pays de l'homme pour qui elle a tout sacrifié, y compris son rêve de départ vers des cieux plus cléments. Mais l'ange qui habite son cœur de mère veut la retenir dans ce pays froid... Sa terre natale, qui représente maintenant la mort et l'absence d'un mari adoré, qu'elle a vu souffrir et se battre dans l'espoir de parvenir à la guérison. Cet homme confiant, qui avait foi en elle et croyait qu'elle l'avait sauvé.

Françoise et Hilaire viennent faire un tour. Pendant que la grand-mère s'occupe des enfants, Anne parle avec son père.

— Souvent, dans mes rêves, je m'installe aux États-Unis. Vous savez que quelques-unes de mes amies s'y trouvent. J'emmènerais les enfants, sauf Marie-Louise. J'ai déjà rencontré les sœurs de Notre-Dame, qui m'ont promis de lui donner une bonne éducation. Mais je m'inquiète pour elle. Vivre dans un couvent, captive entre quatre murs... C'est une enfant qui aime être chez elle, jardiner, pêcher, faire ce qui lui plaît... Être libre! Elle est bien comme sa mère! J'aurais trop de peine de partir en la laissant comme ça... Je vais trop m'ennuyer d'elle. Surtout en la sachant triste et toute seule.

— Crois-tu vraiment qu'on n'a pas deviné que tu voudrais aller aux États? J'en ai parlé avec Valérie et Thomas, hier. On a pensé que t'aurais à prendre une décision concernant les enfants. On peut s'occuper des plus jeunes, si nécessaire. Mais je constate que tu as déjà pensé à tout. Quant à Marie-Louise, c'est moi qui m'occuperai d'elle les fins de semaine. On continuera de pêcher ensemble et je la ramènerai au couvent pour la semaine. Tu vas voir… Tout va bien se passer! Ça va faire d'elle une fille plus mature. Ta Marie-Louise oubliera pas sa maman, c'est promis! C'est ça qui t'inquiète surtout, non? Tu voudrais pas que ton visage s'efface de son souvenir.

— J'avoue qu'il y a un peu de ça… Vous voyez toujours clair en moi, le père. Ce n'est pas pour rien que Marie-Louise vous aime tant! Vous êtes son modèle. Heureusement, vous êtes tous là pour me soutenir. Si j'ai décidé de laisser ma fille ici, c'est dans son intérêt. Mais c'est sûr que ça ne fera pas son affaire. Et si je la fais venir aux États pendant l'été, c'est sûr qu'elle ne voudra pas revenir ici après. L'école des sœurs, c'est ce qu'il y a de mieux pour elle. C'est ce qu'elle-même nous avait demandé avant que tout ça arrive. J'aurais même peur de passer mes vacances ici l'été prochain. Ça nous ferait quelques jours ensemble, mais Marie-Louise voudrait certainement revenir avec nous.

— Nous nous occuperons d'elle pendant les vacances d'été. Ça va faire changement. Le soleil et le grand air vont lui faire du bien, et elle pourra rester dans sa famille. J'irai aussi la visiter et voir à ce qu'elle ait le nécessaire.

— Vous me réconfortez, papa! Marie-Louise dit que vous êtes son plus grand complice. Une chance que vous êtes là pour elle.

Anne s'est toujours bien entendue avec Hilaire. C'est un homme de grand bon sens, à qui on peut se fier. Il adore sa petite Marie-Louise. Il y a aussi Tite Dufour, un parent de Françoise, qui l'aime comme si elle était sa propre petite-fille. Elle l'appelle même grand-papa Dufour. Ses goûts ressemblent à ceux d'Hilaire et de Marie-Louise: pêcher et marcher au grand air, se baigner… Elle aime passer du temps avec lui sur le canot de traverse et pêcher, au retour, de petits poissons des chenaux. Marie-Louise a grandi parmi les pêcheurs et les marins. Tout ce qui concerne les bateaux, la pêche, la mer, l'intéresse. Mais ce qu'elle préfère par-dessus tout, c'est de manger des petites truites des ruisseaux. Anne sait très bien que si Marie-Louise la suivait, tout cela lui manquerait plus qu'elle ne le croit.

Mais cela n'empêche pas Marie-Louise d'être amère à l'annonce du départ de sa mère.

— J'étais certaine que vous feriez ça ! Sans vous et sans papa, ce sera comme si j'étais devenue une vraie orpheline. Laissez-moi pas, maman…

Tendrement, Anne essaie de la consoler, mais sans succès.

— J'veux pas que vous partiez ! Quand est-ce que j'vous reverrai ? Vous allez être très loin… J'ai besoin de vous, maman !

— C'est pas pour la vie, ma belle ! Tu dois continuer tes études… Ce n'est pas pour longtemps, ma chérie. C'est désormais moi qui dois gagner l'argent pour nous tous. Nous reconstruire une vie. Après tes études, tu pourras choisir ce que tu veux faire et où tu veux vivre. As-tu pensé à ton grand-père, à sa tristesse si tu partais ? Tes grands-parents se sentiraient seuls sans toi. Tu es leur préférée.

— Et vous ? Vous sentirez-vous seule sans moi ? Vous viendrez jamais me voir, je le sais… Même si ça vous fait mal de me laisser derrière. Vous aurez peur que j'aie envie de partir avec vous…

— Là-bas, t'aurais pas la mer, la pêche, tes amis. Et surtout, tu devrais dire adieu à ta carrière. Nous voulons tous que tu aies le choix, un jour, quand tu auras la maturité pour décider. C'est mon dernier mot, ma chérie. S'il te plaît, ne m'en veux pas… Tu me remercieras plus tard.

— J'vous en veux pas, maman… Mais je vais me sentir seule. Vous n'allez pas m'oublier, hein ?

— Crois-tu qu'une mère puisse oublier sa propre enfant ? On est tellement complices, toutes les deux.

L'instant redouté de la séparation arrive. La vie de Marie-Louise prend un goût de vide. Le village aussi est en deuil. Anne « la soigneuse » a quitté le pays.

Chapitre 18

Tisserande

Aux États-Unis, Anne est contente de retrouver ses amies et elles le lui rendent bien. Mais, bien sûr, beaucoup de choses ont changé : elles ont des enfants et sont très occupées, et la relation qu'Anne a avec elles n'est plus tout à fait la même. La vie de chef de famille est encore plus difficile que prévu. Bien qu'Anne ait obtenu rapidement un emploi de tisserande, le métier est éreintant. Le rêve s'est transformé en bataille de tous les jours. Dès son arrivée à Manchester, il fallait vite trouver un endroit où loger six personnes, dont cinq enfants bien remuants. Malgré l'empressement de ses amies à lui porter secours, elle ne veut pas abuser. Chacune d'elles a sa propre famille. Quant à Anne, avec cette existence trépidante, elle n'a pas le temps de s'apitoyer sur son propre sort.

Elle envoie à Baie-Saint-Paul une lettre annonçant qu'elle est devenue tisserande. En lisant entre les lignes, Marie-Louise peut sentir les difficultés qu'elle a à s'en sortir. Elle comprend aussi que c'est un sacrifice pour sa mère, d'être éloignée de sa fille.

Marie-Louise remarque également, pour la première fois, que l'on n'écrit pas de la même façon qu'on parle. Cette constatation lui fait réaliser l'importance d'apprendre à s'exprimer convenablement par écrit.

— Regarde, grand-père… Maman écrit très bien ! Comme on apprend à l'école !

— C'est vrai, Marie-Louise… On n'écrit pas comme on parle. Ta mère a reçu une certaine instruction. C'est parce que sa famille en avait les moyens, contrairement à la majorité des femmes qui l'entourent. Au couvent des sœurs, tu vas aussi apprendre à mieux parler. Il ne faudra pas que tu te préoccupes de ce que les autres pensent. Si tu veux enseigner, on va te demander d'ajuster ton langage en conséquence. Peux-tu me lire ta lettre ?

— Ben oui, grand-père !

— Attends… On va se faire du thé avant, et on va manger quelques bons biscuits. Françoise… Viens ! Marie-Louise va nous lire la lettre d'Anne.

— J'ai fait des galettes à la mélasse, à matin.

Hilaire remarque que sa petite-fille pleure. En l'écoutant, il laisse à son tour couler des larmes, Françoise de même. Ils constatent qu'Anne a certaines difficultés à s'en sortir et cela les attriste. Ils auraient peut-être dû l'empêcher de partir. Elle aurait pu survivre ici… Françoise et lui, et même toute la famille, l'auraient aidée. Mais elle tenait à réaliser son rêve. Et surtout, elle voulait s'éloigner de ses souvenirs.

Ma puce,

Comment vas-tu ? J'ai bien fait de te laisser là-bas. Ça va être plus facile pour toi. Tu n'auras pas à trimer dur comme je le fais. Pour l'instant, ce n'est pas facile. Même s'il fait moins froid et même si c'est plus payant, le travail est épuisant.

Heureusement, c'est plein de Canadiens français dans cette ville. Les enfants apprennent l'anglais plus vite que je le croyais… Surtout, plus vite que moi. Ils doivent s'habituer à leur nouvelle école, à la langue de leurs petits amis, etc.

Je te conseille de t'instruire pour éviter d'avoir un jour à devenir ouvrière et travailler à la sueur de ton front. Le soir, je suis brisée de fatigue. Je me couche souvent en même temps que tes frères et sœurs.

Mais je m'habitue ici, même si je m'ennuie de toi. Je nous prépare une nouvelle vie pour vous tous. Un jour, on sera de nouveau ensemble. Et la vie sera plus facile.

Embrasse tes grands-parents pour moi. Je vous aime tous.

Ta maman qui t'adore

— Maintenant, tu dois partir pour le couvent, ma chérie. Tu pourrais peut-être demander à une religieuse qui t'enseigne de t'aider à lui répondre dans un bon français.

Marie-Louise suit le conseil de son grand-père et demande à son institutrice de l'aider à répondre à sa mère.

Ma chère maman,

Sœur Marie-Marthe m'a aidée à vous écrire cette lettre. J'en ai appris pas mal à l'école, mais ce n'est pas encore parfait.

Je m'ennuie tellement de vous tous ! Je pourrais vous aider si j'étais là-bas.

Ici, je suis bien, c'est sûr. Grand-père vient me voir souvent. Il me ramène à la maison quand j'ai des jours de congé. Grand-maman me fait des petits gâteaux. J'étudie bien. Ne soyez pas inquiète.

J'espère que les petits ne sont pas trop turbulents.

Trouvez-vous que j'écris bien, maman ? Bientôt, je le ferai aussi bien que vous.

Gros becs à vous tous !

Votre fille qui vous adore

Les derniers mois ont fait réaliser à Marie-Louise que la mort n'empêche pas la vie de continuer. Mais ce n'est pas, non plus, parce qu'on aime une personne qu'on l'aura toujours à soi. Tout le monde meurt, même les personnages connus. Le 26 janvier, sa mère a versé une larme quand le célèbre journaliste Arthur Buies, qu'elle admirait tant, est mort. Et au début du mois de mai, le premier ministre du Québec, monsieur John Jones Ross, est disparu à son tour. Deux preuves que la notoriété et l'admiration que l'on voue à quelqu'un ne l'empêchent pas de mourir. Pas plus que l'amour d'un parent, d'un enfant, de ses amis. La vie sur cette terre n'est qu'un passage, parfois trop bref. La jeune Marie-Louise retient de grandes leçons de vie de cette année éprouvante qu'elle vient de traverser.

Chapitre 19

La cousine

Pendant qu'Anne se fait violence pour s'adapter à la vie américaine, le jeune Arthur, lui aussi, se défend courageusement avec toute la hardiesse de sa jeunesse.

Après son escapade à New York, Arthur prend la route de Manchester, dans le New Hampshire. Son frère Joseph le reçoit chez lui pour un temps indéterminé, afin de lui laisser la chance de s'ajuster. Il lui propose du travail dans son usine de pneus, mais Arthur trouve un prétexte pour décliner son offre.

Il écrit à ses parents qu'il est heureux, qu'il découvre lentement la ville et ses alentours. Par retour du courrier, il apprend que l'un de ses jeunes frères, Alphonse, a échappé à la vigilance de Magloire et de Malvina, et décidé de prendre le train pour le rejoindre aux États-Unis. Il leur a laissé un mot dans lequel il prétendait s'ennuyer trop d'Arthur. Au fond, il enviait sa liberté.

La famille de Joseph s'attache à Alphonse et, voyant qu'il s'intéresse davantage à leur commerce qu'Arthur, ils décident de le garder auprès d'eux et de lui apprendre les rouages du métier. Mais quelques semaines plus tard, Alphonse a déjà le mal du pays et retourne chez lui. Arthur, pour sa part, réalise qu'il est temps de foncer de son propre chef et de s'installer dans un appartement bien à lui, dans un secteur ouvrier. Il décide de choisir un logement situé près d'une industrie textile, de façon à pouvoir se rendre au travail à bicyclette ou à pied. Dans le quartier où il vient d'emménager, il fait la connaissance de Corine, une cousine qu'il n'a jamais rencontrée. Joseph l'avait prévenu :

— Tu vas voir, Arthur, tu vas beaucoup l'aimer. C'est la plus agréable personne de la famille. Tu vas visiter la ville avec elle. Je lui ai parlé de toi. Et sa famille a conservé son français, alors…

Mais la cousine n'est pas seulement gentille et sociable. Elle est magnifique, avec sa chevelure rousse et ses yeux verts. Joyeuse de nature, elle séduit immédiatement Arthur. Les deux se lient d'amitié et se découvrent de nombreuses affinités. Corine est douce et sereine, et sa compagnie est apaisante. Ils vont ensemble à un restaurant de Manchester, où ils peuvent danser au son du ragtime et manger des beignets de crabe… Arthur est enchanté :

— Tu me fais découvrir cette musique… J'adore ça ! Et les beignets de crabe, j'apprendrai à en faire, tu peux être certaine.

— À soixante milles de Manchester, une plage nommée Hampton Beach est accessible en automobile. Il arrive que ton frère Joseph m'y emmène, avec sa famille… Il a une voiture, et parfois il doit y aller pour ses affaires.

— Oui, je sais… Il est venu me chercher au train.

— Sinon, y aller à cheval est trop long. Si on y retourne un jour, on t'emmènera sans doute. La plage est magnifique, et là-bas aussi on peut manger des beignets de crabe, les meilleurs que tu puisses imaginer.

— L'odeur de l'océan me rappellerait sûrement l'Islet, près de chez nous, où la mer embrasse le fleuve. J'entends toujours, dans ma tête, résonner les échos de mon fleuve et de mes montagnes qui m'appellent. Si tu n'étais pas là, je serais déjà retourné chez moi, je pense.

— Papa dit qu'il fait plus froid, chez vous.

— Oui, c'est sûr… C'est le nord, avec ses montagnes… Mais ça sent tellement bon, dans nos forêts ! Faut pas trop que j'y pense…

— Je sens qu'un jour, tu vas me faire pleurer en répondant à l'appel de ton fleuve.

Entre les deux jeunes gens prend forme peu à peu une forte complicité, qui se change bientôt en un sentiment partagé entre la passion et une atmosphère de fatalité. Inéluctablement, ils devront mettre fin, un jour, à leur dangereuse relation. Mais, pour l'instant, cela ne fait que rendre plus excitante cette nouvelle aventure.

Un jour, Joseph reçoit une lettre de Magloire, le père d'Arthur, lui faisant part de son intention de venir installer sa famille à Manchester pour quelques années, histoire de profiter de l'essor ouvrier que vivent les États-Unis. Après, ils rejoindront André dans le comté de Montmagny, dans un petit village qui se nomme Sainte-Apolline-de-Patton.

Arthur est content… Il se sentira moins seul. Mais il n'a pas l'intention d'emménager avec eux. En attendant, la vie poursuit son cours, et il commence à se chercher un appartement bien à lui.

Chapitre 20

Une autre vie

L'année 1901 se termine dans la tristesse, alors qu'un nouveau contingent de jeunes Canadiens s'embarque pour le Transvaal, rejoignant l'armée du Royaume-Uni, qui n'a toujours pas réglé son conflit contre les Boers, ces pionniers blancs d'Afrique du Sud, pour la plupart d'origine néerlandaise…

Le passage à 1902 n'a pas lieu dans l'atmosphère des festivités habituelles, surtout pour un grand nombre de familles anglaises dont les fils se sont portés volontaires et ont laissé leur vie sur les champs de bataille.

Mais, dès le mois de mars, dans les rues des villes et des villages, c'est l'euphorie ! Il n'y a plus de risque d'être appelé pour la guerre des Boers, car elle est terminée. Tous avaient peur d'être un jour forcés d'aller se battre pour l'Angleterre, et avec raison. Malgré la promesse de Laurier de ne pas participer aux hostilités, 224 valeureux Canadiens, surtout d'origine anglaise, ont tout de même trouvé la mort au Transvaal. Quatre-vingt-neuf d'entre eux sont morts au combat, les autres d'accidents ou de maladies graves. Aujourd'hui, bien des mères pleurent. Loin de leurs bras et de leur tendresse, ensevelis dans une terre étrangère, reposent les corps de leurs enfants.

Pendant ce temps, à Baie-Saint-Paul, la vie se poursuit, malgré les affres du destin. Avec son grand-père Hilaire, Marie-Louise passe d'agréables fins de semaine à pêcher et à bavarder. Il l'aide aussi à cultiver ses œillets. Elle aime particulièrement ces fleurs ; elles lui rappellent son cher papa, à un tel point que le souvenir de sa présence devient presque tangible en se mêlant à leur odeur caractéristique. Elle en a planté partout autour de la maison de ses grands-parents. Philippe Gauthier a acheté la maison d'à côté, ce qui rend heureuse Marie-Louise, car elle aime particulièrement ce voisin que, d'ailleurs, tout le monde trouve sympathique. De plus, il a un fils qui a le même âge qu'elle – et bien des points en commun… Il aime la pêche et la baignade, et trouve magnifiques les œillets de sa voisine.

À l'heure des repas, Hilaire échange souvent des commentaires avec Marie-Louise au sujet des dernières nouvelles.

— Ça parlait gaiement, hier, au village, et les gens dansaient dans la rue. J'espère que la fin de la guerre mettra un terme aux bagarres entre Canadiens français et anglais. Paraît que les gars se battent aussi dans les usines et sur les chantiers. C'est fou ! Les Canadiens anglais reprochent aux Canadiens français de les avoir abandonnés à leur sort.

— Pour bien des mères, c'est une triste journée, aujourd'hui.

— Tandis que d'autres sont heureuses à l'idée que leurs fils n'iront pas à la guerre.

— Maman dit que si les femmes pleurent souvent, c'est parce qu'on leur donne de bonnes raisons de le faire.

— Ta mère a pas tout à fait tort, Marie-Louise. Y a pas seulement les guerres qui secouent les femmes, partout dans le monde… Trop de décisions sont prises à leur insu.

On préfère ne pas leur demander leur opinion, surtout quand il faut envoyer leurs fils à la mort.

— Les choses changent… Papa ramenait *Le Coin du feu* de Joséphine Marchand-Dandurand à maman. Elle disait que si ça existe, un tel journal, c'est ben la preuve que les femmes ont leur importance.

— Ouais… Et pour être franc, je trouve enrageant pour ces pauvres mères qu'on envoie se faire tuer leurs fils pour les caprices de l'Angleterre !

— Pire encore, ça va rendre plus graves les chicanes qui existent déjà ici, entre les Français et les Anglais. Qui sait, un jour, ce sera peut-être moi qu'on enverra à la guerre.

— Pour l'amour du ciel, Dieu nous en garde…

Marie-Louise décide de changer de sujet :

— Savez-vous, grand-père, que la fille de Jean-Louis Lajoie m'a donné un livre écrit par Joséphine Dandurand ? Ça s'appelle *Le Travers*. Dites-le pas, hein ? C'est secret. Sa mère se tient aux réunions chez Delphina, quand son mari est pas là.

— Tu lis ça, toi ? T'as même pas le nombril sec ! T'es ben comme ta mère ! Y a rien qui l'arrête. Elle a toujours eu son caractère ben à elle. Ah ! la p'tite mauzusse ! T'es pareille… T'as quatorze ans, et faut déjà que tu mettes ton pied à terre !

Puis il jette un coup d'œil autour de lui et, tout bas, enchaîne d'un air complice :

— À propos… Qu'est-ce que t'as lu, là-dedans ?

Marie-Louise lui répond en chuchotant :

— Hier, j'ai lu un discours que Joséphine a prononcé. J'vous le montrerai. Vous comprenez, vous êtes le seul à qui j'peux vraiment en parler.

En aidant Marie-Louise et en recueillant ses secrets, Hilaire fait l'expérience d'une complicité privilégiée, un peu comme celle que développerait une mère avec sa fille. Il se sent valorisé par leurs conversations sur des sujets qui l'auraient autrefois scandalisé. L'homme qu'il est découvre, par le fait même, une façon inhabituelle de concevoir le féminisme… Une façon nouvelle qui appartient bien à l'époque actuelle, encore encline aux tabous, et qui fait d'une évolution tout à fait normale un tendre secret entre femmes… ou bien entre un grand-père et sa petite-fille… Étrangement, Hilaire se sent désormais engagé dans la cause des femmes, et privilégié de l'être.

Le soir, après le souper, Marie-Louise apporte à son grand-père le livre de Joséphine. *Le Travers* contient plusieurs articles de journaux que l'écrivain a signés, ainsi que des extraits de ses conférences. L'un d'eux a particulièrement intéressé la jeune Marie-Louise :

Le mouvement féministe est une prise de conscience des femmes à la responsabilité. Dans la terre comme dans la famille, la voix des femmes doit communiquer des paroles rassurantes qui rappellent au devoir et à l'humanité.

Puis, timidement, d'un ton embarrassé, Marie-Louise demande :

— Pouvez vous m'expliquer ce passage, grand-père ? J'suis pas certaine que j'ai tout compris.

Hilaire réprime un sourire.

— Tu vois, en gros, ça veut dire que les femmes pourraient aider leur mari dans toutes les tâches, selon leurs talents ou leurs forces, que ce soit sur la terre ou dans la maison, ou encore en affaires, mais il faut que ce soit fait avec jugement et amour, et non pour prouver leur égalité, car les deux sexes sont naturellement égaux. Les femmes n'ont qu'à prendre leur place, tout en gardant la tendresse que la nature leur a donnée.

— Comme maman !

Quelques larmes coulent sur les joues de Marie-Louise. Hilaire la prend dans ses bras.

— Pleure pas, ma belle. C'est justement pour que tu sois instruite et forte que ta mère t'a laissée ici. Par amour. Pour qu'un jour, ton instruction te fasse respecter des hommes qui t'entoureront. Elle, ça lui a manqué d'être instruite. Savoir lire, c'est bien, mais ses aspirations étaient peut-être plus grandes. Alors, c'est pour ça que ton avenir la préoccupe. Tu veux enseigner ? Eh ben, t'es au meilleur endroit pour apprendre, car les sœurs de Notre-Dame sont reconnues pour former d'excellentes institutrices. En plus, moi ça me rend heureux d'avoir l'occasion de découvrir davantage ma petite-fille et d'être son complice. Tu sais, tu m'apprends des tas de choses importantes ! T'as devant toi un grand-père moderne, j'te promets, et conscient de la valeur des femmes. Si tu n'étais pas restée près de moi, je me serais ennuyé à pleurer, mais surtout, tu n'aurais pas attiré mon attention sur le sort qu'on réserve aux femmes dans la société. Un sujet qui, maintenant, me préoccupe autant que toi.

Les années passent. Marie-Louise grandit en beauté. Elle se développe intellectuellement et physiquement. Elle passe ses étés avec son grand-père Hilaire et des membres de la famille Dufour, sur le traversier reliant Baie-Saint-Paul à l'Isle-aux-Coudres. Les gars du village se rassemblent plus souvent près du quai, tentant d'aborder la jolie Marie-Louise, qui est plutôt indépendante. Le soir, lorsqu'ils rentrent seuls sur le traversier, elle aime aider Hilaire à tendre les filets et à les retirer lorsqu'ils sont remplis de petits poissons des chenaux. Elle continue de planter des centaines d'œillets autour de la maison. Ces fleurs gardent, pour elle, la même signification. Quelque chose se développe davantage chez Marie-Louise : cette même sensibilité à fleur de peau dont sa mère est aussi dotée, et qu'Hilaire reconnaît bien. Elle lui confie qu'elle éprouve souvent la nette sensation que son père est là, à côté, travaillant la terre avec elle. Plus elle vieillit, plus elle ressent les états d'âme des autres, amenant Hilaire à lui confier ses inquiétudes et ses chagrins. Comme les autres femmes de la famille, elle développe une certaine intuition, pas tout à fait de la voyance, mais presque…

Hilaire rencontre le père Jonas. La veille, il l'a vu, alors que Marie-Louise faisait la traverse avec lui.

— C'est un beau brin de fille, ta petite Marie-Louise ! Tu ferais bien de la surveiller.

Il est maintenant moins acerbe, le père Jonas. Assis sur sa galerie, il parle plus souvent aux gens qui passent, souvent des hommes mariés et célibataires adeptes de la taverne du coin. Parfois, ils s'arrêtent et lui adressent la parole. Leurs conversations concernent souvent la belle fille Tremblay, surtout lorsqu'elle passe au moment où ils sont là, à placoter.

— C'est vrai, le père, lui répond Hilaire. J'entends souvent des commentaires, au village, et pas toujours par des célibataires.

— Les gars la reluquent pas mal ! Albin Simard, au coin de ta rue, est du même âge que Marie-Louise. Son père m'a dit son béguin pour elle. C'est une famille riche ! Ses parents cessent pas de le pousser à faire sa connaissance. Sa mère l'envoie porter des petits fours chez vous en espérant provoquer une rencontre.

— Ah! C'est donc ça, les petits gâteaux! Le pauvre est tellement timide, quand il les apporte, que je l'entends courir dehors, après avoir fermé la porte. Il attend même pas de voir Marie-Louise. Ma petite-fille est trop jeune, le père, et le petit Simard aussi. J'ai promis à sa mère de la surveiller. Faut qu'elle aille à l'école. Plus tard, Marie-Louise fera bien ce qu'elle voudra... Mais au moins, on lui aura donné ce qu'il faut pour choisir.

— Est ben chanceuse! Beaucoup de jeunes filles voudraient être à sa place. Mais c'est pas tout le monde qui pense comme ça. Ben des hommes disent que les femmes, ça doit rester à la maison. Tu sais comme moi que certaines jeunes filles savent même pas lire ni écrire.

— Y en a de moins en moins, le père. C'est rare, aujourd'hui. Pour ce qui est de rester à la maison, sa mère lui a toujours dit: “Fonce et laisse faire ce que les gens pensent.” C'est vrai qu'elle est chanceuse! Mais j'ai ben peur de la perdre. J'suis certain que son idée, c'est de rejoindre sa mère. Sa formation d'institutrice va pas lui être utile aux États-Unis... Peut-être que ça lui servira plus tard, quand elle aura des enfants. Sa famille lui manque chaque jour! Au fond, c'est comme tomber sans aucun parent du jour au lendemain.

— C'est une chance que tu sois là pour elle, Hilaire. J'aime ben votre famille et mon souhait est que vous soyez tous heureux. À propos... J'en reviens pas encore de l'attitude d'Anna Laprise, quand Alfred est mort. Sais-tu qu'on est les meilleurs amis du monde depuis ce jour-là? Son mari a recommencé à parler en toute liberté à ses amis du village sans qu'elle boude. J'ai souvent été invité à manger ou pour les aider. Anna m'a même présenté sa nièce, comme si elle voulait qu'on sorte ensemble… Faut croire que parfois la mort arrange des choses. Ah ! Mon Dieu, qu'est-ce que je dis là ?

— Ne vous en faites pas, Jonas… C'est sûr que mon fils aurait voulu que tout ça se règle… C'est comme s'il avait fait quelque chose d'en haut.

— Le pire, Hilaire, c'est que j'ai encore l'impression d'avoir failli à ma responsabilité. Ma Lucie, c'était toute ma vie !

— Une compagne, ça vous tenterait pas, Jonas ? Ça fait bien chaud au cœur, les soirs d'hiver.

— Pantoute ! J'suis ben d'même, à c't'heure… Tout seul, c'est parfait…

C'est vrai que la vie est plus douce pour le père Jonas. Il n'est plus mélancolique et se promène plus souvent dans le village, même s'il ne sourit pas toujours. Mais les lampions brûlent toujours près des reliques de sa Lucie.

Les saisons passent. Le peuple canadien-français est en effervescence et affirme de plus en plus son mécontentement envers le gouvernement… Une tendance nationaliste s'installe, rejetant l'impérialisme britannique et ses ambitions dominatrices. À l'intérieur même des frontières du Québec, on construit des barrages, dont l'un sur la Grande-Décharge du Saguenay.

En avril 1903, un nouveau journal, *Le Canada*, ouvre ses portes, prônant des idées libérales. À l'instar de *La Presse* et de *La Patrie*, il contient une section pour les femmes et une pour les sportifs.

Dans le milieu ouvrier, des mouvements naissent. Les employés de tramways se syndiquent, et les débardeurs, de leur côté, lancent une grève qui s'éternise et finit par provoquer l'intervention de l'armée ; à la suite de violents soulèvements dans le port, la loi martiale est instaurée. C'est en mai seulement que cette grève finit par porter ses fruits, car c'est à ce moment-là que le syndicat des débardeurs s'associe aux unions internationales, au grand dam du clergé.

Un sujet est souvent sur toutes les lèvres : l'éducation. Ici, les Juifs gagnent un point, car une loi est instituée qui reconnaît leur droit à l'instruction. Mais tout le domaine de l'éducation renvoie également à la question de l'autonomie provinciale, soumise par Lomer Gouin au gouvernement canadien. Si cette autonomie était instaurée, qu'arriverait-il du statut des Canadiens français habitant les provinces à majorité anglaise ?

Au mois d'août, a lieu à Montréal le congrès, celui des Chambres de commerce de l'Empire britannique. Il y est question de remaniement des tarifs préférentiels, mais surtout de résolutions visant à obliger les colonies, dont le Canada, à se porter à la défense du Royaume-Uni dans tous ses conflits. Heureusement, le premier ministre Laurier, ainsi que le nationaliste Henri Bourassa, s'y oppose : Laurier, dans son discours, affirme ne pas vouloir « sacrifier l'indépendance du Canada à la défense de l'Empire britannique ».

Les grands-parents de Marie-Louise essaient de la distraire, afin qu'elle ne s'ennuie pas trop de sa famille. Pour lui faire plaisir, toutes les occasions sont bonnes : comme le mois d'août est chaud et ensoleillé, ils entreprennent tous les trois un voyage de quelques jours. Leur escapade coïncide avec l'inauguration de l'Auditorium de Québec. Hilaire et Françoise décident d'emmener leur petite-fille au concert donné en cet honneur par la Société symphonique. Au retour, Marie-Louise n'est pas avare de commentaires :

— C'était tellement beau, grand-père ! Sœur Marthe nous a parlé de la musique classique… Elle va être étonnée d'apprendre que j'ai pu en écouter. J'ai hâte de lui dire que j'ai assisté en personne à un concert !

— Demain, tu liras sans doute un article là-dessus dans *La Presse*. C'est un grand événement, tu sais.

— Grand-père… Tu disais que la musique touchait grand-maman, mais j'ai vu dans le journal quelque chose qui devrait t'intéresser, toi : un premier garage pour automobiles s'ouvre à Montréal.

— Ça m'intéresse, tu as raison… Fais voir…

Mais avant toute autre chose, ce sont la politique et l'histoire qui préoccupent le plus Marie-Louise depuis son enfance.

— Un jour, grand-père, j'aimerais écrire… Comme Joséphine Dandurand.

— La femme journaliste ? Celle qui défend la cause des femmes ? Tu aimerais mieux ça qu'enseigner ?

— J'pense que oui, grand-père.

En novembre, les Irlandais réclament leur indépendance. Les Canadiens français se sentent concernés. La ligue nationaliste née plus tôt dans l'année se porte à la défense de l'Irlande et, rassemblée au Théâtre national français, manifeste. Marie-Louise demande à son grand-père de lui expliquer de quoi il s'agit.

— La cause des Irlandais, ma chérie, ressemble à celle des Canadiens français… Les Canadiens qui sont allés se battre en Afrique du Sud au nom de l'Angleterre nous accusent de ne pas les avoir soutenus et nous traitent de lâches. Mais depuis que les écoles françaises du Manitoba ont été fermées et que les écoles en général sont sous la juridiction des provinces à majorité anglaise, nous répugnons à aller sacrifier nos vies pour l'Angleterre. L'Irlande, occupée par les Anglais, se bat pour son autonomie comme nous et ne veut plus se battre pour les intérêts du Royaume-Uni. Ici, au Canada, nos représentants du gouvernement négligent le point de vue des Canadiens français. Même Laurier qui avait promis qu'on ne participerait pas à leurs guerres a manqué à sa promesse en envoyant des volontaires. Évidemment, les Canadiens anglais se sont sentis plus concernés, peut-être parce que leur mère-patrie leur manque… Ils se sont enrôlés, et au moins deux cents d'entre eux y ont laissé leur vie. Les Irlandais comme les Canadiens français ont donc une cause en commun qui les unit politiquement et moralement.

— C'est compliqué, grand-père…

L'automne 1903 ne se déroule pas dans la quiétude… Les champs sont asséchés, les récoltes ruinées. Il ne pleut pas depuis des jours.

Vers la mi-décembre, dans le froid du début d'hiver, *La Presse* dépeint les résultats catastrophiques d'une sécheresse perdurant depuis l'automne et plongeant dans le désespoir des municipalités du Québec, qui manquent d'eau et crient au désespoir. On prie les citoyens qui ont encore un peu d'eau de ménager le précieux liquide, source de vie. Tous les puits se tarissent. On vend l'eau à l'once, comme de l'or. De petites manufactures ne peuvent plus produire et doivent fermer leurs portes. En quelques semaines seulement, d'infortunés fermiers vendent leurs terres et, ne pouvant survivre, s'exilent aux États-Unis, grossissant encore la diaspora déjà importante. Une immense disette engendre à Montréal une prolifération de vermine, et des milliers de rats envahissent le marché Bonsecours. L'appréhension de voir surgir des épidémies grandit chez les pauvres gens, et le gouvernement ne sait que faire pour leur venir en aide.

La Presse embarque dans la lutte contre les rats. Dans un article rédigé le lendemain de l'annonce de la guerre aux rongeurs, elle décrit l'intervention de maîtres-chiens ratiers de la veille. Dans le silence et l'obscurité, les chiens et leurs maîtres attendaient près des appâts. Puis des bruits survinrent, annonçant la présence de l'ennemi. On a alors subitement allumé les lumières et vu des milliers envahissant l'endroit. Les chiens se sont précipités sur la horde de rats dont les carcasses jonchèrent rapidement le sol. Un chien a été mordu au museau… Ça l'a rendu fou. Dans sa rage, il s'est mis à attraper les rats et à les lancer à ses compagnons de guerre. Chaque chien a attrapé plusieurs victimes, les projetant au sol, dehors et aussi dans la cabine du gardien. Ce dernier a déclaré n'avoir jamais rien vu de pareil dans sa vie. Puis, un peu plus tard, un habile tireur a décidé de venir exercer son art sur l'envahisseur. En entendant les détonations, un policier est allé vérifier et est resté bouche bée devant l'amoncellement de bêtes massacrées.

Finalement, on parvient à se débarrasser de l'envahisseur. La population, soulagée, peut entamer son hiver en paix.

Au mois de février 1904, Henri Bourassa proclame haut et fort son désir de voir une province de Québec renforcie dans un Canada qui serait indépendant de l'Angleterre. Mais pour ce faire, il faudrait régler certains problèmes, comme ceux, nombreux, qui opposent deux secteurs importants : l'agriculture et l'entreprise forestière. Il affirme que les entrepreneurs forestiers demeurent indifférents aux problèmes de sources diverses qu'éprouvent les colons – griefs de toutes sortes les opposant aux marchands de bois, dont la richesse permet d'influencer la législation et l'administration à leur guise, faisant fi du malheur des pauvres agriculteurs. Bourassa ne voit qu'une façon de contrôler ces guéguerres, et c'est en supprimant les doubles droits de propriété et les droits simultanés des deux secteurs, soit le forestier et le colonisable. Pendant deux heures, le jeune Bourassa s'évertuera à convaincre les membres de la Commission de colonisation que c'est par eux que passe le chemin vers l'amélioration de la province. Il s'indigne également que le potentiel hydraulique de la province de Québec soit cédé à des étrangers à des prix dérisoires. Il traite de « démence administrative » cette façon de faire. Mais il croit que les francophones et les anglophones pourraient vivre harmonieusement dans un Canada où le Royaume-Uni n'exercerait plus son ingérence. Bourassa craint aussi que les Canadiens français soient impliqués dans une future guerre au nom du Royaume-Uni.

Quelques heureux changements sont tout de même survenus en cette année 1904 pour la cause des femmes : entre autres, une jeune fille du nom de Marie Sirois a reçu de l'Université Laval une distinction officielle en littérature. Certes, son père était notaire et enseignait à la Faculté de droit. Mais on lui a tout de même fait l'affront de lui remettre son diplôme en cachette, en lui demandant de ne pas se présenter à la remise. Recevoir un diplôme par la poste, n'est-ce pas offensant pour quelqu'un qui crée une première ?

Cet événement frappe l'imagination de Marie-Louise, qui mentionne de nouveau à son grand-père son désir d'écrire, un jour.

Les déceptions qu'éprouve le peuple canadien-français n'empêchent pas Wilfrid Laurier d'être réélu ce même mois, malgré les désordres causés dans les écoles séparées et l'impression de trahison ressentie et manifestée par les citoyens.

En ce début de l'année 1905, l'École polytechnique de Montréal ouvre ses portes : une bonne nouvelle pour le domaine de l'éducation. Mais en février, en même temps que s'ajoutent l'Alberta et la Saskatchewan au Dominion du Canada, Wilfrid Laurier annonce un nouveau projet de loi : celui de l'autonomie provinciale. Cela pourrait changer le statut des Canadiens français dans les nouvelles provinces autonomes anglaises et cela cause donc un grand débat chez les députés, surtout en ce qui a trait à l'éducation et aux écoles canadiennes-françaises séparées. Les provinces pourront désormais gérer elles-mêmes leur système d'éducation et annuler les droits des minorités. Le 1er septembre, cette loi devient officielle.

Dans l'effervescence de cette année, l'omniprésence et la gouverne du clergé dans tous les domaines, politique, culturel et social, continue de se manifester et, souvent même, de sévir. Au début de décembre, une illustre visiteuse vient honorer le Québec de sa présence : Sarah Bernhardt, la grande comédienne française, donne des prestations à l'Auditorium de Québec. Son programme ne plaisant pas à Mgr Bruchési, elle proteste devant une salle comble contre cette ingérence et provoque ainsi la colère du clergé. Elle repart en critiquant l'influence néfaste de l'Église sur l'évolution culturelle des Canadiens français et en dénonçant leurs carences artistiques. Le clergé, offensé, interdit à la population l'accès à l'Auditorium jusqu'au mois de janvier suivant, et la censure s'en trouve augmentée. On doit désormais soumettre à l'examen du clergé tout spectacle projeté.

Marie-Louise, en lisant ces nouvelles, éprouve de la honte et encore plus de révolte. Son besoin de lire des livres à l'Index ne fait qu'augmenter. Quant aux garçons, elle en demeure assez distante. Elle vit dans l'attente de retrouver ses proches et de les suivre aux États-Unis, ce qui la forcera à d'éventuels adieux… Elle les redoute plus que tout ! Après avoir perdu son père, vu partir sa mère, ses frères et ses sœurs, elle devra un jour laisser derrière elle d'autres personnes. Elle a été si ébranlée par toutes ces pertes, qu'elle se refuse à affronter celle d'un amoureux qu'elle devrait quitter.

Presque six ans se sont écoulés depuis le départ d'Anne pour les États-Unis. Marie-Louise aura bientôt dix-huit ans. Elle enseigne depuis un an. Toute sa personne a changé, son langage aussi. Elle a commencé à fréquenter Albin Simard. Devenu moins timide avec le temps, il a fini par l'aborder et lui faire la cour.

Un beau matin, sa grand-mère lui annonce l'arrivée imminente de sa mère pour quelques jours. La nouvelle crée en elle un remous et provoque une intense réflexion. Elle se confie à Françoise :

— Yolande, la cousine d'Albin, voudrait enseigner ici, à Baie-Saint-Paul. Ça fait longtemps qu'elle m'envie, car c'est moi qui ai bénéficié de ce poste qu'elle désirait. Je lui ferai le plus grand bonheur de sa vie en lui cédant ma place.

— Réfléchis bien, Marie-Louise ! Mon Dieu ! J'essaie d'imaginer Hilaire sans ta présence… Ce serait dur pour lui. Mais surtout, j'ai peur que tu gâches toute ta vie en te privant d'exercer ta profession. Aux États, tu vas devoir apprendre une autre langue… L'enseignement se fait en anglais. Tu risques de finir dans une usine de textile. Et Albin, lui ? Y as-tu pensé ?

— Albin est au courant. Ma mère ne reviendra pas vivre ici. Alors, on va se reperdre de vue, à moins que je parte avec elle. Elle devait se douter que sa décision entraînerait la mienne. Elle a voulu me donner la chance d'avoir le choix, mais aujourd'hui, je veux vivre avec ma famille. Mon instruction va sûrement me servir, un jour, quand j'aurai des enfants. Venez donc avec nous, grand-père et toi…

— Ma vie est ici. Comme toi, j'ai besoin de ma famille. On se verra moins souvent, mais si tu penses que la vie aux États pourrait te rendre heureuse, c'est tout ce qui compte.

— Oh… Merci, grand-mère ! Il me reste à convaincre grand-père.

— Oui, ta mère a vécu la même chose quand elle est partie… Tu vas comprendre ce qu'elle ressentait.

— Grand-père va croire qu'il n'a pas fait ce qu'il fallait pour me retenir. Mais il a été parfait.

— Il te comprendra, c'est sûr…

À l'annonce de sa décision, Hilaire se retourne, une larme à l'œil, incapable de dire un mot.

— Grand-père…

Mais elle sent bien qu'en dire plus serait inutile.

Elle donne immédiatement sa démission aux religieuses qui l'ont accueillie ces dernières années, leur fait ses adieux, et lorsque sa mère arrive, ses bagages sont déjà prêts.

— T'es ben belle, ma fille ! Et tu parles comme une vraie institutrice ! T'as une belle vie, maintenant…

— Maman… En réalité, j'ai quitté l'enseignement. Je pars avec vous. J'en rêve depuis le jour où vous m'avez quittée. Et c'est comme si vous m'aviez oubliée… Avez-vous envie que j'aille vivre avec vous ?

— Oh, Marie-Louise… J'en rêve tout le temps ! Mais j'ai peur que tu gâches ton avenir. Es-tu sûre que c'est ça que tu veux, ma chérie ?

— Oh, oui ! J'attends ce moment-là depuis si longtemps ! Tout est prêt pour mon départ !

— Tu ne pourras jamais enseigner là-bas en français. Tu vas devoir tout recommencer. C'est comme abandonner tous tes rêves !

— Pas tous mes rêves, maman… Mon plus grand désir, c'est d'être avec ma mère, mes frères et mes sœurs ! J'apprendrai à vivre différemment, jour après jour. Je ferai autre chose, s'il le faut, mais laissez-moi être avec vous, maman. Vous m'avez tellement manqué ! J'ai souffert de ne pas voir grandir mes frères et mes sœurs. D'ailleurs, le sud m'attire de plus en plus. J'ai hâte de voir New York et les plages où on peut se baigner.

— Ça, c'est le bon côté, mais les plages sont à quelques heures de route de la réalité. C'est dur, la vie de tisserande, Marie-Louise. J'aurais voulu autre chose pour toi. J'étais prête à tous les sacrifices.

— Vous n'êtes pas venue me voir pendant si longtemps, maman !

— J'avais peur que tu veuilles laisser tout tomber pour me suivre. Et j'avais raison…

— Mes grands-parents vont me manquer, c'est sûr, et aussi la mer, l'odeur des algues et la pêche… Mais pour le reste, j'étais sûre de vouloir vous rejoindre un jour. J'ai besoin de ma famille.

— Soit ! Tu as maintenant l'âge de choisir. Mais réfléchis quand même, car si tu décides de revenir ici, tu auras perdu ta place à l'école…

— C'est déjà tout réfléchi, maman. Yolande Simard a sauté sur l'occasion. C'était beau de voir le bonheur sur son visage !

— Ah non ! En plus, t'as hérité de mon instinct de sacrifice… T'es pas au bout de tes troubles, ma puce ! Tu vas vivre pour les autres, penser pour les autres, et quoi encore ? C'est un problème qui se perpétue de mère en fille. Si j'ai un conseil à te donner, pense à toi, laisse faire les autres.

— Comme vous le dites, vous êtes drôlement placée pour me conseiller ça ! J'ai justement pensé à moi, maman, cette fois-ci.

Vient le jour de l'adieu. Grand-père Hilaire n'a jamais eu le visage aussi rouge et mouillé.

— Ça va être la mort, ici, sans toi. On était toujours ensemble.

Mais rien n'y fait. Marie-Louise verse toutes les larmes de son corps, mais ne change pas d'idée. Elle laisse derrière elle des grands-parents attristés et un nouvel ami complètement anéanti.

— On pourrait peut-être s'écrire, suggère Albin.

— Vaut mieux pas, Albin… Garde plutôt un bon souvenir de moi.

En son for intérieur, Anne est folle de joie. Mais elle a toujours cette réticence, ce sentiment de s'être trompée en venant au Québec revoir sa famille. Vains regrets…

Marie-Louise a fait son choix… Et quand elle décide quelque chose, plus rien ne l'arrête.

Mère et fille partent donc, d'un commun accord, en train. Elles profitent bientôt des magnifiques paysages du Vermont.

— C'est tellement beau !

— C'est vrai. Mais ici, on est dans les montagnes. C'est en ville qu'on va vivre. T'auras peut-être le mal du pays dans quelques semaines, même si le climat est plus doux. J'ai peur d'avoir tout gâché en venant te voir.

— Mais, maman… Comment pouvez-vous dire ça ? Vous auriez complètement oublié mon visage. On devrait profiter de la beauté du voyage plutôt que de remâcher des tristesses.

— C'est vrai… J'ai le bonheur d'avoir retrouvé ma grande fille… Une magnifique jeune femme, différente, mature. T'as bien changé, ma fille ! Tes manières sont distinguées et tu parles comme une dame. Mais dis-toi qu'une mère est incapable d'oublier sa fille… C'est sûr que c'est le bonheur, pour moi, de t'avoir enfin à mes côtés. J'ai pleuré souvent, tu sais !

Marie-Louise s'intègre rapidement. Au bout de quelques mois, déjà, elle commence à apprivoiser, et même maîtriser de plus en plus la langue anglaise. Cependant, des visions lui reviennent, hantant ses nuits.

— Maman, j'ai rêvé à grand-père Hilaire. On tendait les filets. Les vagues étaient hautes et les mouettes nous suivaient par milliers. L'air sentait le poisson. Les odeurs de la pêche me manquent ! J'entends mon fleuve qui m'appelle en écho, la nuit… Le bruit des vagues en furie, les montagnes, les soirées fraîches de chez nous. Dans mon rêve, on aurait dit que la lune sortait du fleuve noir et que les flots essayaient de la retenir. Tout ça me manque ! Et aussi le parfum des œillets qu'on plantait dans notre jardin.

— T'as toujours aimé les œillets. Moi aussi, j'aime leur odeur piquante et sucrée.

— Oui, c'est un parfum que les gens associent souvent à la mort. Mais moi, il me rappelle surtout la présence de papa. Des souvenirs doux, tristes mais tellement présents que parfois, j'ai l'impression qu'il est là.

— Toute la maison embaumait quand nos platebandes fleurissaient. C'est normal que tu les aimes. J'en mettais partout, quand t'étais petite, même dans ta chambre. Ça doit être la pluie de la nuit dernière qui t'a fait rêver. Ça fait ressortir les odeurs de la nature, de la terre fraîche. Ça m'a rappelé notre pays, à moi aussi. On va en planter, des œillets, près de ta fenêtre, et partout autour de la maison, puisqu'on les aime tant.

— Oh ! Maman, ceux qui nous aiment doivent penser à nous avec tristesse ! Jamais j'oublierai mon village ! Un jour, on rendra visite à notre famille et aux amis qui nous entouraient. Quand papa est parti, j'ai été enveloppée d'amitié et d'attentions délicates. Heureusement que ces gentilles personnes étaient là ! Vous aviez raison de me dire qu'ils me manqueraient. Albin aussi doit être triste. J'ai bien fait de le prévenir et de faire en sorte de ne pas trop m'attacher…

— Pour l'instant, essaie de te concentrer sur ton avenir. Ça va t'aider à oublier. Tu vas te faire de nouveaux amis. Et tu pourrais aussi faire l'apprentissage d'un nouveau métier, soit dans une école, soit sur le tas, comme on dit. Sinon, t'es en droit de retourner vivre là-bas.

— J'ai pas envie de repartir, maman ! Ma vie est ici, à présent. Un nouveau travail me permettrait de vous aider à arrondir les fins de mois. Ça va aller... C'était juste un moment de nostalgie.

Marie-Louise recherche activement du travail et finit par être ouvrière du textile, un domaine qui, en ce moment, connaît un formidable essor. Tout comme sa mère, elle est devenue tisserande et découvre avec le temps que ce métier est laborieux, et que la sécurité n'y est pas toujours assurée convenablement.

Elle est plutôt intellectuelle, captivée par la lecture. Son grand-père lui fait parvenir des livres que son amie du magasin général choisit à son intention. Des livres « courants », mais d'autres qui sont à l'Index. Elle occupe une grande partie de ses loisirs à dévorer l'œuvre de Willy et Colette, un couple d'écrivains français jugés scandaleux, surtout au Canada français. En ce moment, c'est *Claudine en ménage* qui retient son attention. L'émancipation sexuelle d'une Claudine en mal de liberté et d'expression, soumise aux caprices d'un mari libertin, prend ici toute sa force. Marie-Louise se prend à rêver pour la première fois d'une façon différente de vivre une relation amoureuse. Elle aime lire de longues heures, tard dans la nuit, autant l'histoire de cette époque vibrante que les grands romans s'inspirant d'un élan nouveau d'amour libre et de sexualité fantaisiste.

Mais cette nuit, sa mère ne dort pas... Elle voit la lumière allumée et la porte entrouverte. Elle frappe doucement et s'approche de sa fille.

— Tu ne dors pas, ma puce ? Qu'est-ce que tu lis, là ? Willy et Colette... C'est pas les histoires de Claudine qui ont fait scandale, ça ?

Surprise, mais calme, Marie-Louise range tranquillement son livre sur sa table de nuit, en parfait contrôle de ses émotions.

— Vous devriez le connaître, celui-là, maman. Sa parution date de 1899.

— Oh ! Tu sais, tu peux lire ce que tu veux ! J'ai toujours pensé et dit que tu étais libre de faire tes découvertes. Moi-même, j'ai toujours lu des livres qui figuraient à l'Index que les Lajoie gardaient dans le haut côté du magasin général. Tu sais, mon cousin, Jean-Louis ? Eh ben… Il m'envoyait des livres défendus par l'Église et des journaux féministes par l'intermédiaire de ton père. Je les connais, les *Claudine*. Croyais-tu que ta mère était une sainte ? Eh bien… Détrompe-toi !

— Vous voyez ce qu'on a manqué, maman… J'avais même oublié que vous étiez ma plus grande complice. En grandissant, c'est grand-père qui est devenu mon ami féministe.

— Hilaire ? Ah ben ça par exemple ! Dans ma prochaine lettre, j'aurai le plaisir de lui tirer la pipe.

Marie-Louise est quand même soulagée que sa mère n'ouvre pas son bouquin. Les aventures d'une jeune femme frayant avec la maîtresse de son mari seraient peut-être un peu trop pour elle, en ce moment.

Marie-Louise a soif d'émancipation, comme des milliers d'autres jeunes filles en ce début de siècle bouillonnant. Elle voudrait explorer tout ce qui est défendu, et faire taire en sa conscience toute inhibition qui puisse réfréner ses élans.

Les garçons, pour leur part, conçoivent encore le monde selon le statu quo, c'est-à-dire une vision masculine, possessive et même égoïste. En revanche, plusieurs d'entre eux possèdent une maturité précoce qui, souvent, est apparue dès l'enfance. Cette époque est encore celle du courage, auquel s'ajoute une fierté à toute épreuve. Les garçons de ce début de siècle sont renforcis par la foi de leur époque et ont un sens des responsabilités précoce : l'homme est le chef de famille et doit avoir très jeune appris à gagner son pain. Les femmes, en revanche, s'affirment de plus en plus et se donnent la liberté d'acquiescer à leurs désirs… Elles ne s'en laissent plus montrer, et certains hommes les préfèrent ainsi. C'est ce genre d'homme, non dépourvu d'imperfections, que Marie-Louise aimerait rencontrer un jour, lorsqu'elle sera prête.

Sa mère lui dit souvent :

— L'homme de ta vie existe sûrement, quelque part.

— Oh, je l'espère ! Je l'imagine courageux, fonceur, franc et aventurier.

Mais surtout, Marie-Louise le voudrait tendre et sensuel. Et cela, elle ne le dit pas, croyant naïvement que sa mère ne peut pas avoir connu le désir.

À l'usine, les odeurs la dérangent, ainsi que la poussière et la bêtise humaine. Les contremaîtres sont rudes et parfois stupides. Leurs remarques ressemblent parfois à un flirt, parfois à un avertissement auquel elle ne comprend rien, puisqu'elle fait son travail correctement. L'un d'eux, surtout, un grand efflanqué, frustré qu'elle ne réponde pas à ses avances, a tenté de la faire congédier en l'accusant d'insubordination. Il a même brisé un fil dans le but de l'accuser.

— *You broke it. It's not the first time… I'm going to talk to the boss.*

Mais sa compagne de travail, une Canadienne française comme elle, a tout vu.

— Laisse-moi faire… J'irai voir le patron à la pause. C'est lui qui l'a brisé ! C'est pas la première fois qu'il fait ça. Je l'ai vu faire la même chose à une autre fille. J'en ai assez !

Elle respecte sa parole et le contremaître est mis à la porte. Cependant, le lendemain, en sortant de l'usine avec sa compagne de travail, Marie-Louise voit l'employé renvoyé qui s'avance vers elles, l'air menaçant. Heureusement, elle a tout juste le temps de faire signe à l'agent de sécurité, qui fume à la porte de l'usine. L'ex-contremaître plongeait la main dans sa poche en fonçant vers les deux filles.

— *You, bitch !* crie-t-il rageusement.

Mais l'agent l'empoigne solidement et, saisissant sa main, découvre un canif ouvert. Il maîtrise l'homme jusqu'à l'arrivée de la police.

Après cet événement, Marie-Louise devient craintive, et son amie aussi. Que se passera-t-il plus tard ? Cet homme sera-t-il retourné chez lui en toute impunité ?

Chapitre 21

Ça suffit, les adieux !

Les premières années d'Arthur et de Corine se sont déroulées sous l'enseigne de l'amitié, toute naturelle de par leur lien de cousins. Mais au bout d'un moment, cette relation a pris l'allure d'une histoire de couple. Bien sûr, les parents de la jeune fille se méfient de plus en plus de ces fréquentations, qui ont lentement développé toutes les apparences d'une relation très intime. Ils finissent même par la désapprouver carrément, craignant le pire.

— C'est tout de même ton cousin, Corine, la prévient sa mère. Faut te ressaisir ! C'est un grand risque. Tu t'embarques dans une histoire dangereuse. La seule issue possible, quelle qu'elle soit, sera dramatique. Une rupture, c'est triste mais préférable à la naissance d'un enfant infirme. Ton père et moi t'apporterons tout notre soutien dans les moments difficiles qui suivront cette décision. Mais tu dois avoir le courage d'affronter ce changement.

— Mais, maman, ce serait trop dur, maintenant. Je l'aime ! Ça fait six ans qu'on se fréquente, et tu n'as jamais rien dit.

— C'était différent, au début. Vous sembliez plus distants, bien que très amis.

— Je l'ai découvert petit à petit, et c'est le garçon qui me convient le mieux. Arthur a les mêmes goûts que moi, les mêmes idées. Il aime aussi l'aventure, les découvertes, la musique, la danse… C'est l'homme de ma vie, j'en suis certaine !

— De telles ressemblances se produisent souvent entre cousins. Mais c'est une histoire impossible, ma douce… C'est trop dangereux ! J'ai autant de peine que toi… J'adore Arthur, mais j'ai peur de ce qui pourrait survenir plus tard. Un enfant pourrait naître et porter les séquelles de cette union interdite.

Le couple ne se voit pas pendant plusieurs jours. Lors d'une soirée de famille, Arthur sent que Corine garde ses distances. Elle semble triste et abattue. Elle a le regard amer de ceux qui ont pris une décision crève-cœur.

— Faut qu'on se parle, Arthur. Viens dehors, on va s'asseoir sur le banc, dans la cour.

Arthur, déjà un peu tremblant, ne peut s'empêcher d'appréhender la suite :

— J'ai bien réfléchi, Arthur. On n'a pas le choix : on doit se laisser. Notre relation prenait une tournure trop sérieuse. C'est trop risqué ! Il faut se rendre à l'évidence.

— Tes parents, hein ? Il n'y avait que toi qui ensoleillais mes jours ici.

— Mes parents ont raison. Essaie d'éviter qu'on se rencontre, Arthur. Sinon, ce sera trop difficile pour nous. Faut que j'oublie ton visage et tes bras. Tu vas rencontrer quelqu'un, c'est sûr… Tout le monde dit que tu as du charme, même ma mère !

Arthur sait parfaitement que les parents de Corine ont raison. Une vague de tristesse déferle en lui. Il finit par s'éloigner vraiment afin de respecter sa volonté. Conscient qu'il ne peut rien changer à la situation, il prend la décision d'occuper autrement ses loisirs, qui lui semblent tout à coup bien sombres et futiles. Il commence à fréquenter de petits bars autres que ceux que Corine lui a fait découvrir, et que des jeunes comme lui fréquentent. Mais chaque morceau de ragtime lui rappelle Corine ! C'est elle qui l'a initié à cette musique. Arthur évite, évidemment, l'endroit où ils se retrouvaient pour danser. La ville au complet lui semble tout à coup étrangère et hostile. Il se demande parfois si un retour au Canada ne lui serait pas salutaire. Il recommence à avoir le mal du pays…

Chapitre 22

Une étincelle dans la poussière

Quelques mois se sont écoulés depuis la rupture. La vie a repris son cours, monotone, grise. Les nuits d'Arthur sont habitées d'un rêve, toujours le même. Il s'imagine dans Charlevoix, non loin de son fleuve chéri aux odeurs de mer, près des vertes montagnes aux parfums de pin, entouré de nombreux enfants et des fleurs qu'il aime tant cultiver. Une silhouette féminine va et vient dans le jardin, mais qui est-ce ? Lentement, elle prend la forme de la jeune fille qu'il a vue aux funérailles, avant son départ pour les États-Unis. Il lui semble voir et entendre son ruisseau et le geai bleu qui le survole. Retourner là-bas… Répondre à l'appel de son fleuve lui serait salutaire.

Depuis qu'il est seul, les jours lui semblent plus sombres. Il s'ennuie, à présent, dans ce pays qui n'est pas le sien. Sa timidité avait semblé s'estomper au contact de Corine, mais il redevient de plus en plus indifférent aux personnes qui l'entourent. Pourtant, un matin de fin d'été où le soleil est aveuglant, en sortant de son appartement, Arthur voit, sur le palier voisin relié au sien par une grande galerie, deux filles joyeuses qui le saluent. À travers le rayon de soleil qui l'aveugle, il peut mal distinguer leurs visages et l'œil coquin qu'elles lui jettent. Elles rient et plaisantent gentiment en voyant sa mine sérieuse.

— Bonjour, voisin ! Passez une bonne journée.

Elle parle français !

Du peu qu'il lui est possible de voir à travers l'éclat du soleil, son interlocutrice semble jolie et enjouée, voire un peu espiègle. De longs cheveux noirs tombent lourdement sur ses épaules. Troublé par son intervention, il rougit. Les deux filles s'amusent un peu de son embarras. Désarçonné, il leur adresse en guise de bonjour un faible sourire et un marmonnement ressemblant à un gargouillis. Puis il poursuit sa route vers son travail en se disant qu'il vient de perdre une rare occasion de faire connaissance avec quelqu'un qui lui plaît : « Qu'est-ce que j'ai fait là, pour l'amour du ciel ? Ma gêne me rend stupide ! »

À l'usine, la matinée se déroule dans une chaleur humide insoutenable. Tout ce qui l'entoure est bruyant et sent mauvais. Une fois de plus, il chasse de son esprit son aversion pour l'usine en imaginant les forêts de pins si odorantes de ses souvenirs. Mais le retour à la réalité est brutal. Tout ce qu'il voit, c'est la machine devant lui, huileuse et tapageuse, et de longs rouleaux de tissu sans fin, entre lesquels courent des gens pressés, déprimés et déjà fatigués. Lorsque, enfin, il laisse errer son regard un peu plus loin au-dessus des machines, le décor s'illumine. Un beau visage lui sourit, doux et serein, un peu coquin. N'est-ce pas sa séduisante voisine ? Dans son souvenir, elle lui paraît encore plus frêle, plus mince. Ses longs cheveux sont ramassés dans un filet qui les ramène derrière ses épaules. Parmi ces machines bruyantes, son charme attendrissant contraste avec la laideur de tout ce qui l'entoure. Son teint rose illumine de son éclat la grande salle grise et froide, où l'acier est omniprésent.

Alors, dans sa rêverie récurrente, Arthur se plaît à l'imaginer, là-bas, dans son jardin de roses. Il se dit qu'elle ne devrait pas être ici, dans tout ce bruit et cette laideur, mais plutôt chez lui, dans ses montagnes où la vie sent bon. Lui si sentimental et elle si amoureuse… Elle serait sa « fleur parmi les fleurs ». Comment ne l'avait-il pas remarquée avant ? Elle doit être nouvelle ici. Cette apparition lui a donné des ailes. Tout lui paraît enfin plus simple et plus humain. Il devrait peut-être lui proposer de la raccompagner chez elle à la fin de la journée. Pendant la pause de midi, il se promet de l'aborder.

Mais, à sa grande déception, il ne la retrouve pas à la cafétéria. La journée se termine et la belle a disparu, emportant avec elle tous les espoirs d'Arthur. Les jours suivants, il ne la revoit pas. L'a-t-on envoyée dans un autre département ? Il ne l'aperçoit même plus sur leur palier commun quand il sort de chez lui, le matin.

Un soir, il rencontre un voisin qu'il voit parfois au restaurant où se rassemblent tous les jeunes Canadiens de l'endroit.

— Comment ça va, Marcel ? lui demande-t-il. On ne s'est pas croisés, la fin de semaine dernière.

— Ça peut pas aller mieux, mon cher ami ! J'ai été invité à la soirée des Tremblay, cette fin de semaine. Marie-Louise va y être. Tu sais, la belle brune à côté de chez toi ? Ça fait longtemps que j'essaie de l'avoir. Sais-tu de qui je parle ?

Arthur tente de ne pas laisser paraître sa surprise.

— Je pense que oui. T'as raison… Elle est vraiment jolie. Je l'ai aperçue, l'autre jour. Et je l'ai revue à l'usine. J'ignorais que j'avais une aussi belle voisine !

— Hé Arthur ! Celle-là est pour moi... Oublie pas ! De toute façon, Marie-Louise est trop jeune pour toi. Tiens, voilà justement sa mère qui s'approche de nous. Madame Tremblay, je vous présente Arthur. C'est un gars de par chez nous, lui aussi.

— Madame... Heureux de faire votre connaissance. Laissez-moi porter vos provisions. J'habite juste à côté de chez vous.

— C'est très aimable à vous, Arthur ! Faisons ce bout de chemin ensemble. Au fait, j'organise une soirée, cette fin de semaine. Plusieurs jeunes des environs y seront, ainsi que quelques membres de notre famille, et aussi des amis de mes filles, dont certains sont des Canadiens français. Vous devriez vous joindre à nous... Vous seriez le bienvenu.

« J'aurai de la rivalité, j'en ai bien peur », se dit Arthur en voyant la mine déconfite de Marcel.

— J'accepte avec plaisir, madame ! J'ai peu d'amis dans le quartier. Tenez... Nous y voilà.

— Merci, Arthur... Vous êtes un jeune homme bien éduqué.

La réception, aussi espérée que redoutée, a enfin lieu. Parmi sa famille et des admirateurs du voisinage, Marie-Louise semble encore plus inaccessible. Au moment où Arthur arrive, quatre garçons entourent la jeune fille, bavardant et se pavanant. Il remarque sa tendre jeunesse. Quel âge peut-elle avoir ? Peut-être vingt et un ans, guère plus... Quelque chose l'émeut dans son visage fin et lui rappelle quelqu'un... Mais qui ? Cela remonte à loin, dans le passé. Arthur remarque le regard de la mère observant sa fille... Il lui semble sévère. Anne, le voyant timide et en retrait, s'approche de lui et lui offre du fromage et des biscuits. Elle est tout miel avec lui.

— Ma fille est plus jeune qu'elle ne le paraît… Dix-huit ans seulement. Elle ne manque pas d'admirateurs, comme vous le voyez… Souvent, ça m'inquiète. J'ai un peu peur de ces garçons qui l'entourent. Des gars un peu entreprenants pour leur âge, et pas trop fiables ! L'éducation de Marcel laisse à désirer. Marie-Louise le voit souvent. C'est celui que je redoute le plus…

— C'est un bon gars… Un peu ardent, comme vous dites. Mais devant une aussi jolie fille que Marie-Louise, c'est un peu normal.

— Je l'ai toujours à l'œil. Je n'aime pas la voir rentrer trop tard, le soir.

Est-ce un avertissement ? Arthur se dit que son attitude doit trahir son trouble. Oui, Marie-Louise est très entourée et convoitée. Mais rien ne séduit davantage Arthur que l'impossible. Le conquérant déterminé demeure en lui, dans ses moindres faits et gestes, et dans tous ses rêves. Depuis l'enfance, il n'a jamais cessé de foncer, de se battre. Bien qu'embourbé dans les méandres d'un amour inaccessible, un nouvel élan de courage le pousse à l'assaut. Cette fois, son petit démon survolté s'amuse à narguer l'ange ennuyeux qui retient ses ardeurs. Même le souvenir de sa cousine ne fait plus le poids.

Il décide de s'approcher du groupe qui cerne Marie-Louise, et se dit qu'il doit rougir un peu, car son visage est chaud.

— Ah ! Arthur… Venez, on va faire connaissance. Excusez-moi, les gars, on se revoit tantôt.

Arthur remarque la mine déconfite de Marcel, mais il se dit qu'au fond, c'est à Marie-Louise de décider, après tout. Elle n'appartient à personne…

— Approchons-nous du bar. Me serviriez-vous un verre, Arthur ?

— Vous êtes en beauté, Marie-Louise ! Votre teint est radieux, même sans maquillage.

— Quel charmeur ! Votre présence me surprend !

— Votre mère m'a gentiment invité. Marcel me l'a présentée. Nous l'avons croisée alors qu'elle revenait du marché.

— Ah ! Oui… Marcel. Il croit que les femmes sont *ses* choses. Il demeure très persévérant, malgré tous mes refus. Ça me met mal à l'aise.

— C'est à cause de votre charme… On ne peut pas lui donner tort de s'entêter.

— Marcel est jaloux quand quelqu'un tourne autour de moi. Il m'a dit que vous aviez remarqué ma sœur… Je n'en crois pas un mot.

— Pour lui, toute personne qui vous approche est un rival. C'est un peu normal.

Un parfum exquis enveloppe Marie-Louise et rend son charme plus subtil encore. Arthur remarque une fois de plus la lumière pétillante de ses yeux éclairant d'un reflet de paix intérieure un visage serein, aux joues roses, entouré d'une vague de cheveux noirs.

Tout à coup, le désir monte en lui, comme un feu qui le fait rougir. Il voudrait que sa force prenne le dessus sur sa faiblesse, mais il se sent petit, frêle et ridicule. Il heurte la table derrière lui et renverse un verre. S'excusant bêtement, il rassemble tout son courage et fonce :

— Marie-Louise, vous voyez que Marcel n'est pas le seul que vous mettez dans tous ses états. Devant une jolie femme, beaucoup d'hommes deviennent maladroits comme des enfants.

Elle rit gentiment. Ses joues s'illuminent à leur tour et provoquent chez Arthur une sensation nouvelle. Il ne sait comment identifier ce trouble, mais il sait qu'il l'a ressenti longtemps auparavant… Mais quand et où ? Tout se mélange soudainement au fond de lui-même. Arthur est troublé, et Marie-Louise paraît le remarquer. Et cette puissance avec laquelle il réagit n'a d'égal que l'apaisement qu'il recherche par sa présence. Il lui semble que tout se fusionne dans ses perceptions et dans son corps. Il ne voit qu'elle ! Il ne respire plus que son odeur à elle. L'enfer de la privation se mêle au délice de sa proximité. Le froufrou de sa robe l'effleure en douceur, provoquant en lui une poussée de fièvre folle. Ses propos deviennent ceux d'un homme aussi soumis que prêt à la conquête :

— Tout s'efface et devient fade autour de vous, Marie-Louise. Et tout vous éloigne en même temps. J'aimerais vous connaître mieux, sans cette famille qui vous surveille et tous ces gens qui nous reluquent… C'est un peu gênant. Est-ce qu'on pourrait se voir seuls ? Mon frère m'invite au Québec pour quelques jours… Je partirai dans une semaine. Puis-je oser vous proposer que nous passions une journée ensemble à mon retour ?

— Votre frère espère-t-il secrètement votre retour au Québec, Arthur ? Ce serait dommage ! On n'a pas encore eu la chance de faire vraiment connaissance.

— Évidemment, il l'espère… Et moi, de plus en plus, j'éprouve une certaine impression de solitude dans ce pays d'exil.

Le visage de Marie-Louise s'assombrit tout à coup.

Matin et soir, Arthur revoit Marie-Louise sur le palier, au moment où il est toujours pressé. Il n'ose pas lui proposer de l'accompagner au travail. Sans cesse entourée de sa famille protectrice ou de Marcel dévoré par la jalousie, la belle Marie-Louise s'annonce comme un trésor impossible à conquérir. Malgré tout, dès qu'il en a la chance, Arthur tente de rassurer sa belle en lui promettant de revenir aux États-Unis, du moins un certain laps de temps… Ce qui ne la rassure pas suffisamment.

À l'usine, il la voit rarement et peu longtemps. Elle apparaît, puis disparaît aussitôt. Il ne la voit même pas au repas de midi, et pas davantage dans les moments de repos.

Arthur quitte donc les États-Unis après avoir averti ses parents qu'il se rend chez son frère, dans le comté de Montmagny. André y travaille comme bûcheron et demeure dans le village portant le nom de Sainte-Apolline-de-Patton. En ce lieu de calme, Arthur a l'intention de goûter enfin à la paix et de se reposer quelques jours. L'air frais de la montagne emplit ses poumons, et les parfums de la forêt apportent la paix à son esprit. Il est séduit par l'endroit.

C'est encore le printemps, mais l'hiver semble se prolonger dans les montagnes du comté de Montmagny. Arthur pense aux chasseurs indiens d'autrefois qui affrontaient courageusement la rage de l'hiver, logés dans de fragiles constructions de fortune, un peu plus au nord.

Sainte-Apolline-de-Patton n'est peut-être pas aussi au nord que les montagnes où court le caribou, mais c'est un coin de pays sauvage et magnifique. Les animaux y sont dans leur élément… et les chasseurs aussi.

Chapitre 23

Sainte-Apolline-*en-Haut*

Lorsque la ville est enfin loin derrière lui, Arthur sent toute la différence ! Au sommet de tout, défiant la montagne et les éléments, la petite agglomération s'étend, toute blanche, sous le soleil. Arthur l'aperçoit de loin, sertie dans la forêt dense et imposante. Sainte-Apolline a l'air d'avoir été déposée là par la dernière lune. Nacrée de lumière, frileuse dans son étole verte, elle a l'éclat d'une perle entourée d'une rivière d'émeraudes.

Il a bien fait de choisir le printemps pour venir, se dit-il. Les chevaux avancent allègrement, mais pas trop vite… Il faut être prudent et silencieux, car des animaux pourraient se précipiter devant le boghei. Entre le cerf et le chat sauvage surgit le soleil couchant, caressant les érables et accompagnant le visiteur dans sa montée. Au-delà des pins sombres et serrés comme des frères, là où le village commence, l'endroit est imprégné d'une atmosphère troublante qui prend Arthur aux tripes en cette fin du jour. Suspendu aux maisons et traînant sur le sol, le jour amoureux se répand en diamants sur la neige qui reste, s'offrant à la nuit vierge en ce moment sacré. Profondément saisissant, un parfum de mystère s'échappe de la forêt pour envahir le village ; de fluide, l'essence en devient presque palpable en se mêlant à celle de la vie humaine. Sur sa route de terre mouillée, son éther porte la marque du combat courageux de ses habitants à travers le temps. Si loin de tout, la vie est dure et lente à Sainte-Apolline, mais profondément empreinte de solidarité.

Seul, sans femme ni enfant, André est fou de joie d'accueillir son frère.

— T'es ben de bonne heure, mon frère ! L'hiver prend du temps à s'en aller, par chez nous. J'étais sûr que t'aurais pas le courage de venir avant la fin du printemps ! C'est que le froid mord autant que la truite, dans notre coin de pays ! On ne voit pas les caribous, mais y sont pas bien loin derrière notre montagne.

— Avec un bon thé et une pipe bien bourrée, ça va être parfait !

Après avoir avalé son thé, Arthur cogne des clous, la pipe à la main.

— Arthur… Va te coucher, mon vieux. Y a un bon lit qui t'attend. On jasera demain.

Le lendemain, en fin de journée, André lui montre une terre, très près du village, qui s'étend jusqu'à l'orée du bois. Arthur a le coup de foudre ! Un joli ruisseau y serpente, dont on entend le chant derrière l'amas de neige et de glace. Un ruisseau qui rappelle à Arthur celui de son enfance.

— Cette terre-là est à toi, Arthur. C'est mon cadeau ! Ton domaine te coûtera seulement des efforts et le matériel pour t'y établir. J'ai besoin de toi dans mon entourage. Sais-tu que notre père veut s'en venir par chez nous ? On serait toute la famille ensemble, comme avant !

Arthur verse une larme. Devant ce contrejour majestueux, personne ne pourrait rester indifférent. Les bras de la forêt se referment sur son cœur. Il est conquis ! Déjà, les étoiles commencent à percer le ciel bleu foncé.

— La nuit, c'est comme une mariée, Arthur ! Une mariée en bleu nuit, avec un voile piqué d'or ! On voit encore le soleil, tout rouge devant elle, qui s'efface pour lui faire de la place. Y lui donne la lune !

— Je vais élever ma famille ici, André… Quand j'aurai assez d'argent pour cultiver la terre sans m'inquiéter des mois qui vont suivre. On va être bien à Sainte-Apolline, ma femme, mes enfants et moi. Sois sûr, André, que tu vas me revoir. Mais avant, j'ai des choses à faire… Je dois acquérir les fonds. Y est question d'un an ou deux.

— Mais je te la donne, Arthur ! Viens-t'en, mon vieux… Envoèye !

— Faut survivre, André. Ça prend des instruments, des machines. Et puis, on a aussi besoin d'une femme pour être heureux.

— Ça, je te l'accorde… Y en a pas une de libre dans le village. Ah… Y a bien la veuve, mais c'est récent. Sont toutes prises ou trop jeunes. Y en a de mariées avec des cousins. Quossé que tu veux… C'est tellement loin de toute ! C'est tellement petit ! Qui veut venir vivre ici ?

Arthur se dit en lui-même qu'il est venu à un doigt d'épouser sa cousine, lui aussi, et pourtant la ville est grande et très populeuse, pleine de célibataires.

— Dis pas ça, André. La terre, c'est beau ! Les gens de la ville savent pas ce que c'est que de respirer l'air frais des montagnes, les sapins et les fleurs des champs. Le bruissement des feuilles, le ruisseau qui chante… C'est comme un paradis caché ! Je viens de le baptiser dans mon cœur : Sainte-Apolline-*en-Haut*.

Chapitre 24

Des *louises* pour ma Louise

Marie-Louise est en proie à une inquiétude nouvelle, un sentiment qui lui est inconnu. Elle ne s'est encore jamais vraiment languie pour un garçon. Sa mère essaie de la distraire, mais rien ne semble pouvoir la dérider.

— Qu'est-ce qui se passe, ma puce ? T'es ben songeuse…

— Ça va, maman…

Depuis la soirée en compagnie d'Arthur, elle n'est sortie qu'une fois pour aller au restaurant du coin avec des copines. Mais elle ne s'est jamais aventurée bien loin de la maison maternelle.

— Tu pourrais sortir un peu plus. T'es assez grande, maintenant… Ça te ferait du bien d'aller faire un tour avec des amies.

— Si Marcel n'est pas là, maman. Il s'arrange avec mes amies pour organiser des rencontres entre nous sans me le dire. On dirait qu'il est encore plus agressif ces temps-ci. Il m'a même reproché de m'être intéressée à Arthur Bernard l'autre soir… Premier arrivé, premier servi, qu'il m'a dit, comme si j'étais à vendre… Pourtant, ça fait longtemps que je refuse ses avances.

— Ça, ça m'fait peur, Marie-Louise ! J'aime pas qu'un jaloux tourne autour de toi. Reste près de tes amies quand tu sors. Et avertis-les que tu veux sortir entre filles. En plus, le grand Marcel boit beaucoup, non ?

— Oui… T'as raison. Encore plus depuis que j'ai rencontré Arthur. Mes amies lui ont parlé de mes sentiments. Alors, il boit encore plus. Et pourtant, Arthur est absent. Y est même plus dans l'paysage.

— Ah ! Le chat sort du sac ! C'est donc ça… T'es amoureuse d'Arthur Bernard ! J'avoue que je l'ai trouvé charmant, poli et respectueux. Mais fais attention, ma fille ! Arthur va revenir… C'est un garçon déterminé, j'en suis sûre. T'es ben jeune encore, et cet Arthur me semble plutôt aventureux. Un homme qui semble ne manquer ni de courage, ni d'audace.

— Tu crois ?

Marie-Louise a soudain le visage rose de fierté. Sa mère s'en aperçoit bien :

— Ouais… C'est peut-être une chance que le loup soit parti… À te voir la binette, j'aime autant qu'il revienne pas trop vite.

— L'été va être long, maman ! Mais ça se peut qu'Arthur reste au Québec. Il m'a dit que son frère souhaitait son retour là-bas. Et il s'ennuie beaucoup de son coin de pays.

— Ça veut dire que c'est encore plus inquiétant ! Je devrais avoir peur qu'il m'enlève ma fille et la ramène au Québec. Essaie de l'oublier… Ça vaudrait mieux.

Mais les paroles d'Anne produisent exactement l'effet contraire. Marie-Louise se prend à rêver du retour d'Arthur alors qu'elle n'y croyait déjà plus.

À la fin de juin, accompagnée de ses copines, elle sort dans un restaurant de Manchester, un endroit qu'elle affectionne particulièrement, entre autres pour ses excellents beignets de crabe. À une table assez éloignée de la sienne, elle aperçoit soudain une magnifique fille aux longs cheveux roux en compagnie de deux garçons qui se ressemblent étrangement. Elle reconnaît immédiatement l'un d'eux. Son cœur se met à battre à tout rompre : Arthur est revenu… Et il n'est pas venu la voir !

À la gare de New York, en descendant du train en provenance de Montréal, Arthur a rencontré par hasard son frère Joseph, et ils ont décidé d'aller à ce restaurant où on mange les meilleurs fruits de mer de la région. Et toujours par le plus grand des hasards, les deux frères sont tombés sur la cousine Corine. Toutes coïncidences qu'ignore la pauvre Marie-Louise…

— Es-tu heureuse, Corine ?

— Je suis presque mariée, Arthur. J'ai rencontré un gars très gentil… Évidemment, il est bien différent de toi… On n'a pas les mêmes goûts, mais je suis heureuse avec lui. Et toi, Arthur ? J'espère que ça va bien aussi.

— C'est dur pour moi ici, je l'avoue. J'suis allé au Québec voir mon frère. J'avais rencontré une fille charmante avant de partir, mais ses parents la surveillent constamment. Je les comprends… Un beau brin de fille ! Dix-neuf ans… De six ans ma cadette… Ça complique les choses. J'irai la voir ce soir, si c'est possible.

De la place où elle est assise, Marie-Louise ne peut rien entendre de cette conversation entre gais lurons. Elle croit simplement qu'Arthur est revenu aux États-Unis depuis déjà quelque temps et qu'il ne s'est pas donné la peine de l'en avertir. Tout à coup, les yeux d'Arthur croisent les siens et découvrent un visage sombre aux sourcils froncés qui n'a rien à voir avec l'éclat qu'il lui connaît. S'est-il trompé ou a-t-il bien vu des larmes ? Il s'approche immédiatement de la jeune fille, qui se lève et lui tourne le dos pour s'en aller.

— Marie-Louise ! Attends…

Marie-Louise arrive chez elle en pleurant, ce soir-là.

— Qu'est-ce que t'as, ma puce ?

— C'est rien, maman !

Et elle s'enferme dans sa chambre, sans en ressortir pour souper.

Au coucher du soleil, Arthur se présente à la porte des Tremblay. Anne est heureuse de le voir.

— Arthur ! C'est une grande chance que vous soyez là… Marie-Louise est bien triste ! J'ignore pourquoi, mais ma puce est dans sa chambre depuis qu'elle est rentrée.

— Marie-Louise, ma chérie… Arthur est revenu et voudrait te voir.

Mais Marie-Louise ne répond pas. Pas un son en provenance de sa chambre. Arthur a beau attendre, rien n'y fait. Anne a le regard inquiet. Il remarque son air fatigué.

— Vous avez besoin de repos, madame Tremblay. Je repasserai un autre jour…

Arthur quitte à regret la maison des Tremblay. Un matin, il rencontre Anne sur le palier.

— Comment va Marie-Louise ?

Pas trop mal… Mais je la trouve différente depuis ce soir où je l'ai vue pleurer, et même avant, c'est-à-dire quand vous êtes parti pour le Québec. C'est l'amour, on dirait… Mais je ne comprends pas son attitude.

— Pouvez-vous lui faire un message ?

— Bien sûr, Arthur.

— Ma cousine se marie. Je l'ai rencontrée au restaurant, l'autre jour, et elle m'a invitée à son mariage. J'aurais voulu que Marie-Louise m'accompagne. La noce aura lieu près de Boston. Accepteriez-vous que je l'emmène, madame Tremblay ?

— C'est la première fois qu'on invite ma fille si loin de la maison. Mais j'ai confiance en vous, Arthur. Si Marie-Louise accepte, vous avez ma permission.

— Merci, madame Tremblay… Mais pour le moment, ma belle amie me tourne le dos.

Lorsque Marie-Louise revient du travail – où Arthur l'a croisée, mais sans qu'elle lui dise bonjour –, sa mère s'empresse de la mettre au courant de l'invitation de leur voisin.

— Tu peux dire à Arthur Bernard qu'il aille inviter sa grande rousse, celle qui était avec lui au restaurant.

— Sa grande rousse ? Ça serait pas justement sa cousine, celle qui l'invite à son mariage ?

— Quoi ?

— Ah ! C'est donc ça ? T'étais jalouse ? Ben, tu te trompais, ma fille ! T'es trop bouillante !

— Oh ! Maman…

— Je te fais une robe ou on l'achète ?

— Tu veux bien que j'y aille ?

Elle embrasse fougueusement sa mère et se dépêche de monter à sa chambre pour faire l'inventaire de ses accessoires.

On sonne à la porte ! Marie-Louise est trop nerveuse… Elle préfère que sa mère réponde.

— Elle est là, Arthur. Attendez… Je vais la chercher.

Mais la jeune fille, redescendue en trombe de sa chambre, est déjà sur le seuil du salon, attendant timidement qu'Arthur l'aborde.

— Ça va, Marie-Louise ?

— Oui, merci… Je suis désolée, Arthur. Je m'étais méprise. C'est plutôt gênant.

— Mais non, c'est normal… et plutôt flatteur. J'étais à la gare quand j'ai rencontré mon frère et nous sommes allés au restaurant. J'y ai rencontré Corine, ma cousine, qui se marie bientôt et qui m'invite à ses noces. Voudriez-vous m'accompagner?

— J'adore les mariages!

Le grand jour arrive. Marie-Louise est magnifique dans sa robe couleur corail, si bien assortie à son teint. Et ce parfum délicat qui hante Arthur depuis le premier jour!

— Vous êtes très élégante, Marie-Louise! Votre parfum me rappelle les fleurs de chez nous. Savez-vous que j'aime beaucoup jardiner? J'aime les roses et les œillets. Je vous verrais bien parmi mes fleurs… Vous êtes aussi délicate et parfumée. Vous m'avez fait souffrir, vous savez. Mon séjour au Québec n'a pas suffi pour que je vous oublie.

— J'aime particulièrement les œillets! Ces fleurs me rappellent mon père, qui m'a appris à les cultiver.

— Marie-Louise… J'aimerais être franc avec vous… Lors de mes premiers jours à Manchester, ma cousine a été mon guide dans la découverte de la ville et de la vie aux États-Unis. Et oui, nous sommes tombés amoureux au bout d'un certain temps, ce qui ne m'était jamais arrivé avant. Bien sûr, ses parents se sont inquiétés de la situation. Peut-on les blâmer? Nous avons mis fin à notre relation. Ç'a été dur… Au point que je songe à repartir pour le Québec.

— Faut dire qu'elle est vraiment belle!

— Oui. Mais n'ayez aucune crainte… Vous avez effacé tout l'engouement que j'avais pour elle. C'était sans doute la solitude, dans une ville encore inconnue pour moi, qui a amplifié la situation. Mais vous êtes maintenant dans tous mes rêves, Marie-Louise.

Les circonstances se prêteraient bien à un baiser, mais une fille de bonne famille n'embrasse pas son cavalier. Aucun baiser n'est possible en présence d'Anne, qui surveille de près les amoureux.

Puis vient le grand jour du mariage de Corine. Son futur époux a envoyé son cousin, qui possède une automobile, chercher ses deux invités. La future belle-famille de Corine vit dans l'aisance.

Arthur est au comble du bonheur. Marie-Louise est particulièrement séduisante, aujourd'hui. Pendant le trajet, il sent le tissu léger de sa robe qui le frôle dans un bruissement doux et envoûtant. Un parfum délicat embaume tout l'habitacle de la voiture, et les longs cheveux noirs de Marie-Louise tombent en cascade sur sa robe corail, traînant sur l'épaule d'Arthur, y laissant des traces de leurs doux effluves et la sensation d'une caresse. Elle est belle, autant que Corine, mais d'une façon différente. Une sensualité certaine émane d'elle, et le jeune homme la discerne bien… À moins, se dit-il, qu'il ne la confonde avec ses propres sensations. Elle semble avoir une attitude de liberté, un goût de vivre qui ressemble au sien.

— Comment était votre voyage au Québec, Arthur ?

— On peut cesser de se vouvoyer, non ?

— Si tu veux…

— Les mots me manquent pour décrire la beauté du paysage. Il y a les montagnes d'un vert profond, l'odeur calmante des grands pins, l'hospitalité du village. Mais surtout… une impression que la nature nous touche avec des mains invisibles. Sainte-Apolline, c'est la lumière mélangée aux ténèbres. Mon frère comparait la nuit à une mariée au voile piqué d'or.

— Vous êtes un peu poètes, dans votre famille, non ?

— C'est vrai… On est comme ça, chez nous… Très près de la nature. On la voit un peu comme une mère…

— Vous êtes des rêveurs, quoi…

— C'est impossible de pas l'être devant le paysage de la montagne. J'ai ressenti l'âme de l'endroit dans tous les pores de ma peau. La forêt a absorbé et conservé la vie des humains qui se sont battus contre les éléments et l'isolement. On peut presque tâter leurs souvenirs, tellement ils ont imprégné l'air et les choses. On peut *toucher* leur histoire. Du village, on peut descendre jusqu'à la côte en un rien de temps pour voir la mer. C'est un endroit ensorcelant !

— Tes yeux brillent quand tu parles de la nature ! Tu me rappelles mon propre village natal, Baie-Saint-Paul, où l'air marin se mêlait aux parfums de la forêt. Le soir, on entend la vague en écho, comme si elle nous racontait l'histoire de milliers de matelots. C'est merveilleux, là-bas. Mon grand-père est encore vivant, tu sais. C'est lui qui a pris la place de mon père, quand il est mort. Le pauvre homme a dû souvent céder à mes caprices un peu fantasques. C'est mon plus grand complice ! J'aimerais bien revoir mes grands-parents, un jour.

— Tu aimerais y retourner, Marie-Louise ?

— Parfois, je rêve que je retourne vivre là-bas. Mais ma mère veut rester aux États. Le Québec, c'est trop de souvenirs pour elle.

— Oui… Les bons souvenirs sont encore plus difficiles à oublier que les mauvais.

La noce de Corine est l'occasion de présenter à Marie-Louise une partie de la famille Bernard, qui l'adopte sur-le-champ. La jeune fille se tient bien, en société, mais Arthur sent son goût de l'aventure, ses rêves de liberté, ses envies de sensualité et de romantisme.

Puis, déjà, c'est le voyage de retour. Bras dessus bras dessous, ils grimpent l'escalier pour atteindre la grande galerie qui relie les deux portes de leurs logements.

— C'est quand même étrange, Marie-Louise, qu'un même palier unisse nos deux seuils et qu'on ne se soit pas plus souvent croisés.

— On se parlera plus souvent que ça, à partir d'aujourd'hui, non ?

La vie, tout à coup, paraît différente à Arthur. Plus l'automne avance, plus il se sent l'âme à la romance. C'est l'homme, après tout, se dit-il, qui doit oser les avances que les femmes ne peuvent pas se permettre. La mi-novembre n'a pas refroidi ses ardeurs à la conquête. Déjà, il n'en peut plus. C'en est assez ! Propulsé par ses sentiments, car c'est un incorrigible romantique, il s'emploie à séduire la belle et ne ménage rien qui puisse attiser son amour. Manchester étant une ville au climat tempéré, il arrive que certaines soirées d'automne soient assez douces pour dormir la fenêtre ouverte… Comme ce soir. Cette douceur a un effet aphrodisiaque sur Arthur. Il contemple le clair de lune et se dit qu'il pourrait bien en profiter pour surprendre Marie-Louise. Pourtant, il réfrène son élan. Mais la proximité d'Anne est seule responsable de sa retenue.

La soirée du lendemain s'annonce aussi douce. Il va donc acheter un œillet rouge après le travail, sachant le goût de sa tendre amie pour ces fleurs. Vers minuit, une magnifique pleine lune éclaire doucement la rue. La fenêtre de Marie-Louise est encore ouverte… C'est le moment de tenter sa chance.

Chassant de son esprit l'image embarrassante du curé à sa dernière prestation en chaire, il n'écoute plus que son désir. L'œillet entre les dents, pour mieux s'appuyer sur le rebord de la fenêtre, il enjambe celle-ci et retrouve sa Marie-Louise dormant tranquillement dans son grand lit chaud et douillet. Il s'assoit calmement près d'elle. La belle sursaute, mais à peine. L'adrénaline aidant, tous ses sens s'éveillent… et elle tressaille. Elle perçoit immédiatement un parfum qu'elle reconnaît bien. À la vue de l'œillet serré entre les dents d'Arthur, elle laisse échapper un petit rire, et son cœur s'attendrit. Déjà, il est pardonné. Il lui tend la fleur.

— Une "louise" pour ma Louise. Ce sera à jamais le nom de tous les œillets.

— Arthur ! Va-t'en vite ! Tu sais bien que c'est interdit.

Mais Arthur a la caresse lente, et le verbe tendre… Si bien que l'ange en Marie-Louise prend peu à peu les traits de Cupidon. Lorsqu'elle sent la main chaude d'Arthur glisser le long de son bras, pour rejoindre sa hanche, atteindre ses genoux et relever effrontément le drap encombrant, il est déjà trop tard pour que l'âme résiste à la nature.

Marie-Louise s'abandonne et se laisse glisser doucement dans le délice du moment, oubliant tout ce qui l'entoure. Rien n'existe plus pour elle que cet instant de sublime plaisir, si doux, si tiède et si brûlant en même temps. Ses draps lui semblent tout à coup onctueux, comme fondus avec la peau de son amant. Quand elle s'aperçoit qu'elle est allée trop loin, son corps ne peut plus revenir en arrière. Elle a déjà rendu les armes !

Soudain, un léger froissement de drap fait réaliser à Marie-Louise qu'ils ne sont pas seuls, mais Arthur ne s'en est pas aperçu. Sa sœur, de deux ans sa cadette, a l'habitude de se blottir à côté d'elle sans l'avertir, après qu'elle a eu un cauchemar ; mais il est trop tard, maintenant, pour sauver les apparences. Une très faible lueur de raison tente de se frayer un chemin jusqu'à la conscience de Marie-Louise tout entière à la vague qui la submerge, confondant cette mer de douceur avec le volcan de passion qui l'envahit. Après le rêve devenu réalité, le réveil est brutal. Arthur distingue une larme qui brille au clair de lune et sent la peur qui étreint maintenant Marie-Louise. L'époque est dure pour les jeunes femmes qui se sont permis des écarts.

— Ma Louise, écoute-moi… T'inquiète pas. On se mariera ! Dans les montagnes, au Canada, une terre m'attend. Je rêve d'y voir grandir notre famille. Si tu veux, je t'y emmène. Tu verras, la vue seule de cet endroit te convaincra. Je planterai moi-même des centaines d'œillets pour toi, dans mon jardin, et j'en fleurirai toute notre maison. Je les appellerai "mes louises".

Marie-Louise retrouve ses esprits et commence à se calmer.

— Est-ce une demande en mariage, Arthur ? N'oublie pas que tu dois te mettre à genoux devant moi, et surtout devant ma mère, car c'est elle qui remplace mon père. Et n'oublie pas les œillets, si tu ne veux pas qu'elle te tue !

Puis elle rit de son rire coquin, comme la première fois qu'il l'a aperçue. Dans la tranquillité de la nuit, un soudain bruissement de la couette surprend Arthur, suivi d'une apparition inattendue : un visage dont on n'aperçoit que les yeux écarquillés se hâte de disparaître derrière la montagne de draps froissés. La jeune Philomène entend sa sœur dire à Arthur qu'elle ne veut plus connaître la froidure des jours sans lui, mais que leur rêve pourrait d'abord se réaliser ici, aux États-Unis. Tous deux savent déjà qu'ils auront à traverser de durs moments.

— Marie-Louise, les semaines et les mois à venir vont être difficiles pour toi. Notre moment de folie pourrait précipiter les événements, mais on affrontera ensemble les conséquences de nos actes.

Ces craintes se matérialisent quelques semaines plus tard, lorsque Marie-Louise, malgré le secret bien gardé par sa sœur, se voit dans l'obligation de mettre sa mère au courant de sa relation avec son amoureux.

— Maman, qu'est-ce que tu penses d'Arthur ?

— C'est un bon garçon, sympathique et plus raisonnable que les autres qui tournent autour de toi. Il me semble plus sérieux et plus respectueux que Marcel.

— Maman… on va se marier.

— Qu'est-ce que tu dis là ? T'es ben trop jeune, voyons !

— On s'aime et on veut fonder une famille.

— Mais t'as pas encore vécu ! T'as rien que dix-neuf ans ! J'aime beaucoup Arthur, mais t'es pas prête à être mère et maîtresse de maison. Réfléchis… Pense que ta vie de jeune fille va être finie. Tu pourras plus revenir en arrière. Tu pourrais plutôt sortir plus souvent… Je te laisserais aller. Mais pour l'amour du ciel, ne te marie pas aussi tôt.

— Maman, j'attends un bébé.

— Quoi ?

Anne vient de s'asseoir lourdement sur la chaise la plus proche. Son visage pâle montre son désarroi, et son cœur palpite. L'instant d'une seconde, elle maudit le jour où elle a fait confiance à Arthur. Elle se dit que les loisirs partagés avec ses anciens prétendants étaient bien innocents, au fond. Puis, en y réfléchissant, elle finit par se rendre compte que tout serait bien pire si sa fille avait succombé à Marcel, qu'elle trouvait autoritaire, jaloux et irrespectueux. Bien que ce dernier mot lui semble maintenant étrangement juste pour décrire l'intrépide Arthur.

— J'avais confiance en toi, Marie-Louise, et aussi en Arthur…

— C'est un bon garçon, maman ! Travailleur et honnête. Et puis, je l'aime, maman ! Arthur tient vraiment à moi, et moi à lui. C'est vrai que c'est un passionné, mais c'est quand même un homme de devoir. Sais-tu qu'il a été formé au presbytère de Buckland de l'âge de neuf ans jusqu'à ses dix-huit ans ? Le curé avait en lui une confiance aveugle. C'était son bras droit. Arthur possède aussi d'autres métiers. Il sait cuisiner et fabriquer des chaussures. Et puis, tu sais, il t'aime beaucoup !

— Qu'est-ce que je vais faire sans toi ? T'es ma plus vieille, ma confidente. T'es toute ma joie ! Prenez le temps de réfléchir, par pitié… L'idée pourrait lui prendre de te ramener au Québec. C'est sans doute pas ça que tu veux…

Comme Arthur l'avait prévu, la période qui suit est difficile à vivre pour Marie-Louise. Sa mère la boude un peu. Marie-Louise croit qu'elle ressent de la jalousie à l'idée de perdre la compagnie de sa fille. Car Anne, au fond, aime Arthur. Avant les derniers événements, ils avaient plaisir à parler ensemble. Elle le trouvait poli et réservé. De plus, il se tient au courant de ce qui se passe, dans sa ville et dans le monde.

Quant à Arthur, sa joie est à son apogée. Son bonheur lui donne des ailes pour voler jusqu'au sommet de ses vertes montagnes, où il imagine sa Louise entourée de fleurs et d'enfants. Quête, bien sûr, jalonnée de certains obstacles. Mais il se jure qu'il y parviendra, tout encouragé qu'il est par la tournure des événements.

Le mariage a lieu quelque temps après, discrètement, en présence d'un petit nombre d'invités très proches. La mariée est splendide dans sa robe simple mais ornée de dentelle. Les parents d'Arthur sont émus, d'autant plus qu'ils pensent à retourner vivre au Québec, près de leur fils André, qui se sent très seul sur sa terre.

C'est un beau mariage, et tous ressentent l'amour sincère que se voue le jeune couple. Philomène, la sœur de Marie-Louise, en fait part à sa mère :

— C'est pas un couple ordinaire, maman… C'est tellement évident que ces deux-là sont en amour ! J'aimerais ça qu'un homme m'aime autant, un jour, et me regarde comme si j'étais un trésor. C'est pas tous les hommes qui auraient osé faire ce qu'il a fait. T'aurais dû le voir, ce soir-là, avec son œillet dans la bouche, passer par-dessus le rebord de la fenêtre ! C'était tellement romantique !

Trop tard ! La bévue est faite.

— Qu'est-ce que tu dis là, Philo ?

Anne vient de comprendre que sa fille a été témoin de quelque chose et s'emballe :

— Qu'est-ce que t'as vu, toi ?

— Ah, non ! J'en ai déjà trop dit… Oh ! Mon Dieu ! Ma sœur va vouloir me tuer !

— Ah ! Le salaud !

— Ils ignoraient que j'étais là, maman ! Marie-Louise dormait quand je suis allée la retrouver dans son lit. J'avais fait un cauchemar. C'est rare qu'on dorme ensemble. J'étais cachée sous la couette. T'aurais dû lui voir la face quand il m'a aperçue… C'est un tendre, Arthur. Marie-Louise va être bien avec lui. Ce gars-là est fou d'elle ! Oublie tout ça, maman, t'es passée par là, toi aussi. T'as toujours aimé la liberté.

— C'est justement pour ça que j'ai suggéré à Marie-Louise d'attendre un peu, que je m'occuperais d'elle et du bébé. Est-ce qu'il reste encore un nuage du ciel qui m'est pas tombé sur la tête ?

— C'est rien de méchant, maman… C'est seulement de l'amour.

Évidemment, Philomène omet de dire à sa mère que le fiancé a fait allusion à un nid d'amour dans les montagnes du Québec…

Chapitre 25

L'accomplissement d'un rêve

C'est tout réfléchi... Motivé par l'accomplissement de ses rêves, Arthur entreprend de changer d'emploi, afin d'assurer à sa future famille une meilleure qualité de vie. Son rêve ambitieux de devenir chef de cuisine dans un grand restaurant ne l'a jamais quitté. Il pourrait y exploiter les compétences qu'il a acquises au presbytère et dans les livres offerts par mademoiselle Demers. D'ailleurs, il a toujours continué, à ses heures, d'imaginer et de tester de nouveaux plats. C'est encore un de ses loisirs préférés.

Il astique ses souliers, met ses plus beaux habits. Comme lorsqu'il avait neuf ans, il ramasse soigneusement ses cheveux en crête de coq et s'asperge de son parfum préféré, *Fétiche*, acheté chez son barbier lors de son voyage au Québec. Puis, comme par le passé, il décide d'aller frapper à la porte d'un établissement où, il s'en convainc, une fois encore, on ne saura plus se passer de lui.

Planté bien droit devant le grand hôtel Carpenter, l'un des plus reconnus de Manchester, il lève les yeux vers le sommet de l'édifice. De nombreuses fenêtres s'alignent sur plusieurs étages, comme autant d'yeux menaçants. Il se rend compte qu'il ne s'attaque pas au moindre des défis !

Arthur est au courant que l'hôtel accueille de nombreux nouveaux mariés et courtise particulièrement cette clientèle dans sa publicité. Des suites de luxe sont aménagées avec beaucoup d'imagination, paraît-il. Il sait que l'endroit appartient à une famille grecque depuis plusieurs années. La cuisine y est excellente, mais simple. Son frère, Joseph, qui rencontre souvent ses clients au Carpenter, dit que le menu pourrait être plus élaboré.

Le monstre de briques rouges le regarde en le narguant. Pour la première fois de sa vie, Arthur est paralysé. Baissant le regard vers ses souliers étincelants, il réfléchit un instant. Faire face… ou volte-face ? Puis, soudain, les reflets rouges de la bâtisse sur ses chaussures prennent un aspect de lumière au bout du tunnel. « Oui… J'suis prêt ! Je t'ai à mes pieds ! » Dans sa foi, il invoque le Créateur : « Dans tes mains, père… » Il resserre sa cravate, s'avance et vérifie son apparence dans le reflet de la porte d'entrée, comme dans son miroir d'autrefois. Il secoue son pantalon et, levant la tête, avance. Le voilà maintenant déterminé à affronter la bête.

Durant tout ce temps, la réceptionniste l'observe de son poste, un sourire au coin des lèvres. Une fois entré, Arthur se retourne encore vers l'extérieur, les mains dans les poches, et prend le temps de réfléchir intensément à ce qu'il va dire. Sa position a changé : maintenant qu'il est entré, il est bien déterminé à obtenir cet emploi… C'est ici, sa place !

Il se présente enfin à la réception, où l'accueille une jeune femme aux traits méditerranéens et à l'allure sophistiquée. Arthur lui dit qu'il désire rencontrer le propriétaire de l'hôtel ou le directeur du personnel. Elle lui répond qu'il est en réunion et qu'elle a l'ordre de ne pas le déranger.

— *Come back in thirty minutes. His name is Lukas Papadopoulos. I don't promise you, but I think he will accept to meet you.*

Arthur ressort sur-le-champ, un peu tremblant et en se répétant en boucle : « Lukas Papadopoulos, Lukas Papadopoulos, Lukas Papadopoulos… Je dois m'en souvenir. »

En attendant, il fait le tour de la bâtisse. Tout est impeccable, propre et frais peint. Un homme est assis dans le jardin et un grand chien tourne autour de lui, tirant impatiemment sur sa laisse. Chose curieuse, l'homme porte un uniforme de cuisinier. La bête semble ne pas vouloir lui obéir. L'homme s'impatiente et lui donne un coup de pied.

— *Sit down, I said!* ordonne-t-il au chien.

Puis, s'adressant à Arthur :

— *I'm sorry, Sir, but this stupid bitch isn't mine. If she were, I would kill her.*

Ce à quoi Arthur répond :

— *Maybe she needs to go for a walk.*

Arthur se retourne, fortement indigné, et reprend sa promenade autour de l'hôtel, se demandant comment un cuisinier peut promener un chien qui ne lui appartient pas pendant sa pause !

Puis il se rend compte qu'il est déjà l'heure de son rendez-vous. À la réception, le propriétaire est là, qui l'attend depuis quelques minutes. La réceptionniste lui indique du menton qu'il s'agit de l'homme qu'il désire voir. Arthur le salue poliment :

— *Good morning, Sir! My name is Arthur Bernard.*

À sa grande surprise, son interlocuteur lui répond dans sa langue :

— Monsieur Bernard, vous êtes canadien ?

— Oui, monsieur ! Vous parlez bien français ! Merci d'accepter de me rencontrer.

— Venez avec moi.

Papadopoulos l'entraîne à travers d'interminables corridors, où règne l'odeur de produits nettoyants. Tout est immaculé. Des gens s'affairent et les saluent au passage. Puis le directeur entre dans une vaste pièce bien éclairée et l'invite à s'asseoir près d'une fenêtre. Des roses ornent la table et embaument toute la pièce.

— Prendriez-vous quelque chose ?

— Non. Je vous remercie.

— Vous savez, j'ai de la famille dans l'hôtellerie, au Canada. Mes connaissances et mes amis ne cessent de me solliciter pour que je les rejoigne là-bas. Mais moi, j'aime être ici. Le climat est plus doux. Vous le voyez bien, nous sommes en automne, presque en hiver, et il fait chaud. Au Canada, ce doit être déjà très froid.

Comment Arthur va-t-il s'y prendre pour suggérer à l'homme de recourir à ses talents de cuisinier hors pair ?

— Je vous écoute… Parlez-moi de vous. Allez-y en français, si vous voulez, même si vous semblez bien vous en tirer en anglais.

— Oui, je me débrouille assez bien. J'ai appris l'anglais au presbytère où j'ai travaillé et vécu depuis l'âge de neuf ans jusqu'à l'an dernier. L'ouvrage est rare, par chez nous, et les terres aussi. La servante du curé m'a enseigné à cuisiner, et je me suis ensuite perfectionné par moi-même… La cuisine est l'une de mes passions. J'aime aussi le jardinage, et je connais la cordonnerie, qui est le métier de mon père.

— Vous avez beaucoup de cordes à votre arc ! Mais parlez-moi de vous…

— J'ai aujourd'hui vingt-cinq ans et je viens de me marier. J'ai d'abord travaillé dans le textile parce que je voulais m'habituer à la ville.

— Félicitations pour votre mariage, monsieur Bernard ! Pas d'enfant en vue, j'espère ?

Arthur hésite à répondre oui. Il s'aperçoit que dire la vérité lui enlèverait toutes ses chances d'avoir un essai.

— Pas encore, monsieur. Un jour…

— Écoutez, monsieur Bernard, vous vous présentez bien, et j'suis prêt à vous laisser faire vos preuves. Dans quel domaine aimeriez-vous travailler ?

— J'ai une passion pour la cuisine, et j'ai expérimenté les recettes de plusieurs chefs connus pour mon propre plaisir.

— On appelle la passion "le vrai talent". Je vous offre la possibilité de nous démontrer vos capacités à assister notre chef. On verra ensuite si on peut vous offrir cet emploi sur une base permanente.

— Comment vous remercier, monsieur ? Vous ne le regretterez pas.

— C'est très bien. Soyez le bienvenu ! N'oubliez pas d'être ici à trois heures, la nuit prochaine. Nous aurons un uniforme pour vous et nous vous ferons faire le tour de la bâtisse et du personnel.

Au petit matin, lorsqu'Arthur arrive, Papadopoulos n'est pas là. Mais le maître d'hôtel, Mark Stanfield, dit avoir été chargé de lui faire visiter le bâtiment au complet. De nombreux employés s'affairent dans les corridors et les chambres, presque au pas de course, et lui jetant au passage un air interrogateur.

— *Here we are in the fancy suites. This one is always reserved for Mr. Papadopoulos's dog, Miss Swell. Probably, you won't have to come by yourself. Another employee will bring the lunch for it. But sometimes, you will have to bring that dog with you and go for a walk with it. So you have to knock at the door like that* (il donne deux petits coups rapides, suivis d'un seul coup), *after, you may enter.*

Le danois qu'Arthur a aperçu dehors la veille est là. La bête est étendue sans gêne sur le flanc et se prélasse effrontément sur un lit de satin rose, dans cette suite impeccable. Elle lève la tête en apercevant les deux hommes, et d'un air paresseux, la rejette vers l'arrière en poussant un léger grognement.

— C'est pas vrai !

— *You have to know that sometimes, you will have to cook fancy meals for that dog.*

Arthur se dit que la situation est complètement folle.

— La pauvre chienne ne sort pas souvent. Quelques rares fois, un des cuisiniers a l'ordre de la promener. Personne n'a le temps de s'en occuper vraiment. On pourrait vous demander de vous en occuper.

La visite continue. Une odeur de déjeuner et des bruits de casseroles un peu trop prononcés annoncent à Arthur qu'on le conduit dans les cuisines, où il découvre le chef, visiblement à bout de nerfs. L'homme est là, seul au milieu des chaudrons, et semble être d'une humeur massacrante. Le garçon lui présente Arthur.

— *Let me introduce to you Arthur Bernard, your new helper.*

En entendant son nom, le cuisinier s'adresse à lui en français avec l'accent québécois :

— Bienvenue, monsieur Bernard ! Excusez mon impatience, mais un client a demandé qu'on lui apporte un soufflé pour déjeuner. J'ai pas le temps. D'ailleurs, c'est pas ma force, les soufflés. J'aime pas les faire… Je les manque tout le temps ! Un client exigeant, en plus.

Il s'adresse au garçon qui vient de faire les présentations :

— Peter, je compte sur vous pour faire comprendre délicatement au client de la chambre 102 qu'on ne prépare pas de soufflé pour le petit-déjeuner et qu'on va compenser autrement. Offrez-lui son petit-déjeuner pour aujourd'hui.

Arthur saisit sa chance :

— Monsieur, permettez-moi… En tant qu'assistant, puis-je me proposer de résoudre ce problème ? Je sais faire correctement les soufflés. Si vous n'avez pas besoin de moi pour autre chose, je suis votre homme.

— Vous êtes sérieux ? C'est le ciel qui vous envoie ! C'est une demande presque quotidienne… Un soufflé au fromage, mon cher *helper* ! Bon sang !

Arthur a d'entrée de jeu la chance de faire valoir ses talents. On porte sans tarder le précieux plat à la suite 102. Le client satisfait demande s'il peut, tous les matins, avoir ce soufflé pour déjeuner. Il demande à rencontrer le cuisinier responsable de ce chef-d'œuvre. On lui présente alors Arthur, à qui il remet un généreux pourboire.

Le client de la suite 102 est un homme d'affaires très influent. Souvent, il vient dîner avec un groupe de magnats de la finance et loue une salle de conférence. Le lendemain midi, une horde d'hommes en habits chics se retrouve à l'hôtel en compagnie du client de la 102. Lukas confie à Arthur la supervision de ce déjeuner, sous prétexte que le chef est débordé. C'est un succès ! Les compliments fusent de toutes parts.

Puis, quelques semaines plus tard, Arthur apprend qu'il est promu chef cuisinier du Carpenter. Lukas lui dit que le chef a dû partir, sans en révéler davantage à Arthur.

— Monsieur… J'avoue être un peu mal à l'aise, car je ne possède pas l'expérience qu'avait votre ancien chef.

— Vous avez déjà appris beaucoup de lui. Je vous ai vu travailler. J'ai aussi pu constater les résultats. Vous êtes l'homme de la situation.

Heureux des nouveaux développements, Arthur retourne chez lui le cœur léger. Il annonce à sa Louise les dernières nouvelles.

— T'as décroché ça ? Y a rien qui t'arrête ! Crois-tu que je pourrais y travailler avec toi ? Femme de chambre, ça me conviendrait.

— C'est peut-être une idée... Pourquoi pas ? Mais dans ton état, tu serais sans doute mieux de rester à la maison.

— Sois donc pas si protecteur, Arthur ! On croirait entendre ma mère.

Le lendemain, enhardi, il retourne voir son patron.

— Pardonnez-moi de vous déranger. J'aurais une faveur à vous demander...

— Vous désirez une avance, Arthur ?

— Oh ! Non ! Je me demandais si vous accepteriez d'engager mon épouse en tant que femme de chambre.

— Votre épouse ! Tant qu'il n'y a pas d'enfant en route... Ça prend des gens disponibles pour travailler ici. Toujours pas de naissance en vue, Arthur ?

— Euh... non.

— À la bonne heure ! Vous m'en voyez soulagé. Ah ! Je voulais vous dire... Je vous apprécie beaucoup, mon garçon ! Vous m'êtes d'une aide précieuse. Rien ne vous effraie, semble-t-il. Plusieurs de nos clients ne jurent que par vous. De plus, je voulais vous féliciter pour votre propreté et votre tenue. Vous êtes quelqu'un de bien.

— Dois-je en conclure que je peux me permettre de vous présenter ma Louise ? Elle aussi, c'est une bonne personne, travaillante et débrouillarde.

— Présentez-la-moi demain. Je verrai ce que je peux faire. Je crois que l'une des femmes de chambre doit s'en aller bientôt. Enfin, nous en reparlerons.

— Merci, patron ! Vous verrez, vous allez l'adorer.

L'attitude du directeur vis-à-vis des naissances indispose Marie-Louise, mais Arthur insiste pour qu'elle vienne au moins rencontrer son patron.

Le lendemain, tous deux se présentent au bureau du directeur. Quand Lukas aperçoit la jeune femme, Arthur remarque son regard admiratif. Conquis par son charme, il lui fait lui-même visiter l'hôtel.

Sans surprise, Marie-Louise obtient l'emploi. Cependant, faire des chambres toute la journée, quand on est enceinte, s'avère une tâche éreintante. Surtout si l'on doit cacher en plus sa grossesse au reste du personnel ! Mais les employés la trouvent sympathique et deviennent rapidement ses complices. Évitant de se faire remarquer du patron, elle réussit tout de même à atteindre ses derniers jours de grossesse sans qu'il s'en rende compte. Puis elle se trouve un prétexte pour prendre congé, un jour de fin d'été, et charge Arthur de dire au directeur qu'elle doit demeurer auprès de sa tante malade pour quelques semaines. Le patron, bien que contrarié, n'a pas le choix et se résigne à l'absence temporaire de Marie-Louise.

Le 31 août de cette année 1908, Claire, la première fille des Bernard, naît enfin. La joie d'Arthur est immense. Cet événement renforce encore son idéal, et il s'imagine déjà dans ses hautes montagnes, auprès de sa belle, entouré de ses enfants. Mais le chemin est long qui conduit à la réalisation de ses rêves. Il devra encore beaucoup peiner pour les atteindre.

Une amie de la famille s'occupe de la petite Claire pendant les journées de travail. Un beau matin d'été, elle décide de l'emmener faire une promenade. Elle passe devant l'hôtel où travaillent ses parents. C'est alors qu'elle prend une malheureuse initiative:

— Viens, on va faire une surprise à ta maman et à ton papa!

Elle entre dans l'hôtel, et demande à voir Marie-Louise et Arthur. Le directeur s'adonne à passer devant la réception. Entendant sa demande, il lui propose:

— Vous désirez voir Marie-Louise? Venez, je vais vous conduire à elle. Je viens tout juste de la croiser dans la salle à manger. Elle commençait sa pause.

Un moment plus tard, Marie-Louise est stupéfaite de voir apparaître devant elle le trio.

— Oh! Mon Dieu! Claire!

— Quoi? Vous êtes la mère de cette enfant? Je ne garde ici aucune mère de famille, ni aucun père! C'était l'entente avec votre mari, dès le départ.

— Je suis désolée, monsieur, que vous l'appreniez de cette façon, mais c'est ainsi. Alors, je vais vous rendre mon tablier.

— Holà! Attendez... Qu'est-ce que vous me dites là?

— Je vous remercie pour la chance que vous m'avez offerte, et je vous demande d'être clément envers mon mari. C'est un bon travailleur et un cuisinier compétent. Après tout, on n'a rien fait de mal: on n'est jamais en retard et les corvées sont accomplies avec minutie.

Sans attendre un moment de plus, elle prend Claire dans ses bras et se dirige vers la sortie.

— Attendez, Marie-Louise... Je ne vous ai pas permis de partir!

Mais Marie-Louise ne se retourne même pas.

Quand Arthur apprend l'incident, il donne lui aussi sa démission à Lukas.

— Je regrette vivement de vous avoir déçu, mais Claire et Marie-Louise sont tout pour moi. J'ai l'intention d'élever une grande famille. Alors, je vous quitte et je vous remercie pour tout.

— Hé ! Le patron, ici, c'est moi, et c'est moi qui décide. Je n'ai jamais eu un aussi bon cuisinier. Et le personnel adore votre Marie-Louise ! Il a fallu qu'ils soient tous ses complices, puisque je n'ai rien remarqué pendant sa grossesse. C'est donc la preuve que tout le monde l'adore. J'ai l'impression que même Miss Swell me bouderait si vous partiez. Chaque fois que les clients reviennent, ils me demandent si vous êtes encore ici. Vous êtes même devenu un ami pour eux, car ils s'informent de vous comme s'ils vous connaissaient depuis toujours. Votre personnalité est celle d'un meneur, Arthur. Votre femme, elle est comme vous… C'est une rassembleuse ! Le climat entre les employés n'a jamais été aussi harmonieux que depuis que vous êtes là, tous les deux.

— Merci d'être aussi compréhensif ! Mais, vous savez, ma Marie-Louise, c'est une femme de caractère ! Quand elle prend une décision… Je ne crois pas que…

— C'est une furie, vous voulez dire ! Je n'ai pas pu la retenir. D'ailleurs, elle m'a tellement surpris ! Si je m'attendais à ça… Quelle femme ! Nous, les Grecs, adorons les femmes fortes. Arthur, je vous demande de m'excuser et vous prie humblement de ne pas partir. Je promets d'augmenter vos salaires, à tous les deux. J'ai aussi l'intention d'octroyer un poste de supervision à votre épouse, puisque les femmes de chambre offrent un meilleur service depuis qu'elle est là.

Arthur est perplexe.

— À l'avenir, Arthur, il faut me faire confiance et tout me dire. Il ne doit plus y avoir de secret entre nous. Je vous considère maintenant comme un ami et je ferai tout pour vous aider. J'aurais dû savoir qu'on ne peut pas empêcher la vie de suivre son cours. La situation m'oblige à m'ajuster. Un couple marié, même avec des enfants, peut être efficace. C'est une question de tempérament.

— Vous savez… Ce n'est pas facile pour nous. On est loin de notre pays, et sans grande instruction, mais on a des rêves et des ambitions comme tout le monde. Avoir des enfants est important pour nous, Lukas.

Craintif, Arthur n'ose pas lui avouer son intention de quitter un jour les États-Unis pour retourner dans son pays natal. En lui, ce qu'il appelle son «petit démon» penche pour le silence. Cette omission, son ange lui dit qu'elle est mensonge.

Marie-Louise accueille froidement la nouvelle du repentir de Lukas; mais elle finit par se rendre à l'évidence qu'une hausse de salaire les aiderait à amasser des fonds pour leurs projets d'avenir. Elle accepte donc de retourner au travail, et demande à une amie de s'occuper de Claire.

Le temps a passé et la petite Claire a grandi. Déjà, on fête son deuxième anniversaire. Marie-Louise a été promue à la gérance des femmes de chambre. La vie suit son cours. Mais elle ignore encore qu'elle est de nouveau enceinte.

Elle est demeurée amie des femmes de chambre, en particulier une compagne de travail de langue française qui vient d'Ontario. Avec elle, elle a développé une amitié plus forte. Les deux couples sont devenus amis. Un matin, alors qu'elles conversent, Marie-Louise est tout à coup prise de nausées et doit courir aux toilettes.

— Oh non ! T'es enceinte ? Le patron va devenir fou !

— Il n'a pas intérêt. Arthur en a discuté avec lui.

— Si tu veux un conseil, sois discrète. On t'appuiera toujours, tu le sais. Ça me décevrait que tu doives partir.

Arthur est surpris, mais heureux de cette nouvelle grossesse. Compte tenu de leurs projets, il la trouve toutefois prématurée et s'inquiète un peu.

— T'es belle, enceinte, ma Louise ! Mais cette fois, faudra te reposer. Mon rêve est d'avoir une famille, mais pas au prix de ta santé.

— Je tiens à continuer de travailler. Gardons le secret pour l'instant.

— J'ai promis d'être franc… Lukas comprendra.

— Attends… On ne sait pas comment ça va aller. J'ai des sensations bizarres, et des rêves étranges.

— Dis-moi pas ça, ma Louise… Tu me fais peur ! Si t'es comme ta mère et ta grand-mère, tes intuitions ont toujours une signification profonde.

Pendant quelque temps, leur secret reste bien gardé. Mais au fil des semaines, le directeur s'aperçoit du changement physique de Marie-Louise, sans compter qu'elle est souvent malade.

Malgré ses mauvais pressentiments, la grossesse atteint son terme… non sans souffrance, Marie- Louise a passé au travers. En ce printemps de 1909, elle attend que se présente le grand jour, sans être parvenue, toutefois, à calmer toutes ses inquiétudes.

Chapitre 26

It's a boy !

L'été tire à sa fin, mais le soleil est radieux. Les glaïeuls sont en fleurs lorsqu'un matin, Marie-Louise ressent les premières contractions. Quand, enfin, le médecin revient voir Arthur dans la salle d'attente, il affiche un air de mâle complicité et chantonne en souriant d'un air espiègle :

— *It's a boy !*

— *What ? A boy ?* Vous en êtes sûr, docteur ?

Le médecin lui répond dans un excellent français, en riant :

— Absolument certain, Arthur… J'étais là, figurez-vous !

— Pardon… C'est la nervosité, excusez-moi ! Puis-je les voir, maintenant ? Comment vont-ils ?

Un fils, un petit Bernard ! Arthur est au comble du bonheur. Tant de projets seront maintenant réalisables !

— Ma Louise, te rends-tu compte ? On a un fils ! On sera deux pour protéger nos femmes.

— Tu parles comme mon père, là ! Des femmes, c'est plus fort que tu crois.

— Je l'imagine déjà en escapade avec moi. Un complice ! On fera les quatre cents coups ensemble.

— Ton fils a plutôt l'air fragile pour l'instant. Ça me surprendrait qu'il fonce dans les barricades comme son père. Quoique…

Laurent semble avoir les traits et le menton fins de son père. Son caractère, cependant, est plus paisible, plus serein. Marie-Louise a droit à des nuits raisonnables. Arthur en fait la remarque :

— C'est juste s'il ne lui pousse pas des ailes de petit ange. Mais il sourit rarement, quasiment jamais... Comme tu disais, c'est un enfant fragile.

— La vie, ça doit être bien traumatisant pour un bébé qui sort du ventre chaud de sa mère...

Deux mois plus tard, en le changeant, Marie-Louise remarque que des plaques sombres se sont formées sur le haut de son corps. L'enfant, si calme habituellement, hurle à pleins poumons lorsqu'elle touche à son cou et à sa tête. Il a passé une mauvaise nuit, ce qui est rare. Elle le prend et va chez sa mère lui demander de s'occuper de Claire, puis elle prend le chemin de l'hôpital, jusqu'à ce qu'elle rencontre son voisin en boghei.

— *What's the problem with your baby? He's crying a lot!*

— *I don't know. I'm going to the hospital*, répond Marie-Louise en pleurant.

— *Let me help you. Come on! Let's go...*

En voyant le petit, tout de suite l'infirmière l'isole dans une chambre fermée et demande à la mère de rester auprès de lui jusqu'à ce que le médecin arrive.

En revenant du travail, Arthur trouve la maison vide. Lorsqu'il ressort, la voisine l'avertit que Claire est chez sa grand-mère et Marie-Louise à l'hôpital avec le bébé.

Il prend immédiatement la direction de l'hôpital, courant comme un fou jusqu'à sa destination, où Marie-Louise attend depuis au moins une heure des nouvelles de Laurent.

Il s'appuie au mur en entrant pour reprendre son souffle, puis s'adresse à une infirmière qui passe devant lui. La jeune femme lui demande de s'asseoir dans la salle d'attente ; il ne peut pas les voir tout de suite à cause de la contagion.

Arthur ne cesse de se tordre comme un ver sur sa chaise. Il essaie de trouver une raison pour laquelle il doit vivre un tel moment ; pourquoi son bonheur s'est-il transformé en angoisse ? Un enfant naît dans la joie, et deux mois plus tard, on se tourmente pour son sort.

Une voix vient le tirer de ses sombres réflexions, celle du médecin de la famille. Il parle français avec un accent canadien mais visiblement plus raffiné que la majeure partie de la population francophone qui l'entoure.

— Monsieur Bernard… Venez, monsieur… Entrez ici.

En voyant le regard grave du médecin, Arthur craint le pire.

— Assoyez-vous…

— Non, merci… Ma femme m'attend sûrement…

— Nous avons fait tout ce qui était possible, mais nous n'avons pas pu sauver votre fils. C'est un cas foudroyant de méningite. Ça arrive, parfois.

— Non ! Vous vous trompez sûrement de personne. Je veux voir ma femme et mon fils !

— Prenez le temps de vous calmer un peu, monsieur Bernard… Je sais que c'est difficile… Votre femme a besoin que vous restiez fort. Elle est tout à fait anéantie. Nous avons eu besoin de lui donner un sédatif, car elle s'est effondrée.

Arthur se laisse tomber mollement sur la chaise qu'on lui a proposée il y a quelques instants, complètement impuissant, prostré. Il cherche une issue au cauchemar, mais ne voit aucune lumière au bout du tunnel. Se calmer…

Impossible! Un torrent de larmes inonde son visage et des soubresauts incontrôlables secouent ses épaules.

Puis il se reprend, conscient de la nécessité d'être là pour soutenir sa femme.

— Comment annoncer ça à ma petite fille? Et comment consoler ma Louise?

— Nous vous aiderons à le faire, répond le docteur. Nous serons là pour quelque temps, auprès de vous. C'est un dur choc, et il n'existe pas de mots pour vous consoler, mais je peux vous assurer que la douleur s'atténuera et que vous connaîtrez d'autres joies lors de futures naissances. Votre femme vous attend. Elle a besoin de vous.

Marie-Louise est immobile, comme brisée par la fatalité. Ses yeux fixent le vide. Il faut quelques minutes à Arthur pour la faire sortir de sa léthargie. Elle se reproche de ne pas avoir vu venir la maladie.

— Tout s'est passé si vite! Dès que j'ai vu les signes, c'était déjà trop tard. Comment c'est possible, Arthur?

— C'est notre croix. Tu as fait tout ce que tu pouvais, ma Louise. C'est une maladie souvent fatale, contre laquelle il n'existe pas de remède.

Le retour à la maison est une épouvantable épreuve. Il faut affronter l'inévitable enfer des souvenirs: la chambre aménagée avec amour, de jolis mocassins neufs accrochés au pied du berceau… «On les mettra auprès de lui, dans son petit cercueil», chuchote Arthur à sa Louise. La table à langer couverte d'un drap froissé, près de la fenêtre, est comme en deuil.

Pendant et après les funérailles, la réaction de Marie-Louise se présente sous une drôle de forme: elle ne parle plus, ne réagit plus à rien. Ses yeux fixent le vide pendant de longs moments, et quand ils se posent sur sa fille, son regard se fait étrange. La fillette en est toute remuée. Malgré cela, Claire réussit presque, à la longue, à consoler sa mère avec de petits gestes tendres.

Avec l'aide d'une infirmière, Marie-Louise reprend des forces. Sa petite Claire l'aide beaucoup. Qui d'autre que sa propre enfant pourrait, au fond, ramener la paix dans le cœur d'une mère? Claire est une enfant au tempérament serein, avec un sourire irrésistible, dans un visage au regard reposant.

Avec le temps, Lukas Papadopoulos a dû s'habituer aux naissances répétées du couple Bernard. Il a trouvé quelqu'un pour remplacer Marie-Louise pendant les mois d'absence, et c'est la sœur de cette dernière, Philomène, qui assume ce rôle. Comme sa sœur aînée, elle fait bien son travail.

La suite des événements rend justice aux paroles du médecin de famille. Le drame affreux de la mort de l'enfant, bien que suivi de lourds chagrins et de grandes craintes, ne se répète pas. Un beau matin de l'été 1910, Arthur se retrouve encore dans la petite salle d'attente, dans un état d'esprit mitigé. Il se tortille de nouveau comme un lombric sur sa chaise. Totalement insouciant du sexe de l'enfant, il espère simplement que l'accouchement se déroule sans problème. Le médecin vient bientôt mettre fin au supplice de l'attente.

— Tout s'est bien passé aujourd'hui, Arthur. Votre épouse vous attend avec impatience. C'est une femme forte, vous savez… Vous pouvez en être fier!

Dans sa chambre, Marie-Louise est radieuse malgré la fatigue.

— Arthur, on a un magnifique garçon ! Regarde ses petits poings. Il est fort et plein de vie !

— Oh ! Mon Dieu ! Mon Dieu ! Qu'il est beau ! Et c'est vrai qu'il a l'air d'être fort !

Puis il le prend dans ses bras et l'élève au-dessus de lui, comme par réflexe, pour s'assurer qu'il est bien là, vivant, réel.

Ainsi s'amorce le destin d'Alphonse, un adorable garçon, en ce début d'été 1910. Il est costaud, et son charme est rehaussé par une chevelure noire déjà abondante. Il s'agite vigoureusement devant ses parents, dans toute sa splendeur. Rien qu'à le regarder, on sent sa force. Ses yeux sont noirs comme ceux d'un Indien. Dès qu'il commence à voir, son regard est déjà profond, comme s'il avait vécu mille vies.

Après la naissance d'Alphonse, une autre grossesse survient immédiatement. Deux mois plus tôt que prévu, précisément le 8 avril 1911, une seconde fille précipite sa venue au monde, déjà empressée de vivre et de s'imposer. Sa naissance prématurée a rendu ses parents à moitié fous d'appréhension. Heureusement, une découverte de l'accoucheur Tarnier, présentée à l'Exposition universelle de 1889, permet à la petite Juliette de survivre. Dans un incubateur déjà plus sophistiqué que le premier prototype, elle s'en sort comme une battante au bout de quelque temps. Dans les semaines qui suivent, elle stupéfie son entourage : elle est pleine de vie, solide, forte, comme si sa vigueur même avait causé la précocité de sa venue au monde ! Chacun de ses gestes est précis et déterminé. Très vite, elle tient sa tête bien droite, comme une reine. On sent qu'elle saura rallier à elle tous les cœurs environnants. Spécialement belle, elle a un regard éveillé et sociable, où perce une lueur d'humour. Elle semble dire à tout venant : « Toi, je t'ai déjà dans ma poche. » On voit d'emblée qu'elle sera une gagnante. Elle regarde son père avec des yeux qui ont l'air de le défier. Arthur l'affronte déjà :

— T'es comme moi, toi… Tu ne vas pas toujours me faciliter la tâche. Mais j'avoue que tu tiens aussi beaucoup des Tremblay… Le vrai portrait de ta grand-mère Anne !

Effectivement, dans les mois qui suivent, le pressentiment d'Arthur se révèle exact : Juliette a le tempérament crâneur de son père et les traits des Tremblay. Mais celui à qui elle montre davantage de résistance est bien Arthur. Pourquoi ? Nul ne le sait… On peut toutefois supposer que c'est à cause de la similarité de leurs caractères.

La famille s'agrandit rapidement sous les yeux d'un père heureux, mais dont une grande part des rêves et des ambitions sont restés en suspens. Il nourrit en secret son projet d'un éventuel retour au Québec. Un an s'écoule avant qu'une occasion se présente pour lui de commencer à matérialiser son grand rêve. Au mois de mai 1912, il prend son courage à deux mains et fait une demande à sa femme :

— Nous avons économisé pas mal d'argent, ma Louise ! Tu sais que j'ai reçu une lettre d'André… La paroisse de Sainte-Apolline a obtenu la permission de construire une église, avec une nouvelle sacristie et un presbytère. Les paroissiens vont devoir apporter leur contribution en travail, en plus de leur dur labeur sur la terre. Accepterais-tu que j'aille aider André ? Tu pourrais rester ici, t'aurais assez d'argent pour bien vivre…

— Tu ne parles certainement pas sérieusement, Arthur… Tu nous laisserais pendant toute une année ? T'es tombé sur la tête, ma parole…

— Dans un an, on se retrouverait. Ta sœur et ta mère pourraient t'aider… Tu sais bien, Marie-Louise, que mon frère peut pas fournir des efforts aux deux endroits. Personne peut l'aider sur sa terre… André pensait qu'on déménagerait à Sainte-Apolline. Comme c'est pas possible…

Tout cela est vrai. André a besoin de lui… Mais en réalité, Arthur a l'ambition de «prendre des vues», comme on dit en bon québécois, afin d'y emménager dans un an ou deux. En même temps, d'être là et de participer à la vie de tous les jours, ça lui permettra de s'intégrer lentement à la région.

— Penses-y sérieusement, ma Louise… Tu manqueras de rien, voyons…

— De matériel, non… Mais *nous*… Qu'est-ce que tu fais de nous, de notre couple et de nos enfants?

— Tu sais bien que notre couple est inébranlable, ma Louise…

Le plancher semble se dérober sous les pieds de Marie-Louise. La seule idée d'avoir à vivre sans la présence quotidienne d'Arthur lui est insupportable. La peur qu'une femme l'approche, là-bas, lui donne envie de mourir. Un an, c'est trop pour un homme seul. Elle craint que leur passion mutuelle ne suffise pas à conserver cette exclusivité qu'elle a toujours eue.

— Arthur… C'est vrai que mon entourage est là pour moi. Et tu m'as jamais trompée, j'en suis convaincue. Mais j'ai peur que notre flamme s'éteigne… C'est trop long, un an! C'est sûrement un cauchemar… Pince-moi!

Mais elle sait, en son for intérieur, que tout est déjà décidé! Rien ne pourra changer la résolution de son mari. Les larmes ne serviront à rien. Elle tremble à la seule pensée de le voir partir. Encore une fois, c'est lui qui décide et elle qui plie.

Arthur doit aussi faire accepter l'idée de cette année d'exil à Lukas, qui paraît moins surpris que prévu:

— Vous avez bien entraîné votre jeune assistant, Arthur… Je vous en suis reconnaissant. Je sais qu'il peut se débrouiller, mais je préférerais que vous reveniez, si cela est possible. Votre épouse est-elle au courant de vos plans futurs ?

— J'avoue que non… Pas encore. De toute façon, on ne pourrait pas déménager maintenant. On n'est pas prêts, la terre non plus. Ma femme adore les États-Unis.

— Ce sera difficile de lui faire accepter tout cela. Je la comprends, vous savez…

— J'apprécie ce que vous avez fait pour moi, Lukas, mais je suis sûr que vous saviez que mon cœur était resté dans mon pays.

— Oui, Arthur… Je priais le ciel chaque jour pour que vous restiez un peu plus longtemps. Mais je sais ce que c'est que de s'ennuyer de sa terre natale. Quelques mois de repos vous feront du bien, à votre famille et à vous-même, et vous permettront de réfléchir.

Marie-Louise, évidemment, subodore quelque plan astucieux de la part de son mari, mais elle sait aussi qu'il le réalisera sans que rien ni personne ne puisse l'empêcher. La détermination d'Arthur n'a d'égale que son esprit d'indépendance. Elle sait parfaitement que la séparation aura un goût d'enfer. Mais elle sait aussi que cette souffrance sera partagée. Elle est consciente qu'une passion spéciale les unit, un sentiment rare.

Le départ a lieu dans une tristesse absolue. Tout l'entourage peut percevoir l'intensité de la douleur ressentie par le couple.

— Tu peux encore changer d'idée, mon homme. C'est impossible, une année complète sans ta présence. Et les enfants…

— Tu ne seras pas seule… Ta mère est là, ainsi que ta famille. À mon retour, ce sera comme si on vivait de nouvelles noces. Console-toi en te disant que tu n'auras pas à supporter de grossesse, cette année.

À Sainte-Apolline, les deux frères se retrouvent avec joie. André n'en revient pas. La présence d'Arthur lui donne des ailes. Les gens du village sont heureux d'accueillir cet homme travailleur qui s'engage avec joie et simplicité dans leurs activités paroissiales. Une jeune veuve, mère de deux enfants, voudrait bien le conquérir. Mais Arthur ne s'arrête jamais lorsqu'il la croise, si ce n'est pour lui dire bonjour. Elle fait tout pour lui tendre des pièges, mais il est trop envahi par le manque de sa Louise pour s'y laisser prendre. Il va sur sa terre, prépare un petit jardin. Il retourne le sol et y sème des centaines d'œillets et des roses. Comme il avait semé les graines conservées du presbytère, il a gardé les fruits des magnifiques fleurs qui en sont sorties. En allant voir Arthur travailler, André surprend des larmes sur ses joues.

— Tu pleures ? Tu t'ennuies de ta Louise, hein ? La veuve du village, elle s'est ben essayée, mais la porte est condamnée… Elle braille… Je l'avais avertie de te laisser en paix, que ça donnerait rien. Même le curé s'en est mêlé !

Toujours agenouillé dans la terre noire, Arthur reste muet. Il fixe le sol, et des larmes coulent sur ses mains.

— J'ai décidé de venir ici pour t'aider à préparer ton petit coin de paradis. Ça va faire plaisir à Marie-Louise, quand elle va voir ça. À soir, tu lui écriras. Tu mettras un œillet dans l'enveloppe. Y en a, au village, chez les Gauthier.

— J'pourrai pas endurer ça longtemps, André. Ma femme et mes enfants sont dans tous mes rêves… Elle a pas demandé ça, ma Louise… J'suis pas toujours facile à vivre…

— Tu peux partir quand tu voudras, Arthur. T'es pas obligé d'attendre un an… Ça se comprend, voyons…

— C'est loin… mais j'ai promis de t'aider pour les moissons… Faut que je tienne mes promesses… Tu pourras pas préparer ta terre tout seul au printemps prochain, surtout qu'on a promis de l'aide pour les travaux de l'église. Quand j'aurai respecté notre entente et que l'église sera finie, j'irai retrouver ma Louise.

— Moi aussi, j'ai envie de t'aider… On va préparer ta terre ensemble quand vous allez vous en venir.

— J'espère que ma Louise va accepter de s'établir ici… Ce serait normal qu'elle en veuille à Sainte-Apolline de lui avoir enlevé son mari pendant un an.

La vie de Marie-Louise s'écoule calmement. Elle reçoit de l'aide de sa famille et de ses amies. Depuis quelque temps, les enfants recommencent à demander leur père, et elle essaie de garder le souvenir de son visage présent en elle à chaque instant. Elle a reçu des lettres, dans lesquelles elle devine la tristesse qui habite son mari. Elle est moins inquiète qu'au début, mais son corps lui manque cruellement, ainsi que le réconfort quotidien de sa présence.

Au printemps suivant, la petite église est achevée. Son clocher blanc étincelle dans le soleil, sur la cime de la montagne, comme une épée qu'on brandit après la victoire. En ce mois de mai 1913, Arthur retourne aux États-Unis. À sa descente du train, son frère Joseph l'accueille. Marie-Louise et les enfants ne sont pas au courant de son arrivée. Arthur a pris soin de mettre des œillets dans un linge humide et les a gardés dans un contenant pendant tout le trajet, y versant de l'eau de sa gourde à quelques reprises. Il faudra bientôt les mettre dans un vase, car ils sont défraîchis. Il jubile à l'idée de revoir sa Louise.

En ce samedi après-midi, presque au coucher du soleil, une automobile rutilante s'arrête devant la porte des Bernard. Claire réagit :

— Maman… Y a une automobile devant la maison ! On dirait mon oncle Joseph… Ah ! Mon Dieu ! Papa est avec lui !

Un bruit de verre brisé parvient aux oreilles de Claire. Sous l'effet de la surprise, sa mère vient de laisser choir une tasse par terre.

— Papa ! Papa ! s'écrient les enfants en se ruant sur Arthur.

— Mes chéris ! Où est votre mère ? s'exclame-t-il.

— Maman a brisé une tasse !

Mais voici Marie-Louise qui n'a même pas pris le temps de ramasser le verre brisé.

— Ma Louise ! Tes œillets sont plutôt fanés, maintenant, mais je te les offre de bon cœur.

Pas un mot de plus ne peut sortir de sa bouche. L'émotion l'étrangle alors que sa Louise lui saute au cou. Pendant un long moment, personne ne parvient à dire un mot. Claire, trop émue, se précipite à la cuisine ramasser le dégât de sa mère.

— Promets-moi de jamais me refaire ça… Viens… J'ai fait un bon rôti de bœuf braisé comme tu l'aimes, en pensant à toi. On aurait dit que j'sentais que t'étais là, à côté de moi, comme je sens mon père, des fois…

De chaudes retrouvailles ont lieu, le soir, dans la petite chambre égayée d'un vase rempli d'œillets. Gonflés et revigorés par l'eau, ils répandent leur parfum dans la pièce, comme après des noces.

— T'es vraiment la seule femme de ma vie ! J'peux pas respirer sans toi, ma Louise… Y a rien qui puisse combler ton absence. T'étais partout dans mes pensées, à longueur de jour et de nuit. J'en étais gêné… André m'a souvent vu avec une larme à l'œil.

— C'est comme si j'étais certaine qu'aucune femme ne pouvait me remplacer… Tes lettres étaient tellement tendres ! J'ai compris que notre amour est fort, et pas ordinaire. Mais j'en avais mal au ventre tellement tu me manquais. Ton absence me faisait mal dans les tripes. Les autres avaient leur mari, et moi, j'étais tout le temps seule. Heureusement, Claire est raisonnable… C'est elle qui m'a soutenue pendant ton absence. J'ai vécu l'enfer, certains jours…

— Dans ce cas, tu dois avoir des réserves de force, non ?

— Attends, toi… Tu vas voir que t'as besoin d'en avoir, toi aussi !

— Tu pourrais faire faner les œillets… Si ça devient trop chaud, on ira en chercher d'autres.

— Pas à Sainte-Apolline, en tout cas !

Des rires joyeux parviennent aux oreilles des enfants, puis des bruits éloquents, toute la nuit…

La vie reprend son cours. Marie-Louise ressent une impression de félicité.

Arthur semble négliger, pour quelque temps, l'idée de repartir immédiatement. Il est heureux d'être revenu à Manchester, une ville qui lui plaît quand même beaucoup, puisqu'il l'avait lui-même choisie il y a quelques années.

Il reprend son poste à l'hôtel, ce que n'apprécie pas tellement son remplaçant. Mais ce dernier garde toutefois son salaire, car Lukas s'attend à ce que son chef le quitte sous peu pour de bon. Inévitablement, quelques semaines plus tard, une excellente raison de ne pas repartir surgit: une nouvelle grossesse. Elle atteint son terme le 1er février 1914. Robert, le cinquième enfant, est aussi frêle que les autres étaient forts. Pourtant, rien ne l'ébranle. Peu agité, il a un tempérament doux, mais une grande force de résistance. Lorsqu'il se fâche, bien que rarement, sa colère se transforme en bouderie… Plus un seul sourire… Toutes les tentatives de réconciliation échouent et se butent à son silence!

Quatre enfants pleins de vie, deux filles et deux garçons… C'est déjà plus qu'il n'en faut pour recommencer à entreprendre des projets d'avenir. Arthur réalise de nouveau que son existence tarde à devenir celle qu'il aurait souhaité qu'elle soit. Son rêve était de voir ses enfants grandir à la campagne… et laisser tomber ses rêves ne lui ressemble pas. Sur le tableau de sa vie, il reste toujours du blanc pour accueillir ses nouvelles vues. Quand Marie-Louise se sera reposée de cette naissance, d'ici deux ou trois mois, il lui faudra reconsidérer ses plans. Chose certaine, il n'a pas renoncé à ses visions de montagnes vertes et de prés fleuris.

Chapitre 27

Une évasion bouleversante

Mai tire à sa fin. Il fait beau et chaud. Robert a déjà presque quatre mois et ses parents le traînent partout avec eux. Aujourd'hui, toute la petite famille, y compris grand-mère Anne, est réunie pour un pique-nique à la campagne. Devant l'immense champ de fleurs, Arthur se prend à penser à des vacances en famille au Québec.

— Ma Louise... Que dirais-tu d'aller visiter André à Sainte-Apolline pour nos vacances? Mon frère serait tellement heureux! Et puis, à part mes parents, personne ne t'a jamais rencontrée, là-bas.

— J'espère que t'as pas l'intention de ramener ma fille au Canada! s'écrie Anne. Sa présence me manquerait beaucoup trop.

— Venez donc avec nous, belle-maman... Juste en vacances... C'est beau, là-bas! Les enfants aimeraient ça, courir dans les champs, se baigner dans le ruisseau.

— Arthur a peut-être raison, maman. Mes grands-parents me manquent, ainsi que tous ceux que nous aimons qui sont restés là-bas. On pourrait même retourner y vivre, toute la famille... Vous aussi!

Arthur regarde Marie-Louise avec surprise... Elle l'a devancé! Mais Anne réagit mal à la proposition:

— C'est inutile d'essayer de me convaincre ! C'est trop froid, là-bas. D'ailleurs, ma famille est ici, maintenant. Il manquait seulement toi, et t'es là maintenant… C'est le bonheur complet !

— Oui, mais mon pays, c'est là-bas, maman. Tu avais raison en pensant qu'il me manquerait, un jour. On dirait que mon fleuve m'appelle, certaines nuits, et que je retourne dans mon village. Arthur s'ennuie beaucoup des siens. Il en rêve aussi. Grand-père se fait très vieux et grand-mère doit être souvent triste. J'aimerais les revoir tous, mes grands-parents, mes amis…

Arthur est profondément touché par l'aveu de sa femme.

— C'est drôle que tu parles du fleuve, chérie, parce que moi aussi, on dirait que j'entends l'écho des vagues et le vent qui secoue les pins.

Anne tourne la tête pour ne pas montrer les larmes qui coulent sur ses joues. Elle ne se sent pas le courage de retourner dans ce pays où les réminiscences de son mari la tortureraient, réveillant en elle de trop douloureux souvenirs. Baie-Saint-Paul lui manque, bien sûr, et surtout ses parents. Mais elle se dit que plus rien ne la convaincra d'aller vivre dans ce pays glacial où il est si difficile de gagner sa vie.

D'ailleurs, en secret, elle a récemment rencontré un homme avec qui elle pense qu'elle pourrait bien s'entendre. Marie-Louise est née au Canada ; cependant, elle était encore jeune quand elle a quitté le pays, et elle ne sait pas encore la vie qui l'y attendrait en tant que mère de famille. Et à quel point il peut être pénible de subsister dans ces villages de montagne isolés. Elle n'a jamais eu à se battre pour survivre.

— Maman, s'il te plaît, ne pleure pas. J'ai horreur de te voir triste.

— Marie-Louise, écoute-moi bien. Qui prend mari prend pays, comme diraient mon père et tous les autres hommes que j'ai connus dans ma vie. C'est ton bonheur qui compte. Quant à moi, Philomène est là pour m'aider. J'suis pas seule… Justement, j'avais quelque chose à te dire… Monsieur Dubreuil, qui était chez nous l'autre soir, m'a demandée en mariage. J'ai l'impression qu'on pourrait bien s'entendre. C'est possible qu'on se marie.

— Oh ! Maman, c'est une bonne nouvelle ! J'aurai moins d'inquiétude, te sachant en compagnie de quelqu'un qui te seconde auprès des plus jeunes.

Quelques jours plus tard, Arthur et sa douce moitié partent en vacances au Québec, avec leurs quatre enfants. Claire est d'un calme sans pareil. Alphonse n'est pas trop turbulent non plus, mais il est âgé de seulement quatre ans. Quant à Juliette, du haut de ses trois ans, elle est un peu plus difficile à contrôler, surtout quand elle conteste l'autorité de son père ; leurs caractères se heurtent sans cesse. C'est qu'elle a la détermination et la fougue d'Arthur, mais la façon de penser des Tremblay. En voyage, il se pourrait qu'elle s'agite lorsque la faim se fera sentir, ou encore la fatigue, peu importe où ils seront rendus. Puis il y a Robert, le bébé, assez tranquille mais bien demandant.

Il pleut légèrement lorsqu'ils traversent la frontière, et même à leur descente du train, à Notre-Dame-du-Rosaire. Une pluie douce rebondit sur le toit de la carriole jusqu'à leur destination. Puis, la montée vers Sainte-Apolline s'amorce sous un ciel éclairci et un soleil vif et chaud, en dégradé à travers la brume. Les vapeurs qui s'élèvent font ressortir l'odeur mystérieuse et entêtante de la forêt.

Devant ces magnifiques monts recouverts de brume, Marie-Louise est émue. Baie-Saint-Paul et l'Isle-aux-Coudres sont certes de beaux souvenirs, chers à son cœur. Mais la nature sauvage qu'elle voit la trouble au plus haut point. Les enfants crient de joie devant le paysage, bien différent de leur grande ville natale. Ils n'avaient encore jamais vu une forêt.

— C'est tellement beau, Arthur ! Ça me rappelle mon enfance, mais en plus sauvage !

— T'as pas tout vu. Attends... Tu vas tomber amoureuse de l'endroit où se trouve la terre qu'André veut me donner.

— Oublie pas qu'on est en vacances, Arthur ! Quand on voit combien c'est loin... Ma mère a raison... J'ai pas vraiment envie de quitter les États. C'est loin de tout, ici ! La nature qui nous entoure est plus forte que nous...

— La nature est toujours plus grande que nous, ma Louise. C'est pourquoi je l'aime. Ses bras sont accueillants et protecteurs... Comme ceux d'une mère !

— C'est si haut ! Si retiré de tout ! C'est le sommet de la montagne, avec toute sa beauté et tous ses inconvénients.

— Ce que tu sens, c'est autre chose... Quelque chose d'humain, quelque chose, aussi, d'animal...

Arthur essaie d'exprimer en ses propres mots que l'*humain* est passé par là. Ce chemin de terre est imprégné de son essence et de celle de ses chevaux. Une atmosphère différente du reste de la montagne accueille le voyageur au village. On sent les feux des cheminées et on entend le son des voix lointaines.

Arthur sait que lorsque sa Louise aura tout analysé et tout considéré, elle prendra une décision éclairée. Il se garde bien d'aller lui montrer immédiatement la terre, qui est encore plus isolée du village.

Leur séjour se déroule agréablement. Les montagnes embaument, et Claire aime courir en liberté autour de la maison. Mais Marie-Louise ne peut s'empêcher de noter la pauvreté, partout présente dans ce village si éloigné des autres agglomérations. Les quelques familles qui l'habitent vivent dans le plus grand dénuement, sans toilettes et sans les autres commodités de la vie moderne. Et plusieurs de ces familles ont un si grand nombre d'enfants ! La vie à Sainte-Apolline est plus rudimentaire qu'il y a quarante ans à Manchester ! Marie-Louise se rend compte qu'il existe, entre les villes et les villages de montagne, une différence énorme dans l'évolution matérielle et intellectuelle. Tout est plus lent ici, et c'est normal. Mais la beauté du paysage la bouleverse.

André présente Arthur aux Blanchette, une famille heureuse, non loin de chez lui. Les deux couples sympathisent, et les enfants aiment madame Blanchette, dont l'attitude est gaie et accueillante. Elle propose son aide à Marie-Louise.

— Chaque fois que tu viendras, Marie-Louise, sois la bienvenue chez nous ! Si y a pas assez de place chez André, tu pourras me laisser les enfants. Pour demain, tu me laisseras le bébé. Si tu veux aller voir la terre, ça va être plus facile.

Le lendemain, le couple confie Robert à madame Blanchette et visite la terre offerte par André. Près de l'endroit où Arthur voudrait construire la maison, Marie-Louise a une agréable surprise : André a recueilli les graines de fleurs et entretenu le joli jardin préparé par son frère presque deux ans auparavant. De nombreux œillets bordent le carré de terre, et leur parfum, ici, n'a pas la même fragance que là-bas, à Manchester. Pour Marie-Louise, il ressemble davantage à celui des œillets de son père. Des rosiers commencent à fleurir pour la première fois, et leur beauté est rare, et leur arôme suave.

Après le jardin, il y a un immense champ. Au bout de ce champ, le vent secoue en vagues de teintes vives une colline couverte de fleurs gorgées de soleil, que surplombe un charmant ruisseau jaillissant de la forêt ombragée. Il rappelle à Arthur de doux souvenirs. Dans les bras de son père, Juliette pointe du doigt le champ en s'écriant: «Fleurs!» Ses yeux émerveillés témoignent du plaisir qu'elle a de découvrir cet environnement différent. Arthur la dépose par terre et la tient par la main. Même si elle a peine à avancer dans les hautes herbes, la petite éclate de joie et rit aux éclats en apercevant un papillon. Près du ruisseau, Claire est séduite par le bruit de l'eau. Alphonse et elle se penchent sur les pierres multicolores qui bordent la rive, et en mettent dans leurs poches. Marie-Louise tombe littéralement amoureuse de ce ruisseau. Elle sait que dans son cours s'ébattent des milliers de petites truites. Elle connaît bien ces poissons, qu'elle a souvent pêchés.

— Arthur, regarde! C'est plein de petites truites des ruisseaux! Mon père aurait aimé pêcher ici.

— Si tu veux, c'est ta terre, Marie-Louise! Penses-y bien…

Claire s'emballe:

— C'est une grande terre! Est-ce qu'on va habiter ici, maman? C'est tellement beau!

Le retour au chemin se fait dans le silence. La petite Juliette s'est endormie dans les bras de son père, et Claire et Marie-Louise marchent en avant, sans un mot, comme perdues dans leurs réflexions. Arthur se dit que c'est bon signe. André les attend devant la propriété. Il a voulu les laisser seuls. Mais il a vu la réaction de Marie-Louise devant le jardin et il se félicite de l'avoir si bien entretenu.

— Merci, mon frère, d'avoir sarclé le jardin.

— J'te devais ben ça !

Pendant leur promenade, les Blanchette ont organisé une soirée. Tous les Bernard sont là. À Sainte-Apolline, maintenant, à part Joseph, qui est aux États-Unis, il ne manque plus qu'Arthur dans la famille. En plus des Bernard, il y a aussi la jeune fille de Romuald Gauthier, le propriétaire du magasin général. Elle s'appelle Marie-Louise, comme l'épouse d'Arthur. André en est amoureux.

Madame Blanchette s'adresse à Arthur avec détermination :

— Vous repartirez pas comme ça, sans qu'on se voie tout le monde ensemble. On va se faire une belle veillée, avec un violoneux pis des sets carrés ! Mon mari est bon pour caller les sets.

C'est la première fois que les enfants participent à une fête aussi animée. Ils dansent avec leurs cousins et les enfants des Blanchette, et s'amusent comme des petits fous ! Alphonse est enchanté.

— J'aimerais ça qu'on s'en aille jamais, maman ! J'ai des nouveaux amis, tu sais, et des cousins. Et puis, c'est tellement beau, ici !

Marie-Louise fait comme si elle ne l'entendait pas, mais son regard est songeur.

Les Bernard quittent les Blanchette en leur promettant de revenir aux prochaines vacances. Ils décident de se rendre à Baie-Saint-Paul afin de saluer les parents et amis de Marie-Louise. Mais avant, ils ont convenu de passer par Buckland pour dire bonjour au père Raphaël, si bien sûr il est encore là.

Dans le jardin du presbytère, le curé lit ses prières en fumant sa pipe. Il a une longue barbe, maintenant. Le jardin a continué d'être bien entretenu; les deux croix y sont toujours, rappelant à Arthur que la destinée prend le chemin qu'elle doit et revient là où il se doit. Les chemins de la vie se croisent, s'éloignent et se referment. Mais les sentiers de la destinée sont mystérieux… Germain est revenu, un jour, de sa prétendue mort, ce qui prouve que les apparences sont parfois trompeuses.

En voyant Arthur et la petite famille, le père Raphaël tremble de joie. Il a changé, mais il est encore alerte.

— Arthur, mon ami ! Il y a si longtemps ! Que vois-je là ? C'est une petite famille, ma foi ! Tu as ramené ton rêve avec toi ? Ou es-tu seulement de passage ?

— J'aimerais bien revenir, père Raphaël, mais ça fait un peu peur à ma Louise. Vous comprenez… Là-bas, c'est la ville et le confort.

— Oui, Arthur ! Pour une femme, la campagne, c'est difficile, surtout avec plusieurs enfants… Il y a beaucoup de lavage et de ménage ! La proximité des marchés et des hôpitaux, c'est rassurant pour une mère, aussi !

— Oui… Mais les enfants aiment courir dans les champs, marcher dans les bois, se baigner dans un ruisseau.

— En tout cas, mes amis, je serais content de vous voir de nouveau dans les parages, ou du moins de vous savoir quelque part au Québec. Tu sais, c'est un peu moins difficile aujourd'hui pour un jeune qui veut s'établir… Le gouvernement favorise la colonisation et le Mouvement des caisses populaires a amorcé une lutte contre les prêteurs qui abusent des pauvres gens. J'ai reçu la visite de deux membres du groupe fondé par Alphonse Desjardins. Je leur ai dit que je les supporterais. D'ailleurs, le Saint-Siège l'appuie aussi, au point de l'avoir nommé commandeur de l'Ordre de Saint-Grégoire-le-Grand. Tu devrais t'installer ici avec les tiens, Arthur.

— Ça se pourrait, père Raphaël, ça se pourrait bien… Pour changer de sujet… votre jardin est toujours bien entretenu, à ce que je vois.

— Oh ! C'est Germain qui a pris la relève. Tiens… le voilà, justement !

— Arthur ! Qu'est-ce que t'es venu faire par ici ?

— Te surveiller, mon torvisse !

Les deux hommes sont contents de se revoir. Marie-Louise s'en attendrit. Elle comprend que non seulement les racines d'Arthur sont profondes ici, mais également ses amitiés, son passé, ses références… son identité, quoi ! Après tout, c'est comme Baie-Saint-Paul pour elle.

La prochaine escale de leur voyage a lieu chez les grands-parents de Marie-Louise, dans la maison de son enfance. Dehors, il n'y a personne, mais chez le voisin, quelqu'un travaille aux champs. En voyant le petit groupe dans la carriole, Tom Rochefort s'approche de la route et reconnaît immédiatement Marie-Louise.

— Ah, mon Dieu ! Marie-Louise ! C'est ta petite famille ?

— Eh oui ! C'est ma marmaille. Je te présente Arthur Bernard, mon mari… Claire, l'aînée… Alphonse, Juliette et Robert. Les enfants, voici Tom Rochefort, qui m'a sauvé la vie quand j'étais bébé.

— Arthur, seriez-vous le fils du cordonnier de Buckland, Magloire Bernard ?

— C'est en plein ça !

— J'ai bien connu votre père. Et vous aussi, quand vous étiez plus jeune ! Vous étiez un enfant très habile. Marie-Louise, à neuf ans, ton mari fabriquait des mocassins.

— Encore aujourd'hui, Tom ! Les enfants ont chacun leur paire.

— Entrez donc. Vous allez souper avec nous. On va fêter ça ! Les Adamsky vont venir, comme dans le bon vieux temps ! Et aussi tes grands-parents. Ils sont allés au village, mais ça fait déjà un bon bout de temps qu'ils sont partis... On devrait les voir arriver ben vite.

Claire sautille comme un papillon, ce qui est plutôt rare pour elle :

— Encore une fête ! Y a toujours des fêtes, ici ! Youpi ! Y aura des bonbons et des tartes ! Et puis de la musique, et des amis !

— Claire... Voyons !

— C'est pas grave, Marie-Louise. T'as raison, Claire, y aura de la musique et des bonbons, et puis des amis. On va inviter les enfants de Philippe avec leur marmaille. Tu vas danser et te régaler !

Arthur a un large sourire.

— Des retrouvailles et des fêtes... C'est ben chez nous, ça !

— C'est vrai qu'aux États-Unis, les fêtes sont différentes, ajoute Marie-Louise. Tout ça est nouveau pour Claire. Habituellement, c'est une enfant très calme, trop, même.

Devant la maison de ses grands-parents, Marie-Louise voit un boghei qui tourne le coin de l'entrée. Et la voici qui se met à sautiller à son tour :

— Oh ! Grand-mère et grand-père ! You hou, j'suis là ! Viens, Arthur... Ils sont là !

— Marie-Louise ! s'écrie Françoise. Ma petite... Et toute la famille ! Oh, mon Dieu !

Hilaire, trop ému, pleure abondamment.

— Ça fait longtemps, hein, grand-père ? Regarde... Tu fais pleurer grand-maman.

— Vos enfants sont beaux ! Et toi, Marie-Louise… t'es rayonnante ! Arthur… Que vous êtes bon de m'amener ma petite-fille !

La journée se termine par un souper et des danses. Philippe Gauthier est là, avec ses enfants, ainsi qu'Adamsky, avec sa famille, et les Rochefort. Tout le monde est joyeux, tant et si bien qu'Arthur décide de passer quelques jours chez les grands-parents.

Pendant le voyage de retour, Arthur se fait silencieux et songeur.

— J'entends tes pensées, mon Arthur, le taquine Marie-Louise.

— L'invitation de madame Blanchette m'a donné une idée, Louise. J'aimerais ouvrir un restaurant à Montréal ou à Québec pendant quelques années. Qu'est-ce que t'en penses ?

— Mais qu'est-ce que tu fais des enfants ? C'est insensé, Arthur !

— Ce serait pour deux ou trois ans, ma chérie. Et c'est là qu'interviendraient les Blanchette.

— T'es pas sérieux, Arthur ? Ce serait abuser de laisser les enfants à une pauvre femme qui en a déjà plein les bras ! Et puis, qu'est-ce que je deviendrais, sans eux ? T'en demande trop, Arthur. C'est pas réaliste, autant pour moi que pour madame Blanchette. Et Robert est encore trop petit !

— On irait les visiter souvent. Y a le train, c'est pas comme avant. Les Blanchette nous l'ont gentiment offert. Les enfants avaient l'air de se plaire, chez eux. C'est une femme organisée qui en prendrait bien soin et qui assurerait leur sécurité. Dès notre retour, si tu veux, je l'appellerai.

— Réfléchis, Arthur. J'avoue que la terre est splendide, mais aussi immense ! Faut enlever les pierres et labourer tout ça ! Ça va représenter beaucoup de travail !

— C'est vrai, mais André va m'aider. Dis-moi que tu vas y penser…

Un long silence suit, lourd de réflexion. Et, puis…

— Si on le fait pas un jour, tu vas sûrement en mourir.

— Alors, c'est oui ? Oh ! Ma douce, ma chère Louise !

Marie-Louise est toujours trop faible devant les désirs d'Arthur. Elle ne sait pas lui dire non. Il essaie de lui faire croire que c'est elle qui tient les rênes, mais elle sait très bien qu'il n'en est rien. Une fois de plus, leur décision est prise… presque d'un commun accord. Sitôt de retour aux États-Unis, les Bernard s'occupent de préparer leur départ. Ils laissent derrière eux leur idylle américaine, une maman Anne en larmes et un patron déçu.

Malgré la réalisation de son rêve, Arthur est toujours inconsolable lorsqu'il quitte un endroit. Son côté sentimental se bat jusqu'au dernier moment contre son désir de foncer vers l'avenir. Même la vieille Miss Swell va lui manquer. La chienne émet des sons étranges en le voyant partir avec ses affaires. Elle a vieilli et chambranle désormais sur ses pattes croches et noueuses. Lukas Papadopoulos ne cesse de réitérer son offre d'augmentation et propose à Arthur de revenir si son retour au Québec s'avère une déception.

Madame Blanchette a accepté de garder les enfants pour un an ou deux, même les deux plus jeunes, moyennant des visites assez régulières des parents. Marie-Louise a le cœur déchiré, mais elle n'a aucune résistance devant la volonté de son mari. Le couple est animé d'une passion qui surpasse toujours leurs plus profonds regrets. Rien ne peut arrêter Arthur lorsque ses décisions sont prises. Il peut convaincre n'importe qui du bien-fondé de ses choix et de ses ambitions.

Le retour à Sainte-Apolline a lieu dans une atmosphère étrange. Claire est enchantée mais calme; Alphonse, bien que raisonnable, semble un peu triste. Quant à Juliette, elle est agitée et tient tête à son père, comme d'habitude, et bébé Robert demande évidemment des soins de tous les instants. Lorsqu'il s'endort dans les bras de Marie-Louise, cette dernière a de la difficulté à tenir sa tête droite... Elle a sommeil.

— On va s'arrêter un peu... Donne-moi Robert, Louise. Prends un peu de repos. Et toi, Juliette, essaie de te calmer. J'en ai assez.

Le ton était plus sévère que d'habitude... Juliette s'obstine:

— Vilain papa! T'es méchant... Tu me fais de la peine.

Les deux parents ne peuvent s'empêcher de réprimer un sourire.

Arthur voit une annonce dans *La Patrie*. À Montréal, rue Ontario, on aurait besoin d'un bon cuisinier pour relancer un restaurant. Après quelques jours, la séparation a lieu.

— Les jeunes vont être heureux ici, dit madame Blanchette. Y a ben de la place pour se dégourdir les jambes.

— André est près d'ici, lui rappelle Arthur. Si jamais ça va mal, avertissez-le.

Un peu en retrait, Marie-Louise pleure, déchirée entre l'amour de ses enfants et celui de l'homme qui la subjugue.

— Pleurez pas, Marie-Louise... J'en prendrai soin autant que si c'étaient les miens.

— J'en suis sûre, mais... J'ai toujours été là pour mes enfants. Robert est si petit!

Le couple se rend à Montréal, rue Ontario, pour répondre à l'annonce. Arthur parle de son expérience à l'hôtel Carpenter, que le propriétaire connaît bien.

— Vous pourriez donc apporter une note originale à notre cuisine et créer vos propres recettes ?

— Ça a bien marché, là-bas, quand j'ai remplacé leur cuisinier.

— À la bonne heure ! On va essayer... Après, on verra. Donnons-nous quelques semaines.

Arthur se laisse aller à de nouvelles créations gastronomiques inspirées de saveurs grecques, cajuns et traditionnelles américaines. Le restaurant prend de l'essor en peu de temps. Marie-Louise, en apportant une aide précieuse à Arthur, prend un bain de vie urbaine qui ne lui déplaît pas du tout. Au bout d'un certain temps, le propriétaire du restaurant leur fait une proposition :

— Arthur, aimeriez-vous acheter ce restaurant ? C'est vous qui en avez fait ce qu'il est maintenant. Et moi, j'ai des rêves de retraite depuis bien longtemps. Qu'en dites-vous ? J'ai l'intention de vous l'offrir à un prix plus que raisonnable, parce que vous en êtes le sauveur.

— On peut s'asseoir et discuter ? Si, comme vous dites, c'est raisonnable, ça nous intéresserait.

Le contrat est signé quelques heures plus tard. L'endroit fournit à ses nouveaux propriétaires des revenus inespérés. Bien sûr, les visites aux enfants se font plus rares, mais au bout d'un certain temps, beaucoup plus court que prévu, les Bernard récoltent le fruit de leur labeur et de leurs sacrifices. À peine un an s'est écoulé, et déjà, ils sont prêts à construire leur maison. Marie-Louise est de nouveau enceinte. Arthur se dit que s'ils doivent vendre, il faut absolument que ce soit avant l'hiver.

— Si on profitait de la vogue actuelle du restaurant pour vendre et déménager ? Qu'est-ce que t'en dis, ma Louise ? On pourrait voir grandir nos enfants. T'es souvent triste.

— Oui, mais c'est moderne, ici. On a toutes les commodités pour mener une vie confortable. On pourrait aller chercher les enfants et les amener ici, maintenant. On a les moyens de le faire. Et nos revenus augmenteraient encore, de sorte que leur avenir serait assuré. Tandis que là, chaque piastre gagnée va servir à construire la maison et acheter des machines pour travailler la terre. Et puis, j'ai appris à aimer la ville… J'adore Montréal !

— Mais c'était pas dans nos projets, ma Louise… Tu le sais bien. J'aime la nature, et les enfants aussi.

Marie-Louise se rend une fois de plus aux caprices de son rêveur de mari. La vente du restaurant leur rapporte suffisamment d'argent pour construire une maison et acheter quelques instruments aratoires.

Ils quittent donc le confort de la ville et le travail avec le public pour se livrer à un autre combat : celui qui les confronte à la pauvreté. Dans ces montagnes éloignées où Marie-Louise oublie presque le visage de sa mère, le village entier doit participer à la vie municipale et sociale. La petite église est terminée : elle est blanche et magnifique ! Bien sûr, le clergé est très engagé dans la vie familiale, et surveille même les naissances. La jolie localité est bien organisée. Les villageois ont chacun leur responsabilité dans le déroulement des événements sociaux, religieux, scolaires.

On confie à Arthur la tâche d'aller chercher le courrier au Rosaire, situé à une courte distance de Sainte-Apolline. Il n'est pas encore commissaire scolaire, mais il a été approché pour cette fonction. Ses deux frères participent aussi activement à la vie religieuse. Alphonse est le premier organiste de la paroisse et son frère André est maître chantre ; celui-ci, encore célibataire, cultive sa terre et mène une existence très rangée pour un gars de son âge. Mais depuis qu'il a fait la connaissance de Marie-Louise Gauthier, ils sont souvent ensemble et font des projets d'avenir. André la courtise ; dans les règles, bien sûr !

Arthur peut au moins se permettre d'entreprendre la culture de la terre tant attendue et y bâtir un foyer. André apporte à son frère un soutien moral et physique considérable. Par contre, pendant ce temps, le couple doit demeurer quelque part. La maison d'André n'étant pas assez grande, Arthur décide d'emménager en haut d'une côte située non loin de leur nouvelle terre, profondément dans la forêt, dans une pauvre mansarde abandonnée par les anciens exploitants de cette partie de la montagne. On l'appelle le Campe-en-haut. L'endroit est lugubre, froid et dépourvu de toutes commodités. Les moyens de transport se limitent au cheval, et Marie-Louise sait qu'elle n'aurait aucun recours si quelque chose d'inattendu se passait.

— C'est seulement pour quelque temps, ma Louise, la rassure son mari.

Après sa journée de travail, Arthur est exténué et son caractère s'en ressent. Et pour comble, il doit respecter les responsabilités qu'on lui a confiées. L'église a été inaugurée l'an dernier, mais il y a encore des choses à terminer. Le curé a donc demandé aux paroissiens de s'impliquer dans certaines tâches. Marie-Louise est désenchantée. Elle sent sa vie lui échapper. Arthur est fougueux, impulsif, et ne dit jamais non aux demandes que lui adressent les gens qui ont besoin d'aide. Mais il trouve toujours le moyen d'amadouer sa Louise, sa tendre Louise, sa folle passion en lui rapportant, par exemple, des œillets de leur terre.

— Des louises pour ma Louise.

— Des fois, t'es comme un enfant, Arthur. J'te dis qu'il faut que j'en aie, de l'amour pour toi, car la vie sur la terre est difficile pour moi.

La seule visite qu'elle reçoit parfois est celle du curé, qui a le courage de venir en ce lieu perdu lui rappeler que Dieu a sans cesse besoin de nouvelles âmes, qu'il ne faut pas repousser son mari, même quand on est épuisée. Elle n'est pas habituée à ce genre d'intervention du clergé dans sa vie, mais le père Guimont est tellement sympathique, avec sa carrure et son attitude de bon Samaritain. Quant à elle-même, ça lui fait du bien d'avoir au moins cette visite dans un endroit si retiré. Elle a parfois peur, seule avec les enfants. Pour se rassurer et se motiver à continuer, elle sort et s'assoit sur les marches en respirant l'odeur des grands pins. Les parfums de la nature l'apaisent, mais ils lui rappellent en même temps les dangers de la forêt. Les arômes et les bruits évoquent l'authenticité des choses. Plus ils sont prononcés, plus la réalité de la montagne est profonde. Elle a constamment l'œil sur les petits, car les animaux sauvages se font légion autour du Campe-en-haut.

Ainsi passe l'hiver, long et rigoureux. Puis le printemps s'installe, mais il est lent, lui aussi. Par contre, l'été s'annonce chaud. Un après-midi, alors qu'Arthur n'est pas encore rentré, le ciel s'assombrit et devient menaçant. La forêt s'obscurcit.

— On va avoir de l'orage, les enfants. Amenez-vous… On rentre ! On va se préparer pour souper. Votre père va bientôt arriver.

Claire s'entête :

— J'ai envie de rester dehors, moi !

— J'ai dit : tu rentres ! Le ciel est vraiment noir. On va monter vous faire une toilette et vous changer. T'es pleine de terre et tachée d'herbe. Allez, viens !

À peine rendus à l'étage et prêts à se dévêtir, ils entendent un son bizarre provenant du rez-de-chaussée, suivi de grognements et de vociférations. Un langage barbare et enragé sort de la bouche d'un personnage étrange, complètement ivre, qui se tient au pied de l'escalier, des bêtes mortes à la main et une carabine dans l'autre.

— Qui zz'est qui est izzitte ? Zz'm'en vas y faire la peau, moé, à zz'ui qui m'a pppris ma cabane ! Viens par là, maudzzit pourri ! Zz'vas t'tirer !

Marie-Louise ordonne aux enfants de se taire. Mais Alphonse a peur. Il pleure doucement, et le son parvient aux oreilles du maraudeur. Entre les barreaux de l'avancée, Marie-Louise peut voir que les forces de l'inconnu semblent l'abandonner. Il entreprend quand même de monter l'escalier, mais doit s'asseoir un instant sur la troisième marche. Puis, en essayant de s'appuyer sur les barreaux qui n'existent pas, il chute et s'enrage encore plus. En grognant, il prend sa carabine et recommence son ascension.

— Qui êtes-vous, mon ami ? demande la voix d'Arthur arrivé sur les entrefaites.

Mais l'homme semble être devenu fou :

— Zz'est la relève ?

Arthur pose doucement sa main sur l'épaule de l'ivrogne comme un complice le ferait, lui prend délicatement sa carabine et va la porter sur le comptoir de la cuisine, s'assurant de vider le chargeur. Puis il aide le pauvre bougre à se coucher sur une paillasse qui sert habituellement de banc.

— C'est correct, le père... On s'en va aujourd'hui. J'avais pas de place pour loger mes enfants, mais là, j'suis prêt. On déménage d'ici. L'Campe-en-haut est à vous.

— Z'est ben zza que z'disais. Zz'est zzez nous ! Z'zus ben content de vous awoèr connu... Tzu reviendras... On n'est pas zzorteux.

Et la conversation s'achève sur un ronflement bien sonore. Arthur peut enfin respirer et monter à l'étage, un peu tendu.

— Ma Louise, les enfants... est-ce que ça va ? Faites vos bagages. On part. La maison est terminée. André nous invite pour fêter ça !

— C'est pas trop tôt ! J'étais près de devenir folle, Arthur ! J'avais peur de tout, ici ! Les animaux, l'orage, les rôdeurs... Cette cabane-là, c'est un taudis !

— Tu insultes la forteresse du robineux ? Attention !

Puis, il rit comme un enfant en disant à sa Louise :

— N'empêche qu'on a eu des bons moments, le soir, dans notre Campe-en-haut. On se réconfortait comme on pouvait. J'haïssais pas ça !

— Éternel romantique, et fou en plus ! décrète Marie-Louise.

Les frères et les amis d'Arthur ont travaillé fort et en peu de temps. Avec les moyens du bord, ils ont construit une jolie maisonnette.

Située dans le rang Saint-Joseph, à deux milles du village, elle est coquette et accueillante avec ses deux étages. En bas, il y a la cuisine sans glacière, une chambre froide (le « petit bord », comme l'appelle Arthur), un salon et deux chambres, une pour les parents et l'autre pour les plus petits. En haut, deux autres chambres sont aménagées pour les plus grands, avec chacune deux lits aussi. Au bout de l'étage, il y a la pièce qu'Arthur se garde pour la cordonnerie de la famille; elle prend toute la largeur de ce côté de la maison. Près de la cordonnerie, au bout du long corridor qui relie les trois pièces, on a installé un gros pot pour la nuit. En bas, près de la chambre des parents, il y a un gros pot aussi, ainsi que de petits pots pour les enfants. Car, dans les rangs, personne n'a d'installations sanitaires… C'est comme ça. Dans le village, peu de gens ont des toilettes – c'est-à-dire un trou creusé sous la maison. Mais chez les Bernard, comme chez tous ceux qui habitent dans les rangs, il faut aller sur le tas de fumier pour se soulager. Un puits est creusé, très loin de la demeure, près du ruisseau, pour l'eau potable.

Une surprise les attend sur le seuil de la porte: un visage que les enfants peinent à reconnaître, pour l'avoir vu trop peu souvent. Un homme au sourire sympathique et au regard profond les regarde tendrement arriver. Derrière le vieillard au dos voûté, Malvina reste dans l'ombre de la pièce.

— P'tit Jésus! Le père, pis la mère! Torvisse que j'suis content!

Arthur a les yeux embués… Il s'émeut facilement. Ses parents sont arrivés à Sainte-Apolline en 1908, après son mariage avec Marie-Louise. Après quoi il les a revus en 1912, quand il est venu aider André, et ensuite pendant les vacances familiales. À son départ pour les États-Unis, Malvina et Magloire pleuraient, convaincus qu'ils ne reverraient pas leur fils avant encore des années. Depuis son retour au Québec, Arthur a été très occupé et ne les a vus qu'une ou deux fois, en coup de vent.

— Qu'est-ce qui vous amène?

— Ta dernière visite a été trop courte, pis ça nous a fait comprendre qu'on veut être près de vous autres. On va être ensemble plus souvent. On connaît à peine les enfants.

— Les enfants, vous venez pas dire bonjour à vos grands-parents ?

Alphonse a une réaction bien enfantine et regarde Magloire droit dans les yeux :

— J'avais pas de grand-père. J'avais juste une grand-mère.

Magloire caresse ses cheveux doucement.

— Mais t'as maintenant deux grands-mères et un grand-père.

— Maman dit que mon autre grand-père, il est avec le bon Dieu.

Claire s'avance timidement, s'arrête un moment, puis s'accroche aux jambes de Magloire, comme si elle avait été conquise par son regard tendre. Magloire a ce don de toujours séduire les gens. Au premier abord, son aspect semble peu engageant, puis un large sourire empreint de bonté finit par conquérir le plus dur des cœurs. Quant à Malvina, elle est restée en retrait tout ce temps, mais voilà que les enfants s'en approchent pour l'embrasser. Elle aussi a une figure avenante.

— Là, vous me faites plaisir, mes vieux ! J'peux pas croire qu'on va tous être réunis ici. Ah ! C'est une bonne journée ! Torvisse, que j'suis content !

Depuis qu'ils ont emménagé dans le village, Marie-Louise arpente un peu plus souvent la rue principale avec les enfants. Parfois, sa belle-sœur garde les plus jeunes et elle va faire des achats au magasin général avec Claire et Alphonse. Mais les ressources financières du couple ont été épuisées par l'achat en masse de matériaux et d'instruments aratoires. N'étant pas riches, ils ont souvent recours à des ententes avec Lauréat Gauthier, le fils du propriétaire du commerce, qui les aime bien et leur fait confiance. De toute façon, Arthur lui rend rapidement tout ce qu'il emprunte.

En dehors de ces quelques sorties, Marie-Louise ne manque pas de travail. Aux champs et à la maison, les corvées sont lourdes et nombreuses. Elle ne s'arrête que pour accueillir le curé ou quelques bonnes femmes du village, dont plusieurs la jalousent un peu. Ses vêtements de ville lui donnent une allure peu courante à Sainte-Apolline. Certaines l'envient, et d'autres lui reprochent de ne pas être habillée pour l'endroit et le mode de vie qui a cours ici. En réalité, c'est qu'elle ne possède que des vêtements de ville… Après Manchester et Montréal, il lui faudra opter pour un genre d'habillement mieux adapté à sa nouvelle vie. Sans réelle méchanceté, on dit dans son dos que « la petite fille de la ville » lâchera prise et s'en retournera aux États-Unis avec mari et marmaille, ou qu'elle se fatiguera de faire des enfants et de besogner aux champs. Mais les mois qui passent leur prouvent que Marie-Louise tient bon : elle a troqué ses jolies tenues pour des habits de travail, et est maintenant mieux acceptée par les villageoises, qui se donnent même la peine de l'inviter chez elles ou d'aller dans le rang lui porter des pâtisseries. Elle apporte parfois son soutien à des organisations de bienfaisance de la paroisse et aide sa voisine pauvre que tout le monde fuit.

Marie-Louise et Arthur se sont construit une réputation de gens intègres et serviables. À l'aube de ses trente-deux ans, on confie à Arthur des tâches sociales et municipales, car sa personnalité inspire confiance. On le charge d'aller chercher le courrier pour le village à Notre-Dame-du-Rosaire (ici, les gens disent « aller au Rosaire »). Plusieurs ont suggéré qu'il soit nommé commissaire scolaire.

Arthur aime sa vie à Sainte-Apolline, mais il n'apprécie toujours pas les façons cavalières de certains hommes qui viennent le visiter. Quelques-uns n'ont pas reçu une éducation convenable, chiquent du tabac et crachent sur le plancher de la cuisine comme s'ils étaient dehors, ce qu'ils font sans doute aussi chez eux. Après leur départ, Marie-Louise doit nettoyer tous ces dégâts de ses mains délicates. Par contre, ces mêmes hommes ont bon cœur et leur ont apporté une aide précieuse dans des moments difficiles: c'est pourquoi Arthur pardonne leurs mauvaises manières, sachant qu'ils n'ont pas reçu l'éducation qu'il a eu la chance d'avoir. Ils sont d'une pauvreté indescriptible, mais toujours généreux de leur temps.

L'endroit et l'époque actuelle compliquent chaque geste de la vie quotidienne. Il faut faire chauffer de l'eau sur le poêle pour baigner les enfants, comme les adultes, dans de grandes cuvettes, et frotter les corps avec du savon de pays. Mais les bains sont plutôt rares, car le puits est très éloigné de la maison. Si on a besoin d'eau, il faut aller la puiser. Parfois, on recueille l'eau de pluie, et l'hiver, on fait fondre la neige. Pour ce qui est des vêtements, s'il fait froid, tout est suspendu dans la maison, après avoir été lavé et frotté à la main. Au printemps et à l'été, c'est le plus souvent au ruisseau que Marie-Louise lave le linge. Claire est encore jeune et observe sa mère. De grandes cordes sont installées par Arthur dans la cour.

Marie-Louise file la laine de ses moutons ainsi que le lin, qui vient parfois de Charlevoix, et en fabrique des chemises de flanelle et des salopettes pour travailler aux champs. Pour ce faire, elle brasse le tissu fabriqué dans l'eau bouillante pour le rétrécir et le rendre plus résistant et plus chaud.

La plupart des vêtements sont écrus, gris ou plus foncés ; les couleurs sont plutôt rares. Mais parfois, lorsque Philomène vient des États-Unis, elle apporte de vieux vêtements de couleur, que Marie-Louise effiloche avec l'aide de Claire. Bientôt, Juliette pourra le faire aussi. Puis elle tisse le fil obtenu pour en faire de jolies choses plus colorées que celles qu'on voit en général. Ses enfants sont habillés simplement, mais ils ont au moins des vêtements de couleurs différentes, ce qui n'est pas si courant chez les pauvres.

Elle fait de grandes catalognes, et lorsque le curé annonce en chaire qu'il va passer pour sa tournée, elle lave les planchers avec de l'encaustique et installe ses belles catalognes pour le recevoir. Le métier à tisser a toujours une pièce ébauchée sur laquelle Marie-Louise travaille dès qu'elle en a le temps. Il y a dans ces pièces quelques teintes gaies mélangées à l'écru du lin, des teintes qui accrochent et dérident l'œil, car les couleurs ne sont présentes que dans la nature, ici. C'est pourquoi les enfants aiment collectionner des cailloux colorés du ruisseau et cueillir des fleurs multicolores.

Pendant que la vie se déroule calmement à Sainte-Apolline, le monde éclate en débris et en lambeaux de chair. De jeunes hommes se portent volontaires et attendent d'être appelés à l'entraînement.

À compter du mois d'avril, le prix du bois augmente en flèche, poussant l'exploitation rapide des lots avant que la manne échappe à leurs propriétaires. C'est la pagaille ! Les frères d'Arthur sont surexcités et s'épuisent à l'ouvrage. Le lot d'André est exploité à fond et lui rapporte évidemment de quoi aider sa famille.

L'autre frère d'Arthur, Onésime, décide d'aller aider André sur le chantier.

— J'suis venu vous aider sur la terre à bois en attendant la réponse du 22e Régiment.

— Comment ça, Onésime ? T'es pas obligé de te porter volontaire... Les pauvres Anglais d'Ontario sont allés se faire massacrer.

L'aide d'Onésime ne dure pas longtemps. Il désire plus que tout rejoindre ses amis du 22e Régiment, dont l'entraînement a lieu à Saint-Jean-sur-Richelieu, et il attend impatiemment l'appel qui lui permettra de les retrouver le plus rapidement possible. L'un de ses amis lui a écrit en mars, lui parlant de fêtes organisées en ville par les gars qui se sauvent de Saint-Jean, le soir venu, pour aller faire la fête. Ils retardent ou s'absentent, sous les yeux d'un colonel découragé. Un climat de frivolité existe au sein du régiment. Mais André fait part à Onésime des dernières nouvelles, qui s'avèrent moins réjouissantes :

— Ça fait-tu longtemps qu't'as eu des nouvelles de tes chums, Onésime ? Parce que, tu vois, le colonel Frédéric Gaudet a demandé la mutation de son bataillon à Amherst, en Nouvelle-Écosse, parce que les désertions et le manque de sérieux des gars nuisent à l'entraînement. C'est Simard qui me l'a dit. Es-tu au courant, toi, Arthur ?

Le visage d'Arthur s'assombrit. Pour lui, les guerres sont inutiles et meurtrières. Il craint que son jeune frère en revienne brisé, ou n'en revienne pas.

— La guerre, Onésime, ça n'a rien d'amusant. Mon frère, crois-moi, tu devrais attendre qu'on t'y force. T'es mon petit frère. Voyons...

— Toi, Arthur, réplique Onésime, pourrais-tu voir partir tes amis en guerre sans les accompagner ?

— Ce serait impossible pour moi, de toute façon, de me joindre à l'armée… J'suis crevé, mon gars. J'ai deux hernies à l'abdomen. J'peux même pas attacher ma ceinture, ça me fait trop mal. Je serais réformé. Mais si on me forçait à m'enrôler pour une cause qui n'a aucune signification pour moi, je ferais quelque chose pour échapper à la conscription. J'ai pas à participer aux guerres des Anglais. Mon pays, c'est ici, pas en Europe. L'ingérence de l'Angleterre dans nos décisions, ça me révolte ! Et puis, j'ai des enfants.

— On est quand même des sujets de la reine, Arthur. Son combat contre l'Allemagne est justifié. On va la gagner, la guerre, mon frère, tu vas voir ! Et on va se retrouver, j'en ai la certitude.

— De toute façon, t'es pas encore parti. Faut vous entraîner d'abord. C'est pas facile… Tu vas t'en rendre compte, mais trop tard. Si t'es pas obligé, pourquoi y aller ?

— Mes chums sont là. J'ai pas l'intention de les abandonner. Si y en a qui meurent parmi ma gang, au moins, j'aurai la fierté de ne pas les avoir lâchés.

— Y t'ont pas lâché, eux autres, pour s'enrôler ? C'est une autre façon de voir les choses.

— C'est notre gang, à la vie, à la mort, Arthur !

— Et moi, ton frère ? On n'est rien, nous, ta famille ? Et notre père ? Y va ben en mourir, pauvre vieux !

— Ça me rend triste, Arthur, quand tu parles de même. J'aime ma famille, mais c'est comme si quelque chose me disait que ma place est auprès de mes amis.

— Écoute-moi bien, Onésime. Si tu veux, tu diras que tu t'appelles Arthur Bernard pour t'engager. Tu viendras chercher mon baptistère à soir. Si tu veux t'échapper, pour une raison ou pour une autre, tu diras que tu t'appelles Onésime Bernard, alors qu'ils rechercheront un Arthur…

Moi, on va me laisser tranquille… Je suis père et j'ai un handicap.

Onésime essaie à son tour de retenir ses larmes… en vain.

— J'irai voir le père, tantôt, mais j'ai l'intention de lui cacher la vérité pour l'instant. Tu lui expliqueras, Arthur, d'accord ?

— Ça me fait réaliser la peine que j'ai causée à mes parents quand j'suis parti pour les États-Unis. Mais toi, c'est pire, Onésime : tu risques ta vie. Tu peux encore changer d'idée. Si tu veux t'enfuir, t'auras au moins mon baptistère pour t'aider.

— C'est décidé, Arthur. C'est mon devoir qui m'appelle.

Et il part sans se retourner, laissant son frère habité par un sentiment de tristesse et de culpabilité. Sans le montrer, Arthur se sent chaque jour plus coupable depuis son arrivée à Sainte-Apolline : coupable envers sa Louise, envers ses enfants, envers sa belle-mère ; et maintenant envers son frère, qu'il ne peut retenir. Il prend tout sur ses épaules.

Chapitre 28

Tristesse à contre-jour

L'immense prairie se soumet à ses maîtres. Sur la colline montant au ruisseau, au loin, s'étend un champ de fleurs odorantes en vagues de couleurs vives secouées par le vent. Mais au-delà, entourées de forêt, s'offrent les terres de roches et d'herbes dures qu'Arthur a tant convoitées et qui sont aujourd'hui les siennes. C'est là, aussi, que les roches parlent… Elles racontent au chiendent qui s'y colle que la belle et frêle Marie-Louise a travaillé très dur en ces champs arides, tant qu'elle en a oublié sa propre personne, sa jeunesse et ses rêves ; que sa passion l'a entraînée à suivre un mari trop aimé et rêveur dans sa quête obstinée de liberté et de nature. La terre serait salvatrice, pensait-il, et rendrait sa famille prospère et heureuse. Il est vrai que la montagne isole ses habitants des bagarres de la ville, où ont lieu des émeutes dues aux affrontements entre les vétérans qui sont allés se battre outre-mer et ceux qui sont restés ici parce qu'ils ne se sentaient pas concernés par la cause du Royaume-Uni.

Dans quelques semaines, mai sera remplacé par juin, préparant la nature à accueillir l'été. Le jour se couche. Le dur labeur est avancé. À l'intérieur, Claire, cinq ans, surveille les plus jeunes. Marie-Louise a fait bouillir le gras des animaux abattus dans la grosse marmite derrière la maison, puis elle a ajouté de l'encaustique au savon de pays afin qu'il soit plus efficace pour laver le linge. Ensuite, elle est allée rejoindre son mari dans les champs. Elle est là pour le soutenir, comme toute bonne épouse doit le faire, mais les forces lui manquent pour le seconder dans certaines corvées trop exigeantes physiquement.

Il faut enlever les grosses pierres pour rendre la terre arable. Mais elle n'a plus cette énergie nécessaire pour soulever les monstres inertes qui l'entourent. Non loin du ruisseau, assise sur une large pierre sur laquelle Arthur a gravé les mots « TRÔNE DE LOUISE », elle pleure devant la terre sèche parsemée de rocs et de hautes herbes serrées les unes contre les autres. Cette terre est belle, mais rocailleuse et stérile. Elle ne nourrit que ses fleurs. Marie-Louise semble chercher dans le soleil rougeoyant une raison de ne pas se laisser emporter à la dérive. Mais elle ne voit que des formes menaçantes qui lui semblent ramper vers elle, dans le contre-jour. Ce sont les ombres allongées de ces pierres, qui ressemblent à des spectres réveillés par le couchant. Arthur et elle devront les porter une à une sur le côté de la clairière, jusqu'à ce que la terre puisse être cultivée. Elle est immense, démesurée ! Déjà, c'est la misère... Son cher mari, dans son enthousiasme, n'a pas pensé que ce serait trop de besogne pour lui tout seul, et que le plus souvent, la seule aide sur laquelle peut compter un cultivateur est celle de son épouse. L'outillage coûte cher à une famille qui se lance dans l'agriculture pour la première fois. À la vue du travail qui reste à accomplir sur ce terrain à défricher, et avec si peu d'instruments disponibles, la force manque au cœur de Marie-Louise. Sa mère avait bien raison : ce coin de pays n'est pas fait pour les petites natures.

Elle est de nouveau enceinte et devrait bientôt accoucher. Ils ont déjà décidé que si c'est un garçon, il s'appellera Léo ; sinon, on appellera la petite fille Marie-Anne, comme sa grand-mère, dont Marie-Louise s'ennuie tellement. Elle sait que le prochain enfant sera suivi de plusieurs autres avant qu'elle cesse de s'échiner sur cette terre. Elle sait aussi déjà qu'elle y laissera une grande partie de sa santé et de sa vie.

Dans ce village retiré, elle compte quand même quelques amis et admirateurs. Mais il y a aussi les jaloux, ceux qu'elle entend parfois murmurer derrière leur dos, disant qu'ils sont sans retenue, quand Arthur l'embrasse et la prend par la taille devant tout le monde. Aux États-Unis, les convenances sont moins sévères ; ils pouvaient se témoigner leur affection au grand jour. Ici, à la sortie de l'église, on les surveille, et aussi quand ils attendent au confessionnal, en chuchotant mesquinement qu'on sait de quoi ils s'accuseront. Les caresses doivent être destinées à la conception, pas au vice. Monsieur le curé a lui-même conseillé à Arthur de faire attention à l'influence qu'il peut avoir sur les jeunes paroissiens. Cela n'a pas empêché ce dernier de prendre fièrement sa Louise dans ses bras pour descendre jusqu'à la rue.

— Laisse-les faire, ma Louise… Ce sont des jaloux. On s'en balance ! C'est comme si on se remariait chaque fois qu'on descend ces marches ensemble. T'es toujours aussi belle, ma Louise !

Marie-Louise émerge tout à coup de ses pensées pour ramener son esprit sur le champ qui l'entoure. Une impression soudaine, différente de l'ordinaire, se mêle à son inconfort. Pour lutter contre cette sensation, elle se lève et décide de bouger un peu. Mais elle se sent fatiguée, vidée, et voit tout embrouillé. De loin, la voix d'Arthur lui parvient: «Louise! Louise!» Puis elle s'effondre et perd conscience. Dans son rêve, sa mère est là, prend sa tête sur elle et caresse doucement son visage. «Maman...» Elle se réveille, la tête sur les cuisses de son mari. Ses mains chaudes la réconfortent.

— Louise!

Elle appelle encore sa mère, mais d'autres bras ont remplacé la douce vision évanouie des bras maternels. Bien que réconfortants, ils ne peuvent combler le manque causé par l'absence d'une mère.

— Louise, ma Louise! Viens, on retourne à la maison... J'ai assez travaillé pour aujourd'hui. Et toi, tu vas te reposer quelques jours, et c'est moi qui vais m'occuper des enfants. C'est trop pour toi... J'aurais jamais dû t'entraîner ici. Désormais, tu resteras auprès des petits. Torvisse que j'suis bête!

— T'en fais pas, Arthur. C'est juste à cause de ma grossesse!

Mais Marie-Louise sait très bien qu'elle a senti *quelque chose*. Elle a ce don que sa mère lui a transmis. En plus de soigner avec des herbes, elle sent aussi les événements. Au commencement de la nuit dernière, elle a rêvé d'une grande noirceur, terrifiante, et de vagues... des vagues d'hommes qui tombaient. Et au coucher du soleil, quand elle a vu danser les herbes dans le champ, elle a revu ces vagues et senti, dans son ventre, son bébé s'agiter au point qu'elle en a été troublée. Une forte nausée l'a prise, l'entraînant dans une vision de mort. Des milliers de gens couraient vers les ténèbres. Il y avait du feu et du sang!

En ce même moment, a lieu la deuxième bataille d'Ypres, sur la crête de Bellewaerde, en Belgique, et une contre-attaque britannique y met fin. Mais les Canadiens perdent plus de 6000 des leurs dans ce combat sanglant, une véritable hécatombe. Des renforts considérables seront exigés pour combler les rangs. Le gouvernement accentuera le recours à la force pour que s'enrôlent les jeunes Canadiens.

Les jours suivants se passent sans trop de mal pour Marie-Louise. Elle a retrouvé la forme, assez pour se rendre au chevet d'une femme qui accouche. Mais au village, il y a cet enfant malade qui va sans doute mourir dans les jours qui viennent. Elle n'a pas pu l'aider. De plus en plus, courent des rumeurs voulant que la guerre se prolonge. Les nuits de Marie-Louise sont hantées de cauchemars. Elle se réveille parfois en pleurant.

Le Canada tremble, comme le reste du monde. Les mères et les pères pleurent. Cette peur qui habite les âmes et les rues, on peut la sentir présente en toute chose.

Quelques jours plus tard, Arthur reçoit une lettre d'Onésime, qui témoigne de son enthousiasme d'être avec ses amis, mais laisse transparaître son découragement face aux efforts physiques qui lui sont demandés et qui le laissent bien plus faible que ses compagnons. Il a toujours été fragile et d'une constitution délicate.

Le 10 mars 1915

Mon cher frère,

Je t'écris avec l'aide de mon chum Simard, qui est plus instruit que moi. Les gars d'ici, et même la population, nous ont reçus comme du poisson pourri à cause de notre réputation de fêtards quand le régiment était à Saint-Jean. Mais tout le monde a bien vu qu'on ne se plaint pas et qu'on se débat dans la boue, le froid et les saletés de toutes sortes. En plus, depuis plusieurs semaines, on s'est tous mobilisés pour aider les pauvres et certaines causes locales importantes.

Si je t'écris aujourd'hui, c'est qu'on part dans quelques heures pour l'Angleterre. Je confie cette lettre à quelqu'un que j'ai aidé. Tu devrais voir le nombre de gens rassemblés ici pour nous dire adieu. Ça fait chaud au cœur, ça je peux te le dire !

Tu avais raison. Je pense que je ne suis pas fait pour la guerre, mon frère. En plus, il paraît que nos entraîneurs, là-bas, ne parlent pas français. Mais le colonel nous a dit que ça va être une guerre courte, et que bientôt, on sera tous rentrés chez nous. Prépare-toi à lever le coude, mon Arthur !

Ton frère qui t'aime et vous aime tous,
Onésime

P.-S. : Embrasse les parents pour moi, et toute la famille.

Cette lettre décourage Arthur plus qu'elle ne le console, surtout qu'il la reçoit très tard. Onésime est donc déjà rendu outre-mer… Se peut-il qu'il ait été présent lors du massacre d'Ypres ? C'est un triste début d'été. D'autres mères voient leurs fils joindre volontairement l'armée, mais plutôt chez les Anglais. Le conflit mondial s'amplifiant, toutes les familles ont peur que leurs enfants soient conscrits. Comme la population est en grande partie agricole, le gouvernement est constamment bombardé de lettres de demande d'exemption, et même l'église s'oppose à cette conscription forcée.

Chapitre 29

Des naissances et des guerres

C'est la journée où Marie-Louise est occupée à faire bouillir la flanelle dont elle fera des chemises pour le labeur ou les sorties. De loin, elle voit Arthur qui travaille aux champs. Sa tête dépasse à peine l'horizon quand le vent fait pencher les herbes, en haut de la colline. À maintes reprises, il agite la main pour lui montrer qu'il est attentif à sa présence. Ainsi, si elle a besoin d'aide, il sera là en quelques instants.

Dans dix jours, juin sera terminé. Tout est vert et lumineux, et les hautes herbes s'agitent, couchées par les grands vents, comme des cheveux s'étirant sous la brosse. Jusqu'à la moitié de la côte, des milliers de fleurs rouges et orange forment une mosaïque scintillante grouillant sous la brise, donnant au paysage un motif de tapis indien.

Mais Marie-Louise ne profite pas autant que d'habitude de toute cette beauté. Elle est de nouveau très fatiguée, aujourd'hui. Depuis le réveil, ce matin, chaque pas lui coûte un effort inouï. Claire est dans la maison, à tourner la baratte à beurre, et surveille en même temps les petits.

Elle n'a que six ans, mais fort heureusement, c'est une enfant responsable qui ne s'énerve pas pour un rien et à qui on peut confier de nombreuses tâches, toutes accomplies avec un sourire serein. Tout ce qu'elle fait est accompagné d'un sourire serein ! Les plus jeunes l'aiment et se sentent en sécurité avec elle.

Pendant qu'elle prépare le repas, Marie-Louise s'apprête à étendre les grandes pièces de tissu sur la corde, après avoir enlevé les draps qui ont été lavés auparavant. Elle doit se jucher sur la pointe des pieds, car la corde est haute.

Arthur vient d'envoyer la main une autre fois à Marie-Louise, qui répond à son geste en agitant la sienne. Puis il se retourne et continue sa besogne. Tout à coup, en penchant la tête, Marie-Louise se rend compte qu'elle est dans le brouillard. Elle s'agrippe au drap suspendu, mais ses mains glissent lentement le long de l'étoffe, jusqu'à lâcher prise. D'une voix trop faible, elle essaie d'appeler Claire qui, à ce moment, baisse aussi le regard pour mettre le beurre dans un bol.

Les contractions l'étouffent presque. Ses douleurs n'ont jamais été aussi vives. Elle essaie de se relever, mais tout tourne autour d'elle. Il n'y a plus de champ où elle puisse voir Arthur, et plus de maison d'où Claire puisse l'apercevoir. Rien que des draps autour d'elle, dont les contours s'effacent, et des bouts de flanelle fripés. Le drap qu'elle tenait encore lui échappe.

Elle passe un long moment par terre, à se tordre et à essayer d'appeler – sans succès, car le vent est fort et bruyant. Claire s'aperçoit enfin que sa mère n'est plus en vue. Elle lâche sa baratte et se précipite dehors en appelant. Entre les draps pendus à la corde, Marie-Louise est étendue, et son teint a changé. Ses vêtements sont trempés, ses yeux révulsés.

— Alphonse ! Va chercher papa, vite ! Maman a perdu conscience.

Le petit grimpe courageusement la colline. Les hautes herbes le font parfois trébucher, mais il court bravement jusqu'au sommet de la butte, où il doit encore parcourir une longue distance. Son père est au bout du champ.

Claire a secoué sa mère, qui est revenue à elle, puis appelle en hurlant. Arthur entend un son au loin, se mêlant au bruit du vent. Il se retourne et ne voit plus sa Louise, mais une chevelure noire brille parmi les herbes et disparaît parfois. Le petit Alphonse trébuche et se relève. Arthur laisse tout tomber et le rejoint rapidement.

— Papa ! C'est maman… Ses yeux sont à l'envers.

— J'y vais. Viens-t'en en marchant, Alphonse.

Dans sa course, Arthur a un point qui le ralentit. Mais il se reprend vite et parvient au bas de la colline, où Claire tient la tête de sa mère en pleurant, pâle et inquiète.

— Maman respire mal, papa ! Vite ! Va chercher tante Rose-Anna !

Au village, il n'y a ni docteur ni infirmière, rien qu'une sage-femme ou deux et certaines personnes capables d'aider et de soigner, comme Rose-Anna, l'épouse d'Arsène. Arthur se précipite chez son frère Arsène.

— Ma femme accouche et ça va pas bien, Arsène ! Où est-ce qu'elle est, Rose-Anna ?

— Est partie au magasin général. Laisse-moi faire. Je m'occupe d'aller la chercher. Va trouver ta femme et essaie de l'aider. J'amène aussi la sage-femme.

Rose-Anna court avec Arthur aider Marie-Louise, et Arsène revient avec la sage-femme. Marie-Louise a repris conscience depuis quelques minutes.

— Des linges, y en a en masse ! Apportez-moi de l'eau chaude, si c'est possible.

On met de l'eau à bouillir. Déjà, la tête du bébé se pointe. L'accouchement se termine finalement sans tragédie, comme une pièce de théâtre qui finit bien, mais non sans avoir inquiété le public.

— Appelle-la comme ta mère, ma Louise... Ça lui fera plaisir.

Aujourd'hui, c'est le solstice. Chassant le printemps, le premier été de Marie-Anne commence là, sur les draps de lin séchés au soleil qu'il faudra lessiver de nouveau. Elle est née avec les premières fraises, bercée par Nergal, le dieu-soleil de l'été, en attirant l'attention de tous. Dès lors, on la surnomme Annie. Comme aux autres membres de la famille, la nature lui ouvre ses bras, et Arthur plante dans la cour, en son honneur, un sixième pommier, qui grandira en même temps qu'elle.

Chapitre 30

La peur

La petite Annie est exceptionnellement mignonne. Sa chevelure est déjà abondante et presque blanche tant elle est blonde. Plus dépendante de sa mère que les autres enfants qui l'ont précédée, elle la veut tout le temps dans son champ de vision : chaque absence maternelle est ressentie comme un abandon.

Tous les bébés pleurent et crient pour attirer les caresses. Mais pour Annie, le phénomène est plus intense… Elle n'en a jamais assez ! Elle est constamment en quête d'une paire de bras, mais dès que quelqu'un la prend, elle veut déjà se jeter au cou d'une autre personne afin de capter l'attention de tous en même temps. Elle semble constamment chercher la sécurité, comme si elle pressentait les drames qui se déroulent en parallèle avec le début de sa vie. Cette enfant a une soif d'amour sans fin, et elle le clame haut et fort ! Sa sensibilité s'exprime vigoureusement, au moyen d'une force brute et d'élans irrésistibles. Elle a un besoin viscéral de se nourrir de l'énergie des autres. Depuis sa naissance, sa mère et sa sœur n'ont de répit que le temps où Annie dort.

Mais dans l'année qui suit, Marie-Louise a peu de temps à lui accorder, alors qu'il serait nécessaire qu'elle soit plus près d'elle. Claire, qui s'occupe à chaque instant d'Annie, devient en l'absence de sa mère son souffre-douleur, mais ne réussit pas à compenser cette carence. Une présence continue ne suffit pas... Annie envahit sans cesse l'espace de sa grande sœur et l'empoigne sans relâche par ses cheveux, ses vêtements... Elle veut froisser les papiers que Claire touche, saisir les bols dont elle se sert... N'importe quoi pour être le centre de l'attention.

Annie ne s'amuse jamais seule. Elle veut tout voir de ce que les autres font, et tout comprendre de ce qu'ils se disent entre eux. Le seul moment où elle se calme – un peu mais pas vraiment –, c'est lorsque Claire lui chante une berceuse en lui frottant le dos. Même là, elle lui presse les sourcils, lui tape les paupières, gratte ses joues avec ses petits ongles.

— Y a rien à faire ! s'exclame parfois Claire. Comment peux-tu avoir autant besoin d'affection ?

On est le 20 juin 1916, et c'est le premier anniversaire d'Annie. Claire a décidé de préparer un souper en son honneur avec l'aide de son père. Tout le monde va fêter la petite Annie, ce qui lui fera plaisir, elle qui aime tant les attentions ! Un dessert spécial sera servi, et tout le monde en profitera, même les tout-petits.

Dans sa jolie robe légère cousue par Marie-Louise, Annie est ravie ! Elle sautille en se tenant à une chaise pendant qu'on lui chante *Bonne fête*. Ses cheveux presque platine sont devenus plus longs et lui donnent l'air d'une petite fée. Elle est vraiment mignonne ! Tout le monde la regarde, et maman est là, près d'elle, qui sent si bon... Ça sent maman ! Mais tout à coup, il n'y a plus que maman. Autour d'elle, tout le monde disparaît dans une brume. Une brume isolante, qui éloigne de la mère tous les autres individus de la famille. Même le gâteau n'existe plus, ni sa jolie robe. Lorsque le petit Robert s'approche de sa mère pour avoir lui aussi de l'attention, elle crie pour le chasser. Marie-Louise est vraiment inquiète de son comportement.

— C'est étrange, Arthur… Qu'est-ce qu'on peut faire avec elle ? C'est cruel de la négliger, mais j'ai tellement de travail ! Et Claire est fatiguée… Elle a trop de responsabilités pour son âge.

— Ça va se passer, ma Louise ! Tu devrais peut-être accorder à Annie un peu plus de temps, juste pour elle, chaque jour. J'vais essayer de t'aider en étant dans la maison à ces moments-là. Peut-être qu'au bout d'un certain temps, ça va lui passer.

— Qu'est-ce qui peut causer une telle agitation ?

Au fil des semaines, Annie s'est un peu calmée, comme le prévoyait Arthur. Chaque jour, sa mère passe environ une heure avec elle. Pendant ce temps, Arthur est là pour aider Claire, s'il le peut ! Au début de l'été, déjà, la petite est plus tranquille. Marie-Louise l'assoit dans le jardin, près d'elle, et lui fait creuser la terre avec une petite truelle, puis mettre une pousse de haricot dedans, avec un peu d'eau. Étonnamment, la petite est toute à sa tâche ; elle essaie de gratter la terre à d'autres endroits, près du premier trou qu'elle a fait. Elle croit aider sa mère. Pendant ce temps, Marie-Louise réussit à travailler un peu.

Au bout de quelques semaines, une jolie fleur apparaît, et Annie comprend qu'elle a fait cela elle-même, et surtout en compagnie de sa mère. L'effet est magique sur son comportement. Claire peut enfin respirer, et Marie-Louise aussi. Il était temps, car déjà, une autre grossesse est en route, et la naissance se dessine pour le début de l'an prochain.

Marie-Louise rend hommage à la perspicacité de son homme :

— Arthur, tu comprends bien les enfants… Annie est beaucoup moins encombrante pour moi et plus gentille pour Claire. La pauvre petite croit qu'elle est mon assistante et que son aide m'est indispensable. Ça me soulage… Le soir, c'est plus facile de l'endormir. Cette enfant-là ferait n'importe quoi pour moi.

Arthur baisse les yeux en grattant un coin de la table, avec un air piteux :

— Ça compense un peu mon égoïsme. J'ai manqué de bon sens en t'amenant ici. C'est une vie trop dure pour une belle femme comme toi. Et Claire va finir par avoir envie de partir.

Et une larme coule sur sa joue.

— Qu'est-ce qui te prend, Arthur ? Tu pleures souvent depuis quelque temps. T'as l'air malheureux…

— J'pense que j'ai pas autant le tour avec mes gars.

— C'est un peu vrai. T'as vraiment le tour avec tes filles, mais t'es pas assez proche de tes gars. Tu sais pas comment faire pour leur donner l'impression qu'ils sont importants pour toi. Même Robert te cherche toujours du regard, comme Annie le fait envers moi. Tu t'en aperçois pas toujours.

— On dirait que j'me sens petit face à mes gars. J'suis responsable de tant de privations pour la famille ! J'aurais jamais dû t'entraîner ici… Tu travailles trop fort ! Tu t'ennuies de ta mère. T'as pas vu tes grands-parents depuis trop longtemps ! Faudrait aller les voir…

— Un jour…

— J'ai même pas su trouver les mots pour retenir mon propre frère. J'ai peur de ne jamais le revoir.

— Ça, c'est pas ta faute, Arthur. Mets-toi ça dans la tête.

— On est pauvres. La terre est sèche, mangée par les pierres. Claire besogne trop dur pour son âge. On a plusieurs enfants, comme j'en rêvais, mais j'suis incapable de leur donner la vie que j'aurais voulu leur offrir.

— Mais t'es plein d'amour pour tout le monde ! Faut pas que tu sois triste, Arthur. Tu m'as toujours portée sur un piédestal, et tes enfants ont toujours été bien nourris. Laisse-toi pas aller dans la tristesse, mon homme… C'est pas bon. On a besoin de toutes tes forces. Les choses vont s'améliorer. La terre est déjà en partie plus arable. Y a quand même du blé sur la moitié… On va faire du bon pain, cette année ! Va donc voir ton père, un peu… Ça va te changer les idées, et à lui aussi. Le pauvre vieux doit se morfondre pour Onésime.

Magloire confie à Arthur ses craintes à propos de la guerre. Arthur s'aperçoit que son père a vieilli… C'est la première fois qu'il le remarque vraiment ! Il le sent agressif envers le gouvernement :

— Les Anglais nous traitent comme si on n'avait aucune importance à leurs yeux. Ils sont majoritaires et nous voient comme leurs obligés. C'est un peu normal, étant donné leur nombre. En plus, pour les Canadiens anglais récemment arrivés, c'est difficile de comprendre l'effet néfaste que la conscription peut avoir sur nos affaires familiales, en ce moment. Nos vraies raisons de garder nos jeunes au pays leur échappent… Ce qu'on veut, c'est améliorer notre situation. C'est ben beau, la guerre des autres, mais ça nous concerne pas. Le gouvernement pousse les agriculteurs à produire davantage, mais pour ça, ils ont besoin de leurs enfants pour les aider à faire prospérer leurs affaires. Laurier avait promis que les agriculteurs seraient pas dérangés. Nos petites compagnies vont tomber à cause de la conscription. Les Anglais veulent nous utiliser, mais pas nous aider. La guerre va tuer notre économie. Y a pas un Canadien français qui a intérêt à aller se battre pour les Européens. Si ça continue, ça va virer à l'émeute. Ça devrait faire peur au gouvernement…

— C'est vrai que ça pourrait tourner mal.

— Les batailles d'avril et mai ont tué des milliers de Canadiens. Tout ça pour les conflits des autres. Les vétérans se battent avec les dissidents dans les rues !

— Heureusement, on est loin des villes, le père… Si y a des émeutes, on n'en fera pas partie.

— Oui… Y a au moins un avantage à vivre dans un petit village isolé de tout.

Sainte-Apolline, juchée sur sa montagne, échappe à l'atmosphère dramatique et violente causée par ce conflit, qui n'en finit plus de dégénérer. Arthur se dit qu'il serait déchiré d'assister aux émeutes provoquées par la conscription et la haine qui divise Canadiens français et anglais. De plus, déjà, des soldats reviennent du front avec des membres en moins, ou atteints dans la profondeur de leur âme ; d'autres, aveugles ou impuissants. Les organismes mis sur pied pour secourir les familles des vétérans ne suffisent, hélas, pas à la tâche. Ils sont souvent dirigés par de riches personnes bien intentionnées, mais qui ne disposent pas toujours des connaissances nécessaires pour gérer tous les problèmes engendrés par cette guerre d'une ampleur jamais vue. C'est la désolation dans bien des municipalités environnantes, mais surtout dans les grandes villes, où on a commencé à entendre parler de lettres annonçant des décès et des disparitions de soldats volontaires. Un ami d'Arthur vivant à Notre-Dame-du-Rosaire avait disparu, mais il est revenu chez lui pour vivre un nouveau cauchemar.

— Te souviens-tu, Louise, de Méo, le gars que j'ai connu au Rosaire? On le croyait mort au combat depuis un bon bout de temps. Une cérémonie de funérailles avait même été organisée. Mais, en réalité, le gars était prisonnier d'un camp dont il a fini par s'évader. Y a quelques jours, y est revenu au pays blessé et déprimé. En entrant dans sa cour, il a trouvé sa femme dans le jardin, en compagnie d'un homme qui l'aidait sans doute à survivre. Leurs enfants l'appelaient papa. Le pauvre est allé dans la grange, et il s'est pendu. C'est son plus vieux qui l'a trouvé, avec un mot d'adieu à côté. Son voisin m'a dit que depuis ce temps-là, le jeune regarde le vide en se balançant sans arrêt sur sa chaise. Personne peut lui arracher un mot.

— C'est triste! C'est injuste, aussi.

Arthur n'a plus de nouvelles d'Onésime. Il rêve souvent de son frère la nuit, et ses visions sont parfois des cauchemars. Ou encore il le voit revenir, souriant et fier, lui ouvrant les bras.

Heureusement, il y a Louise, sa douce Louise. Sa tendresse et son tempérament calme, qu'elle a d'ailleurs transmis à Claire, constituent son plus grand réconfort. Tous ses tourments sont atténués par les deux présences féminines apaisantes qui l'accompagnent en cette vie. Mais cette vie pastorale dont il rêvait devient jour après jour une croix plus lourde à porter, autant pour elles que pour lui. Il se sent responsable, voit ses ambitions tourner en chimères et perd peu à peu son estime de lui-même. Quand bien même voudrait-il aller vivre ailleurs, il sait qu'il n'aurait pas l'argent pour le faire.

— T'as souvent l'air triste, Arthur… Parle-moi… Dis-moi comment faire pour te consoler. Tu ris très peu depuis quelque temps. Y avait rien pour te décourager, avant.

— T'as pas besoin d'entendre mes soucis, ma Louise. Attends…

Et il va dehors pour cueillir dans le jardin quelques œillets, qu'il met dans un vase et pose devant elle, sur la table.

— Voilà pour te dire que t'es toujours dans mon cœur. C'est pour ça que ces fleurs sont là… Les œillets nous rappellent que notre amour est toujours vivant. Y aura toujours des louises pour ma Louise. Si Claire et toi n'étiez pas là pour me soutenir et si bien vous occuper des enfants, j'ignore comment je survivrais.

— Eh bien, tu vas avoir un soldat de plus dans ta propre guerre, mon Arthur. Y a un autre enfant qui s'en vient. Attache tes bottines !

Mais le « soldat » s'avère une fille. Comme un cadeau du jour de l'An, Rose-Alma naît le 1er janvier 1917, dans une atmosphère de guerre omniprésente, un conflit qui s'éternise, et pour lequel peu d'hommes veulent encore se battre. Le premier ministre Borden promet à l'Angleterre un contingent de 500 000 soldats. Mais voilà… Les Canadiens en ont soupé, de la guerre. Et même si on accuse le gouvernement d'angliciser l'armée et d'aduler les officiers canadiens-anglais, ces derniers aussi en ont assez. Leur armée a été décimée. Le moral abandonne les troupes. Plus rares sont ceux, maintenant, qui veulent se porter volontaires au combat.

En présence de ses parents, Arthur tente de se faire rassurant. Ils sont tristes. Ils ont vieilli. Magloire ne sait plus être réconfortant, étant lui-même trop ébranlé par le départ d'Onésime pour l'Europe. Il imagine le pire, et comme Arthur, jongle avec des scénarios dans sa tête. Il plaint les jeunes qui s'engagent :

— C'est pas encourageant d'aller prêter main-forte quand on voit revenir les autres estropiés et déprimés. Et tous ces cadavres… Ceux qui ont été laissés là-bas, dans un cimetière étranger, ou ceux qui ont disparu… Tout ça pour une cause qui ne nous concerne pas.

— Oui, son père… Tout le monde a peur que nos jeunes soient forcés d'y aller…

La terreur s'installe partout au Québec. Rose-Alma vit les seize premiers mois de sa vie dans une atmosphère de tension sociale et familiale. Les jeunes tremblent à l'idée de partir se battre, surtout les Canadiens français. Comme un certain nombre de jeunes Anglais continuent de se porter volontaires, une scission déjà marquée se développe davantage encore entre les deux clans. On se bat dans les rues, dans les usines, à la faveur d'un événement public. Au mois de mai, des volontaires revenus blessés rapportent qu'ils se battaient dans des conditions effroyables. Un gars de Montmagny, le frère d'un ami d'André, a écrit à son cousin :

Nous nous battons dans la boue jusqu'aux hanches, un foulard sur le nez pour nous garder des odeurs de cadavres. Je suis épuisé. Mais pire encore, je vois mes camarades tomber l'un après l'autre, ou encore en masses. Une foule de blessés et de morts, ou d'autres affreusement malades, sont entassés au fond des tranchées en attendant qu'on puisse les enterrer ou les secourir. Nous avons perdu des milliers de soldats.

En juin, on annonce des pertes de 16000 hommes dans les rangs canadiens, ainsi qu'un projet de loi annonçant la conscription obligatoire. Le moral de la population est à zéro. Arthur et André en parlent avec amertume :

— C'est dangereux, André ! Nos gars vont finir par être appelés de force. Heureusement, les nôtres sont trop jeunes. Sinon, j'en mourrais d'inquiétude. Par contre, on a des cousins qui sont forts et en santé. J'ai bien peur que les mères et les pères pleurent encore plus bientôt. C'est fou, la guerre !

À peine passé Noël, ce n'est plus prédiction, mais sombre réalité. Le jour de l'An 1918 voit s'aggraver la situation et le début de l'année tourne à l'horreur. Les jeunes sont sommés de se joindre à l'armée sous peine de représailles. Des centaines d'entre eux se cachent dans les caves, les greniers ou les forêts les plus denses. Des battues sont organisées pour les rattraper. Aucun mot ne peut exprimer l'effroi qui plane sur toute la population. Le territoire est passé au peigne fin dans le but de retrouver les dissidents, qu'on accuse de traîtrise et qu'on menace de soumettre aux sévères châtiments de la loi martiale.

Marie-Louise raconte à Arthur un incident typique du moment :

— Un cousin des Gauthier s'est caché, et la police est à ses trousses. Sa mère vit dans la peur constante qu'on le retrouve. Chaque jour, quelqu'un venait lui poser des questions et la menacer d'une accusation de complicité. Le jeune était caché dans le grenier, dans un réduit derrière une porte sans poignée. Quand des *spotters* sont arrivés pour enquêter, un voisin était chez les Gauthier. Il a fait semblant de se sauver pour attirer leur attention. Pendant ce temps-là, le jeune Gauthier s'est échappé. Quand les agents du Dominion ont rattrapé le voisin, ils ont bien vu qu'il n'avait pas l'âge minimum pour être conscrit. Ils venaient d'arrêter quelqu'un pour rien... Ils se sont excusés et ont demandé à la famille de ne pas faire de remous avec ça, qu'ils ne reviendraient pas. À l'heure qu'il est, le jeune Gauthier est quelque part dans la nature... Où ? Ses parents sont inquiets.

Évidemment, la guerre entraîne des dépenses astronomiques. L'économie de tout le pays est sérieusement ébranlée. Les élus du gouvernement sont montrés du doigt, et des émeutes ont lieu.

— Regarde-moi ça, ma Louise ! s'exclame Arthur en pointant un article du journal. Le gouvernement nous force à un impôt de guerre sur le revenu. Il promet qu'une fois la guerre terminée, cet impôt sera aboli et qu'on n'en aura jamais plus après.

— Les promesses du gouvernement, on a vu ce que c'était !

— Comme si on n'avait pas assez de misère de même... J'vais me rallier à Henri Bourassa, torvisse ! Il peut bien faire courir des idées nationalistes dans le peuple !

— C'est pas pour rien que ça brasse dans les rues et partout ! Pour une fois, Arthur, j'suis contente que t'aies une hernie. Ils peuvent pas t'appeler en premier, en tout cas ! En plus, t'es un père de famille.

— Faut s'attendre à tout, ma Louise. Ils commencent jamais par les pères de famille, mais faut prier pour que la guerre finisse au plus vite ! C'est ça qu'il faudrait, ma femme !

Mais le conflit ne fait qu'empirer et s'étendre à l'échelle mondiale. Ici au Québec et partout ailleurs au Canada, le désordre et la colère planent. La population canadienne est plus que jamais divisée en deux clans animés par la haine.

Des propos belliqueux fusent de toutes parts, et les affrontements se multiplient.

À la source de toute cette animosité, le Règlement 17 de l'an 1912, qui limitait sérieusement l'accès à l'éducation en français pour la minorité francophone ontarienne, a laissé une rancune solide et permanente entre Canadiens français et anglais. Évidemment, les nationalistes se font fort de rappeler aux francophones de l'Ontario que les appels à la solidarité et au sacrifice devraient être précédés par un retour au respect de la langue française. Armand Lavergne, fervent nationaliste, a intimé au gouvernement de redonner aux Franco-Ontariens leurs écoles avant de réclamer le sacrifice de leurs enfants.

Les faits semblent justifier la réalité que Magloire exposait à son fils au sujet des priorités des Canadiens, qu'ils soient de langue anglaise ou française : les journaux relatent que les Canadiens anglais qui ont des terres n'ont pas plus envie d'aller se battre que les Canadiens français. Les chiffres le prouvent… Dans le milieu rural, même anglais, il y a peu de conscrits.

De plus, il faut dire que la France, qui est l'alliée de la Grande-Bretagne, a cessé de s'intéresser au sort des Canadiens français après la conquête de la Nouvelle-France par les Britanniques en 1760. Elle ne s'est plus vraiment préoccupée de ses anciens sujets qui sont restés au Canada. Ces derniers ne sont donc pas plus motivés à se joindre aux Français qu'aux Anglais. Ils ne sentent d'appartenance à aucune mère patrie, en réalité.

Chapitre 31

En chute libre vers les enfers

Malgré la guerre et ses horreurs, la vie continue. Marie-Louise ne connaît pas de longs répits entre les naissances ; elles se suivent au même rythme que les printemps. Le huitième enfant de la famille sera bientôt là. Le berceau familial est rafraîchi pour accueillir le petit être, et recouvert d'une jolie courtepointe jaune soleil. Arthur s'affaire à fabriquer une minuscule paire de mocassins. Personne d'autre que lui n'a le droit de chausser ses petits. Il examine avec minutie et affection les petites chaussures afin d'être sûr qu'elles ne présentent aucun défaut. Caressant doucement le cuir, il adresse ses pensées à son enfant comme s'il était déjà là, près de lui, dans la petite pièce qui sert de cordonnerie. Sur un bout d'écorce de bouleau, il écrit quelques mots qu'il clouera au berceau : « Dieu veuille que tu connaisses le bonheur, mon enfant. Je t'ai fait des petits souliers pour tes premières marches dans le pays des rêves. Je t'avertis… C'est pas facile, ici. Mais on t'attend, les bras ouverts et le cœur grand. » Et ses yeux s'embuent. Il pleure à la moindre occasion depuis des mois. Malheurs, joies, défaites ou réussites entraînent chez lui des déluges de larmes. Il se confie à sa Louise :

— Y a pas que moi qui pleure pour rien. J'en connais, dans le village, des gars qui se sentent comme ça depuis quelque temps. C'est décourageant, des fois…

— C'est peut-être la tristesse de la guerre ? Ou encore la fatigue ? Ou toutes ces inquiétudes, cette peur… lui dit sa Louise.

En son for intérieur, Arthur se reproche tant de choses ! Il est amer, et plus encore que les conflits mondiaux, il redoute qu'un jour ses enfants manquent de nourriture ou du nécessaire pour être heureux.

Le 3 mars suivant, on commence à parler d'une possible fin de la guerre ; cet espoir est souligné par la naissance de Léo. Le sol est encore gelé, mais bientôt, Léo aura lui aussi son pommier symbolique, comme les autres petits Bernard.

— Tu trouves pas que notre Léo est très délicat, ma Louise ? Faudra bien le couvrir, hein ? C'est un bébé fragile.

Annie, déjà âgée de quatre ans, est intriguée par la venue de ce petit être. Ses parents sont surpris de constater qu'elle n'en est pas jalouse. Elle ne cesse de le contempler, surtout quand Marie-Louise change sa couche. Annie suit partout sa mère, la suppliant de la laisser prendre le petit Léo.

— Quand je l'aurai changé, tu le prendras. Ce sera ta première fois, alors j'aurai un œil sur toi, d'accord ?

La petite est folle de joie ! Elle sautille en entendant les paroles encourageantes de sa mère. Puis elle se calme soudainement, craignant que cette dernière ne change d'idée. Marie-Louise a installé une table à langer près de la fenêtre. Dehors, il pleut des cordes. Juchée sur un petit banc, Annie promène doucement sa main délicate sur la peau du bébé, de son ventre jusqu'aux épaules. Sa mère la regarde avec tendresse. Elle remarque soudain que, sous la petite main du nourrisson, une tache rougeâtre vient d'apparaître, puis une autre, plus haut, près du cou. Léo crie au meurtre, alors que la main maternelle lui tient la tête un peu trop basse. Marie-Louise connaît bien ces symptômes… De si mauvais souvenirs ! Elle hurle de toutes ses forces, sans se soucier de l'air catastrophé d'Annie.

— Arthur ! Vite ! Léo a la méningite ! Y faut appeler quelqu'un !

— On n'a pas le temps, Louise ! Vite, enveloppe-le ! Moi, j'attelle le cheval. Je l'amène au Rosaire. Y a un docteur, là-bas.

Arthur se précipite et, le visage déjà empourpré, prend rapidement l'enfant, qu'il dépose au fond du boghei Un instant plus tard, il file comme un fou sous la bourrasque. Ses larmes se mélangent à l'eau froide de la pluie, comme si la nature tentait maladroitement de partager sa peine. Marie-Louise prépare Robert et Rose-Alma pour les amener chez les voisins. Heureusement, les autres enfants sont encore à l'école.

— Robert, je rejoins ton père au Rosaire. Toi, Annie et Rose-Alma, vous irez chez la voisine en attendant. Veux-tu aller chez ton oncle Arsène pour lui demander de m'accompagner là-bas ? Dis-lui que Léo est très malade.

— Tout de suite, maman.

Arsène revient avec Robert, amène les enfants chez les voisins et repart aussitôt en compagnie de Marie-Louise. Le chemin leur paraît bien long. Dans le boghei, le silence est lourd. Lorsqu'enfin ils entrent dans la petite salle d'attente, c'est la cohue, le désordre total. Plusieurs parents attendent avec leurs enfants malades. On entend des pleurs.

— Y a une épidémie de méningite, madame. Si vous n'avez rien d'urgent, vous seriez mieux de retourner chez vous.

— Mon mari, Arthur Bernard, est déjà ici. Notre bébé est malade. Puis-je avoir des nouvelles?

— Le voilà justement, madame.

Arthur sort de la salle d'examen sans Léo, l'air complètement abattu.

— Faut le laisser ici, Marie-Louise. C'est bien la méningite.

Le désespoir envahit Marie-Louise, déjà échaudée par les ravages mortels de cette maladie sur son premier fils, ainsi que sur plusieurs personnes de sa famille et de son entourage. Elle se rappelle les derniers moments de Laurent et se sent incapable d'affronter de nouveau l'impitoyable mal. Pourtant, elle s'écrie:

— J'veux voir mon fils!

— C'est impossible pour l'instant, ma Louise, la raisonne Arthur. Faudra aussi que le médecin nous examine avant de sortir d'ici. Les choses ont changé. Si on nous le permet, ce sera à la condition d'aller chercher les enfants et de rester à la maison, sans voir personne pendant plusieurs jours.

— Oh! Mon Dieu! On a mis nos voisins en danger en leur demandant de s'occuper des enfants. Faut en parler au médecin.

Le docteur rejoint les Bernard dans la salle d'attente. Les nouvelles sont inquiétantes:

— Nous faisons tout pour sauver votre enfant, mais les moyens de guérir cette maladie sont très limités.

Marie-Louise ne se contient plus. C'est une mère suppliante qui se tient debout devant le médecin, les yeux rougis par les pleurs, la fatigue et l'inquiétude.

— J'ai déjà perdu un enfant à cause de cette maladie-là. Si mon fils meurt, j'en mourrai aussi! Je vous en supplie, docteur. Dites-nous quoi faire… Si c'est une question d'argent, on ira chercher de l'aide.

— Malheureusement, il ne s'agit pas d'argent, madame Bernard. Implorez le ciel de vous aider, car il est maintenant votre seul recours.

Les heures qui suivent sont intolérables. La famille est gardée sous surveillance pendant quelque temps, sans la présence de Léo, qu'on sait contagieux. Les examens révèlent que la maladie n'a atteint personne d'autre dans la famille, non plus que ceux qui ont gardé temporairement les petits. Mais Léo se bat encore contre la méningite et la fièvre.

Marie-Louise et Arthur peuvent enfin rentrer chez eux, laissant Léo aux bons soins du personnel médical. Bien sûr, Marie-Louise est anéantie. Annie l'interroge, comme le font les enfants lorsqu'on les tient dans l'ignorance d'une nouvelle ou d'un danger.

— Pourquoi tu pleures ? Qu'est-ce qu'il a, Léo, maman ?

— Un peu de fièvre, comme toi il y a quelque temps. Tu te souviens ?

— J'suis pas allée dormir à la clinique, moi, maman. T'as dit que tu veux pas qu'il meure. Léo va pas mourir, hein, maman ?

Comment expliquer à une enfant que, parfois, Dieu reprend ceux qu'on aime, même lorsqu'ils sont petits et innocents ?

— Un excellent docteur s'occupe de lui. Va te mettre au lit, vite ! Fais une prière pour ton frère. Demain, on va avoir des nouvelles… Ça devrait bien aller.

Arthur est à la clinique. L'attente est insoutenable. Un enfant est mort dans les bras de sa mère avant même qu'on intervienne pour le secourir. L'atmosphère s'alourdit de plus en plus. Puis le silence fait bientôt place à une véritable panique collective. Une mère s'inquiète auprès d'une infirmière :

— Le bébé est mort ! J'sais pas c'que l'mien a. Pouvez-vous vous renseigner ? J'peux-tu l'voèr ?

— Je ne peux rien faire de plus pour vous aider, pour l'instant, madame. Dès que le docteur aura fini, vous serez appelée. C'est à votre tour.

— Pour qu'essé faire qu'on peut pas voir nos p'tits ?

— C'est une question de précaution, madame.

Au bout de quelques heures, on demande à Arthur et Marie-Louise de se présenter au bureau du docteur, au grand dam de la mère éplorée.

— Venez vous asseoir…

Le ton se veut rassurant, mais n'y parvient guère. Tremblants, les Bernard s'assoient et se mettent à pleurer, épuisés par toutes ces heures d'angoisse, terrassés par le choc imminent auquel ils croient devoir se préparer. Arthur supplie :

— Dites rien, docteur… J'suis pas encore prêt à l'entendre.

— La fièvre s'est dissipée. Le mal semble vouloir le quitter peu à peu. Vous pouvez compter sur la guérison de Léo, monsieur Bernard.

— Quoi ? Le petit va s'en sortir ? Louise… Tu entends ça ?

Arthur s'effondre au bout de sa phrase et sombre dans l'inconscience. On lui porte secours. Quand il reprend connaissance, sa femme est à ses côtés.

— Arthur… Ça va mieux, mon vieux ?

Le médecin laisse un moment à Arthur pour revenir de ses émotions, puis la conversation reprend autour de l'état de Léo :

— Il restera fragile et affaibli par les conséquences de cette maladie.

Arthur rassemble les forces qui lui restent pour remercier le médecin :

— Peu importe la condition de Léo, docteur, on va en prendre soin. On va faire tout le nécessaire. Comment vous remercier pour votre dévouement ? Vous lui avez consacré plusieurs heures… C'étaient probablement celles de votre repos. Merci, docteur !

À la suite de ces événements, Arthur s'amuse à dire que Léo a trompé la mort. Dans la famille, on le surnomme maintenant « Trompe-la-mort ». Ce sobriquet lui restera pour toujours.

Annie, elle, se remet difficilement de cet événement. Depuis le retour de Léo, elle est différente. Au fond, elle est plus sensible que les autres enfants. Elle a subi un choc en s'inquiétant pour son petit frère, mais ce n'est qu'une occasion de plus pour se fabriquer une carapace, une attitude défensive qui la rend brusque et agressive. Le plus grand dommage causé par cet événement est que son impression d'être négligée a ressurgi, et sa mère s'avère l'unique objet de sa maladive obsession.

Tous les drames qui affectent la population, tous les cris de désespoir, Annie les perçoit de loin. Elle semble ressentir les effets des guerres et des belligérances de toutes sortes, spécialement celles qui se déroulent non loin d'elle, comme en ce moment, dans les rues de Québec.

C'est le Jeudi saint. Le jour prend fin; déjà, il fait noir. Bientôt, on fêtera Pâques et la fin des privations. Annie est agitée et ne veut pas aller dormir. L'euphorie de Pâques n'est pas seule en cause… Au loin, elle sent *quelque chose*. À son père qui lui dit d'aller se coucher, elle dit:

— Si on dort, on voit pas le danger. Tout le monde est fâché, papa. Les gens crient très fort! J'ai peur…

— Mais non, tout se passe bien, Annie. Tu dois aller au lit! Y a rien de dangereux, voyons! Ici, t'es en sécurité dans une bonne maison. Toute la famille te protège.

Mais Marie-Louise, elle, sait ce que sa fille ressent. Elle était pareille, quand elle était petite. Arthur lui demande d'aller endormir Annie. Le simple fait de voir sa mère s'occuper d'elle met la petite en confiance:

— On se sent toujours près du danger quand on est sensible, Annie. Mais en réalité, c'est pas si près de nous que tu le crois. C'est Jeudi saint, aujourd'hui, ma mignonne. Pense que bientôt, ce sera Pâques. On fêtera et tu auras des sucreries.

Annie finit par s'endormir, mais tard. Sa nuit est agitée. Mais pas seulement la sienne… Dans les journaux du lendemain matin, un article mentionne qu'un jeune homme de vingt-trois ans a été arrêté à Québec, la veille au soir, en compagnie de trois autres, alors qu'ils entraient dans une salle de quilles pour s'amuser, comme le faisaient des centaines d'autres jeunes. Il s'était vanté d'être réfractaire à la conscription et détenait réellement un certificat d'exemption, mais il l'avait oublié chez lui. Quand son père est venu le libérer plus tard avec des papiers en règle, le quartier complet a été ameuté, et une foule de deux mille personnes s'est présentée au poste de police pour s'en prendre aux *spotters*, ces policiers chargés de trouver les dissidents de la conscription et qui touchent 10 $ par réfractaire arrêté. Ces derniers ont profité de l'occasion pour mettre sous arrestation d'autres dissidents.

Ameutés par la foule présente devant la salle de quilles, les gens sortant de l'église au même moment se sont joints à eux. Une émeute s'est déclenchée, amenant deux à trois mille personnes à assiéger le poste de police. Terrifiés et impuissants, tous les policiers ont abandonné le poste de garde et l'armée a été appelée à la rescousse.

Mais tout ne s'arrête pas là. Le lendemain, les manifestants s'en prennent au *Chronicle* et à *L'Événement*, qui sont reconnus pour soutenir la conscription, en chantant l'*Ô Canada* et *La Marseillaise*. Puis ils se dirigent vers l'Auditorium, où sont gardés les dossiers du registraire concernant les conscrits. Chez les Bernard comme ailleurs, c'est la conversation qui anime les repas du jour :

— La foule a jeté les dossiers des conscrits par les fenêtres avant d'y mettre le feu ! Pire… Les tuyaux des pompiers avaient été sabotés avant. Adieu, l'Auditorium !

— Les gens sont enragés et désespérés, Arthur !

— Oui… C'est pas fini, ma Louise… J'ai ben peur que ça tourne mal.

— Même les curés s'en mêlent : ils mettent la faute sur le dos des *spotters* en disant qu'ils sont trop zélés. Qu'est-ce que des gens feraient pas pour une piastre…

— Le premier ministre Borden va envoyer des renforts en provenance d'Ontario et de Nouvelle-Écosse.

— Borden, c'est un dangereux ! Il sait que ces gars-là détestent les Canadiens français. Ils sont dirigés par le général Lessard… Paraît que c'est une brute, ce gars-là !

Borden croit que le Québec est au bord de la guerre civile. Il a peur que l'artillerie importante gardée au Manège militaire tombe aux mains des rebelles. Deux mille soldats sont dépêchés à Québec. Le 30 mars, veille de Pâques, la ville est soumise à l'autorité militaire sous l'ordre d'Ottawa.

La foule converge vers le Manège militaire, sur la Grande Allée. Des chevaux chargent la foule. Leurs cavaliers frappent les manifestants avec des bâtons. Les émeutiers ripostent en lançant des projectiles sur la troupe. Tard dans la nuit, la foule fatiguée se dissipe.

Deux hommes et une jeune fille sont tués dans l'échauffourée.

Le jour de Pâques, Mgr Bégin, cardinal de Québec, exhorte les fidèles au calme et promet aux manifestants que les *spotters* seront renvoyés. Mais le général Lessard affirme que ce ne sont pas là ses plans. Pendant ce temps, 10 000 soldats sont descendus du train à Lévis et se rassemblent autour de la place Jacques-Cartier.

— Ça sent mauvais, ma Louise… Mais Taschereau a fait venir au Château Frontenac Armand Lavergne, du ministère de la Justice, pour négocier avec Landry et Lessard. J'espère que leurs discussions porteront fruit…

Même le maire Lavigueur supplie Lessard de retirer ses hommes, mais sans succès. Le lendemain, Lundi de Pâques, 1er avril, un avis public est affiché, décrétant que tout attroupement constitue un acte criminel. Mais rien n'empêche la foule de se rassembler sur la place publique. Peuple et armée s'affrontent dans de véritables batailles de rue. Des projectiles sont lancés par les manifestants en direction de l'armée. Pour comble, un brouillard très dense se forme et crée une gigantesque confusion.

Résultat : un peloton d'une quinzaine de soldats complètement paniqués commence à mitrailler à l'aveuglette une foule qui tente de fuir dans le brouillard. Des citoyens qui n'ont rien à voir dans l'affrontement se retrouvent pris au piège. Certains d'entre eux ne pourront éviter les salves meurtrières.

Le journal du 2 avril relate les conséquences désastreuses de cette intervention et condamne l'affreuse bévue. Le conflit a tourné au bain de sang.

Arthur se mord les lèvres en lisant les manchettes.

— Quatre morts et des tas de blessés ! L'armée a fait soixante-deux prisonniers… Torvisse ! Sont complètement fous ! Lessard se croyait peut-être aux Boers, ma foi.

Marie-Louise approuve.

— Ouais… C'est juste une goutte de plus… Y a pas seulement ici que ça va mal. La mort règne dans les tranchées, en Europe. L'armée est à court d'argent et d'hommes.

Les obligations de la Victoire vendues depuis 1915 n'ont pas servi à grand-chose, ne suffisant pas à combler les besoins les plus criants. Le pays s'endette. Les nouvelles obligations de cette année ont rapporté 600 000 dollars en trois semaines, et ce n'est pas encore assez. On sollicite les femmes, autant que les enfants, à épargner. Les femmes utilisent leurs économies et les enfants accumulent des timbres-épargne.

Fin juillet, les autorités militaires se plaignent de manquer d'hommes. Devant le magasin général des Gauthier, à Sainte-Apolline, les pères de famille se réunissent souvent pour fumer et discuter. Sur le mur, une affiche colorée d'un bleu vif propose au public d'acheter des obligations d'épargne de la Victoire afin de mettre fin à la guerre au plus vite, et d'enrayer de nouvelles catastrophes. Sur l'affiche, un soldat naufragé, surnageant parmi les débris d'un navire torpillé, essaie de sauver une jeune femme. Sur l'épaule de cette dernière, on peut voir la croix du personnel médical.

— C'est le *Llandovery Castle*, le navire-hôpital torpillé en juin.

— On manque encore de soldats. L'armée et le gouvernement cherchent des ouvriers et du personnel infirmier. L'armée va continuer à venir chercher nos jeunes. C'est pas encourageant, quand on voit le bilan du bateau-hôpital… Plus de deux cents morts ! Y avait même quatorze jeunes Canadiennes… Des infirmières… Braves filles !

Bien sûr, ni le peuple ni le gouvernement n'a tout à fait tort ni tout à fait raison… Tous ont leurs angoisses, qu'ils étouffent en eux afin de pouvoir continuer à faire ce qu'ils croient être leur devoir. Ce sont tous ces cris retenus qui se manifestent sous diverses formes et finissent par exploser en sommations ou en émeutes… Ce sont *les voix de la guerre.*

Chapitre 32

Les voix de la guerre

Oui, la guerre a ses voix... Les gens entendent les supplications de leurs frères qui sont au feu, qui souffrent et qui se meurent, et qu'il faudra remplacer par encore d'autres sacrifices.

C'est contre ces sacrifices que s'élève la voix des Canadiens français de l'Ontario, que le Règlement 17 des conservateurs a privés de leurs écoles depuis 1912, sans ménagement, et à qui on demande maintenant le don de leurs vies.

Le cri de ces agriculteurs s'ajoute aux voix des citoyens révoltés envers qui le gouvernement n'a pas tenu sa parole. On les a incités pendant les deux dernières années à rentabiliser leurs terres arables en leur disant que ce serait leur rôle dans la participation à cette guerre. Ils ont rempli leur mission, mais maintenant que les moissons s'annoncent, on réclame au front leurs enfants, qui sont leur main-d'œuvre, et cela, malgré la promesse d'exemption qui leur avait été faite. Les agriculteurs sont surpris et déconcertés, et incertains de comprendre ce qu'on exige d'eux. Une campagne de surproduction et d'assainissement des terres a lieu, mais on continue de faire pression sur eux pour qu'ils se joignent à l'armée. Même le monde financier, autant en Ontario qu'au Québec, élève sa voix pour s'opposer et affirmer que les deux ne peuvent aller de pair.

Le gouvernement et l'armée font aussi entendre leurs voix, sous forme de sommations ou de recours à la force… Car ils ont peur d'un soulèvement de la part du peuple qu'ils ont trompé, un peuple qui est déjà au bord de la révolution et apeuré. Cette atmosphère tendue que ressentent les gens dans leurs foyers, le gouvernement la vit aussi, mais différemment. Il a peur que le peuple s'empare des armes entreposées pour la défense et que le monde ouvrier se dirige vers le communisme, comme en Europe. La scission et la crainte de la rébellion planent dans l'air… Rien ne va plus ! La pauvreté est partout, ainsi que la mélancolie, la maladie et la désolation. Et toujours l'angoisse, cette sensation qui vous donne mal au creux de l'estomac !

Quant aux parents, leurs voix se sont transformées en un cri de détresse. Leur déception a été immense à l'annonce de l'annulation des exemptions. Ils sont des géniteurs, mais aussi des agriculteurs. Ils tremblent à l'appel des « vingt à vingt-deux ans » à la conscription, et pour plus d'une raison. On leur avait promis que les Canadiens ne seraient pas tenus à la conscription, et les exemptions accordées aux agriculteurs ont été refusées à certains d'entre eux. Même si leur nombre ne représente pas la majorité, ils n'ont plus confiance en la parole des autorités et ont plusieurs raisons de ne plus croire en leurs élites. En réalité, ils ne veulent pas une rébellion, mais plutôt une prise de conscience du gouvernement.

Appuyés par le ministre Caron, de L'Islet, les cultivateurs organisent donc une marche sur Ottawa, au cours de laquelle l'Ontario et le Québec uniront enfin leurs voix dans un même cri. Le but de cette marche : faire comprendre au gouvernement leur déception et leur crainte que les récoltes de cet été soient vouées à la catastrophe.

Après la marche, certains effets se font sentir. La voix rurale a été entendue. À Sainte-Apolline, Arthur et Marie-Louise soupent en commentant toute cette agitation :

— As-tu vu, ma Louise ? Les agriculteurs encore présents au pays vont bénéficier d'exemptions pour participer aux récoltes. Ceux qui sont déjà en Europe vont pouvoir obtenir des permissions, à condition qu'ils soient fermiers ou travailleurs de la terre.

— Donc, la marche a pas été inutile…

— Pas tout à fait… Pour les fermiers qui seront restés outre-mer, leurs familles peuvent recevoir l'aide bénévole des "soldats de la terre". On parle des jeunes soldats qui n'ont pas l'âge pour être conscrits.

— C'est bon, ça ! Leur aide va sûrement être précieuse.

— Oui… Mais quand ton propre fils est au front et que quelqu'un d'autre vient le remplacer auprès de toi, peux-tu apprécier cette aide à sa juste valeur ?

Quelques semaines plus tard, des agents viennent frapper à la porte de Magloire afin de lui remettre un avis de disparition pour le soldat Arthur Bernard lors d'un combat particulièrement difficile à Chérisy, à la fin du mois d'août. Magloire se souvient de l'entente survenue entre les deux frères concernant leurs noms. Inconsolable, il va immédiatement prévenir Arthur. Les deux sont dévastés par cette nouvelle.

— C'est ma faute, le père… J'ai pas su l'empêcher de partir…

— Onésime et toi, vous êtes pareils… Aussi entêtés l'un que l'autre ! Tu pouvais rien faire pour l'empêcher de partir. Y l'aurait fait, de toute façon.

— Peut-être qu'il s'est sauvé… J'lui ai dit de prendre mon nom pour l'engagement, et le sien pour repasser la frontière. On va peut-être le voir revenir, le père.

— Tu sais comme moi qu'un avis de disparition, c'est pas bon signe, Arthur, et qu'on doit se faire à l'idée… Onésime a disparu pendant un combat spécialement dur, comme beaucoup d'autres gars qu'on n'a pas pu identifier… Le messager me l'a certifié. Il l'a vu pendant la bataille. Onésime s'en est pas sauvé ! C'est une pilule de plus à prendre, mon gars.

Le soir, la famille se réunit en souvenir de son soldat disparu. À la messe du dimanche, le curé de la paroisse appelle à la prière les habitants du village, rendant hommage à Onésime. Mais pour les autorités de l'armée en Europe, c'est Arthur Bernard qui est disparu dans les décombres.

Au mois d'octobre, les résultats des récoltes sont catastrophiques. La rentabilité est décevante. Pourtant, les agriculteurs ont atteint les objectifs d'expansion des terres exigés par le gouvernement avant l'annulation des exemptions. Mais l'expansion ne signifie pas la rentabilité. En Ontario et au Québec, la confiance accordée aux autorités s'est davantage amenuisée. Les Canadiens français, surtout, se sentent abandonnés, lésés, et traités par le gouvernement comme d'éternels perdants.

Heureusement, se mettent à circuler les premières rumeurs d'armistice. Mais en Europe, le moral des troupes est à zéro. L'une des grandes causes de ce désespoir est une épidémie mondiale d'influenza, qui retient outre-mer les militaires qui croyaient pouvoir rentrer chez eux pour fêter Noël. Parmi les derniers soldats déjà démobilisés, plusieurs ont ramené dans leur famille des cas de ce virus appelé grippe espagnole et ont contaminé leur entourage. Pour limiter le danger de contagion, les soldats sont retenus outre-mer et soumis à des tests obligatoires. Plusieurs d'entre eux meurent avant de revenir chez eux.

Au Canada, c'est le désarroi dans les grandes villes, où il est recommandé d'éviter tout endroit public. D'ailleurs, on ferme les écoles, les églises ; les transports publics cessent leurs activités. On dit que presque autant de morts seront causées par la grippe que par la guerre. On a recours à des milliers de femmes, infirmières et religieuses, pour soigner tous ces malades. Une fois de plus, la gent féminine apporte une contribution précieuse là où l'homme, souvent, n'est pas en mesure d'intervenir.

Dans ce monde contaminé et désespéré, Marie-Louise se retrouve de nouveau enceinte. Au loin, pointe un espoir de paix dans le monde, auquel elle s'accroche pour se sentir un peu plus en sécurité. Voilà déjà quatre grossesses qu'elle vit en temps de guerre, quatre grossesses vécues dans l'angoisse.

— Tu vois, ma Louise… Si on était restés en ville, tu serais morte d'inquiétude en ce moment, et sans doute même malade. Peut-être que nos enfants seraient contaminés…

— T'as raison, Arthur. J'suis forcée de l'admettre…

Puis, un jour de novembre, comme si la peine des familles décimées n'existait plus, sous la pluie battante, des gens dansent dans les rues. On annonce le retour officiel en terre canadienne de tous les soldats encore restés en Europe. La guerre est finie !

— Ma Louise ! Nos jeunes reviennent ! Ils devraient être ici pour Noël, d'après ce que j'ai entendu ! On sait jamais… Mon frère reviendra peut-être !

— Ne te fais pas d'illusions, Arthur. Essaie de te faire à l'idée de sa mort, sinon tu vas pleurer.

— Laisse-moi espérer, ma Louise… J'y peux rien. Je suis comme ça.

Malheureusement, aucun navire ne ramène les soldats immédiatement. La nouvelle qui voulait qu'on les revoie avant Noël n'était que rumeur. Une longue attente, parsemée d'incertitudes et de craintes, envenime l'atmosphère du début de l'année 1919. En Europe, le moral est au plus bas parmi les troupes qui attendent de s'embarquer pour le retour au pays, sachant que de longs examens médicaux leur seront imposés afin de dépister d'éventuelles maladies (vénériennes, grippe ou autres). Sans compter que ces mesures sont amplifiées par la pandémie de grippe espagnole, qui continue de faire des milliers de morts partout dans le monde.

D'interminables mois s'écoulent, sans que reviennent les jeunes soldats. Mois pendant lesquels les villes du Québec voient leur population décimée, dans des conditions de misère et de maladie indescriptibles. Les journaux relatent quotidiennement les découvertes faites par des femmes responsables de secourir les malades, dans des foyers où l'absence d'hygiène côtoie la souffrance et l'indigence. Dans le froid, sur un même matelas sans draps et sans oreillers, les membres d'une famille entière sont retrouvés morts, serrés les uns contre les autres. Un autre couple est découvert mort dans un lit; leurs enfants orphelins, démunis, pleurent à leur chevet depuis des heures. La tristesse et la fatalité sont palpables. Les taudis, les palais des riches, plus aucun endroit n'est épargné. Le journal *Le Devoir* a donné à Montréal le nom de «Cité de la peine».

Mais un jour de mai, comme un baume sur une plaie, on annonce que le train ramenant les jeunes du 22e Régiment s'arrêtera à Québec le lendemain, et que les soldats pourront retrouver famille et amis.

Arthur s'y rend. Dans la cohue, il cherche obstinément Onésime, bien sûr, qui n'est évidemment pas sur la passerelle avec les autres. Il s'informe et un officier lui apprend ce qu'il savait déjà, sans vouloir l'admettre : « Nous avions un Arthur Bernard, porté disparu depuis la bataille de Chérisy. Nous avons la preuve qu'il n'a pas passé la frontière. »

Voyant le trouble d'Arthur, le jeune officier essaie de le consoler :

— Dites-vous, monsieur, qu'au moins il ne revient pas infirme ou complètement anéanti, comme certains parmi ceux que vous voyez dans cette foule.

— Les souffrances de ces pauvres gens ne me consolent pas, monsieur. La guerre est une plaie qui reste ouverte. Le mal des uns est loin de compenser la mort des autres.

Arthur maudit la guerre ! Il s'en retourne chez lui dans un état pitoyable. Sa famille l'attend. Pour la plupart d'entre eux, le décès d'Onésime était depuis longtemps une certitude, et Arthur doit dorénavant l'accepter.

— Quand tu pourras te résigner, Arthur, il faudra faire une vraie cérémonie pour Onésime. Ça t'aidera à faire ton deuil.

Le 28 juin, le traité de Versailles met fin à la guerre. Au moins 60 000 Canadiens ont laissé leur vie sur les champs de bataille ; d'autres en sont revenus estropiés et désabusés, retrouvant une vie de famille bouleversée dont, parfois même, ils sont évincés.

Déjà saturée de conflits, de morts nombreuses et de naissances répétées, cette décennie de drames s'achève comme elle a commencé pour les Bernard, c'est-à-dire encore dans la pauvreté, la peur et la tourmente, mais d'un autre genre, cette fois.

Même les événements de la vie courante ressemblent parfois à une lutte dont il faut se débattre pour sortir vivant.

Il n'y a pas que la guerre qui ait ses moments dramatiques. La vie reprend son cours, avec ses propres surprises. Quatre jours après le traité de Versailles, un événement traumatisant survient pendant qu'Arthur travaille aux champs.

Chapitre 33

Dans cette étable

Le ciel est devenu noir en une seconde, et une nuée sombre tourbillonne dangereusement au-dessus de la colline. Quittant les champs pour se réfugier à l'abri, Arthur rejoint sa demeure, quand un énorme nuage efface complètement la lumière du jour et enveloppe la maison d'une encre noire, dans une averse froide au cœur de laquelle éclate la foudre. En peu de temps, déjà, l'obscurité s'est dissipée, mais la pluie a fait place à la grêle, dans une lumière fade, étrange et inquiétante.

Arthur se sent impuissant. Sa seule préoccupation du moment est de sauver sa famille d'une possible menace – ce qu'il voit ne le rassure pas. Et il ignore encore que sa femme est en train d'accoucher…

Le sol tremble. L'orage gronde. Il est si violent que la petite maison de bois ne tient pas le coup. S'écroulant à demi sous la poussée du vent, elle s'incline fortement, dans un grincement effroyable. Terrifiée, Marie-Louise se cramponne à son lit projeté contre le mur. Elle entend la voix d'Arthur qui, de l'extérieur de la chambre, crie :

— Sortez de là au plus vite !

Mais elle ne peut pas bouger pour s'échapper. Déjà, la tête du bébé apparaît !

— Dépêchons-nous, ça presse ! Allons-nous-en d'ici, c'est trop dangereux !

La sage-femme reste d'abord clouée sur place, mais elle finit par se ressaisir en voyant Arthur.

— Monsieur Bernard, Dieu merci, vous êtes là ! Votre femme accouche. Prenez-la dans vos bras, mais faites très attention ! L'escalier penche ! Je prends l'eau bouillie et les linges qu'elle a préparés ce matin.

Arthur peine à se rendre jusqu'au lit de Marie-Louise, glissant sur le plancher incliné. Il la prend difficilement dans ses bras, tombe assis avec elle dans l'escalier également incliné, puis se relève, sort de la maison et court tant bien que mal sur le petit sentier qui mène à la grange. Pendant ce temps, les enfants apeurés sont sortis, ainsi que la sage-femme. Parmi les hautes herbes couchées par la bourrasque, l'infortunée famille se suit à la file indienne, sous le vent et la grêle. Portée par Arthur, Marie-Louise voit voler au-dessus de leurs têtes le toit de leur maison qui s'écrase quelques mètres plus loin dans un terrifiant fracas.

Un peu plus tard, Alice naît dans la grange qui, bien que fortement ébranlée, a résisté aux assauts de l'orage. Cette fois, les grands draps de lin sont restés dans la maison, désormais inaccessible. Arthur surveille le fanal, posé près de la paille, pour éviter un incendie. La sage-femme dépose Alice sur le ventre de sa mère. Pit, le cheval blanc, penche la tête très près de l'enfant. On lui a pris la couverture qui le réchauffait pour en couvrir les deux héroïnes de la journée. Sibelle, la vache, partage son enthousiasme en poussant un « Meuh ! » retentissant.

Arthur essaie de détendre l'atmosphère pour masquer son propre accablement.

— Drôle de destinée, cette vie-là qui commence comme une page de l'Histoire sainte ! Il ne manque plus que les rois mages et l'âne gris… Et puis les cadeaux !

En son for intérieur, il n'a pas le cœur à rire. Il a eu si peur ! Par bonheur, tout le monde est sain et sauf. Dès le lendemain, le village au grand complet se concerte pour apporter une aide précieuse au redressement de la maison. Les membres de la famille sont relogés dans divers foyers pour quelque temps, et un Tremblay-Renard, cousin de Marie-Louise, a été appelé de Baie-Saint-Paul pour donner son avis professionnel sur les réparations à apporter à la maison des Bernard. Peu de temps après, les oiseaux réintègrent leur nid. Arthur célèbre avec tous ses bons Samaritains le retour des siens au foyer. Romuald Gauthier, le propriétaire du magasin général et beau-père d'André depuis quelques mois, a apporté ce qu'il faut pour fêter et tous les voisins ont été invités.

Il n'y a pas que la maison des Bernard qui a été secouée. D'autres événements de la vie courante sont imprégnés des maux de l'après-guerre. Les changements sont aussi des chocs : ils ont lieu partout dans la région et partout dans le monde. On veut donner au pays un sentiment de sécurité et d'accessibilité au travail. Montmagny, la grande ville la plus proche de Sainte-Apolline, se transforme. Dans tout le comté, les usines se modernisent, les commerces changent de visage, les routes carrossables se multiplient ; tout montre un visage différent d'avant. Même la mode, dans toute cette misère, revêt ses plus beaux atours. Les femmes ont pris conscience de leur utilité et de leurs forces, ce qui leur donne une allure et un comportement nouveaux. Celles qui fabriquaient des bombes travaillent dans les bureaux. D'autres, qui secouraient les blessés et les malades, se sont découvert une vocation d'infirmière. Toutes ces femmes sortent de la maison ! Mais des centaines d'entre elles ont simplement dû résister à l'épuisement de grossesses répétées en temps de guerre. Elles aussi ont un rôle accentué auprès de leur mari et de leurs enfants : celui de consolatrice.

Malheureusement, le retour des vétérans est plus sombre que prévu pour la plupart d'entre eux. L'aide apportée aux soldats qui reviennent est provisoire et inefficace, car personne ne possède la compétence voulue pour faire face à la situation. L'état psychologique des malheureux traumatisés échappe aux compétences de la masse et de l'élite.

En visite chez Arthur, André discute avec son frère et Marie-Louise de tous ces événements :

— On peut dire qu'ils en ont, des idées de toutes sortes pour relancer le développement et fournir des emplois aux vétérans, remarque André. Mais l'âme des pauvres gars qui ont fait la guerre, ça, on l'oublie. Et que dire de leurs familles ? Les urgences matérielles sont tellement nombreuses et coûteuses, que les personnes passent après.

— Oui, mon frère. Un grand nombre d'associations sont créées pour aider les vétérans, mais l'argent s'épuise trop vite ! C'est révoltant pour les derniers qui sont rentrés, parce que les fonds de secours sont asséchés.

— C'est encore la pauvreté et la peur qui mènent, intervient Marie-Louise.

À quoi répond Arthur :

— Le gouvernement essaie de relancer le travail pour ralentir l'émigration. Redonner un gagne-pain à chacun, ça coûte très cher ! Il faut investir dans la construction d'usines. C'est l'économie qui va s'en ressentir. Les terres sont rares, alors la population quitte de plus en plus la vie agricole pour aller travailler dans l'industrie… Pire encore, des jeunes émigrent aux États-Unis. Les vétérans sont découragés, surtout ceux qui ont des terres. Même la production de blé a chuté. C'était pourtant reconnu comme étant la nourriture la plus efficace pour soutenir l'armée.

André est bien d'accord avec Arthur :

— La guerre a épuisé toutes les ressources, et les gens ont perdu confiance envers le gouvernement.

Le Québec se rapproche des Américains. Ces derniers se sont tournés vers la meilleure source de main-d'œuvre qu'ils pouvaient trouver tout près d'eux : une jeunesse canadienne-française courageuse et déterminée. Le développement des voies ferrées et maritimes donne une chance à tout jeune désireux de travailler, avec ou sans formation. Des villes industrielles prennent forme, jalonnant les deux côtés de la frontière, et beaucoup de familles s'y installent et finissent même par émigrer en Nouvelle-Angleterre. C'est normal, car malgré la relance industrielle, le chômage persiste. Les marchés mondiaux sont en forte baisse. Il y a aussi les conflits de travail qui affectent le milieu industriel de l'acier, comme celui du Cap-Breton.

Arthur a gardé une photo aérienne réalisée après la guerre, sur laquelle on peut observer les résultats du développement accompli dans le comté de Montmagny. Il ne peut faire autrement que d'admirer cette réalisation grandiose, bien que fragmentaire par endroits. À cause du temps restreint dont on dispose pour tout relancer d'urgence, certaines routes sont inachevées tandis que d'autres présentent de graves imperfections. Mais l'image globale des progrès de la région, comparée à celles d'il y a quatre ou cinq ans, est renversante !

— Regarde, ma Louise… Tu vois ? Si on m'avait dit, il y a quelques années, qu'on arriverait à *ça* en si peu de temps, je l'aurais jamais cru !

Marie-Louise admire les deux images surprenantes que lui montre son mari.

— On dirait l'œuvre d'une mère araignée nourrissant et préparant ses petits pour la grande aventure. C'est comme une toile gigantesque!

— J'ai vu de près certains nouveaux chemins... Les entrepreneurs sont pas vraiment bien gréés: c'est fait avec les moyens du bord. C'est souvent fait tout croche, mais la toile s'agrandit chaque jour. Des fils solides qui aideront les petites araignées à se développer autour du filet maternel. T'as raison...

— Oui... C'est ça! Une toile géante, qui permet à maman araignée de garder ses petits dans *son filet à elle*. Le pays veut garder ses enfants à l'intérieur de ses frontières... Mais cette volonté arrive un peu tard!

Le progrès avance sur tous les fronts. On fabrique des bateaux, on améliore la voie maritime et on la prolonge vers les États-Unis. Elle rampe à travers les terres comme un serpent, menant à de nouvelles destinations commerciales. Les provisions de vivres continuent de grossir et deviennent de plus en plus diversifiées. Montréal et Toronto se développent à une vitesse vertigineuse, et Québec perd de plus en plus sa vocation commerciale: sa population diminue, et la Vieille Capitale échoue à retenir ses grandes industries et ses grossistes importants.

Dans le comté de Montmagny, de nouvelles cheminées se sont ajoutées à celles qui fument déjà depuis longtemps dans le paysage. Le journal relate que, non loin de là, à Baie-Saint-Paul, le premier train venu de Québec a fait une arrivée triomphale.

— Regarde, ma Louise... On va pouvoir aller facilement de Québec à Baie-Saint-Paul en train. Toi qui rêves d'aller dans les environs du port… On va pouvoir le faire, et après, prendre le train pour Baie-Saint-Paul ! On pourra aller voir tes parents.

— On va peut-être se sentir moins loin de tout, avec les nouvelles voies ferrées.

— Ça n'empêche pas que j'suis ben content de vivre ici. La forêt, c'est mieux que la boucane des usines, et c'est loin du bruit. Justement, Jean-Louis Simard est allé à Valleyfield pour voir son cousin. Paraît qu'un couvre-feu a été installé à l'usine de textile… Un bruit fort qui retentit dans toute la ville. Au son de la sirène, tout le monde sait qu'il est l'heure de rentrer. Ce sont des mesures de guerre.

Dans ses montagnes vertes, le petit peuple de Sainte-Apolline-de-Patton échappe à cette vie trépidante à l'odeur de soufre et de poussière, mais pas à l'atmosphère d'après-guerre. Tout le monde moderne crépite et les gens adoptent de nouvelles habitudes qui leur étaient étrangères auparavant. Même les enfants sont touchés par le changement. On apporte au village des jouets différents, des poupées attrayantes fabriquées de porcelaine pour les filles, des jeux de construction pour les garçons.

Mais en réalité, le train ne rapproche pas de tout. Loin de sa famille, Marie-Louise a l'impression, parfois, d'avoir passé à côté de sa vie. Elle avait une carrière avant son départ pour les États-Unis. Aujourd'hui, elle est revenue dans son pays, mais son existence ne s'est pas améliorée. Comme toutes les femmes, elle rêve souvent de nouveaux atours et d'une vie plus facile, dont elle est exclue depuis l'exil dans ces régions éloignées de tout. Elle s'ennuie un peu de Montréal, un peu de Manchester, beaucoup de sa mère. Sa vie était plus facile avant… Les commodités nécessaires à une mère de famille lui manquent, encore plus depuis qu'elle prend de l'âge. Pour toute la population, la vie est difficile, ici. Les possibilités de secours sont limitées par l'isolement. Depuis la fin de la guerre, Marie-Louise en parle plus souvent à Arthur.

— Dans les villes, y a des toilettes… On n'a pas à se geler les fesses en hiver, ni à aller chercher de l'eau au puits.

— Je le sais bien, ma Louise. Mais pour l'instant, on peut rien faire pour améliorer notre situation. La reprise ralentit l'économie. C'est difficile pour tout le monde.

— Claire parle déjà de s'en aller vivre aux États-Unis, un jour, avec ma mère et le reste de la famille. Ça lui fait presque douze ans, maintenant. Les garçons commencent à l'intéresser. Je la vois lire des livres que ses cousines Gauthier lui donnent. C'est pas notre petite fille d'avant. C'est facile, pour moi, de la comprendre : j'étais pareille. Je rêvais d'évasion, de garçons et de belles robes. J'ai peur que nos enfants, en grandissant, veuillent nous quitter pour d'autres endroits où la vie est plus facile, et l'amour plus accessible.

Bien qu'encore jeune, Claire se donne des allures de grande personne et se sent vraiment plus vieille que les autres enfants de son âge. Elle a de grandes ambitions : quitter la campagne à sa majorité et partir pour une ville américaine. Elle se dit que ses parents ont tenté la même expérience. Elle est, malgré ses onze ans, très consciente de sa condition. Raisonnable, elle est quand même déterminée à réaliser son rêve de retourner dans son pays d'origine. Elle en a assez, déjà, de cet endroit froid et isolé où elle doit travailler sans répit. Sur les cartes postales qu'a conservées son père, il y a la mer et le soleil, et l'image d'un grand hôtel s'élevant majestueusement vers le ciel qui évoque en elle un vague souvenir… Sa mère laissant tomber un tablier blanc sur le sol, le visage d'un homme déconcerté la poursuivant dans le corridor… C'est bien loin, tout ça ! Elle a maintenant le rôle d'une femme, une personne responsable de ses jeunes frères et sœurs quand ses parents sont aux champs… Fatiguée et désabusée malgré son jeune âge, elle imagine une autre vie, une certaine liberté.

Sa mère observe son attitude contemplative, un peu triste de la voir prosternée devant cette image de rêve que lui montre la carte postale dont elle-même, à ses heures, se surprend à ressentir l'attrait. La dixième grossesse de Marie-Louise est déjà avancée. Elle sait la dure vie qui attend sa fille si elle ne quitte pas ce village. Elle s'adresse à elle tendrement, mais avec autorité, pour la sortir de cette prise de conscience trop lourde pour son âge :

— Viens, on va se changer les idées. T'as onze ans, maintenant. Tu peux apprendre à faire le pain. J'vais te montrer… Ça va m'aider, car c'est un peu dur pour moi, en ce moment. Tu vas voir, c'est facile de faire du pain.

Claire se défend bien dans la préparation des repas. Depuis l'âge de neuf ans, ses parents l'initient tranquillement à la cuisine. Elle ne déteste pas. C'est mieux que d'aller au puits chercher de l'eau, avec le joug pesant sur les épaules. Juliette, qui aura bientôt neuf ans, la regarde faire et commence déjà, elle aussi, à rouler de petites boules de pâte qu'elle remplit de sucre d'érable bien tassé.

Tout compte fait, la famille d'Arthur n'est pas trop malheureuse. Les enfants courent dans les champs fleuris pour y cueillir des fraises, des framboises et des bleuets. La vie est plus difficile pour les deux plus vieilles, qui doivent assister leur mère dans ses tâches, privée des commodités et des instruments modernes.

Dans le village, les Bernard sont considérés comme faisant partie des gens de modeste condition, mais qui se débrouillent assez bien. Magloire, le grand-père, arrive à vivre de sa cordonnerie, mais très simplement. Pour sa part, Arthur se contente de fabriquer des mocassins pour les enfants. La version hivernale des mocassins est un peu plus résistante, plus haute et rembourrée; mais il n'a pas les moyens de chausser sa marmaille de bottes chaudes ou de souliers convenables. Son père vient parfois à son secours, lorsqu'il le peut, mais il est maintenant vieux et malade.

Juliette sera bientôt assez grande pour remplacer Claire, si cette dernière part dans deux ou trois ans. Mais ce n'est pas la vie dont rêve sa mère pour elle. Quant à Alphonse, il est encore trop jeune pour réaliser ses véritables limites, mais il est déjà convaincu qu'il est le bras droit de son père, le deuxième homme de la maison, celui qui doit protéger ses frères et sœurs, ainsi que sa mère, de tous les dangers. Il a le tempérament naturel d'un protecteur. Il suit l'exemple de son père, peignant déjà ses cheveux comme un adulte et se tenant la tête bien droite.

Les enfants vont à l'école. Leurs parents accordent une grande importance à l'éducation. Ils sont prêts à bien des sacrifices pour les faire instruire et leur donner une certaine culture.

— T'es peut-être pauvre, mon cher beau-frère, mais tes enfants sont polis et ben propres. Y sont fins, en plus! Tout le monde dit que tes filles sont distinguées.

Ainsi parle le responsable du magasin général, à qui Arthur demande parfois de lui faire crédit. Mais un jour, le père de ce dernier, le vrai propriétaire du magasin, s'amène derrière son fils et ajoute ces paroles qui viennent blesser Arthur dans sa fierté:

— Mais oublie pas que qui paie ses dettes s'enrichit. C'est la meilleure chose à apprendre à tes enfants.

Arthur n'apprécie pas cette remarque, d'autant plus qu'elle a été faite devant son voisin, qui attend au comptoir :

— Je l'oublie jamais, monsieur… Vous le savez ! J'apporte régulièrement de bons montants, plus élevés que l'entente que j'ai avec votre fils, mais j'ai une grande famille… C'est pas facile pour moi.

Le fils intervient :

— Tu sais ben, le père, qu'Arthur fait son possible. C'est vrai qu'il me rembourse régulièrement des bons montants. J'suis fier de mon beau-frère. Il est respectueux et raisonnable. D'ailleurs, on a les moyens d'attendre un peu. En plus, c'est un bon client.

Son père se retire en maugréant.

— T'en fais pas, Arthur ! Mon père est pas vraiment méchant, mais il a l'habitude de chialer tout le temps. En fait, quand t'es pas là, il dit à tout le monde que t'es quelqu'un de bien et que tes enfants sont bien élevés. Mais pour lui, l'argent est une sécurité. À cause de la guerre, mon vieux est resté marqué par la peur de manquer de vivres, un jour.

— C'est gênant pour moi… Mais toi, tu m'as tellement aidé ! J'comprends que ton père soit fatigué de "marquer" pour nous. J'ferais tout pour le rembourser si j'pouvais.

— Je le sais, Arthur, t'en fais pas… J'suis pas inquiet pantoute.

Cet incident a pour effet d'enfoncer davantage le couteau dans le cœur d'Arthur qui, déjà, n'a pas une haute estime de lui-même. Chaque nouvel affront, il le retourne vers sa propre personne et se sent dévalorisé. « Ah, se dit-il, heureusement que ce coin de pays est magnifique et qu'il y a aussi des gens très généreux ! »

Arthur n'est pas le seul à trouver que les temps sont durs. Dans le village, un voisin a dû recourir à un prêt usuraire.

Ce genre de prêts est fréquent. Il semble même toléré par la loi, ce qui est scandaleux. Heureusement, à Lévis, à Québec, à Montréal et à Gaspé, des sociétés coopératives sont nées, depuis 1906, luttant contre ce fléau partout présent au Canada. Alphonse Desjardins, leur fondateur, mène campagne pour faire adopter une loi qui condamnerait ces pratiques.

Le jeune homme en question, père de plusieurs enfants, est tombé malade, et sa famille ne peut plus survivre sans ce prêt. Les moyens de cette famille étant limités, le père ne peut plus emprunter de qui que ce soit, à part aux usuriers. Alors, au bout de peu de temps, il s'est retrouvé traîné en justice, car incapable de remettre un montant devenu exorbitant. Le tribunal l'a contraint à rembourser à son prêteur 6000$ – une fortune! – dans un temps restreint. Le pauvre a tout perdu et a dû s'installer dans une mansarde avec sa marmaille; il boit et se laisse aller comme une épave. Les Bernard apportent de l'aide comme ils le peuvent, étant eux-mêmes pauvres. Leur secours consiste en des dons de nourriture ou autres petites choses nécessaires à la survie. Mais affronter la réalité de tous les jours est difficile pour ce foyer privé d'une existence décente et du respect de son entourage. Cela, Arthur le comprend bien, puisqu'il est, à sa manière, confronté à la même gêne. Il essaie donc d'aider le jeune homme à se relever.

Uni dans la solidarité, le village se relève peu à peu de la guerre. La vie suit son cours. Le monde renaît tranquillement de ses cendres. Le Canada aborde l'an 1920 en se libérant des conservateurs. Les agriculteurs, surtout, nourrissent à l'égard du premier ministre Borden un profond ressentiment. Ils lui reprochent de les avoir mêlés aux massacres de la guerre en dépit des promesses faites, et de les avoir acculés à l'indigence et à la gêne. Plusieurs d'entre eux sont encore bien-portants, mais ils sont plus pauvres que leurs voisins à qui des indemnités pour invalidité permettent de bien vivre. Contrairement aux États-Unis, le Canada a peur que ses vétérans ne deviennent trop assoiffés de revendications.

Pendant ce temps, les coopératives financières inspirées par Alphonse Desjardins continuent de lutter pour une loi qui défendrait les prêts usuraires comme celui dont a souffert le jeune voisin d'Arthur. Le père des caisses populaires meurt à Lévis le 31 octobre. Mais ses alliés continuent de se battre pour enrayer la misère engendrée par les prêts usuraires. Ils croient que leur concept de coopérative stimulera la population à épargner et à oser des entreprises audacieuses pour son avenir. Là où le syndicalisme et les groupes socialistes ne peuvent suffire à améliorer la situation des travailleurs, le peuple doit s'unir pour combattre le chômage et mieux vivre son industrialisation. Seule la concertation entre des gens entreprenants réussira à freiner l'exode des Canadiens français vers d'autres horizons.

Chapitre 34

« Dors, le père… la guerre est finie »

Bruyamment et avec grand éclat, le siècle se prépare à fêter ses vingt et un printemps. En ce troisième après-midi de mars, la neige craque et brille fort ! La montagne essaie désespérément de retenir son étole de paillettes ; mais cette dernière, déchirée par un soleil amoureux, tombe en lambeaux le long des branches des sapins. Même le chemin de terre se dévêt déjà des quelques froufrous qui restent !

Noble perdant, l'hiver cède sa place au jeune printemps impétueux ; pourtant ce dernier devra peut-être, dès demain, lui emprunter un manteau de fortune pour recouvrir sa belle encore quelques semaines. Déjà, le froid devient mordant, car le jour s'achève. À l'horizon se dessinent des nuages sombres.

C'est la fin de l'après-midi. Tout enveloppé et auréolé de chat sauvage, Arthur revient du Rosaire, le petit village avoisinant Sainte-Apolline. Il se réjouit de n'avoir pour unique souci du moment que la fumée de sa pipe et les tournants de la route, au cas où surgirait un animal nerveux. Instant de paix inestimable !

Il est parti tôt de chez lui, avant le jour, car il aime entendre le cri du silence au moment sacré de l'aube. Sous le pétillement de la neige fondante et le bruissement des aiguilles de pin, il peut percevoir les voix de la forêt, qui se préparent en sourdine. Sous chaque lune, dans cette paix sacrée, un orchestre géant accorde en secret ses bois au diapason des âmes sensibles. Cette symphonie retenue, qui s'éveille en échos, retentit en un gigantesque et glorieux allegro dans le matin clair.

Et quand revient le promeneur, en fin d'après-midi, le chant même des oiseaux devient complainte, imposant à chaque être de respecter la mort du jour. Arthur sait qu'il entendra bientôt des hurlements dominer la forêt. Le loup n'attend que l'appel de la terre pour joindre ses cordes à celles du hibou.

Le son des sabots de Pit résonne sur la route mouillée à moitié découverte, confortant Arthur dans sa décision d'habiter ces lieux. S'enivrant de ces sons familiers qui l'apaisent, le fils de la montagne, une fois de plus, est convaincu qu'il n'est de concert plus harmonieux que celui-ci, cadencé par les battements amoureux de son cœur pour sa terre adoptée.

Mais son euphorie du moment est ponctuée de bouffées d'angoisse qui aspirent ses élans d'extase et les rejettent loin de lui, étouffant sa joie. De jour en jour, Arthur devient plus sombre, plus inquiet. La vie est dure pour sa famille. Il se sent de plus en plus responsable de leur pauvreté et de la médiocrité de leur vie, et voudrait rendre à sa Louise ses rêves d'antan. Il se sent désespérément seul dans sa détresse… Ce mal, qui prend son bonheur une larme à la fois, obscurcit peu à peu son âme.

Dans l'humidité des racines, les parfums des sous-bois exhalent prématurément leurs effluves caractéristiques du dégel. Le printemps fait presque oublier que tout près derrière, la ville pleure, encore frigorifiée sous son costume de l'après-guerre dont elle n'arrive pas à se débarrasser. Ainsi que l'hiver, il colle à son corps comme à celui de ses habitants, maintenant déchirés entre deux camps. Les anciens soldats ont peur de libérer leur cœur de guerrier, comme s'ils craignaient de devoir demain se battre contre leurs propres camarades…

Un lourd climat de sécession flotte dans le ciel du pays, nourri des conflits engendrés par la conscription, dont les partisans blâment toujours ceux qui ont refusé de s'enrôler. À Montmagny, des batailles ont éclaté entre les travailleurs qui n'ont pas fait la guerre et des vétérans, qui souffrent des conséquences de leur participation aux combats. La réinsertion des anciens soldats dans un monde privé des moyens nécessaires vient aggraver la crise due au rattrapage entrepris par le pays.

Dans un tournant de la route, Arthur aperçoit la petite église du village. Elle allume le sommet de la montagne comme une lanterne, lançant son clocher éblouissant vers le ciel. Son éclat rassurant guide le voyageur vers le refuge auquel il s'identifie. Son village l'attend dans le couchant, sa tête blanche émergeant de ses langes de verdure. Mais dans les bras de la forêt mère, on sent battre le cœur de l'enfant tourmenté. Ses draps verts de velours épais ne suffisent pas à le garder des bruits et des retombées de la guerre, qui perdurent.

Arthur sait pertinemment que Sainte-Apolline, même isolée de la ville en émeute, ne peut ignorer le climat de violence qui secoue le monde tremblant sous la tourmente. L'éloignement ne peut protéger les siens contre l'effondrement économique généré par la reconstruction, qui touche toutes les sphères de la société. Partout, on entend la planète gronder. Là-bas, en Europe, le ciel est encore noirci par les émanations des conflagrations. Même les antagonismes demeurent pendant qu'ici, le poids de la peur écrase encore les habitants. Bien qu'à l'abri des insurrections, la montagne ne l'est pas de ses enfants qui ont connu la pluie des bombes. Certes, beaucoup en sont revenus… Mais leurs yeux ne trahissent-ils pas le mal de leurs âmes restées en perdition là-bas au loin, sur une terre étrangère où reposent leurs frères après la douleur, nourrissant des racines qui ne sont pas les leurs ?

À l'approche du village, les arbres se font plus rares, jusqu'à ce que des champs rocailleux les remplacent, puis des maisons dont les fenêtres s'illuminent déjà. Arthur sort de sa rêverie… Il est arrivé. À peine a-t-il atteint le haut de la montée qu'un voisin lui fait signe de s'arrêter.

— Cours chez ton père, Arthur ! Y a urgence ! Ta famille est déjà réunie.

Sa poitrine se serre. Pendant un instant, son corps est pétrifié. Puis il se lance comme un fou sur la distance qui lui reste à parcourir. Il descend de voiture, hors d'haleine, et entre dans la maison, la peur au ventre. Hésitant, il s'approche pour voir à travers le cercle serré que forme sa famille autour d'un lit qu'on a installé au salon, sur lequel repose son père. Une ouverture se fait… « Laissez passer Arthur ! »

Le visage de Magloire est gris ! Ses yeux sont fermés, sa tête renversée. Arthur est presque à genoux, happé par une crampe qui lui fait plier l'échine. Son ventre se tord sous la douleur, broyant ses émotions et gardant ses larmes prisonnières. Le souvenir lui revient d'un visage penché sur lui, de ces yeux tendres qui l'ont si souvent regardé comme on contemple un trésor… Fermés à jamais, sans qu'il ait eu la chance de les revoir ! Ces derniers temps, il était si préoccupé et pris par le travail qu'il repoussait sans cesse à plus tard sa visite habituelle à son père.

La paix qu'il a ressentie plus tôt, déjà assombrie par la piètre opinion qu'il a de lui-même depuis quelque temps, se mue en un sentiment naufrageur. Il manque d'air... Se dirigeant comme un automate au-dehors de la maison, il se laisse choir lourdement sur les marches de la galerie, complètement anéanti. Au loin, on entend enfin le long chant plaintif du loup, qui résonne comme un au revoir. Pourtant, la lune pâle s'est réfugiée derrière un soleil rougeoyant qui la domine encore.

Une forme humaine se dessine dans le champ de vision d'Arthur. Il lève les yeux et aperçoit... Onésime ! Son frère, celui qu'on croyait mort à la guerre, est arrivé cet après-midi. On ne l'attendait plus... Arthur n'en revient pas ! Le regard d'Onésime est transformé, éteint... Au point qu'Arthur, surpris, en a de nouveau le souffle coupé.

Les yeux d'Onésime ont l'air de vouloir sortir de leurs orbites. Son teint cireux témoigne d'un alcoolisme sévère, et ses vêtements sont défraîchis. Il inspire dans un sac de papier brun une substance qui sent l'alcool... Non... C'est de la colle ! Arthur se met à trembler en regardant son frère. Il entend sa respiration sifflante qui lui donne l'impression que le pauvre va s'étouffer et tomber.

On peut encore deviner la beauté d'Onésime, cachée sous ce masque de misère. Courageux et fier, il était parti pour la guerre, convaincu de sa mission. Il n'est plus qu'un pauvre pantin titubant sur des pieds mal chaussés, dans un pantalon troué et sale... Qu'un homme brisé, maudissant la guerre et la terre entière.

— Maudite cochonnerie de guerre ! J'me suis sauvé, Arthur... J'ai repris mon nom pour passer la frontière.

Et il éclate d'un grand rire qui se veut complice.

— J'ai dû me cacher longtemps, avant. Viens… On va parler. Le père repose en paix.

Puis, comme s'il se faisait la conversation à lui-même :

— Notre vieux a fermé les yeux sur les misères de ce monde. J'lui ai dit : "Dors tranquille, le père… La guerre est finie." Il a protesté faiblement : "C'est pas fini, mon fils… Jamais fini !" Mais je lui ai répondu : "Je suis revenu parmi ceux qui m'aiment… Dors en paix, le père. Je reste ici."

Pour toute réponse, Arthur serre son frère contre lui dans une longue étreinte. Alors seulement, les larmes jaillissent. Des torrents de larmes trop longtemps retenues ! Mais une sensation de faiblesse ne tarde pas à suivre, comme si sa peine avait évacué toutes ses forces. Il ressent de nouveau ce précipice en lui, ces ténèbres grandissantes qui l'aspirent un peu plus à chaque instant.

Suivent les jours de l'adieu. Après les funérailles, le sol partiellement gelé n'est pas prêt à recevoir le corps de Magloire. D'ailleurs, il n'y a pas encore de terrain pour lui. La famille est au village depuis peu de temps, et ils sont si démunis ! On le déposera donc dans un charnier en attendant le dégel. Plus tard, on décidera si Magloire sera déposé dans une fosse commune ou dans un terrain appartenant à sa lignée.

Les soins qui lui ont été prodigués ont été payés au médecin par sa famille. Il aura été parmi les derniers pauvres à assumer eux-mêmes les frais occasionnés par leur maladie. Peu après sa mort, le 18 mars de cette année 1921, une loi sur l'assistance publique est votée par l'Assemblée législative, décrétant que les coûts d'hospitalisation seront désormais payés aux démunis, aux malades chroniques et aux orphelins par une contribution concertée du gouvernement, des municipalités et des hôpitaux.

Le 6 avril, suivant de près les funérailles de Magloire, une autre naissance a lieu. La petite fille portera le prénom de Corine, la cousine américaine préférée d'Arthur. Elle apparaît en ce monde fiévreux sans faire de remous, fragile mais combative. Dans l'atmosphère d'après-guerre, le prélude de sa vie s'amorce sur un bémol, comme une musique triste.

FIN DU TOME PREMIER

Remerciements

Je tiens à remercier Nane Couzier pour son mentorat d'une exceptionnelle qualité;

Marie Desjardins, pour m'avoir lue et conseillée;

Marie Rocque, pour sa lecture compétente, sa patience et sa générosité;

tous mes partenaires du groupe de lecture et d'écriture, indispensable atout;

toute ma famille, qui m'a soutenue malgré tout:

Suzanne et Gilles, Jean, Claude, Lise, Line et Maxime;

oncles, tantes, cousins et cousines dont l'appui fut précieux pour moi;

mes amis, que j'ai dû souvent négliger à cause des longues heures d'écriture.

Je veux aussi exprimer toute mon appréciation à mes éditeurs d'avoir accueilli chaleureusement mon premier roman, et mentionner tout spécialement deux personnes que je considère maintenant comme des amis: madame Sandrine Lazure, qui m'a écoutée en premier et que je vois comme une grande ambassadrice de la maison Hurtubise, ainsi que monsieur André Gagnon pour son travail compétent et sa présence à mes côtés lors de chaque étape de l'édition de ce livre.

Table des matières

Suivez-nous

Achevé d'imprimer en août 2016
sur les presses de Marquis-Gagné
Louiseville, Québec